그가 나에게 말하지 않은 것

그가 나에게 말하지 않은 것

로라 데이브 지음 | 김소정 옮김

마시멜로

THE LAST THING HE TOLD ME

나의 가장 달콤한 기적인

조시와 제이컵에게

그리고

모든 것이 다 고마운

로셀과 앤드루 데이브에게

그가 나에게 말하지 않은 것

차례

3부

"가자." 남자는 말했고
"너무 멀지 않다면." 여자가 말했다.
"너무 멀다는 게 뭐지?" 남자는 물었고
"당신이 있는 곳." 여자가 대답했다.
e. e. 커밍스

프롤로그

오언은 내가 물건을 잃어버리는 방식에 관해, 잃어버리는 행위를 내 나름의 예술로 승화해나가는 방식에 관해 이야기하면서 나를 놀리곤 했다. 선글라스, 열쇠, 장갑, 야구 모자, 우표, 카메라, 휴대전화, 콜라병, 펜, 구두끈, 양말, 전구, 얼음 틀. 오언은 분명히 틀리지 않았다. 나는 물건을 제자리에 두지 않았고, 딴 곳에 정신을 팔았고, 자주 잊어버렸다.

우리가 두 번째 데이트를 하던 날, 나는 저녁을 먹었던 곳에서 주차권을 잃어버렸다. 오언과 나는 각자 자기 차를 타고 식당으로 갔다. 그 뒤로 오언은 그 이야기를 자주 했다. 두 번째 데이트 때 내가 어떤 식으로 각자 자기 차를 타고 가야 한다고 우겼는지를 말하면서 즐거워했다. 그럴 때마다 나는 그 밤에 오언이 나의 과거에 대해, 내가 뒤에 남겨두고 온 남자들에 관해, 나를 뒤에 두고 간 남자들에 관해 끝없이 질문을 퍼부었다는 말로 응수해줬다.

오언은 그 남자들을 "당신의 남자가 될 수 있었던 녀석들"이라고 불렀다. 그 남자들을 위해 잔을 들어 건배했고, 그 남자들이 나에게 필요한 사람이 아니었다는 데 감사한다고 했다. 그 덕분에 자기가 내 앞에 앉아 있을 수 있는 거라면서.

"당신은 나를 잘 알지도 못하잖아요." 내가 말했다.

오언은 웃으면서 "그렇게 느껴지지는 않잖아요, 안 그래요?"라고 말했다.

오언은 틀리지 않았다. 처음부터 우리 사이에는 압도적인 무언가가 있었다. 나는 내가 정신을 제대로 차리지 못한 건 그 때문이라고 생각했다. 오언의 그 말 때문에 주차권을 잃어버린 거라고 생각하는 게 좋았다.

우리는 샌프란시스코 시내에 있는 리츠칼튼 호텔에 주차했다. 호텔 주차 요원은 저녁을 먹으러 온 것뿐이라는 내 주장은 중요하지 않다는 듯 소리쳤다. 주차권을 잃어버린 까닭에 내가 지불해야 했던 돈은 100달러였다. 주차 요원은 "여기에 몇 주나 세워뒀는지 어떻게 압니까? 당신이 속임수를 쓰고 있는지 내가 어떻게 알아요? 잃어버린 주차권 한 장당 100달러에 세금을 추가로 내야 해요. 여기 서명하세요!"라고 말했다. 집에 가려면 100달러에 세금을 더해서 내야 하는 것이었다.

"정말로 잃어버린 거 확실해요?" 오언은 그렇게 물었고, 주차권을 잃어버리는 여자라는 것이 그날 밤 나에 관해 알게 된 가장 좋은 정보라는 듯이 웃었다.

주차권은 확실히 잃어버렸다. 나는 렌트한 볼보를 구석구석 샅샅이 뒤졌고, 탄 적도 없는 오언의 멋진 스포츠카 내부도, 전체를 다 둘러보는 게 불가능한 주차장 회색 바닥도 열심히 뒤졌다. 하지만 주차권은 없었다. 어디에도 없었다.

오언이 사라지고 일주일이 지났을 때, 나는 오언이 그 주차장에 서 있는 꿈을 꿨다. 그날과 똑같은 양복을 입었고, 그날과 똑같이 매력적으로 웃었다. 꿈에서 오언은 결혼반지를 뺐다.

"봐, 해나. 당신은 이제 나도 잃어버린 거야."

오언은 그렇게 말했다.

1부

나무판자에서 가장 얇은 곳을 찾아내 뚫기 쉬운 곳에
수많은 구멍을 내는 과학자들을 나는 정말 참을 수 없다.
알베르트 아인슈타인

문 앞에 낯선 사람이……

텔레비전에서 늘 나오지 않나? 누군가 현관문을 두드리는 것 말이다. 문밖에서, 누군가 내가 속한 곳의 모든 것을 바꿀 만한 소식을 전하려고 기다리고 있는 것. 텔레비전에서는 그 사람이 주로 경찰서 소속 목사이거나 소방관이거나 제복을 입은 장교다. 하지만 내가 문을 열었을 때, 이제 나의 세상이 완전히 바뀌리라는 것을 알게 됐을 때, 그 소식을 전한 사람은 경찰도, 풀을 먹여 다린 빳빳한 바지를 입은 연방 수사관도 아니었다. 그 사람은 축구복을 입은 열두 살짜리 여자아이였다. 정강이에 보호대까지 찬 꼬마.

"마이클스 부인이세요?"

여자아이가 물었고, 나는 조금 주저했다. 누군가가 나에게 그 사람이 맞느냐고 물을 때면 자주 나오는 반응이었다. 그 사람들이 묻는 사람은 나이기도 했고, 내가 아니기도 했으니까. 나는 성을 바꾸지 않았다. 오언을 만나기 전까지 나는 38년 동안 해나 홀이었고, 다른 사람이 되어야 할 이유를 찾지 못했다. 하지만 이미 오언과 결혼한 지 1년이 지났다. 그리고 그때쯤에는 어느 쪽으로 불리든 틀렸다고 말하지 않는 법을 배웠다. 그 사람들이 정말로 알고 싶은 건 내가 홀인지 마이클스인지가 아니라, 오언의 아내인지 아닌지였으니까.

나는 오언의 아내였다. 그 사실이 이 열두 살짜리 여자아이가 확실히 알고 싶어 하는 것이었고, 인생의 대부분을 어린아이들 아니면 어른들만 상대했던 내가 이 여자아이가 열두 살임이 분명하다고 확신할 수 있었던 이유이기도 했다. 내가 청소년의 나이를 구별하게 된 것은 1년 하고도 반년 전에, 열여섯 살이라는 엄청나게 배타적인 나이를 지나고 있는 남편의 딸 베일리를 처음 만나면서였다. 나는 그 자리에서 나를 한껏 경계하는 베일리에게 나이보다 어려 보인다고 말하는 실수를 하고 말았다. 그것이 지금까지 내가 베일리에게 한 가장 끔찍한 실수일 것이다.

하지만 그건 두 번째로 끔찍한 실수일 수도 있었다. 가장 끔찍한 실수는 아마도 그 실수를 만회해보려고 나도 누군가가 나를 더 어리게 봐줬으면 좋겠다고 말한 것인지도 몰랐다. 그 뒤로 베일리는 나를 참아주지 않았다. 이제는 농담을 하는 것 말고 열여섯 살 청소년과 더 잘 지낼 다른 방법이 있다는 걸 내가 알게 됐는데도 말이다. 정말로, 너무 많은 말을 하려고 애쓰지는 말아야 한다는 사실을 알게 됐는데도 말이다.

하지만 지금은 이런 생각 대신, 현관 앞에서 흙투성이 신발로 번갈아 가면서 땅을 짚고 있는 열두 살 친구에게 집중해야 했다.

"마이클스 씨가 이걸 전해주랬어요."

열두 살 여자아이는 접혀 있는 노란색 리걸 패드 종이를 나에게 불쑥 내밀었다. 종이 위에는 오언의 글씨로 '**해나에게**'라고 적혀 있었다.

종이를 받아 들면서 나는 여자아이의 눈을 똑바로 보았다.

"미안해요. 내가 뭔가 놓치고 있는 것 같은데, 혹시 베일리의 친구인가요?"

"베일리가 누군데요?"

물론 베일리의 친구라는 대답이 나오리라 기대하지는 않았다. 열두 살과 열여섯 살은 대양만큼 멀리 떨어져 있으니까. 하지만 이해할 수가 없었다. 어째서 오언은 그냥 전화를 하지 않은 거지? 어째서 이 여자아이한테 이런 부탁을 했을까? 맨 처음 든 생각은 '베일리에게 큰일이 생겼는데, 오언이 직장에서 나올 수 없는 건가?'였다. 하지만 베일리는 집에 있었다. 언제나 그렇지만 나를 피해 자기 방에 들어박혀서 온 집 안이 울리도록 음악을 크게 틀어놓고 있었다(오늘의 음악은 캐럴 킹의 뮤지컬 〈뷰티풀〉이었다). 계단 아래로 쿵쾅거리며 흘러 내려오고 있는 음악은 자기 방에 들어오지 말라는 의사를 분명하게 전달하고 있었다.

"미안해요. 살짝 혼동한 것 같아요. 남편을…… 어디에서 만났어요?"

"복도에서 내 옆을 지나갔어요."

잠깐? 우리 집 복도에서 만났다고? 나는 뒤를 힐끔 돌아보았다. 하지만 터무니없는 생각임을 깨달았다. 우리는 다른 곳에서는 보통 '하우스 보트'라고 부르지만 소살리토에서는 '플로팅 홈'이라고 부르는 수상 가옥에서 살았다. 전국에 수상 가옥촌은 400여 곳이 있는데, 플로팅 홈은 온통 유리로 덮여 있어서 바다가 훤히 보였다. 우리 집 인도는 부두였고, 복도는 거실이었다.

"그러니까, 학교 복도에서 봤다는 거예요?"

"그렇게 말했잖아요."

열두 살 여자아이는 '거기 아니면 어디서 봤겠어?'라는 표정으로 나를 쳐다보았다.

"나랑 내 친구 클레어가 훈련을 하러 운동장에 나가는 길이었거든요. 그런데 마이클스 씨가 우리를 불러 세우더니 이걸 부인에게 전해달라고 했어요. 훈련이 끝나기 전에는 못 간다고 했지만, 괜찮다고 했고요. 마이클스 씨가 주소를 알려줬어요."

여자아이는 그 증거라는 듯이 다른 종이를 들어 올렸다.

"그리고 우리한테 20달러도 주었고요."

하지만 돈은 들어 올려 보여주지 않았다. 아마도 내가 다시 가져갈 거라고 생각하는 것 같았다.

"전화기가 고장 났다고 했나? 아무튼 그래서 연락을 못 한댔어요. 정확히는 모르겠어요. 거의 서지도 않고 달려가면서 말했거든요."

"그러니까…… 남편이 전화기가 고장 났다고 말했다고요?"

"안 그랬으면 내가 어떻게 알았겠어요?"

그때 여자아이의 전화벨이 울렸다. 아니, 사실은 여자아이가 팔을 들어 올려 최신식 삐삐처럼 보이는 물건을 보여줄 때까지, 전화벨이 울린다고 생각한 거였다. 요즘 아이들은 다시 삐삐를 쓰나? 1942년에 태어난 캐럴 킹의 노래를 듣고 최첨단 기술을 장착한 삐삐를 차고 다니다니. 베일리가 나를 못 참는 데는 이유가 있을 것 같았다. 정말 10대들의 세계는 나로서는 도저히 이해할 수가 없는 요지경 세상이었다.

열두 살 여자아이는 손목에 찬 장비를 두드리면서 벌써 오언과 20달러짜리 임무를 뒤로하고 떠날 준비를 하고 있었다. 아직 상황을 제대로 파악하지 못한 나는 그 아이를 가게 두는 것이 옳은지 판단이 서지 않았다. 어쩌면 이건 아주 괴상한 장난일 수도 있었다. 오언은 이런 장난이 재미있다고 생각할지도 몰랐다. 하지만 나는 재미있다는 생각이 들지 않았다. 어쨌든, 아직까지는 재미있지 않았다.

"안녕히 계세요."

여자아이는 인사를 하고는 선착장을 향해 걷기 시작했다. 나는 가만히 서서 점점 사라지는 여자아이의 모습을 지켜보았다. 해가 샌프란시스코만 밑으로 가라앉고 있었고, 일찍 나온 저녁별들이 여자아이가 가는 길을 비춰주고 있었다.

나는 살짝 앞으로 나갔다. 오언이(사랑스럽고 바보 같은 나의 남편이) 부두 쪽에서 갑자기 튀어나오고, 그 뒤를 축구부 아이들이 키득거리면서 따라 나올 거라는, 그들 가운데 많은 아이들이 나로서는 전혀 이해하지 못하는 농담을 하면서 나를 놀릴 거라는 기대를 어느 정도는 품고서. 하지만 오언은 나오지 않았다. 그 누구도 나타나지 않았다.

그래서 현관문을 닫고 집 안으로 들어가 손에 쥐고 있던 노란색 리걸 패드 종이를 물끄러미 내려다보았다. 아직은 종이를 펼치지 않은 상태였다. 조용한 집 안에 잠시 서 있는 동안, 갑자기 종이를 펼치고 싶지 않다는 생각이 들었다. 종이에 적힌 글을 읽고 싶지 않다는 기분이 들었다. 내 마음속 한구석에서는 마지막 순간까지, 이 종이는 그냥 장난이고 실수이고 아무것도 아니라는 것을 믿어도 되는 순간까지, 하지만 사실은 이제 더는 멈출 수 없는 일이 시작되었음을 어쩔 수 없이 인정할 수밖에 없는 순간까지, 그저 이 종이를 손에 쥐고만 있고 싶었다.

마침내 나는 종이를 펼쳤다.

짧은 글이 보였다. 무슨 뜻인지 모를 한 줄짜리 글이었다.

종이에는 **"당신이 보호해줘"**라고 적혀 있었다.

그린 스트리트이기 전의 그린 스트리트

오언을 처음 만난 것은 2년도 더 전이었다.

그때 나는 뉴욕에 살고 있었다. 이제는 내가 집이라고 부르는 캘리포니아 북부의 작은 도시 소살리토에서 4,800킬로미터가량이나 떨어진 곳에서 살았던 것이다. 소살리토는 샌프란시스코에서 금문교를 사이에 두고 있는 작은 도시였지만, 도시적인 삶과는 거리가 먼 곳이었다. 조용하고 매력적이고 나른한 곳. 이곳이 오언과 베일리가 10년 이상 집이라고 부른 곳이었고, 내가 살았던 이전 삶과는 완벽하게 반대인 삶을 살아가야 하는 곳이었다. 이전의 내 삶은 나를 맨해튼에, 소호의 그린 스트리트에 있는 상가 건물 맨 위층 공간에, 나로서는 도저히 감당 못 할 거라고 믿었던 천문학적인 월세를 내야 했던 작은 공간에, 내가 작업장이자 전시실로 사용했던 그 공간에 완벽하게 가둬놓았다.

나는 선반(旋盤)으로 나무를 깎는다. 그것이 내 생계를 유지할 수 있게 해주는 일이었다. 내가 하는 일이 무엇인지 들은 사람들은 (내가 아무리 제대로 설명해주려고 노력을 해도) 고등학교 목공 시간을 떠올리는 표정을 짓는다. 선반공이 하는 일은 목공이 하는 일과 조금 비슷해 보이지만, 사실 상당히 다르다. 나는 선반 일은 조각하는 일과 비슷하다고 말한다. 진흙으로 형태를 만드는 것이 아니라 나무로 형태를 만드는 것이다.

나는 자연스럽게 선반공이 됐다. 할아버지가 선반공이었기 때문이다. 그것도 아주 뛰어난 선반공. 할아버지의 작업은 내가 기억하는 한, 내가 아주 어렸을 때부터 내 삶의 모든 것이었다. 내가 기억하는 한, 할아버지는 아주 어렸을 때부터 내 삶의 중심이었다. 나를 길러준 사람도 할아버지였다.

나의 아버지 잭과 나의 어머니 캐럴(어머니는 자신을 이름으로 부르는 걸 선호했다)은 딸을 기르는 일에는 거의 흥미가 없었다. 사실 사진사로서의 아버지의 경력 말고는 부모님이 특별히 관심을 가진 대상은 거의 없었다. 내가 어렸을 때는 할아버지가 어머니를 부추겨 나와 함께하는 시간을 내게 했지만, 1년이면 280일을 여행하는 아버지는 거의 만날 일이 없었다. 어쩌다가 시간이 나면 아버지는 프랭클린에 있는 할아버지 집에서 나와 함께 시간을 보내려면 두 시간이나 자동차를 타고 달려와야 하는 테네시주 스와니에 있는 가족 목장에 들어가 나오지 않았다.

나의 여섯 번째 생일이 지나고 얼마 안 돼 아버지는 비서와 함께 어머니 곁을 떠났다. 아버지가 갓 스물한 살이 된 덜린이라는 여자와 떠나자 어머니도 더는 할아버지 집에 오지 않았다. 어머니는 아버지가 자기를 받아들일 때까지 아버지 뒤를 쫓아다녔고, 아버지와 재결합한 뒤에는 할아버지에게 나를 완전히 맡겨버렸다.

너무 슬픈 이야기라고? 물론 어머니가 아이의 인생에서 사라져버렸으니 바람직한 이야기는 아니다. 어머니의 선택을 그저 받아들일 수밖에 없는 아이가 좋은 기분을 느낄 리 없는 건 틀림없었다. 하지만 지금 생각해보면 어머니는 어머니의 방식대로 사과도 망설임도 없이 나에게 호의를 베푼 게 아닌가 싶다. 적어도 어머니는 자기 의사를 명확하게 전달했다. 어머니를 내 곁에 머물고 싶게 만들 방법이 나에게는 전혀 없음을 똑똑히 알려줬던 것이다.

어머니가 내 인생에서 완전히 사라진 뒤에 생긴 변화는 내가 그 전보다 더 행복해졌다는 것이다. 할아버지는 안정적이고 친절한 분이었다. 매일 저녁 나에게 음식을 만들어주었고, 내가 밥을 다 먹을 때까지 기다렸다가 이제는 일어나 책을 읽을 시간이라고 분명하게 일러주었다. 할아버지는 잠들기 전이면 늘 나에게 책을 읽어주었고, 자신이 일할 때는 내가 지켜볼 수 있게 해주었다.

나는 할아버지가 일하는 모습을 지켜보는 게 좋았다. 할아버지는 무시무시하게 거대한 나무 판을 선반 위에서 이리저리 움직여 놀라운 물건을 만들어냈다. 혹시라도 그다지 놀랍지 않은 물건이 만들어진다 해도, 할아버지는 다시 시작할 수 있는 방법을 정확하게 알았다.

할아버지의 작업을 지켜보면서 내가 가장 신났던 순간이 바로 그때였다. 할아버지가 두 손을 번쩍 들면서 "음, 우리 이거, 다른 방법으로 해보는 게 좋겠지?"라고 말할 때. 어떤 방법이 효과가 없으면 할아버지는 늘 다시 새로운 방법을 찾아 나섰다. 돈 벌 자격이 충분한 실력 있는 심리학자들은 그런 할아버지를 보면서 내가 희망을 느꼈을 거라고 말할 것이다. 할아버지가 나에게도 그렇게 해줄 거라는 믿음을 갖게 되었을 테니까, 늘 다시 시작해주리라는 믿음을 갖게 되었을 테니까 말이다.

하지만 나는 그와는 정반대의 이유로 위로를 받았다. 할아버지의 작업을 지켜보는 동안 나는 모든 것이 유동적이지는 않음을 배웠다. 세상에는 다른 각도로 공략해야 할 뿐, 절대로 포기하면 안 되는 일이 있음을 깨달았다. 그 일 때문에 어디로 가게 되든, 어쨌든 해야 할 일이 있는 법이다.

나는 선반공으로 성공하리라는 기대는 전혀 하지 않았다. 선반을 이용해 가구를 만들어 팔 수 있을 거라고는 말이다. 선반공이라는 직업으로는 생계를 충분히 꾸려나갈 수 없을 거라고 생각했다. 할아버지 역시 정기적으로 건설 현장에서 일해 부족한 수입을 보충했다. 그런데 선반공 일을 시작하고 얼마 되지 않아 내가 만든 작품 가운데 가장 강렬했던 식탁이 〈건축 다이제스트〉에 크게 실리면서, 나는 뉴욕 중심가에 자리를 잡을 수 있었다.

내가 아주 좋아하는 인테리어 디자이너들의 말에 따르면, 내 고객들은 돈을 전혀 쓰지 않은 것처럼 보이는 방식으로 집을 꾸미려고 엄청나게 많은 돈을 쓰려는 사람들이었다. 그런 사람들에게 내 투박한 나무 작품은 딱 맞는 실내 장식품이었다. 그리고 시간이 지나면서 헌신적인 내 고객들은 로스앤젤레스, 애스펀, 이스트햄프턴, 파크시티, 샌프란시스코 같은 부유한 해안 도시나 휴양지에 거주하는 거물급 고객들로 바뀌어갔다.

내가 오언을 만날 수 있었던 것도 모두 그 덕분이다. 오언이 근무하는 기술 회사의 CEO인 아베트 톰프슨이 내 고객이었으니까. 아베트와 놀라울 정도로 매력적인 그의 아내 벨은 아주 충실한 고객이었다.

벨은 자기가 아베트의 트로피 와이프(성공한 중장년 남성이 수차례의 결혼 끝에 얻은 젊고 아름다운 전업주부를 일컫는 용어-옮긴이)라는 농담을 자주 했는데, 정말로 그렇다는 사실만 아니라면 훨씬 재미있게 들렸을 것이다. 아베트의 성인 자녀들보다 열 살이나 어린 벨은 전직 모델 출신으로, 오스트레일리아에서 나고 자랐다고 했다. 벨과 아베트가 함께 살고 있는 샌프란시스코의 타운 하우스에는 물론이고, 벨이 은퇴한 뒤에 혼자 살려고 마련해둔 나파밸리 북쪽 끝자락에 있는 작은 도시 세인트헬레나의 시골 저택의 모든 방에도 내 작품이 놓였다.

아베트와 오언이 내 작업실을 찾아오기 전까지, 내가 아베트를 만난 것은 몇 번 되지 않았다. 그때 아베트와 오언은 투자자를 만나려고 뉴욕에 와 있었는데, 침실에 놓으려고 주문한 압연 에지 사이드 테이블을 점검하고 오라는 벨의 요청으로 나를 찾아왔었다. 하지만 아베트는 자기가 무엇을 점검해야 하는지 몰랐다. 이를테면 아베트의 머릿속에는 1만 달러짜리 유기농 매트리스를 깔 침대 옆에 사이드 테이블을 놓으면 어떻게 보일지를 상상해보는 일 같은 것은 존재하지 않았다.

솔직히 말해서, 아베트는 사이드 테이블의 생김새나 쓰임새에 전혀 관심이 없었다. 오언과 함께 걸어 들어왔을 때 그는 근사한 파란색 양복을 입고 젤을 바른 회색 머리카락을 완벽하게 두피에 붙이고 있었고, 휴대전화조차도 귀에 찰싹 붙이고 있었다. 그러니까 통화를 하면서 내 작업실로 들어온 것이다. 사이드 테이블을 한번 쓱 쳐다본 아베트는 휴대전화의 송화구를 손으로 가리고 말했다.

"좋아 보이네요. 이제 됐죠?"

아베트는 내가 대답할 새도 없이 밖으로 나가버렸다.

하지만 오언은 넋을 잃었다. 그는 내 작업실에 있는 작품들을 하나하나 뚫어져라 쳐다보면서 천천히 작업실 내부를 살펴보고 다녔다.

오언이 작업실을 살펴보는 동안 나는 그 사람을 관찰했다. 조금은 당혹스러운 모습이었다. 헝클어진 금발에 햇볕에 그을린 피부를 가진, 낡은 캔버스화를 신은 팔다리가 긴 남자였다. 그가 입은 옷은 나머지 모든 부분들과 어울리지 않아 보이는 화려한 스포츠 재킷이었다. 마치 서프보드에서 스포츠 재킷과 그 밑에 받쳐 입은 풀 먹인 셔츠 안으로 곧바로 뛰어든 것만 같았다.

내가 오언을 멍하니 쳐다보고 있다는 사실을 깨닫고 고개를 돌렸을 때, 오언은 내가 가장 좋아하는 작품 앞에 서 있었다. 내가 책상으로 쓰는 팜 테이블이었다. 내 컴퓨터와 신문과 작은 도구들이 팜 테이블 위를 대부분 뒤덮고 있어서, 정말로 신경 써서 그 아래를 보아야만 테이블의 모습을 알 수 있었는데, 오언은 정말 그렇게 했다. 그는 내가 끌로 깎고, 모서리를 은은한 노란색으로 칠하고, 가장자리를 거친 금속으로 용접한 단단한 삼나무 작품을 알아보았다.

그 테이블의 진가를 알아본 사람이 오언이 처음이냐고? 아니, 물론 그렇지는 않다. 하지만 내가 자주 그러는 것처럼 허리를 숙이고 날카로운 금속을 손가락으로 쓱 만지다가 책상을 꽉 잡은 사람은 오언이 처음이었다.

그 자세로 고개를 돌려 나를 올려다보면서 오언은 말했다.

"아야."

"그 녀석의 진가는 한밤중에 부딪혀봐야 알아요."

내가 대답했다.

몸을 일으킨 오언은 작별 인사를 하듯이 탁자를 툭툭 두드리고는 나에게 걸어왔다. 이유는 모르겠지만 그는 우리가 아주 가까워질 때까지 걸어왔다. 사실 나로서는 어떻게 우리가 그렇게까지 가까워졌는지 궁금해할 겨를도 없었다. 어째서 이렇게 가까워졌을까를 생각하기에는 내가 탱크톱을 입고 있다는 것이, 청바지 여기저기에 페인트가 묻어 있다는 것이, 위로 올려 묶어 사방으로 삐죽삐죽 나온 머리를 감지도 않았다는 것이 너무나도 신경 쓰였을 뿐이다. 하지만 나를 보는 오언을 바라보면서 나는 무언가 다른 감정을 느꼈다.

"그래, 호가가 얼마입니까?"

오언이 물었다.

"사실, 이 방에서 유일하게 팔지 않는 작품이에요."

"다칠지 몰라서요?"

"정확히 맞혔네요."

오언이 웃은 건 그때였다. 오언이 웃을 때라니. 무슨 나쁜 팝송 제목 같다. 분명히 말하는데 오언이 웃으면 얼굴이 환해진다거나 그런 건 아니다. 감성적이라거나 폭발적인 웃음은 아니었다. 그보다는 관대하고 아이 같은 웃음이라 그가 웃으면 친절해 보였다. 오언은 맨해튼의 번화가인 그린 스트리트에서는 만나보지 못한 친절함을 느끼게 해주는 웃음을 웃었다.

"그러니까 이 테이블은 협상의 여지가 없다는 말이군요?"

"안타깝게도요. 하지만 다른 작품을 보여드릴 순 있어요."

"그거 말고, 수업을 들을 수 있을까요? 이런 테이블을 내가 직접 만들도록 도와줄 수 있을 것 같은데요. 가장자리만 조금 더 친절하게 만들면 될 것 같은데……. 아니, 포기해야겠어요. 다치기라도 하면 나만 손해일 테니까요."

오언의 말에 나는 계속 웃고 있었지만, 여전히 혼란스러웠다. 갑자기 우리가 테이블에 관해 말하고 있는 게 아니라는 생각이 들었기 때문이다. 분명히 아니라는 확신이 들었다. 2년 동안 한 남자와 약혼을 한 상태였지만 그 남자하고는 결혼할 수 없겠다는 사실을 깨달은, 그것도 결혼을 2주 앞두고 깨달은 여자의 확신이 들었기 때문이다.

"저기, 이선……."

"오언입니다."

오언이 정정해줬다.

"그래요, 오언. 물어봐줘서 고마워요. 하지만 고객과는 데이트를 하지 않는다는 게 내 방침이에요."

"음, 당신이 파는 걸 구입할 여력이 없는 게 다행이네요."

그렇게 말하고 오언은 말을 멈추었다. '그럼 다음 기회에'라고 하듯이 어깨를 으쓱하더니 작업실 밖으로, 여전히 전화기 너머에 있는 사람에게 고함을 지르면서 복도를 서성이고 있는 아베트 쪽으로 걸어가기 시작했다.

오언이 거의 밖으로 나가고 있었다. 거의 가버리고 있었다. 그 순간 갑자기 그를 붙잡아 떠나지 못하게 해야 한다는 생각이, 그런 의미가 아니었다고 말해야 한다는 생각이 너무나도 강렬하게 들었다. 내가 한 말은 다른 의미였다고, 사실은 머물러야 한다는 뜻이었다고 말하고 싶었다.

지금 첫눈에 반한 사랑이었다고 말하는 게 아니다. 내 마음의 일부가 그가 떠나버리는 것을 멈추게 하고 싶었다고 말하는 것이다. 평온한 그의 웃음 주위에 머물고 싶었다고 말하는 것이다.

"잠깐만요."

오언을 붙잡을 방법을 찾아 재빨리 주위를 둘러보던 나는 다른 고객의 소유인 테이블 매트를 집어 들며 말했다.

"이거, 벨에게 가져다주세요."

그때가 당연히 내 최고의 순간은 아니었다. 내 전 약혼자가 늘 말했던 것처럼 멀어지는 사람에게 손을 뻗는 건 전적으로 나답지 않은 일이었다.

"분명히 전해줄게요."

오언은 내 눈을 외면한 채 매트를 받았다.

"공식적으로, 나도 하나 있어요. 데이트 금지 방침 말입니다. 나는 싱글 파더예요. 홀로 아이를 길러야 하죠……."

오언은 잠시 멈췄다가 말했다.

"그런데 딸이 엄청난 연극광이에요. 뉴욕까지 왔는데, 내가 연극을 한 편도 보지 않고 돌아가면 날 가만두지 않을 거예요."

오언은 화가 잔뜩 나서 복도에서 소리를 지르고 있는 아베트를 가리켰다.

"아베트는 연극을 보는 사람은 아니에요. 놀라운 이야기겠지만……."

"네, 아주 놀라워요."

내가 대답했다.

"그래서…… 어때요? 가고 싶어요?"

오언은 가까이 다가오지는 않았다. 그저 고개를 들었을 뿐이다. 고개를 들어 그저 내 눈을 바라보았을 뿐이다.

"데이트라고는 생각하지 맙시다. 그저 한번 만나는 거죠. 우리가 합의를 하는 거예요. 그냥 저녁을 함께 먹고 연극을 보는 것으로요. 만나서 반가웠어요."

"우리 방침 때문에요?"

내가 물었다.

오언이 또다시 관대하고 환하게 웃으며 대답했다.

"네, 맞아요. 우리 정책 때문에요."

"이게 무슨 냄새예요?"

베일리가 물었다.

나는 기억 속에서 빠져나와 부엌 입구에 서 있는 베일리를 발견했다. 베일리는 두툼한 스웨터 차림에 크로스 백을 메고 있었다. 크로스 백 끈에 자주색 브리지를 넣은 머리카락이 눌린 베일리는 짜증이 난 것처럼 보였다.

나는 전화기를 목과 어깨 사이에 끼운 채로 베일리를 보고 웃었다. 계속 오언에게 전화를 걸고 있지만, 전화는 연결되지 않고 몇 번이고 계속해서 음성 사서함으로 넘어갔다.

"미안. 거기 있는 줄 몰랐어."

내가 말했다.

베일리는 대답하지 않고 입을 앙다물었다. 늘 보는 오만상을 무시하고 나는 어깨에서 전화기를 떼었다. 인상을 찌푸리고 있어도 베일리는 아름다웠다. 방 안으로 들어오면 사람들이 깜짝 놀라 쳐다볼 정도였다. 베일리는 오언과는 그다지 닮지 않은 딸이었다. 자주색으로 물들인 머리카락은 본래는 밤색이고, 날카로운 눈은 검은색이었다. 베일리의 눈은 정말로 강렬했다. 다른 사람을 끌어당기는 눈이었다. 오언은 그 눈이 할아버지(베일리 엄마의 아버지)와 닮았다고 했다. 그래서 두 사람은 딸에게 할아버지의 이름을 붙여주었다. 여자아이 이름을 베일리라고 지은 것이다. 그냥 베일리라고 말이다.

"아빠는 어딨어요? 연습에 데려다준다고 했는데?"

주머니 속에 든 오언의 편지가 마치 아령처럼 묵직하게 느껴져서 일순 긴장했다.

당신이 보호해줘.

"오고 계실 거야. 일단 저녁을 먹자."

내가 대답했다.

“이게 저녁 냄새예요?”

베일리는 저녁으로 준비된 요리가 자기가 싫어하는 요리라는 결론을 명확하게 내릴 수가 없어서 고민이라는 듯이 코를 찡그렸다.

“포지오에서 먹은 링귀네야.”

베일리는 포지오가 자기가 가장 좋아하는 식당이 아니라는 듯이, 우리가 자기의 열여섯 번째 생일을 축하하려고 몇 주 전에 그곳에서 저녁을 먹은 적이 없다는 듯이 멍한 표정을 지었다. 그날 베일리는 브라운 버터소스를 뿌린 가정식 잡곡 링귀네를 주문했고, 오언은 링귀네와 어울리는 말벡 와인을 딸이 살짝 맛볼 수 있게 해주었다. 그때 나는 베일리가 포지오의 링귀네를 좋아한다고 생각했었다. 하지만 링귀네가 아니라 아빠와 함께 와인을 마실 수 있다는 사실이 좋았는지도 모르겠다.

나는 접시 위에 링귀네를 수북이 쌓아 아일랜드 식탁 위에 놓으면서 말했다.

“조금만 먹어봐. 맛있을 거야.”

베일리는 내 말을 무시하고 밖으로 나갈지를 고민하는 듯했다. 내가 오언에게 딸이 저녁도 먹지 않고 그냥 나가버렸다는 말을 전함으로써 아빠를 실망시키는 게 옳은 일인지를 생각하는 표정으로 나를 뚫어져라 쳐다보던 베일리는 짜증을 꾹 눌러 참고서 스툴 위로 훌쩍 뛰어올라 앉았다.

“알았어요. 조금만 먹을게요.”

베일리는 거의 항상 나를 시험하려고 들었다. 그게 우리 사이에서 가장 안 좋은 부분이었다. 베일리는 결코 나쁜 아이도 아니었고 무례한 아이도 아니었다. 자기가 싫어하는 상황에 놓인 착한 아이일 뿐이었다. 어쩌다 보니 내가 그 아이에게는 나쁜 상황이 되어버린 것뿐이었다.

보통 10대 여자아이가 아버지와 재혼한 사람을 싫어하는 데는 명확한 이유가 있다. 두 사람만 함께 살았을 때는 아빠가 가장 친한 친구였고 아빠가 자기의 가장 열렬한 팬이었기에, 늘 좋은 기억만 있던 베일리에게는 특히 분명한 이유가 있었다. 하지만 단지 그 이유만으로 베일리가 나를 이렇게까지 싫어하게 된 건 아니었다. 그저 처음 만났을 때 나이에 관해 엉뚱한 말을 했다는 이유만으로 나를 이토록 싫어하는 건 아니었다.

더 큰 사건이 내가 소살리토로 옮겨 오고 얼마 되지 않았던 어느 날 오후에 일어났다. 그날, 나는 베일리를 데리러 학교에 가야 했다. 그런데 고객과의 통화가 쉽사리 끝나지 않아서 결국 5분 늦게 도착했다. 10분이 아니라, 5분이었다. 오후 5시 5분에 도착한 것이다. 베일리의 친구 집 앞에 차를 세웠을 때, 시계는 정확히 5시 5분을 가리키고 있었다. 하지만 그 5분은 단순히 5분이 아니라 한 시간이었는지도 모른다. 베일리는 아주 엄격한 아이였다. 오언이라면 그게 나와 베일리의 공통점이라고 할지도 모르겠다. 오언의 아내와 딸은 5분이면 한 사람을 완벽하게 파악할 수 있다고 여기는 듯했다. 정말로 5분이면 충분했다. 그래서 내가 받지 말았어야 할 전화를 받고 있던 그 5분 동안 베일리는 나에 대해 판단을 내려버린 것이다.

베일리는 링귀네 면을 뚫어져라 보면서 포크로 돌돌 말았다.

"포지오에서 먹은 거랑은 다른데요?"

"음, 아니야. 거기 부주방장이 알려준 대로 만들었어. 같이 먹으라고 마늘빵도 페리빌딩으로 보내줘서 내가 가져왔는걸."

"빵을 가지러 샌프란시스코까지 다녀왔다고요?"

내 노력은 지나친 감이 있는지도 몰랐다. 사실, 정말로 지나치기는 했다.

베일리는 고개를 숙이고 링귀네를 한입 가득 떠먹었다. 나는 입술을 깨물면서 베일리가 자기도 모르게 입술 밖으로 빠져나오는 찬사를 터뜨리기를 기다렸다. 베일리가 토할 것처럼 웩웩거린 건 그때였다. 물을 마시려고 황급히 물잔에 손을 뻗으며 베일리는 정말로 토하려고 했다.

"뭘 넣은 거예요? 꼭…… 숯을 먹는 것 같아요."

"아냐, 내가 먹어봤는걸. 완벽한 맛이었어."

나는 링귀네를 한 입 떠먹었다. 베일리가 옳았다. 열두 살 손님과 오언의 편지 때문에 정신이 나가 있던 사이, 풍성한 크림을 자랑하던 살짝 녹인 버터소스가 말 그대로 완전히 타버렸다. 정말 재를 먹고 있는 것 같았다.

"갈게요. 지금 가야 수즈한테 데려다달라고 할 수 있거든요."

베일리는 스툴에서 일어났다. 내 뒤에서 귀에 대고 "조금만 참아"라고 말하는 오언의 소리가 들리는 것만 같았다. "조금만 더 참아줘." 오언은 베일리가 나를 무시할 때마다 그렇게 말했다.

"조금만 더 참아줘." 그 말은 언젠가 베일리가 태도를 바꿀 것이라는 뜻이었고, 2년 반만 지나면 베일리가 대학교에 갈 것이라는 뜻이었다. 하지만 그런 말은 나에게 전혀 위로가 되지 않는다는 사실을 오언은 이해하지 못했다. 나에게 그 말은 베일리가 내게로 다가오고 싶게 만들 시간이 계속 사라져간다는 뜻이었다.

내가 원하는 것은 베일리가 나를 향해 다가오는 것이었다. 오언 때문이 아니라 베일리와 진짜 가족이 되고 싶었다. 아니, 그 이상을 원했다. 베일리가 나를 밀어낼 때조차도 나는 베일리에게 끌렸다. 그 이유는 아마도 내 마음 어딘가에서 어머니를 잃었을 때 일어난 일들이 베일리의 마음속에서도 일어났음을 알기 때문인지도 몰랐다. 나의 어머니는 자발적으로 떠났고, 베일리의 어머니는 비극적인 사고로 어쩔 수 없이 떠났지만, 두 딸에게 새겨진 각인은 비슷할 것이다. 두 딸 모두 갑자기 낯선 장소에 떨어져서 이 세상에서 가장 중요한 사람이 지켜봐주지 않는 삶을 살아나갈 방법을 혼자서 찾으려고 애써야 했을 것이다.

"수즈네 집에는 걸어갈게요. 학교엔 수즈가 태워줄 거예요."

수즈, 베일리의 친구인 수즈도 함께 연극을 했고, 부두에 살았다. 수즈는 안전하겠지? 그렇겠지?

당신이 보호해줘.

"내가 데려다줄게."

내가 말했다.

"아니요."

베일리는 귀 뒤로 넘긴 자주색 머리카락을 앞으로 당겨 살펴보면서 말했다.

"괜찮아요. 어차피 수즈도 가야 하니까……."

"만약에 아빠가 안 오면, 내가 데리러 갈게. 아빠나 나, 둘 중 한 명이 정문에서 기다릴 거야."

베일리는 두 눈으로 나를 뚫어져라 쳐다보았다.

"왜 아빠가 안 온다는 거예요?"

"아니, 올 거야. 틀림없이. 나는 그저…… 혹시 내가 가면, 네가 운전할 수 있다고 말하는 거야."

베일리의 운전면허증은 임시 면허증이었기 때문에 혼자 운전해도 될 때까지 1년 동안 보호자가 동행해야 했다. 오언은 밤에 베일리가 운전하는 걸 싫어했던 터라 나는 운전을 매개로 베일리와 친해지고 싶었다.

"네, 고마워요."

베일리는 현관문을 향해 걸어갔다. 대화를 끝내고 소살리토의 공기 속으로 들어가고 싶은 것이다. 베일리야 그 상황을 무슨 말로든 정의할 수 있겠지만, 나는 우리 두 사람의 시간을 데이트로 받아들였다.

"그럼 몇 시간 뒤에 볼 수도 있겠네."

"네."

베일리가 대답했고, 나는 아주 잠시 행복했다. 베일리는 현관문을 세게 닫고 나갔다. 나는 또다시 오언의 편지와 함께 홀로 남겨졌다. 어디에서도 느낄 수 없는 침묵이, 그리고 적어도 10인분은 되는 탄 링귀네 냄새가 부엌을 가득 채웠다.

대답하고 싶지 않은 질문은 하지 마라

오후 8시. 오언은 아직도 소식이 없었다.
나는 베일리의 학교 주차장에서 빠져나와 정문 앞에 차를 세웠다. 라디오 볼륨을 줄이고 다시 오언에게 전화를 걸었다. 내가 건 전화는 또 음성 사서함으로 넘어갔고, 내 심장은 맹렬하게 뛰기 시작했다. 오언이 출근한 지 12시간이 지나고 있었고, 미래의 축구 스타가 우리 집을 방문한 지 두 시간이 지나고 있었지만, 남편에게 보낸 18통의 메시지는 그 어떤 답장도 받지 못했다. 삐 소리가 들렸고, 나는 또다시 음성 사서함에 대고 말했다.

"도대체 무슨 일이 어떻게 돌아가고 있는지 모르겠지만, 이거 듣자마자 전화해야 할 거야, 오언. 당연히 당신을 사랑해. 하지만 빨리 연락하지 않으면, 당신을 죽여버릴지도 몰라."

전화를 끊고 전화기를 내려다보면서 곧바로 울려야 할 전화벨을 기다렸다. 오언은, 당연히 지금껏 전화하지 못한 마땅한 이유를 대면서 전화를 해올 것이다. 그것이 내가 오언을 사랑하는 또 다른 이유이기도 하니까. 오언에게는 정말 적절한 이유가 있었다. 어떤 경우에도 오언은 흥분한 나를 진정시켜주었고, 납득할 수 있는 설명을 들려주었다. 지금, 나는 그런 내 믿음이 사실이기를 바랐다. 사실은 그렇지 않다는 것을 지금 경험하고 있는데도 말이다.

조수석에 올라탈 베일리를 생각하며 나는 지금까지 하고 있던 걱정들을 치워버렸다. 눈을 감고서 오언이 즉시 전화를 하지 않는 다른 이유들을 생각했다. 전혀 해롭지 않고 충분히 이해할 수 있는 이유들을 생각해냈다. 지금 오언은 아주 오래 진행되는 회의에 갇혀버렸을지도 모른다. 전화기를 잃어버렸을 수도 있고, 엉뚱한 선물로 베일리를 놀라게 해줄 계획을 세우고 있는지도 모른다. 아니면, 나를 놀라게 해줄 여행을 계획하고 있는지도 모른다. 그러니까 이게 재미있다고 생각하고 있을지도 모른다. 정말로 그렇다면, 오언은 정말 생각이 없는 거였다.

그때 오언의 회사 이름을 들었다. 라디오에서 '더 숍(The Shop)'이라는 단어가 흘러나온 것은 바로 그때였다.

나는 재빨리 라디오 소리를 높이면서 내가 잘못 들었다고 생각했다. 어쩌면 오언에게 메시지를 남기면서 내가 한 말인지도 모른다. "지금 더 숍에 갇혀 있는 거야?" 충분히 그럴 수 있었다. 하지만 그때 NPR 뉴스 앵커가 번드르르한, 독감에 걸린 것 같은 목소리로 전하는 뉴스의 나머지 부분이 라디오에서 흘러나왔다.

"SEC(증권 거래 위원회)와 FBI가 14개월 동안 예의 주시하던 소프트웨어 스타트업 회사 더 숍을 전격적으로 급습해, CEO 아베트 톰프슨을 체포했습니다. 톰프슨은 횡령 및 사기죄로 기소될 것으로 예상됩니다. 수사 관계자의 말에 따르면 '톰프슨이 미국을 떠나 두바이에 정착하려 했다는 증거를 확보했다'고 합니다.

더 숍의 고위 간부들도 곧 기소될 가능성이 크다고 합니다."

그러니까 더 숍에 관한 뉴스였다. 지금 앵커는 더 숍의 소식을 전하고 있었다.

어떻게 그럴 수 있지? 오언은 더 숍에서 일하는 걸 영광스럽게 생각했다. 오언은 그 단어를 사용했다. "영광스럽다." 오언은 초창기 멤버가 되려고 연봉까지 낮추고 더 숍에 들어갔다고 했다. 더 숍의 거의 모든 직원은 다른 기업들이 제공하는 전통적인 보상 대신에 스톡옵션을 받아들이는 데 합의하고, 연봉을 낮추고, 구글이나 페이스북, 트위터 같은 거대한 회사를 뒤로한 채 많은 돈을 벌 기회를 버리고 더 숍으로 왔다고 했다.

직원들이 그런 결정을 한 건 더 숍이 개발하고 있는 기술을 믿었기 때문이라고 했다. 더 숍은 엔론(Enron)이 아니었다. 테라노스(Theranos)였다. 더 숍은 소프트웨어 회사였다. 더 숍은 유저가 다른 곳에서 사용하는 자신의 개인 정보를 통제하고, 어린아이도 쉽게 인터넷상에서 당혹스러운 사진을 삭제하고 웹 사이트를 사라지게 하는 것을 제외한 모든 일을 할 수 있게 함으로써, 유저 자신이 원하는 대로 온라인 인생을 구축할 수 있는 소프트웨어를 개발하고 있었다. 더 숍은 온라인 프라이버시 혁명에 기여하고 싶어 했다. 이 사회에 긍정적인 변화를 일으키고 싶어 했다.

그런 사람들이 사기라니, 말이 되지 않았다.

라디오에서 광고가 흘러나오기 시작했다. 나는 전화기를 들고 애플 뉴스를 열었다.

하지만 CNN의 비즈니스 페이지로 들어가자마자 학교에서 나오는 베일리가 보였다. 어깨에 가방을 메고 있는 베일리는 나로서는 본 적도 없고, 이유도 알 수 없는 당혹스러운 표정으로 걸어오고 있었다.

나는 본능적으로 라디오를 끄고 전화기를 내려놓았다.

당신이 보호해줘.

베일리가 재빨리 차에 올라탔다. 조수석에 앉은 베일리는 곧바로 안전띠를 했다. 나에게 인사도 하지 않았다. 내 쪽으로는 고개조차 돌리지 않았다.

"괜찮니?"

내 말에 베일리는 고개를 저었다. 귀 뒤로 넘긴 베일리의 자주색 머리카락이 앞으로 쏟아져 내렸다. 분명히 날카로운 목소리로 "지금 괜찮아 보여요?"라고 쏘아붙일 줄 알았는데, 베일리는 아무 말도 하지 않았다.

"베일리?"

"모르겠어요. 무슨 일인지 모르겠어요."

내가 그것을 발견한 것은 그때였다. 베일리가 가져온 가방은 집을 나설 때 멨던 크로스 백이 아니었다. 아기처럼 무릎에 올려놓고서 소중하게 끌어안고 있는 가방은 커다란 검은색 더플백이었다.

"이건 뭐니?"

내가 물었다.

"보세요."

베일리의 목소리에는 가방 안을 들여다보기 싫게 만드는 무언가가 있었다. 하지만 선택의 여지가 없었다. 베일리는 더플백을 내 무릎 위에 놓았다.

"빨리, 열어봐요, 해나."

더플백의 지퍼를 살짝 열자마자 돈이 튀어나왔다. 끈으로 묶여 있는 100달러짜리 지폐 수백 다발이 들어 있었다. 끝이 없는 묵직함이 느껴졌다.

"베일리, 이거 어디서 났어?"

내가 속삭였다.

"아빠가 내 사물함에 넣어두고 갔어요."

베일리가 대답했다.

도저히 믿기지가 않아 베일리를 쳐다보는 나의 심장이 거세게 뛰기 시작했다.

"그걸 어떻게 아는데?"

베일리는 종이 한 장을 내 쪽으로 아무렇게나 던졌다.

"알 수밖에 없는걸요."

나는 무릎에 떨어진 종이를 집어 들었다. 노란 리걸 패드 종이였다. 그날, 오언이 사용한 노란색 리걸 패드의 또 다른 조각이었다.

나머지 조각은 나에게 보냈다. 베일리에게 보낸 종이에는 밑에 두 줄이 그어진 채 **'베일리에게'**라고 적혀 있었다.

베일리

무슨 일인지 이해시켜줄 수는 없어. 정말 미안해. 아빠한테 가장 중요한 게 뭔지 알지?

너에게 가장 중요한 일이 무엇인지도 알고 있을 거야. 부디 네 일을 열심히 해줘.

해나를 도와줘. 해나가 하라는 일을 해.

해나는 너를 사랑해. 우리 둘 다 너를 사랑해.

넌 아빠의 전부야.

아빠가

나는 글자가 흐릿하게 보일 때까지 뚫어져라 종이를 노려보았다. 오언과 정강이 보호대를 한 열두 살 여자아이가 만나기 전에 일어난 일을 그려볼 수 있었다. 오언은 학교 복도에서 베일리의 사물함까지 뛰어간 것이다. 자기가 할 수 있을 때, 딸에게 이 가방을 남기려고.

가슴이 너무나도 뜨거워져 숨 쉬기가 힘들 정도였다.

나는 거의 동요하는 법이 없었다. 그럴 수밖에 없는 환경에서 자랐기 때문이라고 말할 수도 있을 것이다. 살아오면서 이런 식으로 세상이 흔들리는 감정을 느낀 것은 단 두 번뿐이었다. 어머니가 다시는 돌아오지 않을 것이라는 사실을 깨달은 날과 할아버지가 돌아가신 날. 하지만 오언이 남긴 종이와 도저히 상상할 수도 없는 엄청난 돈을 번갈아 쳐다보면서 나는 그 감정이 나를 덮칠 것임을 직감했다. 그 감정을 어떻게 설명해야 할까? 그건 내 내부에 있는 모든 것이 밖으로 나올 것 같은 느낌이었다. 한 방향으로, 아니면 다른 방향으로 나올 것 같은 기분이었다. 나는 내 몸에서 나온 물질을 사방에 뿜어낼 수 있는 순간이 언제인지 알았다. 바로 지금이었다.

내 몸은 정말로 모든 것을 뿜어냈다.

우리는 부두 앞 주차장에 차를 세웠다.

부두까지 오는 동안 자동차 창문을 모두 내리고 달렸고, 나는 여전히 티슈로 입을 가리고 있었다.

"또 토할 것 같아요?"

베일리가 물었다.

나는 베일리에게만큼이나 나에게도 확신을 주려고 고개를 저었다.

"아니, 괜찮아."

내가 대답했다.

"혹시 이게 도움이 된다면……."

나는 베일리가 스웨터 주머니에서 마리화나 담배를 꺼내는 모습을 물끄러미 지켜보았다. 베일리가 나에게 담배를 내밀었다.

"이건 어디서 났니?"

"캘리포니아에서는 합법이래요."

그게 대답이라고? 설사 그게 열여섯 살 아이에게는 진실이라고 해도 그렇게만 대답하고 만다고?

어쩌면 베일리는 대답하고 싶지 않은 건지도 모르겠다. 특히 내가 마리화나를 준 사람을 보비라고 생각한다는 걸 알고 있을 때는 더 대답하고 싶지 않을 것 같았다. 보비는 베일리의 남자 친구 비슷한 아이였다. 베일리의 학교 선배였고, 겉으로 보기에는 살짝 세상 물정 모르는 모범생이자 좋은 학생이었다. 학생회장인 데다 시카고대학교에 진학할 게 거의 분명해 보였으니까. 머리카락도 자주색으로 물들이지 않았으니까.

하지만 보비에게는 오언이 미심쩍게 생각할 수밖에 없는 점이 분명히 있었다. 오언이 보비를 싫어하는 이유를 딸을 과보호하기 때문이라고 치부해버릴 수도 있었지만, 내가 보비 편을 든다고 해도 보비가 베일리를 부추겨 나를 무시하게 하는 건 막지 못할 것이다. 보비를 만나고 온 날이면 베일리는 내 방식을 비웃을 때가 있었다. 나는 베일리의 태도를 나에 대한 개인적인 감정으로 받아들이지 않으려고 노력했지만, 오언은 그러지 못했다. 바로 몇 주 전에도 오언은 베일리에게 보비와 너무 자주 어울린다고 말하다가 크게 다퉜다. 그럴 때면 베일리는 보통은 나에게만 짓는 멸시하는 표정을 아빠에게도 지어 보였다.

"하기 싫으면 안 해도 돼요. 나는 그냥 돕고 싶을 뿐이에요."

"난 괜찮아. 그리고 고마워."

베일리는 마리화나 담배를 다시 주머니에 넣었고, 나는 움찔했다. 베일리에게 아주 큰일일 경우에는 나는 부모 노릇을 하지 않으려고 애썼는데, 그것이 베일리가 좋게 생각하는 몇 안 되는 내 특징 가운데 하나인 것 같았다. 나는 오언이 집에 오면 이 문제를 상의해야겠다고, 베일리가 마리화나 담배를 계속 가지고 다니게 할 것인지를 오언이 결정하도록 해야겠다고 생각하면서 베일리에게서 고개를 돌렸다. 그러다가 갑자기 깨달았다. 오언이 언제 돌아올지 알 수 없다는 것, 지금 나는 오언이 어디에 있는지조차 모른다는 것을 말이다.

"내 생각에는, 그거, 내가 가지고 있는 게 좋겠어."

베일리는 나를 노려보았지만, 순순히 마리화나 담배를 나에게 내밀었다. 나는 마리화나 담배를 자동차 보관함에 넣고 더플백을 들어 올리려고 몸을 숙였다.

"세어보려고 했는데요……."

나는 고개를 들고 베일리를 올려다보았다.

"돈 말이에요. 한 묶음이 1만 달러였어요. 60묶음까지 세다가, 말았어요."

"60개라고?"

나는 시트와 바닥에 떨어져 있는 돈다발을 집어서 다시 더플백에 넣고, 가방 안에 숨겨놓은 엄청난 액수의 돈을 더는 생각하지 않도록 지퍼를 닫았다.

60만 달러. 60만 달러 플러스알파다.

"린 윌리엄스가 〈더 데일리 비스트〉 기사를 계속 리트윗하고 있어요. 더 숍이랑 아베트 톰프슨 기사요. 아베트와 메이도프의 공통점을 다룬 트윗 글도 있고요."

나는 재빨리 내가 알고 있는 사실들을 다시 면밀하게 검토해보았다. 오언이 나에게 보낸 쪽지. 베일리에게 남긴 더플백. 아베트가 횡령과 대규모 사기를 벌였다는 라디오 뉴스. 나로서는 도무지 이해할 수 없는 일을 주도한 아베트 톰프슨.

왠지 뒤틀린 꿈속에 들어와 있는 것만 같았다. 잘못된 시간에 잠들었다가 해가 중천에 떠 있는 한낮이나 서늘한 한밤중에 일어나서 자기가 어디에 있는지 어리둥절해서는 옆에 누운 사람을 확인하게 되는, 가장 믿는 사람을 똑똑히 확인하려고 고개를 돌리게 되는 그런 꿈을 꾸고 있는 것만 같았다.

'이건 그냥 꿈일 뿐이야. 침대 밑에 호랑이는 없어. 파리의 거리에서 쫓기고 있는 게 아니야. 윌리스 타워에서 뛰어내리지 않았어. 남편이 딸에게 60만 달러까지 세고도 다 세지 못한 돈을 남긴 채 설명도 없이 갑자기 사라져버린 건 꿈일 뿐이야.'

"아직 어떤 소식도 듣지 못했잖아. 더 숍에서 무슨 일이 일어났고 아베트가 불법을 저질렀다고 해도, 그게 꼭 아빠랑 관계가 있다는 뜻은 아니야."

"그럼 아빠는 어디 있는데요? 이 돈은 어디서 났는데요?"

베일리가 나에게 소리를 질렀다. 아빠에게 소리를 지르고 싶었기 때문일 것이다. 나도 베일리의 기분을 잘 알았다. "나도 너처럼 화가 났어"라고 말하고 싶었다. 하지만 사실 내가 그렇게 쏘아붙이고 싶은 사람은 베일리가 아니라 오언이었다.

나는 베일리를 쳐다보다가 이내 고개를 돌려 창문 밖을, 부두를, 만을, 이 낯선 작은 마을의 불 켜진 집들을 쳐다보았다. 한 씨네 수상 가옥 내부가 훤히 보였다. 한 씨 부부는 나란히 소파에 앉아서 그릇에 담은 아이스크림을 먹으며 텔레비전을 보고 있었다.

"이제 난 뭘 해야 해요, 해나?"

내 이름이 비난처럼 우리 사이에 계속 떠 있었다.

베일리가 머리카락을 귀 뒤로 넘길 때 파르르 떨리는 입술을 볼 수 있었다. 베일리는 결코 내 앞에서 운 적이 없었다. 너무나도 이상하고 예상치 못했던 모습이라 하마터면 베일리를 꼭 끌어안아줄 뻔했다. 안아주고 위로해주는 것이 우리가 늘 하던 일이라는 듯이 베일리에게 손을 뻗고 싶었다.

당신이 보호해줘.

나는 안전띠를 풀고 베일리에게 몸을 기울여 안전띠를 풀어주었다. 그 정도가 좋았다.

"일단 집에 들어가서 여기저기 전화를 해보자. 아빠가 어디에 있는지 아는 사람도 있을 테니까. 거기에서 시작하는 거야. 일단 아빠를 찾아야 무슨 일인지 설명도 듣지."

"좋아요."

베일리가 차 문을 열고 밖으로 나갔다. 하지만 다시 차 쪽으로 몸을 돌리더니 강한 의지를 담은 눈으로 나를 쳐다보았다.

"보비가 올 거예요. 아빠가 놓고 간 건 말하지 않겠지만, 보비가 여기 있었으면 좋겠어요."

그건 질문이 아니었다. 베일리가 그렇게 하겠다면, 내가 막을 방법은 없었다.

"대신 아래층에만 머물러야 해, 알았지?"

베일리가 어깨를 으쓱했다. 그건 이 문제에 대해서는 우리가 거의 합의를 했다는 몸짓이었다. 하지만 자동차 한 대가 맹렬하게 헤드라이트 불빛을 쏘면서 우리에게 달려오고 있었기 때문에 이 문제를 제대로 풀 방법을 진지하게 고민할 시간이 없었다.

처음에는 오언이 돌아오는 거라고 생각했다. '제발, 오언이어야 해.' 하지만 곧바로 좀 더 명확하게 생각할 수 있게 되면서 나는 마음의 준비를 했다. 경찰이겠지. 당연히 경찰일 수밖에 없어. 오언을 찾으려면 집에 올 수밖에 없을 테니까. 이곳에 와야 오언이 회사가 저지른 불법행위에 얼마나 관여했는지, 더 숍에서 오언이 하는 일을 내가 얼마나 알고 있는지, 현재 오언은 어디에 있는지를 파악할 수 있다고 생각할 테니까. 마치 내가 경찰에 넘겨줄 정보라도 가지고 있다는 듯이 말이다.

하지만 그 생각도 틀렸다.

헤드라이트가 꺼지자, 자동차가 밝은 파란색 미니쿠퍼임을 알 수 있었다. 줄스의 차였다. 나의 가장 오랜 친구 줄스가 미니쿠퍼에서 허겁지겁 뛰어내리더니 두 팔을 활짝 벌리고서 나를 향해 엄청난 속력으로 달려왔다. 줄스는 나를 껴안았고, 베일리와 나를 동시에 있는 힘껏 껴안았다.

"안녕, 내 사랑들."

줄스가 말했다.

베일리도 줄스를 끌어안았다. 줄스가 자기 인생에 들어온 것은 전적으로 나 때문이었는데도 베일리는 줄스를 사랑했다. 줄스의 지인이 될 수 있을 만큼 충분히 운이 좋은 사람들에게 줄스는 늘 위로와 안정이라는 멋진 선물을 주었다.

하지만 그 순간, 줄스의 입에서 흘러나온 말이 줄스가 하리라고 생각했던 그 어떤 말들이 아닌, 전혀 예상치도 못한 말이어서 나는 너무나도 깜짝 놀랐다. 줄스는 말했다.

"모두 내 잘못이야."

원하는 것을 생각하라

"이런 일이 벌어졌다는 게 믿기지 않아."

줄스가 말했다.

우리는 부엌에서 햇살이 비치는 따뜻한 곳에 작은 브렉퍼스트 테이블을 놓고 앉아 버번을 섞은 커피를 마셨다. 머리를 두 갈래로 묶고 작은 체구를 가려주는 커다란 스웨터를 입은 줄스는 벌써 커피를 두 잔째 마시고 있었다. 그 때문에 굳이 커피에 버번을 넣어 마시면서까지 피하고 싶은 이야기가 있음이 오히려 드러났다. 줄스의 모습은 고등학교 때 우리가 처음 만났던 소녀를, 열네 살의 줄스를 떠오르게 했다.

그때 할아버지는 나를 데리고 테네시주를 떠나 뉴욕주 픽스킬로 이사했다. 허드슨강 강변에 있는 작은 도시였다. 줄스의 가족은 그곳에서 뉴욕시로 옮겨 갔다. 줄스의 아버지는 탐사 보도를 하는 〈뉴욕타임스〉 기자로 퓰리처상까지 받은 언론인이었지만, 줄스는 그런 일로 잘난 체를 하는 아이가 아니었다. 우리는 방과 후에 개를 산책시키는 일을 하는 럭키라는 회사에서 아르바이트를 했고, 매일 오후에 개들을 데리고 함께 걸었다. 아마도 우리가 산책하는 모습은 장관이었을 것이다. 조그만 여자아이 둘과 번잡스러운 개 열다섯 마리의 조합이었으니 말이다.

그때 나는 공립 고등학교 1학년이었고, 줄스는 우리 학교에서 몇 킬로미터 떨어진 곳에 있던 일류 사립 고등학교 학생이었다. 하지만 오후에는 우리 둘뿐이었다. 지금도 나는 서로가 없었다면 우리 둘 다 고등학교 시절을 어떻게 버텼을지 상상할 수가 없다. 우리는 자신의 일상에서 일어나는 많은 일을 서로에게 털어놓았지만, 각자가 살아가야 하는 삶은 너무나도 달랐다. 줄스는 우리가 비행기 안에서 우연히 만난 낯선 사람에게 비밀을 털어놓는 사람들과 비슷한 것 같다고 했다. 우리 관계는 처음부터 그랬다. 안전했고, 가벼웠다. 9,000미터 상공에서 형성된 시각으로 서로를 보았다.

지금도 그런 관계는 바뀌지 않았다. 이제 우리는 어른이었으니까. 줄스는 자기 아버지의 뒤를 이어 신문사에서 일했다. 〈샌프란시스코 크로니클〉에서 사진 편집자로 일하는 줄스는 주로 스포츠를 다뤘다. 줄스는 무척 걱정스러운 얼굴로 나를 보고 있었지만, 나는 거실 소파에서 보비에게 폭 안겨 조그만 목소리로 속삭이고 있는 베일리를 보고 있었다. 보기에는 전혀 해로울 것 없는 모습이었다. 하지만 나는 여전히 '해롭지 않게 보인다는 게 어떤 건지 모르겠다'는 생각을 했다. 오언이 없을 때 보비가 집에 온 것은 이번이 처음이었다. 나 혼자 두 아이를 책임지게 된 건 지금이 처음이었다.

나는 두 아이를 보지 않는 척하면서 계속 살펴보았다. 그런 나의 시선을 베일리가 느낀 게 분명했다. 고개를 들어 나를 본 베일리의 표정은 결코 유쾌하지 않았다. 베일리가 소파에서 일어나더니 거실의 유리 미닫이문을 일부러 세게 닫았다. 그래도 두 아이의 모습은 여전히 보였으니 그저 보여주기식 반항이었지만, 어쨌거나 반항은 반항이었다.

"우리도 열여섯 살이었던 적이 있었잖아."

줄스가 말했다.

"저렇지는 않았어."

내가 대답했다.

"우린 머리카락을 자주색으로 물들이고 싶다는 생각만 했지."

줄스가 말하며 내 커피에 버번을 더 타려고 손을 뻗었지만, 나는 손으로 머그잔을 막았다.

"정말 안 마셔? 도움이 될 텐데."

나는 고개를 저었다.

"나는 됐어."

"그래? 나한테는 도움이 되니까."

줄스는 자기 잔에 버번을 따르고는 머그잔을 덮은 내 손을 치우더니 내 잔에도 따랐다. 나는 이미 들고 있던 커피조차 거의 마시지 않았지만, 애써 웃어 보였다. 스트레스를 너무 많이 받고 있었고, 너무 피곤했다. 무언가를 성취했다는 기분을 느끼려고 벌떡 일어나 거실로 가서 베일리의 팔을 잡고 부엌으로 데려오는 시도를 하기에도 너무 지쳐 있었다.

"경찰은 아직 연락 없었어?"

줄스가 물었다.

"아직 없었어. 더 숍에서 우리 집에 아무도 보내지 않는 게 이상해. 어째서 경찰이 왔을 때 내가 해야 할 말을 가르쳐주러 오지 않지?"

"그 사람들에게는 더 중요한 일이 있으니까. 주요 타깃은 아베트였고, 아베트는 지금 잡혀갔잖아."

줄스는 머그잔 가장자리에 손가락을 대고 빙글빙글 돌렸다. 나는 줄스를 자세히 살펴보았다. 긴 속눈썹과 높이 솟은 광대뼈, 오늘따라 깊게 팬 양미간의 주름. 상대방이 들으면 조금도 재미있어 하지 않을 이야기를 해야 할 때면 그렇듯이, 우리 두 사람 모두 그렇듯이, 줄스는 지금 긴장하고 있었다. 내 유사 남자 친구라고 할 수 있었던 내시 리처즈가 라이그릴에서 다른 여자애한테 키스하는 모습을 봤다고 전해야 했을 때처럼 말이다.

그때 줄스는 내가 내시 때문에 속상해할 거라고 생각해서 긴장했던 게 아니었다. 내가 내시에게 그 정도로 빠져 있지는 않다는 걸 알았으니까. 줄스가 힘들어했던 이유는 라이그릴의 감자튀김과 치즈버거를 우리 두 사람이 가장 좋아한다고 생각했기 때문이다. 줄스가 내시 얼굴에 탄산음료를 끼얹었을 때 매장 매니저가 앞으로 자기 매장에 우리 두 사람은 영원히 올 수 없을 거라고 말했기 때문에, 그 소식을 전해야 한다는 사실에 긴장했던 것이다.

"그러니까 나한테 말할 거야, 말 거야?"

내 말에 줄스가 고개를 들었다.

"뭘 말이야?"

"왜 이게 모두 네 잘못이라는 거야?"

줄스는 고개를 끄덕이고는 양 볼 가득 공기를 머금으면서 마음을 가다듬었다.

"오늘 아침에 출근해서 무슨 일이 생겼다는 걸 알았어. 맥스가 너무 신나 있더라고. 그 사람이 그렇게 신나 있다는 건 거의 대부분 나쁜 소식이 있다는 거거든. 살인이나 탄핵이나 폰지 사기 같은 거."

"맥스는, 진짜 멋진 사람이지."

"아, 그렇긴 하지……."

맥스는 〈샌프란시스코 크로니클〉의 탐사 보도 전문 기자로, 잘생겼고 유들유들했고 영리했으며, 줄스에게 푹 빠져 있었다. 줄스는 절대로 아니라고 부인하지만, 맥스와 같은 감정을 느끼고 있는 게 아닌가 하는 생각이 들었다.

"오늘은 특히 의기양양한 표정으로 자꾸 내 책상 주위를 맴돌지 뭐야. 그래서 뭔가 알고 있고, 자랑하고 싶다는 걸 눈치챘지. 맥스한테는 오래전부터 알고 지낸 SEC에서 근무하는 끈끈한 동료들이 있는데, 오늘 더 숍에서 큰일이 벌어질 거라고 말해줬대. 오후에 급습할 거라고."

줄스는 더는 말하고 싶지 않다는 표정으로 나를 보았다.

"FBI가 1년 넘게 더 숍을 지켜보고 있었다더라. 더 숍에서 주식을 상장한 직후에, IPO(기업공개)와 관련해서 상장 안내 내용을 의도적으로 부풀렸다는 제보를 받았대."

"네 말이 무슨 뜻인지 모르겠어."

"그러니까, 더 숍은 소프트웨어가 실제보다 더 빠른 시기에 완성되리라 생각하고서 너무 일찍 시장에 진입했던 거야. 그런데 개발이 생각처럼 진행되지 않았고, 그걸 숨기고서 소프트웨어가 완성된 것처럼 선전한 거지. 하지만 그런 소프트웨어를 팔 수는 없었을 테고. 그래서 주가를 높게 유지하려고 회계장부를 조작하기 시작한 거야."

"그게 가능해?"

"팔 수 있는 다른 소프트웨어들이 있었잖아. 비디오랑 앱도 있었고. 그게 회사를 먹여 살린 거지. 하지만 사생활 보호 소프트웨어는, 그러니까 아베트가 대대적으로 홍보한 시장의 판도를 바꿀 소프트웨어는 제대로 작동하지 않았고, 그래서 팔 수가 없었어. 하지만 잠재적인 큰 고객들에게 보여줄 수 있는 데모 판을 만들 정도로는 개발을 한 거고. 다른 기술 회사나 법률사무소 같은 고객들 말이야. 그 사람들이 관심을 보이자, 더 숍에서 그걸 선물로 매매했던 거지. 맥스는 더 숍이 한 일이 엔론이 한 일과 다르지 않다고 하더라. 주가를 계속 올리려고 선물매매 계약을 한 거야."

줄스가 하는 이야기가 달려가고 있는 곳이 어디인지 그제야 조금씩 이해되기 시작했다.

"문제를 해결할 시간을 벌려고 했구나?"

"정확해. 아베트는 소프트웨어가 제대로 작동하는 순간 선물매매가 모두 실질 매매로 전환될 수 있다고 장담했어. 더 숍은 소프트웨어가 작동할 때까지 주식의 가치를 유지하려고 임시방편으로 가짜 금융을 이용하고 있었던 거야. 문제는 소프트웨어가 제대로 작동하기 전에 그 사실이 들통난 거고."

"그 와중에 사기를 쳤고?"

"그렇지. 맥스 말로는 규모가 어마어마하대. 더 숍 주주들은 5억 달러를 잃게 될 거래."

'5억 달러라니.'

나는 방금 들은 이야기를 이해해보려고 애썼다. 전체 규모로 보면 그렇게 많은 돈은 아니었지만, 문제는 우리 지분이 아주 크다는 거였다. 오언은 자기가 일하는 직장을, 자기가 개발하는 소프트웨어를 믿었다. 그래서 더 숍이 상장됐을 때 자기가 받은 모든 스톡옵션을 전혀 처분하지 않았고, 오히려 주식을 더 사기까지 했다. 우리는 얼마나 잃게 될까? 저금한 돈 대부분? 상황이 나쁘게 흘러가는 걸 알았을 텐데, 어째서 오언은 우리가 많은 걸 잃게 되도록 가만있었을까? 어째서 오언은 제대로 기능하지도 못하는 회사에 우리의 저축을, 우리의 미래를 그토록 많이 투자했을까?

아니, 오언이 그런 일을 했을 리가 없다. 그러니 안심해도 되지 않을까?

"오언이 더 숍에 투자를 했다는 건, 회사 상황을 몰랐다는 뜻이잖아, 안 그래?"

"그럴지도 모르지."

줄스가 대답했다.

"그렇지 않다는 말로 들려."

"그게, 오언도 아베트와 똑같은 일을 했을 가능성이 있어. 소프트웨어에 훨씬 큰 가치가 있는 것처럼 보이려고 주식을 사들였다가, 다른 사람들이 눈치채기 전에 주식을 팔려고 한 거지."

"그런 일이 오언이랑 어울리는 것 같아?"

"그 어떤 것도 오언이랑 어울리는 건 없어."

내 말에 줄스가 대꾸하고는 어깨를 으쓱했다. 줄스는 아무 말도 하지 않았지만, 하고 싶은 말이 뭔지 내 귀에는 들렸다. 줄스의 마음속에서 굴러다니는 말을, 내 마음속에서 굴러다니는 말을 나는 들을 수 있었다. 오언은 기술 개발 책임자다. 자기가 개발하고 있는, 하지만 제대로 작동하지 않는 소프트웨어의 가치를 아베트가 부풀리고 있다는 사실을 오언이 모를 리 없었다. 그런 사실을 분명히 알아야 할 사람이 있다면, 그건 바로 오언이었다.

"맥스 말에 따르면, FBI는 더 숍 임원들 대부분이 어떤 식으로든 이 일에 연루되어 있으리라고 생각한대. 간부들 모두가 다른 곳에서 알기 전에 문제를 바로잡을 수 있다고 여겼던 거지. 사실 거의 해결하기 직전이었대. SEC에 제보가 들어오지 않았다면, 아마 해결했을지도 몰라."

"누가 제보했대?"

"모르지. 하지만 FBI가 급습한 건 그 제보 때문이래. 아베트가 잠적하기 전에 잡으려고. 그 사람이 몇 달에 걸쳐 자기가 보유한 주식 2억 6,000만 달러어치를 은밀하게 매각하고 있어서……."

"세상에, 말도 안 돼!"

"그래. 아무튼 맥스가 그 소식을 미리 확보했던 거야. 급습할 거라는 정보 말이야. 그래서 FBI가 맥스하고 거래를 했대. 급습하기 전에 기사를 내지 않겠다고 약속하면 두 시간 전에 알려 주겠다고. 그럼 우리가 모두를 이길 수 있는 거잖아. 〈타임스〉도 CNN도 NBC도 폭스도. 맥스는 그게 너무 자랑스러워서 나한테 말할 수밖에 없었던 거지. 하지만 나는 모르겠더라고……. 그냥 맨 먼저 든 생각은 오언한테 전화해야 한다는 거였어. 아니다. 맨 처음 든 생각은 너한테 전화를 해야 한다는 거였는데, 네가 전화를 안 받았어. 그래서 오언한테 전화했지."

"경고해주려고?"

"맞아. 경고해주려고."

"그래서 네가 잘못했다고 생각하는 거야? 오언이 도망갔으니까?"

속에서만 맴돌던 말이 처음으로 형태를 갖추면서 큰 소리로 내 입 밖으로 터져 나왔다. 내가 한 말은 분명한 사실이었다. 그리고 큰 소리로 말하는 순간, 왜인지 기분이 조금은 나아지는 것 같았다. 어쨌거나 솔직하게 말한 거니까. 오언은 도망갔으니까. 도망치고 있었으니까. 오언은 그저 단순히 떠나버린 게 아니니까.

줄스는 고개를 끄덕였고, 나는 솟구쳐 오르는 눈물을 막으려고 애쓰면서 침을 꿀꺽 삼켰다.

"절대로 네 잘못이 아니야, 줄스. 잘릴 각오를 하고 오언한테 알린 거잖아. 넌 도와주려고 했어. 그런 너한테 화를 낸다는 건 있을 수 없는 일이야. 내가 화가 나는 건 오언 때문이야."

나는 잠시 말을 멈추고 생각했다.

"사실 오언한테도 화가 나는 건 아니야. 그냥 멍한 거 같아. 오언이 무슨 생각을 한 건지 알고 싶을 뿐이야. 이런 식으로 도망치는 게 나쁜 게 아니라는 생각을 어떻게 할 수 있었을까?"

"왜 그랬을 것 같아?"

줄스가 물었다.

"모르겠어. 혹시 자기는 무죄라는 걸 밝히고 싶었을까? 하지만 그렇다면 왜 여기서 하지 않고? 변호사를 선임해서 법적으로 자기가 명확하게 무죄라는 걸 밝히면 되잖아……. 내가 분명히 무언가를 놓치고 있다는 기분을 떨칠 수가 없어. 오언이 어떤 도움을 찾아다니고 있는 건지, 도저히 모르겠어."

줄스는 내 손을 꼭 잡고서 나에게 웃어 보였다. 하지만 줄스의 표정에서 우리가 같은 생각을 하고 있지 않다는 것을, 그 표정 아래 감추고 있는 것이 무엇이건 간에 나에게 하지 않은 말이 있다는 것을 알 수 있었다. 줄스는 가장 끔찍한 소식은 아직 전하지 않았다.

"나, 그 표정 알아."

내 말에 줄스는 고개를 저었다.

"아니야, 아무것도."

"말해, 줄스."

"그게, 내 느낌이 정확한지는 모르겠지만, 오언은 놀라지 않았다고 생각해. FBI가 쳐들어갈 거라는 말을 내가 전했을 때, 오언은 놀라지 않았어."

"네가 무슨 말을 하는지 모르겠어."

"어렸을 때, 아빠한테 배웠어. 정보원들은 자기가 아는 게 있으면 숨기질 못한다고. 너처럼 아무 정보도 없는 사람들은 당연히 알고 싶어 할 명백한 질문들을 하는 걸 잊어버리는 거지. 그러니까 방금 네가 한 것 같은, 정확히 무슨 일이 벌어지고 있는 거냐는 질문들을 하지 않는다는 거야."

내가 줄스를 물끄러미 쳐다보면서 다음 말을 기다리는 동안, 내 머릿속에서는 변화가 일어나기 시작했다. 나는 유리문 너머에 있는 베일리를 쳐다보았다. 베일리는 보비의 가슴에 머리를, 보비의 배에 손을 대고서 눈을 감고 있었다.

당신이 보호해줘.

"그러니까 오언이 사기에 관해 아무것도 모른다면, 나에게서 더 많은 정보를 얻으려고 애썼어야 해. 더 숍에서 어떤 일이 벌어지고 있었는지를 알고 싶어 했어야 한단 말이지. 이를테면 '줄스, 천천히 말해봐요. FBI는 누가 죄를 지었다고 생각하는 거예요? 아베트 혼자서 그런 일을 저지른 거예요, 아니면 많은 사람이 연루된 거예요? 도대체 무슨 일이 있었던 거고, 얼마나 횡령한 거예요?' 같은 질문들을 했어야 하잖아. 하지만 오언은 더 많은 정보를 알려고 하지 않았어. 한 가지 말고는 궁금해하지도 않았어."

"오언이 궁금해한 게 뭔데?"

"FBI가 들이닥치기까지 시간이 얼마나 남아 있는지 물어봤어."

줄스가 대답했다.

24시간 전

오언과 나는 포장 용기에 담긴 태국 음식과 얼음처럼 차가운 맥주를 먹으며 선창에 앉아 있었다. 오언은 맨투맨 티셔츠에 청바지를 입고 있었고, 맨발이었다. 초승달이 떠 있는 북부 캘리포니아의 밤은 습하고 추웠지만, 오언은 추위를 전혀 타지 않았다. 하지만 추위를 타는 나는 담요로 몸을 감싸고, 양말을 두 켤레나 신은 발에 방한 부츠까지 신고 있었다.

우리 두 사람은 파파야샐러드와 매운 라임카레를 나누어 먹었고, 오언은 눈까지 곧바로 올라온 매운맛 때문에 눈물을 흘리고 있었다.

나는 터져 나오려는 웃음을 꾹 참으며 말했다.

"매운 걸 못 먹겠으면, 다음에는 다른 걸 시키자."

"아니, 먹을 수 있어. 당신이 먹을 수 있다면, 나도 당연히 먹을 수 있지……."

오언이 카레를 크게 한 입 떠 넣고서 삼키려고 애쓰는 동안 그의 얼굴은 점점 더 빨개졌다. 오언은 재빨리 맥주를 집어 들어 벌컥벌컥 마셨다.

"봤지?"

"응, 봤어."

나는 오언 쪽으로 몸을 기울여 입을 맞추었다. 키스를 끝내고 몸을 뒤로 빼자, 오언이 웃으면서 내 뺨을 어루만지며 물었다.

"어떻게 생각해? 내가 그 담요를 함께 덮을 수 있을까?"

"물론이지."

나는 오언에게 몸을 붙이고는 담요 자락을 그의 어깨에 덮어주었다. 따뜻한 오언의 몸이 느껴졌다. 맨발인 오언의 몸이 내 몸보다 적어도 10도는 더 따뜻했다.

"자, 이제 말해봐. 오늘 가장 좋았던 일은 뭐였어?"

그건 우리가 집에 늦게 돌아온 날이면, 너무나 피곤해서 큰일을 다룰 여력이 없을 때면 늘 하는 의식 같은 거였다. 그날 있었던 일 가운데 한 가지만 골라서 서로에게 이야기해주는 것. 각자 떨어져서 보낸 시간 속에서 일어난 한 가지 좋은 일을 공유하는 것이다.

"사실, 베일리에게 점수를 딸 좋은 방법을 생각해냈어. 내일 저녁에 브라운 버터소스를 넣은 파스타를 만들려고. 베일리 생일에 포지오에서 먹은 링귀네 기억하지? 어때, 베일리가 좋아할 것 같아?"

오언은 내 어깨에 두르고 있던 팔에 잔뜩 힘을 주더니 낮은 목소리로 말했다.

"지금 베일리가 링귀네를 좋아할 것 같냐고 물은 거야, 아니면 링귀네를 만들어주면 베일리가 당신을 좋아하게 될 거 같냐고 물은 거야?"

"뭐지, 이 불친절함은?"

"난 친절하려고 최선을 다하고 있어. 당신과 함께 있게 된 건, 베일리에게는 행운이야. 베일리도 결국 그 사실을 알게 될 테고. 파스타랑 상관없이."

"그걸 자기가 어떻게 알아?"

내 말에 오언은 어깨를 으쓱하며 말했다.

"난 알아."

그 말에 대꾸하지 않았지만, 그를 완벽하게 믿는 건 아니었다. 나는 오언이 나와 베일리 앞에 가로놓인 넓은 간극에 다리가 돼주기를 바랐다. 어떻게 해야 그런 다리를 놓을 수 있는지는 몰랐지만. 그럴 수 없다면, 적어도 내가 할 수 있는 모든 일을 하고 있다고 말해주기를 바랐다.

그런 내 생각을 듣기라도 한 듯이 오언은 내 얼굴을 가리고 있던 머리카락을 걷어 올리더니 내 목에 키스했다.

"하지만 베일리가 정말로 그 파스타를 사랑하기는 하지. 틀림없이 효과가 있을 거야."

"내 말이 그 말이라니까!"

오언이 웃으며 말했다.

"내일 일찍 퇴근할 수 있을 거야. 장 보러 가야지?"

"그렇지."

"그럼 같이 가자. 내가 당신을 도와야지."

나는 오언의 어깨에 머리를 기댔다.

"고마워. 자, 그럼 이제 자기 차례야."

"오늘 가장 좋았던 일?"

"그래. 얼버무리지 말고 지금 말해."

내 말에 오언이 크게 웃었다.

"나를 정말 잘 아는 아내군. 맞아. 지금은 말하지 않을 거야."

"정말?"

"정말."

"그럼 무슨 말을 하려고 했는데?"

"60초 전에는, 담요 바깥이 몹시 추웠다는 거."

돈을 추적하다

줄스는 새벽 2시까지 머물렀다.

자고 가겠다는 줄스를 말리지 말 걸 그랬다. 이렇게 잠 못 들 줄 알았다면.

오언이 없는 침실을 보고 싶지 않아서 거실 소파에 누웠지만, 거의 자지 못하고 밤을 꼬박 새웠다. 낡은 담요를 두른 채 어둠이 걷히기를 기다리는 동안 내 머릿속에서는 줄스가 가기 전에 한 말이 계속해서 재생되고 있었다.

현관에서 작별할 때, 줄스는 나를 꼭 안아주면서 "한 가지 더 말할 게 있어. 네 계좌는 계속 가지고 있지?"라고 물었다.

"그래."

"잘됐다. 그거 중요해."

줄스가 잘했다는 듯이 웃어서 내가 개인 계좌를 유지하고 있는 건 오언 때문이라는 말은 덧붙이지 못했다. 오언은 왜 그래야 하는지 제대로 설명해주지 않고, 우리가 돈을 따로 관리해야 한다고만 했었다. 나는 그 이유가 베일리 때문일 것이라고 짐작했다. 하지만 그 이유 때문이 아닐 수도 있겠다는 생각이 들었다. 내 계좌를 그대로 둔 것은 오언이 떠난 이유와 관계가 있는지도 몰랐다.

"왜냐하면 오언의 자산이 동결될 수도 있거든. 오언의 행방을 추적하면서, 그가 알고 있는 걸 찾으려고 애쓰면서 일단 오언의 금융자산부터 동결하려 할 거야. 수사기관에서는 늘 돈을 추적하니까."

돈을 추적한다.

부엌 싱크대 밑에 쑤셔 넣은 더플백을, 아마도 오언이 FBI는 쫓을 수 없으리라 생각하며 넣어두었을 그 많은 돈을 생각하니 속이 메슥거렸다. 줄스에게는 더플백에 든 돈에 관해 말할 수 없었다. 조금이라도 생각이 있는 사람이라면 그 돈이 어떻게 보일지 알 테니까. 나도 그 돈이 어떻게 보일지 알고 있었으니까. 그 돈은 오언에게 죄가 있다는 생각이 들게 했다. 이미 상당히 많은 결론을 내린 줄스에게 돈이 든 이상한 가방을 보여준다면 어떤 생각을 할지 뻔했다. 당연한 일이었다. 줄스는 오언을 형제처럼 사랑했지만, 이건 사랑에 관한 문제가 아니었다. 이건 오언이 이 소동에 어떻게 연루되어 있는가의 문제였다. 오언이 전화 통화에서 이상한 말을 했고, 결국 달아나버린 것에 관한 문제였다. 오언의 모든 행동이 전부 의심스럽다는 것에 관한 문제였다.

한 가지만 빼고 말이다. 내가 알고 있는 한 가지만 빼면 그렇게 생각할 수도 있었다.

오언은 죄가 있어서 도망칠 사람이 아니었다. 자신을 구하려고 떠날 사람이 아니었다. 감옥에 가는 걸 피하려고, 자기를 바라보는 내 눈을 피하려고, 자기가 한 일을 인정하지 않으려고 도망칠 사람이 아니었다. 베일리를 두고 떠날 사람이 아니었다. 정말로 해야 할 필요가 생기지 않는 한, 절대로 베일리를 두고 떠날 사람이 아니었다. 그걸 내가 어떻게 확신할 수 있냐고? 기꺼이 보고 싶은 부분만 보기로 마음을 먹은 것이 분명한데, 어떻게 확신할 수 있냐고?

그건 부분적으로는 내가 '보아야 하는' 인생을 살았기 때문이라고 할 수 있을 것이다. 살아오면서 나는 많은 주의를 기울여야 했다. 어머니가 영원히 떠났을 때, 나는 그 사실을 조금도 눈치채지 못했다. 나는 어머니의 모습에서 그 무엇도 알아내지 못했다. 결국 영원히 떠나버리리라는 사실을 전혀 알지 못했다. 그때는 당연히 알 수가 없었다. 그 전에도 어머니가 허겁지겁 떠나는 날은 많았으니까. 나와 할아버지에게 작별 인사도 제대로 하지 않고 몰래 빠져나갔던 밤이 너무나도 많았으니까. 가끔 전화를 걸고 가끔 찾아와서 안부를 물을 뿐, 며칠이고 몇 주고 오지 않는 날들이 너무 많았으니까.

마침내 영원히 떠나버리던 날에도 어머니는 돌아오지 않을 거라는 말은 하지 않았다. 그저 내 침대 끝에 걸터앉아 내 얼굴에 붙은 머리카락을 정리해주면서 아버지가 자기를 찾아서 유럽으로 가야 한다는 말만 했다. 하지만 곧 나를 보러 올 거라고 했다. 나는 그 말을 곧 돌아온다는 뜻으로 받아들였다. 어머니는 언제나 왔다가 갔으니까. 나는 어머니의 말을 이해하지 못한 거였다. 어머니가 한 말의 의미를 놓친 거였다. '곧 보러 온다'라는 말은 진정한 의미로는 결코 돌아오지 않는다는 뜻임을, 이제는 어머니를 1년에 두 번, 저녁이나 밤에 (함께 자는 법은 없이) 잠깐 볼 수 있다는 뜻임을 이해하지 못한 거였다.

그 말은 나에게서 어머니가 사라졌다는 뜻이었다. 그것이 내가 이해하지 못한 부분이었다. 어머니는 나에게서 자신이 사라지는 것을 조금도 신경 쓰지 않았다는 것, 그것이 내가 이해하지 못한 부분이었다. 그래서 나는 다짐했다. 다시는 그런 신호를 놓치지 않겠다고 말이다.

오언에게 죄가 있는지 없는지 나는 모른다. 이 문제를 혼자서 해결하겠다고 떠난 오언에게는 정말 맹렬하게 화가 났다. 하지만 그가 신경 쓴다는 걸 알았다. 그가 나를 사랑한다는 걸 알았다. 무엇보다도 나는 오언이 베일리를 사랑한다는 걸 잘 알았다.

오언이 떠난다면, 그건 베일리를 위한 일이기 때문이다. 떠나야만 해서 떠난 것이다. 그가 떠난다면, 그것만이 베일리를 구하는 방법이기 때문이다. 무언가로부터, 누군가로부터 베일리를 보호하는 방법이기 때문이다.

그러니까 이 일은 모두 베일리와 관계가 있는 것이다.

그것 말고 나머지는 그저 이야기일 뿐이다.

커튼을 달지 않은 거실 창문으로 햇살이 쏟아져 들어온다. 항구가 바로 보이는 매끈한 노란색 창문으로 쏟아져 들어오고 있었다.

나는 멍하니 밖을 쳐다보았다. 텔레비전을 켜지도 않았고, 노트북을 열어 뉴스를 확인하지도 않았다. 가장 중요한 것은 이미 알고 있었다. 오언은 여전히 돌아오지 않았다는 것.

샤워를 하려고 위층으로 올라가다가 평소와 달리 베일리의 방 문이 열려 있는 걸 보았다. 베일리는 침대에 앉아 있었다.

"안녕?"

내가 말했다.

"네."

베일리가 대답했다. 베일리는 무릎이 가슴에 닿을 정도로 웅크리고 있었다. 겁을 먹은 것 같았다. 하지만 그 사실을 숨기고 싶은 것 같았다.

"잠깐 들어가도 될까?"

"네. 그럴 것 같았어요."

베일리가 대답했다. 나는 베일리의 방으로 들어가 나에게는 아주 익숙한 일인 것처럼, 어떻게 해야 하는지를 이미 알고 있는 것처럼 침대 끝에 걸터앉았다.

"잠은 좀 잤어?"

"많이는 못 잤어요."

침대 시트 밖으로 베일리의 발가락이 삐죽 나와 있었다. 베일리는 발가락을 주먹 쥔 손가락처럼 힘껏 꼬부리고 있었다. 손을 뻗어 베일리의 발가락을 감싸 쥐려다가 멈추었다. 나는 두 손을 맞잡고 베일리의 방을 둘러보았다. 침대 옆 탁자 위에는 연극 관련 책과 대본이 쌓여 있었고, 그 위에 분홍색 돼지 저금통이 올려져 있었다. 두 사람이 소살리토로 옮겨 오고 얼마 되지 않아 열린 학교 바자회에서 오언이 경품으로 받은, 빨간 볼에 나비 리본을 단 돼지 저금통이었다.

"계속 같은 생각을 했어요. 무슨 생각이냐면…… 아빠는 일을 복잡하게 만들지 않잖아요. 적어도 내 문제로는요. 그래서 아빠가 남긴 편지에 설명이 적혀 있을 것 같았어요."

"그게 무슨 뜻이니?"

"아빠가, '아빠한테 가장 중요한 게 뭔지 알지?'라고 했잖아요. 그게 무슨 뜻일 것 같아요?"

"'아빠가 베일리를 정말 사랑한다는 거 알지?'라는 뜻 같은데? 그리고 다른 사람이 뭐라고 하든 아빠는 좋은 사람이라는 걸 말하고 싶은 것 같은데?"

"아니, 아니에요. 아빠는 다른 걸 말하는 거예요. 난 아빠를 알아요. 뭔가 다른 걸 말하고 있어요."

"그래, 좋아."

나는 숨을 깊이 들이마셨다.

"어떤 걸 말하고 있는 것 같니?"

하지만 베일리는 고개를 저었다. 이미 베일리는 다른 걸 생각하고 있었다.

"그 돈으로 뭘 하라는 거죠? 나한테 왜 그 돈을 남겼을까요? 그런 돈은, 다시는 돌아오지 않을 사람들이나 남기는 거잖아요."

그 순간, 나는 차갑게 멈춰버렸다.

"아빠는 돌아올 거야."

베일리의 얼굴에 의심이 가득 차올랐다.

"그걸 어떻게 알아요?"

베일리를 안심시킬 수 있는 말을 해주고 싶었다. 운이 좋다면, 그 말이 진실처럼 들리는 말을 해주고 싶었다.

"네가 여기 있으니까."

"그럼 왜 아빠는 여기 없는 건데요? 어째서 그렇게 떠나버렸는데요?"

베일리가 찾는 건 답이 아닌 것 같았다. 내가 자신이 원치 않는 대답을 해서 싸울 수 있는 순간을 기다리고 있는 것만 같았다. 이유와 상관없이 나를 이런 상황에 빠뜨린 오언에게 미칠 듯이 화가 났다. 나는 오언의 의도를 확실하게 안다는 말을 할 수 있었다. 그가 어디에 있건 간에, 그가 그곳에 있는 이유는 베일리를 보호하기 위함이라는 말을 할 수 있었다.

하지만 어쨌든 나는 오언도 없이 홀로 이곳에 앉아 있어야 했다. 그 때문에 내가 어머니처럼 터무니없는 행동을 하고 있는 게 아닐까 하는 생각이 들었다. 어쩌면 어머니가 나에게 한 일과 똑같은 일을 내가 베일리에게 하고 있는 건 아닐까 하는 생각이 들었다. 어머니도 나도 한 사람에 대한 믿음을 그 어떤 것보다도 상위에 올려놓았다. 사랑이라는 이름으로 말이다. 그런 사랑이 도달하는 게 이런 곳이라면, 사랑을 어떻게 좋은 거라고 할 수 있을까?

"음, 그 얘긴 다음에 하자. 지금은 학교 갈 준비를 하는 게 좋지 않을까?"

"지금 나한테 학교에 가라는 거예요? 진심이에요?"

베일리가 물었다. 베일리는 틀리지 않았다. 너무나 형편없는 말이었다. 하지만 어떻게 내가 하고 싶은 말을 할 수 있을까? '내가 너희 아빠한테 수십 번 전화를 걸었지만, 아직도 어디에 있는지 몰라. 정말로 우리에게 돌아올지도 확신할 수 없어'라는 말을 어떻게 할 수 있을까?

베일리는 침대에서 벗어나 욕실을 향해, 자기 앞에 놓인, 우리 두 사람 앞에 놓인 끔찍한 하루를 향해 걷기 시작했다. 나는 베일리를 막아 다시 침대로 돌려보내고 싶었다. 하지만 그건 나에게 필요한 일 이상이라는 생각이 들었다. 베일리는 집에서 벗어나 외출하는 게 좋지 않을까? 학교로 가는 게? 5분 동안만이라도 아빠에 대해 잊는 게 좋지 않을까?

당신이 보호해줘.

"내가 데려다줄게. 오늘은 혼자 걸어가지 않았으면 좋겠어."

"그러시든가요."

베일리는 싸우기에는 너무나 지친 게 분명했다. 첫 번째 휴전이었다.

"틀림없이 아빠한테서 곧 연락이 올 거야. 확실해. 틀림없이 지금 무슨 일이 일어나고 있는지를 이해할 수 있게 될 거야."

"아, 확실하다고요? 와우, 정말 안심이 되네요."

아무리 빈정대는 것으로 가면을 쓴다고 해도 베일리가 많이 지쳐 있고, 혼자 남겨졌다고 느끼고 있다는 사실이 감춰지지는 않았다. 그런 베일리를 보자, 문득 할아버지가 그리워졌다. 할아버지라면 베일리의 마음을 편하게 해줄 방법을 알고 있을 텐데. 할아버지라면 그것이 무엇이건 간에 베일리가 원하는 것을 줄 수 있고, 이런 순간에도 자기가 사랑받고 있음을 알려줄 수 있을 텐데. 자기를 믿어도 된다는 사실을 확신하게 해줄 텐데. 나에게 그랬던 것처럼 말이다.

어머니가 떠나고 여러 달이 흘렀을 때, 나를 찾아 2층 내 방으로 들어왔던 할아버지는 어머니에게 편지를 쓰고 있는 나를 보았다. 어떻게 나를 버릴 수 있냐고 원망하는 편지를 쓰고 있던 나를 보았다. 그때 나는 울고 있었고, 화가 나 있었고, 잔뜩 겁을 먹고 있었다. 그리고 지금도 나는 그때 할아버지가 해주었던 일을 절대로 잊지 못한다.

그때 할아버지는 작업복을 입고 두툼한 작업 장갑을 끼고 있었다. 손바닥이 울퉁불퉁한 자주색 장갑. 산 지 얼마 안 된 장갑이었다. 할아버지는 그 장갑을 특별히 자주색으로 물들였는데, 내가 좋아하는 색이었기 때문이다.

할아버지는 장갑을 벗고 내 옆 바닥에 앉아 내가 원하는 대로 정확하게 편지를 쓸 수 있도록 도와주었다. 편지 내용을 평가하지는 않았다. 그저 내가 제대로 쓰지 못하는 단어가 있으면 철자를 알려주었을 뿐이다. 할아버지는 내가 편지를 어떻게 끝내고 싶은지를 정확히 알아낼 때까지 가만히 기다려주었다. 그러고는 내가 편지를 다 쓰고 나자 직접 내 귀로 편지 내용을 들을 수 있게 큰 소리로 읽어주었다. 어떻게 나를 버리고 떠날 수 있느냐고 묻는 문장에서 할아버지는 잠시 읽기를 멈추고 말했다.

“우리가 해야 할 건 이 질문만이 아닌 것 같구나. 우리가 정말 지금과는 다른 생활을 하기를 바라는지도 생각해봐야 해. 어쩌면 너희 엄마는 자기 방식대로 우리에게 호의를 베푼 건지도 몰라.”

나는 할아버지를 물끄러미 쳐다보았고, 할아버지가 나에게 알려주고 싶은 것이 무엇인지 이해하기 시작했다.

“어쨌거나 너희 엄마가 해준 일 덕분에…… 내가 너와 함께 살 수 있게 됐잖니.”

정말로 관대한 말이었다. 자비롭고 위로가 되는 말이었다. 할아버지라면 지금 베일리에게 어떤 말을 해주었을까? 나는 언제쯤 이럴 때 해야 할 적절한 말을 알게 될까?

“저기, 베일리, 나도 노력하고 있어. 하지만 미안해. 계속 너한테 틀린 말만 하고 있다는 거 알아.”

“뭐, 적어도 알고는 있으니까 됐어요.”

욕실 문을 닫으면서 베일리가 말했다.

다가오는 도움의 손길

내가 소살리토로 옮겨 오기로 결정했을 때, 오언과 나는 어떻게 해야 베일리가 가능한 한 쉽게 변화를 받아들일 수 있을지 고민했다. 그때 나는 너무나도 강렬하게, 어쩌면 오언보다도 강렬하게 베일리가 평생 집이라고 알고 지냈던 곳에서, 그 아이가 기억하는 한 가장 오랜 순간 머물렀던 집에서 떠나게 할 수 없다는 기분을 느꼈다. 나는 베일리에게 영속성을 주고 싶었다. 나무 기둥과 퇴창이 있고, 동화에 나올 법한 이사콰 부두의 모습이 보이는 수상 가옥이 베일리의 영속성이었다. 베일리의 안전한 천국이었다.

하지만 그런 결정이 베일리에게 가장 소중한 장소로 누군가가 들어오는데도 베일리로서는 할 수 있는 일이 전혀 없다는 사실만을 분명하게 깨닫게 해준 것은 아닌지도 궁금했다. 어쨌거나 나는 균형을 흐트러뜨리지 않을 수 있다면 어떤 일이든 했다. 베일리의 균형을 깨뜨리지 않으려고 말이다. 심지어 이사하는 방식조차도 베일리의 평화를 유지할 수 있도록 애썼다. 오언과 나의 침실에는 내 흔적을 남겼지만, 그 밖에 내가 손을 댄 장소는 집 내부에 있는 방이 아니었다. 사랑스럽게도 집 앞에 딱 붙어 있는 현관이었다.

내가 오기 전에 베일리 집의 현관은 텅 비어 있었다. 나는 화분들을 가져다가 그곳에 쭉 늘어놓았고, 통나무로 만든 티 테이블도 가져다놓았다. 현관문 옆에는 그네처럼 흔들리는 벤치도 만들어놓았다. 흰색 참나무로 판을 대고, 편하게 앉을 수 있도록 줄무늬 쿠션까지 놓아둔 멋진 벤치였다.

오언과 나는 주말 아침이면 나란히 벤치에 앉아 커피를 마시는 걸 우리 둘만의 의식으로 삼았다. 샌프란시스코만 위로 서서히 해가 떠오르면서 벤치를 따뜻하게 데우는 동안 우리는 한 주 동안 있었던 일들을 이야기했다. 오언은 주중보다는 주말에 훨씬 활기차게 대화했다. 앞에 놓인 느긋하고 텅 빈 시간들이 오언이 짊어진 부담감을 훨씬 덜어주어서인 것 같았다.

그것이 내가 벤치를 볼 때마다 행복해지는 이유이기도 했고, 벤치 옆을 지나갈 때마다 위로를 받는 이유이기도 했다. 쓰레기를 버리러 나갔다가 그곳에 모르는 사람이 앉아 있는 걸 보고 펄쩍 뛸 정도로 놀란 이유도 그 때문이었다.

"쓰레기 버리는 날인가 보네요."

그 사람이 말했다.

나는 자기가 마치 벤치의 일부인 것처럼 벤치 팔걸이에 기대고 있는 낯선 남자를 보려고 몸을 돌렸다. 모자를 뒤로 돌려 쓰고 바람막이를 입은 그 남자는 커피를 손에 꽉 쥐고 있었다.

"도움이 필요하세요?"

내가 물었다.

"도와주시면 좋죠. 하지만 그것부터 버리는 게 좋겠어요."

남자가 내 손을 가리키면서 말했다.

나는 아래를 내려다보았다. 내 손에는 여전히 묵직한 쓰레기봉투가 두 개나 들려 있었다. 나는 쓰레기봉투를 쓰레기통에 넣고 고개를 들어 남자를 자세히 살펴보았다. 30대 초반으로 보이는 젊은 남자였다. 강한 턱과 짙은 눈을 가졌지만, 사람의 마음을 무장해제 하게 만드는 멋진 외모의 남자였다. 사실은 지나칠 정도로 멋진 외모의 소유자였다. 무엇보다도 웃는 모습이 돋보이는 남자였고, 그 누구보다도 본인이 그 사실을 잘 알고 있는 게 틀림없는 남자였다.

"해나, 맞죠? 만나서 반가워요."

"도대체 누구시죠?"

"그레이디입니다."

그레이디라는 남자는 커피 컵의 가장자리를 입에 물더니 잠시만 기다려달라는 신호를 보냈다. 그러고는 주머니에 손을 넣어 배지처럼 보이는 물건을 꺼냈다. 그는 내가 볼 수 있도록 그 물건을 쭉 내밀었다.

"그레이디 브래드퍼드입니다. 그레이디라고 부르셔도 되고, 브래드퍼드 보안관보라고 부르셔도 됩니다. 하지만 우리 목적을 생각해보면, 그런 명칭은 너무 형식적인 것 같군요."

"목적이라니, 그게 뭔가요?"

"우호적인 거죠. 우호적인 목적이요."

그레이디가 웃었다.

나는 배지를 뚫어져라 쳐다보았다. 둥근 원 안에 별이 있는 배지였다. 나는 둥근 원을 만져보고 별을 쓰다듬어보고 싶었다. 그러면 배지가 진짜인지 가짜인지 알 수 있을 것 같았다.

"경찰이에요?"

"연방 법원 집행관입니다."

"집행관 같지 않아요."

"집행관 같으려면 어떤 모습이어야 할까요?"

"〈도망자〉의 토미 리 존스 같은 모습?"

그레이디가 크게 웃었다.

"맞습니다. 동료들 중에는 나보다 나이가 많은 사람들이 있죠. 나는 할아버지가 법원에 계셔서 빨리 시작한 편입니다. 물론 당연히 합법적인 방법으로 들어갔다는 건, 내가 장담합니다."

"연방 법원에서 무슨 일을 하시죠?"

그레이디는 배지를 다시 주머니에 넣고 벤치에서 일어났다. 갑자기 무게를 잃은 벤치가 앞뒤로 흔들렸다.

"음, 주로 미국 정부를 속이는 사람을 체포하는 일을 합니다."

"남편이 정부를 속였다고 생각하나요?"

"더 숍이 정부를 속였다고 생각합니다. 하지만 아니에요. 해나의 남편에 대해서는, 확신이 서지 않는군요. 남편분과 대화를 해봐야 연루 여부를 판단할 수 있을 것 같습니다. 남편분은 나와 대화하기를 원하지 않는 것 같지만요."

그 말을 듣는 순간, 불현듯 느낌이 왔다. 이 사람의 말이 전적으로 진실은 아니라는 것, 적어도 지금 그레이디가 내 선창에서 하고 있는 일이 완벽하게 진실은 아니라는 기분이 들었다.

"배지 좀 다시 볼 수 있을까요?"

"512-555-5393입니다."

"그게 배지 번호예요?"

"우리 부서 번호입니다. 원한다면 거기에 전화해보세요. 내가 누구인지 확인해줄 겁니다. 내가 원하는 건 그저 당신의 시간 몇 분뿐입니다."

"나에게 선택권이 있나요?"

그레이디가 나를 보며 웃었다.

"당연히 선택권은 있습니다. 하지만 대화를 나눠준다면 나로서는 무척 고마울 겁니다."

나에게 선택할 권리가 있다는 생각은 들지 않았다. 적어도 좋은 쪽을 선택할 권리는 없는 것이 분명했다. 게다가 이 그레이디 브래드퍼드라는 사람에게, 이 능숙하고 느긋한 사람에게 내가 호감을 느끼는지도 알 수 없었다. 오언에 관해 질문을 퍼부은 사람에게 내가 호감을 느낀다고 해도 그 호감이 클 거라는 확신도 들지 않았다.

"이러면 어떨까요? 잠시 걷는 거죠."

그가 말했다.

"내가 왜 당신과 걸어야 하죠?"

"날씨가 좋으니까요. 그리고 내가 당신을 위해 이걸 준비했거든요."

그레이디는 벤치로 손을 뻗어 이제 막 프레드의 카페에서 사

온 것이 분명한 뜨거운 커피를 들어 올렸다. 컵 앞쪽에 '설탕 추가, 시나몬 첨가'라는 글씨가 커다랗게 적혀 있었다. 그러니까 그레이디는 그냥 커피를 사 온 것이 아니었다. 내가 늘 마시는 커피를 사 온 것이다.

나는 커피 향기를 한껏 음미하고서 한 모금 마셨다. 모든 것이 엉망이 된 이후 처음으로 행복을 느꼈다.

"내가 마시는 커피는 어떻게 안 거예요?"

"벤제이라는 종업원이 도와줬어요. 주말마다 당신과 오언이 커피를 마시러 온다면서요. 당신은 시나몬 넣은 커피, 오언은 블랙, 맞죠?"

"이거, 뇌물이네요."

"효과가 없으면 그냥 커피일 뿐이죠."

나는 그레이디를 보면서 커피를 한 모금 더 마셨다.

"밝은 거리로 나갈까요?"

그레이디가 말했다.

우리는 부두를 벗어나 시내로 향하는 길을 따라 걸었다. 멀리서 왈도 포인트 항구가 우리를 몰래 엿보고 있었다.

"그러니까 내가 전해 들을 오언의 말이 전혀 없다는 거군요?"

그레이디의 말에 나는 어제 오언의 차 옆에서 작별 인사로 키스를 했던 순간을 천천히, 그리고 오래 떠올려보았다. 오언은 불안한 기색이라곤 전혀 없었고, 얼굴에 미소를 띠고 있었다.

"전혀요. 어제 출근한 뒤로 아예 못 봤으니까요."

"전화도 없었고요?"

나는 고개를 저었다.

"오언이 보통 직장에서 전화를 하나요?"

"그렇죠."

"하지만 어제는 없었고요."

"어쩌면 전화를 했었는지도 몰라요. 어제 내가 샌프란시스코에 있는 페리빌딩에 갔었거든요. 거긴 여기저기 전화가 안 되는 곳이 많잖아요. 그래서……."

그레이디는 고개를 끄덕였다. 전혀 놀라지 않는 것이, 이미 어느 정도는 예상하고 있었던 것 같았다. 그가 나보다 더 많은 것을 알고 있는 것처럼 보였다.

"집에 돌아왔을 때는 무슨 일이 없었나요? 페리빌딩에서 돌아왔을 때?"

나는 깊이 숨을 들이마시고 잠시 생각했다. 그레이디에게 진실을 말할까 잠시 고민했다. 하지만 열두 살 여자아이와 그 아이가 나에게 전해준 오언의 편지를, 베일리에게 전하려고 학교에 남긴 편지를 어떻게 생각할지, 더플백에 남긴 돈을 어떻게 생각할지 알 수가 없었다. 그 의미를 알아내기 전까지는 내가 만나는 그 누구에게도 그런 이야기를 할 수 없었다.

"무엇 때문에 그런 걸 묻는지 모르겠군요. 집에 와서 저녁을 만들었는데, 베일리가 끔찍해했어요. 그 뒤로 베일리는 연극 연습을 하러 갔고, 나는 학교 주차장에서 베일리를 기다리다가 라디오에서 흘러나오는 더 숍의 소식을 들었어요. 베일리랑 나는 집으로 돌아왔고, 오언은 오지 않았어요. 우리 둘 다 잠을 못 잤고요."

그레이디는 고개를 옆으로 기울인 채 나를 똑바로 보았다. 내 말을 전혀 믿지 않는 것처럼 보였다. 하지만 그렇다고 내가 그레이디를 비난할 수는 없었다. 그로서는 그럴 수밖에 없을 테니까. 그래도 그레이디는 이 부분에 대해서는 그냥 넘어가기로 한 것 같았다.

"그러니까…… 지금까지 전화 한 통 없었다는 거죠? 메일도 안 보냈고요?"

"네, 없었어요."

내가 대답했다.

그레이디는 무언가 방금 생각난 것처럼 잠시 입을 다물었다가 말했다.

"사람이 갑자기 없어지면, 분명히 미칠 것 같을 거예요. 더구나 말 한마디 없이 갑자기 사라지면요."

"당연하죠."

"하지만…… 해나는 전혀 동요하지 않는 것 같아요."

나는 그 자리에 멈춰 섰다. 내 감정을 마음대로 판단해도 될 정도로 우리가 잘 아는 사이라고 생각하는 것 같아 짜증이 났다.

"미안하지만, 남편 회사에 갑자기 FBI가 들이닥치고 남편은 갑자기 사라져버렸을 때 해야 하는 적절한 반응이 있는지는 몰랐어요. 당신이 보기에 내가 부적절하다고 생각하는 일을 한 게 있나요?"

내가 물었고, 그레이디는 잠시 생각했다.

"아니, 없습니다."

나는 그레이디의 약지를 보았다. 반지는 없었다.

"결혼은 하지 않은 걸로 생각해도 될까요?"

"물론입니다. 아……, 해본 적이 있는지를 묻는 건가요, 아니면 지금 결혼한 상태냐고 묻는 건가요?"

"대답이 달라지나요?"

그레이디가 웃었다.

"아니요."

"음, 당신이 결혼을 했다면, 내가 다른 무엇보다도 남편을 걱정하고 있다는 걸 알았을 거예요."

"강력 범죄가 일어났을지도 모른다고 생각하나요?"

그레이디의 말에 나는 오언이 남기고 간 편지와 돈을 생각했다. 학교 복도에서 급하게 뛰어갔다는 열두 살 여자아이의 말을, 오언과 통화를 했다는 줄스의 말을 생각했다. 오언은 자기가 가야 할 곳을 알고 있었다. 오언은 자기가 이곳에서 떠나야 한다는 사실을 알고 있었다. 그리고 그는 떠나는 것을 선택했다.

"남편이 자기 의지에 반해서 끌려갔다고 생각하지는 않아요. 그걸 묻는 거라면요."

"정확히 그걸 물은 건 아닙니다."

"그럼 뭘 물어보신 거죠, 그레이디? 정확히는요?"

"그레이디라……. 좋습니다. 서로를 이름으로 부를 수 있다니, 좋군요."

"당신이 하고 싶은 질문이 뭐예요?"

"해나를 보세요. 남편이 남기고 간 엉망진창이 된 조각들을 수습해야 하잖아요. 그 사람 딸을 돌봐야 하는 건 말할 것도 없고요. 나라면 아마 미쳤을 겁니다. 하지만 당신은 전혀 그래 보이지 않아요. 그래서 혹시 나에게 말하지 않은 것이 있지 않을까 생각하는 거죠."

그레이디의 목소리는 단호했다. 그의 눈이 그 사람의 직업에 어울리는, 수사관다운 짙은 눈으로 바뀌었을 때에야 나는 내가 그 사람이 범법자로 의심하는 사람들과 자신을 나누려고 그은 선의 반대쪽에 서 있다는 사실을 불현듯 깨달았다.

"만약 오언이 당신에게 어디로 갔는지, 왜 떠나야 했는지를 말했다면, 나도 알아야 합니다. 그것만이 내가 그를 보호할 수 있는 유일한 방법이니까요."

"그게 당신이 여기에 온 가장 큰 목적인가요? 오언을 보호하는 게?"

"그래요. 사실입니다."

왠지 진심처럼 느껴져서 불안했다. 오언을 조사하러 나왔다는 것보다 훨씬 더 불안하게 느껴졌다.

"집에 가야겠어요."

자칫하다간 발이 엉켜 넘어질 정도로 그레이디 브래드퍼드가 가까이 있었기 때문에 나는 그에게서 살짝 물러나면서 말했다.

"변호사가 필요할 겁니다."

그레이디의 말에 나는 몸을 돌려 그레이디를 보았다.

"그게 무슨 말이죠?"

"오언이 돌아와 직접 질문을 받을 때까지, 오언에 관해 많은 질문을 듣게 될 테니까요. 사실은 당신이 대답할 의무가 없는 질문들을 말입니다. 변호사가 있으면 그런 질문들을 물리치기가 더 쉬워지겠죠."

"그냥 내가 아는 진실을 말해도 되잖아요. 정말로 오언이 어디에 있는지 모르니까요. 난 숨기는 게 없어요."

"그렇게 간단한 문제가 아닙니다. 사람들은 당신 편인 것처럼, 오언 편인 것처럼 보이는 정보를 제공할 겁니다. 하지만 아니에요. 그 사람들은 자기 자신의 편일 뿐, 그 누구의 편도 아닙니다."

"당신처럼요?"

"정확해요. 하지만 나는 오늘 아침에 당신을 위해 토머스 셸턴에게 전화했어요. 오랜 친구인데, 캘리포니아주에서 가족법 전문 변호사로 일하고 있습니다. 혹시라도 누군가 베일리의 양육권을 주장하며 불쑥 나타났을 때 당신을 보호하려고 말입니다. 토머스가 당신이 임시 양육권을 가질 수 있도록 힘을 써줄 겁니다."

나도 모르게 긴 안도의 한숨이 흘러나왔다. 이런 상황이 오래 지속된다면 결국 베일리의 양육권을 잃을지도 모른다는 걱정을 하고 있었기 때문이다. 베일리에게는 가족이라고 할 수 있는 사람이 없었다. 조부모는 모두 사망했고, 가까운 친척도 없었다. 하지만 나와 베일리는 혈연으로 맺어진 가족이 아니었다. 내가 베일리를 정식으로 입양한 엄마도 아니었다. 그렇다면 정부가 언제든지 나에게서 베일리를 데려갈 수 있지 않을까? 적어도 베일리의 유일한 법적 보호자가 있는 장소를 파악하고, 그 사람이 베일리를 남겨두고 떠난 이유를 파악할 때까지 베일리를 자신들이 보호한다는 결정을 내릴 수도 있지 않을까?

"그 사람한테 그럴 힘이 있을까요?"

"있습니다. 그렇게 할 거예요."

"어째서요?"

내 말에 그레이디가 어깨를 으쓱했다.

"내가 부탁했으니까요."

"우리를 위해 왜 그렇게까지 해주는 거죠?"

내가 물었다.

"당신이 오언에게 해줄 수 있는 가장 좋은 일은 최대한 몸을 낮춰 사람들 시선을 끌지 않고 변호사를 선임하는 거라는 내 말을 믿으세요. 아는 변호사가 있습니까?"

이곳에서 내가 아는 유일한 변호사를 떠올렸고, 내가 그 사람과 얼마나 말을 섞고 싶지 않은지를 생각했다. 특히 지금 같은 때는 더더욱 싫었다.

"안타깝지만, 있어요."

"그 사람에게 전화하세요. 여자인가요?"

"남자예요."

"좋아요. 그 남자에게 전화하세요. 최대한 몸을 낮춰 시선을 끌지 않는 것, 잊지 말고요."

"더 할 말이 남았나요?"

"아니요. 충분히 말한 것 같군요."

그레이디의 표정이 바뀌면서 예의 그 미소가 얼굴을 뚫고 나왔다. 취조 분위기는 우리 뒤로 사라졌다.

"지난 24시간 동안 오언은 신용카드도 수표도 전혀 사용하지 않았습니다. 앞으로도 사용하지 않겠죠. 아주 영리한 사람입니다. 그러니 이제 더는 전화하지 않아도 될 겁니다. 분명히 전화기는 버렸을 테니까요."

"그러면 왜 계속 나한테 오언이 전화를 했는지 물은 거예요?"

"다른 전화기를 사용할 수도 있으니까요. 대포 폰 말입니다. 쉽게 추적할 수 없는 전화기를 사용할지도 모르잖아요."

대포 폰을 사용한다느니, 계좌를 추적한다느니, 그레이디는 어째서 오언이 범죄의 달인인 것처럼 들리게 말하는 걸까?

내가 질문을 하려던 순간, 그레이디가 자동차 열쇠의 버튼을 눌렀고, 건너편 길가에 서 있던 자동차에 번쩍 불이 들어오면서 시동이 걸렸다.

"오래 붙잡고 있으면 안 되겠죠. 안 그래도 할 일이 많을 테니까요. 하지만 오언에게 소식이 오면 내가 도울 수 있다고, 돕게 해달라고 전해주세요."

그레이디는 프레드의 카페에서 가져온 냅킨을 나에게 내밀었다. 냅킨에는 그레이디 브래드퍼드라는 이름과 전화번호가 두 개 적혀 있었다. 그레이디에게 직접 연락할 수 있는 번호인 것 같았다.

"내가 당신을 도울 수 있어요."

그레이디는 길을 건너 차가 있는 곳으로 걷기 시작했고, 나는 냅킨을 주머니에 넣었다. 몸을 돌려 집으로 걸어가다가 그레이디가 출발할 준비를 하는 동안 문득 한 가지 생각이 떠올라 그레이디 쪽으로 발걸음을 돌렸다.

"잠깐만요. 어떤 부분을요?"

그레이디가 자동차 창문을 내렸다.

"어떤 부분이라니, 무슨 말입니까?"

"어떤 부분을 도울 수 있다는 거죠?"

"쉬운 부분이죠. 이 상황에서 벗어날 수 있게 도울 겁니다."

"어려운 부분은 뭔데요?"

"오언이 당신이 생각하는 사람이 아니라는 거겠죠."

그 말을 남기고 그레이디 브래드퍼드는 떠났다.

이 사람들은 너의 친구가 아니다

집으로 돌아가 재빨리 오언의 노트북을 가지고 나왔다. 굳이 집에 머물며 나를 더욱 괴롭히고 있는 그레이디의 말들을, 그레이디가 남기고 간 모든 것들을 곱씹으며 앉아 있고 싶지는 않았다. 어떻게 그레이디는 오언에 관해 그렇게 많은 걸 알고 있을까? 1년이 넘는 시간 동안 정부에서 감시한 사람은 아베트만이 아닐지도 몰랐다. 그레이디가 베일리의 양육권을 신경 쓰고 나에게 필요한 조언을 해주는 좋은 사람처럼 행동한 건, 나를 방심하게 만들어 오언이 알리고 싶어 하지 않는 사실을 내 입으로 털어놓게 하려는 의도였는지도 몰랐다.

내가 실수한 게 있을까? 그레이디와 나눈 대화를 아무리 생각해봐도 실수를 한 부분은 없는 것 같았다. 하지만 앞으로도 그레이디뿐 아니라 그 누구에게도 실수를 할 수는 없었다. 그러니 일단 오언에게 무슨 일이 생겼는지부터 알아내야 했다.

부두에서 왼쪽으로 돌아 작업장으로 걸어갔다.

하지만 작업장에 가기 전에 오언의 친구 집에 들러야 했다. 기꺼이 가고 싶은 곳은 아니었지만, 오언의 생각을 알아보려면, 내가 놓치고 있는 것이 무엇인지를 알아내려면 나에게 영감을 줄 수 있는 사람은 그 친구밖에 없었다. 칼 말이다.

칼 콘래드. 소살리토에서는 오언과 가장 친한 친구였고, 나와 오언의 평가가 크게 엇갈리는 사람 가운데 한 명이었다. 오언은 내가 칼을 공정하게 평가하지 않는다고 했는데, 그건 맞는 말일 수도 있었다. 재미있고 영리한 칼은 내가 소살리토에 도착한 순간부터 나를 환영해주었다. 하지만 칼은 습관적으로 자기 아내 퍼트리샤(패티)를 속이는 사람이었고, 나는 칼의 그런 부정행위를 알고 싶지 않았다. 오언 역시 칼의 그런 행동을 알고 싶어 하지 않았지만, 칼이 너무나도 좋은 친구라 남편인 칼과 친구인 칼을 분리해서 받아들일 수 있다고 했다.

그게 오언의 방식이었다. 소살리토에서 처음 사귄 친구는 평가할 것이 아니라 소중하게 여겨야 한다는 것이 그의 생각이었다. 그것이 오언이 사람을 대하는 방식이었다. 하지만 오언이 칼을 평가하지 않은 이유는 다른 데 있는지도 몰랐다. 칼에게는 비밀을 털어놓아도 안전하다고 생각하기 때문에, 칼의 비밀도 평가하지 않고 안전하게 지켜주고 있는 것일까?

설사 이 추측이 틀렸다고 해도 여전히 나는 칼을 만나봐야 했다. 왜냐하면 내가 소살리토에서 알고 있는 유일한 변호사가 칼이니까.

칼의 집 현관문을 두드렸다. 아무도 대답하지 않았다. 칼도, 패티도 나오지 않았다. 이상한 일이었다. 칼은 집에서 일했다. 게다가 칼은 자기의 어린 두 아이와 함께 집에 머무는 걸 좋아했고, 지금은 아이들을 낮잠 재울 시간이었다. 칼과 패티는 아이들의 일정을 엄격하게 지키는 부모였다.

우리 부부가 처음으로 칼 부부와 외식을 했을 때, 패티는 나에게 일장 연설을 했다. 그때 패티는 스물여덟 번째 생일을 막 지난 뒤였는데, 그 때문에 나는 패티의 연설을 아주 흥미롭게 들을 수 있었다. 패티는 내가 아직 아기를 가질 수 있다면(정말로 그렇게 말했다) 아이들이 둥지를 장악하지 않도록 철저하게 신경을 써야 한다고 했다. 그 집안의 책임자가 누구인지를 분명하게 보여주어야 한다고 했다. 그래서 일정이 중요하다고 했다. 패티의 경우, 그것은 매일 오후 12시 30분에는 낮잠을 자야 한다는 뜻이었다.

지금은 12시 45분이었다. 칼이 집에 없다면, 패티는 집에 있어야 했다. 하지만 거실 블라인드 너머로 들여다본 칼의 집에서는 칼이 보였다. 칼은 블라인드 뒤에 숨어서 내가 떠나기를 기다리고 있었다.

나는 다시 현관문을 두드렸고, 초인종을 힘껏 눌렀다. 칼이 문을 열어주기 전까지는 계속 초인종을 누를 생각이었다. 밤이 될 때까지 계속 누를 생각이었다. 망할 아이들 낮잠 따위, 알 게 뭐야.

칼이 재빨리 현관문을 열었다. 맥주를 들고 있었고, 머리는 단정하게 빗었다. 그것은 무언가 이상한 일이 벌어지고 있다는 첫 번째 신호였다. 칼은 보통 머리를 빗지 않았다. 그래야 자기가 섹시해 보인다고 생각하는 듯했다. 게다가 칼의 눈에도 무언가 이상한 점이 있었다. 불안과 두려움, 그리고 뭐라고 이름 붙일 수 없는 미묘한 감정이 보였는데, 그건 어쩌면 칼이 나를 피했다는 사실에 내가 충격을 받아서 느끼는 감정일 수도 있었다.

"도대체 뭐 하는 거예요, 칼?"

"해나, 당신은 가야 해요."

칼이 말했다. 칼은 화가 나 있었다. 도대체 왜 화가 난 거지?

"잠깐이면 돼요."

내가 말했다.

"지금은 안 돼요. 지금은 말할 수 없어요."

칼은 현관문을 닫으려고 했지만, 내가 붙잡았다. 우리 두 사람 모두를 놀라게 한 엄청난 힘으로 나는 현관문을 활짝 열어젖혔다.

내가 패티를 본 것은 그때였다. 패티는 거실에서 현관으로 이어지는 곳에서 세라를 안고 서 있었다. 엄마와 딸은 짙은 색 머리카락을 뒤로 넘겨 느슨하게 묶고 있었고, 똑같이 페이즐리 드레스를 입고 있었다. 똑같은 옷과 똑같은 헤어스타일은 사람들이 세라를 보고 느꼈으면 하는 패티의 감정을 극대화해주었다. 세라를 자기와 똑같이, 훨씬 작고 보기 좋은 패티처럼 보이게 만들고 싶다는 패티의 소망을 분명하게 보여주고 있었다.

두 사람 뒤로, 거실을 가득 메운 부모들과 아기들 10여 명이 풍선으로 동물을 만들고 있는 어릿광대를 쳐다보고 있었고, 사람들 머리 위에는 '생일 축하해, 세라'라고 적힌 현수막이 걸려 있었다. 그러니까 칼과 패티의 딸이 두 번째로 맞는 생일 파티였다. 오늘이 세라의 생일이라는 사실을 까맣게 잊고 있었다. 오언과 나도 이 파티에 참석할 예정이었다. 하지만 지금 칼은 현관문조차 열어주지 않으려고 했다.

패티가 난감하다는 듯이 손을 흔들면서 말했다.

"아, 해나……."

나도 패티에게 손을 흔들었다.

"안녕."

칼이 다시 나를 보며 조심스럽지만 단호한 목소리로 말했다.

"나중에 이야기해요."

"완전히 잊고 있었어요, 칼. 미안해요. 이렇게 파티 도중일 거라고는 전혀 생각을 못했어요."

내가 고개를 저으며 말했다.

"그건 됐으니까, 그냥 돌아가요."

"그럴 거예요. 그냥…… 잠깐 나와서 이야기 좀 하면 안 될까요? 몇 분만? 귀찮게 하고 싶지는 않지만, 급해서 그래요. 변호사가 필요하거든요. 더 숍에 무슨 일이 생긴 것 같아요."

"내가 그걸 모를 것 같아요?"

칼이 말했다.

"알고 있었다면, 왜 나한테 얘기 안 했어요?"

칼이 대답하기 전에 패티가 우리에게 걸어오더니, 세라를 칼에게 건네고 남편의 뺨에 입을 맞추었다. 보여주기 위한 행동이었다. 칼에게, 나에게, 그리고 파티에 모인 사람들에게.

"안녕하세요. 와줘서 기뻐요."

패티는 내 뺨에도 입을 맞추면서 말했다.

"파티하는 데 들이닥쳐서 미안해요. 하지만 오언에게 무슨 일이 생겨서 어쩔 수 없었어요."

나는 작은 목소리로 말했다.

"칼, 다들 밖으로 데리고 나가줘, 알았지? 아이스크림 먹을 시간이야."

패티는 사람들을 보면서 밝게 웃었다.

"자, 모두 칼과 함께 뒤뜰로 나가세요. 당신도요, 바보 선생님. 아이스크림 시간이에요!"

패티는 어릿광대를 보면서 말했다.

그런 다음에야, 오직 그런 다음에야 패티는 나를 보고 말했다.

"나가서 이야기해요, 알았죠?"

나는 내가 이야기를 나누어야 할 사람은 벌써 세라를 업고 뒤뜰로 나가고 있는 칼이라고 말하려고 했지만, 패티는 나를 현관 밖으로 밀었다. 패티는 두툼한 빨간 문을 닫았고, 나는 또다시 환영받지 못한 손님이 되어 집 밖으로 밀려났다.

현관 베란다라는 개인 공간에서 나를 돌아본 패티의 눈에서 불이 난 것은 그때였다. 패티의 얼굴에는 웃음기가 싹 사라지고 없었다.

"어떻게 감히 여기 올 생각을 할 수 있죠?"

"파티한다는 걸 잊었어요."

"당신은 파티를 망쳤고, 오언은 칼의 마음을 무너뜨렸어요."

"칼의 마음을 무너뜨리다니…… 어떻게요?"

"글쎄, 나야 모르죠. 오언이 우리 돈을 훔쳤기 때문이겠죠."

"그게 무슨 말이에요?"

내가 물었다.

"오언이 우리가 더 숍에 투자하게 했다는 말은 못 들었어요? 오언이 칼에게 개발하는 프로그램이 가능성이 있다고, 큰 수익을 올릴 거라고 말했어요. 그 프로그램이 전혀 기능하지 않는다는 말은 쏙 빼고요."

"패티, 나는……."

"그래서 우린 가진 돈을 모두 더 숍의 주식을 사는 데 써버렸다고요. 솔직히 주식에 묶인 돈을 빼면, 이제 내가 수표로 쓸 수 있는 돈은 13센트밖에 없어요."

"우리도 다 그 주식을 샀어요. 오언이 알고 있었다면 왜 그랬겠어요?"

"안 잡힐 거라고 생각했나 보죠. 그게 아니라면, 구제 불능 멍청이든가요. 아무튼, 지금 당장 여기서 떠나지 않으면 경찰을 부를 거예요. 진심이에요. 당신은 여기서 환영받을 수 없어요."

"오언 때문에 화가 난 건 이해해요. 하지만 칼이 오언을 찾는 걸 도와줄 수 있을 거예요. 그게 지금 무슨 일이 벌어지고 있는지 알 수 있는 가장 빠른 길이에요."

"우리 아이들 대학 등록금을 내주려고 온 게 아니라면, 당신이랑 할 말 없어요."

나는 무슨 말을 해야 할지 알지 못했지만, 패티가 집 안으로 들어가기 전에 말을 해야 한다는 사실은 알았다. 칼을 직접 본 뒤로, 그의 눈을 보고 났더니, 칼이 무언가를 알고 있다는 느낌을 떨쳐버릴 수가 없었다.

"패티, 조금 봐주면 안 돼요? 나도 암담해요. 당신처럼요."

"당신 남편은 5억 달러짜리 사기에 가담했어요. 그러니 당신 말을 믿어야 할지 모르겠어요. 하지만 정말로 당신 말이 사실이라면, 당신은 이 세상에서 가장 바보임이 틀림없어요. 자기 남편이 실제로 어떤 사람인지 몰랐던 거니까."

이 세상에서 제일가는 바보 아내에 관해서라면 당신도 누구 못지않다는 말을 할 수 있는 절호의 순간은 아닌 것 같았다. 지금 뒤뜰에서 어릿광대가 즐겁게 해주려고 노력하는 아기를 임신했을 때, 당신 남편이 동료와 가끔 잠자리를 가졌다는 이야기를 하기에도 좋은 시간은 아니었다. 어쩌면 우리 모두는 자기가 사랑하는 사람의 모습을 볼 때면, 우리가 사랑하려고 노력하는 한 사람의 전체 모습을 볼 때면, 모두 저마다의 방법으로 바보가 되는지도 몰랐다.

"정말로 어떤 일이 벌어지고 있었는지 몰랐다는 당신 말을 내가 믿을 거라고 생각했어요?"

패티가 말했다.

"내가 알았다면 답을 찾겠다고 여기에 왔겠어요?"

패티는 내 말을 고민해보는 것처럼 고개를 옆으로 기울였다. 어쩌면 내 말은 패티의 귀를 관통해 나갔거나 자기가 신경 쓸 일은 아니라는 판단을 내렸는지도 몰랐다. 하지만 표정은 부드러워졌다.

"집으로, 베일리에게로 가요. 베일리에게는 당신이 필요할 테니까."

패티는 몸을 돌려 집으로 들어가려다가 나를 돌아보며 한마디

덧붙였다.

"아, 오언을 만나거든 전해줘요. 엿 먹으라고요."

그 말을 끝으로 패티는 문을 닫고 집 안으로 들어갔다.

빠른 속도로 작업실을 향해 걸었다.

리소 거리로 접어들어 리앤 설리번의 집을 지날 때는 계속 땅만 보고 걸었다. 설리번 부부는 현관 앞에 앉아서 오후의 레모네이드를 마시고 있었다. 나는 전화를 하느라 바쁜 척했다. 늘 멈춰서서 하던 인사도 하지 않았다. 물론 두 사람과 함께 레모네이드를 마시지도 않았다.

내 작업실은 설리번 부부의 집 바로 옆에 자리한 작은 공방 건물에 있었다. 넓은 뒤뜰이 딸린 260제곱미터의 내 작업실은 뉴욕에서는 내가 꿈만 꿀 수 있었던, 그린 스트리트의 내 작업실에서는 도저히 할 수 없는 작업을 하려고 브롱크스에 있는 친구의 창고로 가는 지하철 안에서만 늘 꿈꾸었던 그런 장소였다.

정문을 통과하고 문을 닫자마자 마음이 놓이기 시작했다. 하지만 곧바로 작업실로 가지 않고 나는 주로 서류 작업을 하는 작은 덱과 뒤뜰을 빙글빙글 돌았다. 작은 탁자 앞에 앉아 오언의 노트북을 열면서 마음속에서 그레이디 브래드퍼드를 밀어냈다. 패티의 분노를 몰아냈다. 어떤 영감을 주기는커녕 눈조차 마주치지 않았던 칼을 머릿속에서 밀어냈다. 이제는 내가 직접 알아내야 하니, 나에게 온전히 집중해야만 했다. 내가 할 일, 내 작품들 옆에 있으면, 소살리토에서 내가 가장 좋아하는 장소에 있으면, 나는 차분해졌다. 남편의 개인 컴퓨터를 들여다보는 것조차 거의 정상적인 일처럼 느껴졌다.

오언의 노트북이 켜졌다. 비밀번호를 입력했다. 특별히 이상한 점은 없는 것 같았다. 베일리의 사진으로 가득한 사진 폴더를 열었다. 베일리의 초등학교 시절과 중학교 시절을 담은 사진이 수백 장 있는 폴더였다. 소살리토에서 맞이한 다섯 번째 생일부터 해마다 생일에 찍은 사진들이 담겨 있는 폴더였다. 내가 벌써 여러 번 보고 또 보았던 사진들이 담긴 폴더였다.

오언은 내가 놓친 자기들의 인생을 나에게 말해주기를 좋아했다. 베일리가 처음으로 축구 시합을 하던 날 얼마나 무시무시한 활약을 했는지, 2학년밖에 안 된 꼬마가 학교에서 처음으로 무대에 선 연극(〈애니싱 고즈〉였다)에서 얼마나 멋지게 공연했는지 말해주기를 좋아했다.

하지만 베일리가 아주 어렸을 때 찍은 사진은 없었다. 두 사람이 여기로 오기 전 아직 시애틀에 살았을 때의 사진은 없었다. 적어도 오언의 사진 폴더에는 없었다.

그래서 나는 O.M.이라고 적힌 폴더를 클릭했다. 올리비아 마이클스의 폴더였다. 오언의 첫 번째 아내, 베일리의 엄마가 만든 폴더였다.

올리비아 마이클스. 결혼 전에는 올리비아 넬슨이었던 사람. 고등학교 생물 선생님, 싱크로나이즈드 선수, 오언의 프린스턴대학교 동창이었던 사람. O.M. 폴더에도 사진은 많지 않았다. 오언은 올리비아가 사진 찍는 걸 좋아하지 않았다고 했다. 하지만 오언이 찍은 사진 속 올리비아는 아름다웠다. 그녀가 아름다웠기에 아름다운 사진이 찍혔는지도 몰랐다. 올리비아는 키가 크고 날씬했다. 등을 반쯤 덮은 긴 빨간 머리와 짙은 보조개는 올리비아를 영원히 열여섯 살처럼 보이게 했다.

우리는 정확히 똑같이 생기지는 않았다. 무엇보다도 올리비아가 더 예뻤고, 더 흥미롭게 생겼다. 하지만 우리 두 사람을 자세히 살펴보면 분명히 닮은 점이 있다고 말할 것이다. 큰 키와 긴 머리카락(내 머리카락은 금발이었고 올리비아의 머리카락은 빨간색이었지만), 그리고 웃는 모습에 공통점이 있었다. 오언이 처음 올리비아의 사진을 보여주었을 때, 나는 그런 내 느낌을 말했지만 오언은 아니라고 했다. 방어한다는 느낌은 없었다. 그저 첫 번째 아내를 직접 만나보면 우리 두 사람에게 공통점이 없음을 알게 될 거라고만 말했을 뿐이다.

내가 가장 좋아하는 올리비아의 사진만 빼면, 올리비아가 베일리하고 거의 닮은 점이 없어 보이는 이유도 사진이 그렇게 찍혔기 때문인지 궁금했다. 내가 가장 마음에 들어 하는 사진에서 올리비아는 청바지와 흰색 버튼다운 셔츠를 입고 잔교(棧橋)에 앉아 있었다. 한 손을 뺨에 대고 고개를 뒤로 젖힌 채 활짝 웃고 있었다. 올리비아와 베일리는 색채는 달랐지만, 사진 속 올리비아의 웃는 모습에는 그 사람의 아이와 비슷한 점이, 내가 직접 만난 베일리와 닮은 점이 분명히 있었다. 그 웃음은 베일리가 오언이 아닌 다른 사람과도 연결되어 있음을 알려주는, 베일리에게는 올리비아가 있었음을 알려주는 사라진 퍼즐 조각이었다.

나는 노트북 화면 위로 손을 뻗어 올리비아를 만졌다. 내가 당신 딸에 대해, 우리 두 사람의 남편에 대해 놓치고 있는 것이 무엇인지 묻고 싶었다. 올리비아는 분명히 나보다 두 사람을 더 잘 알 테고, 그것이 진실임을 알기에 마치 부상당한 것처럼 마음이 아팠다.

깊이 숨을 들이마시고 '더 숍' 폴더를 열었다. 전부 코드와 HTML로 이루어진 문서가 55개 들어 있었다. 실제 코드 안에 숨겨진 코드가 있다면, 나로서는 찾아낼 방법이 없었다. 수첩을 펼치고 그런 코드를 알고 있는 사람을 찾아야 한다고 적었다.

더 숍 폴더에는 이상하게도 '최신 유언장'이라는 제목의 문서가 있었다. 하필 그 폴더에 그런 문서가 들어 있다는 것이 마음에 들지 않았다. 특히 지금 같은 일이 벌어지고 있는 이런 때 최신 유언장이 있다니. 하지만 문서를 열어보고는 마음이 놓였다. 그 유언장은 우리가 결혼하고 얼마 되지 않았을 때 작성한 것이었고, 오언이 나에게도 보여준 적이 있는 문서였다. 바뀐 내용은 없었다. 아니, 거의 없었다. 그저, 오언이 서명을 한 마지막 장 아래에 아주 짧은 문장이 추가됐을 뿐이었다. 처음부터 적어놓았는데, 내가 보지 못했던 것인지도 몰랐다.

유언장 관리인은 L. 폴이라는 내용이었다. 나로서는 들어본 적이 없는 이름이었다. 오언의 연락처 목록에서 L. 폴이라는 사람의 주소도 전화번호도 찾을 수 없었다. L. 폴이라니. 누구일까? 여자인지, 남자인지 모를 이 이름을 어디선가 본 적이 있을까?

수첩에 L. 폴이 누구인지 알아봐야 한다고 적고 있을 때 뒤에서 여자 목소리가 들렸다.

"뭔가 흥미로운 걸 발견했어요?"

뒤를 돌아보자 뒤뜰 끝자락에 한 남자와 함께 서 있는 여자가 보였다. 나이가 많아 보이는 여자는 짙은 감색 바지 정장을 입었고, 백발을 뒤로 완전히 넘겨 하나로 묶고 있었다. 남자의 복장은 여자보다는 자유로웠다. 무거운 눈꺼풀과 주름진 하와이안 셔츠, 무성한 턱수염이 여자보다 더 나이 들어 보였지만, 실제 나이는 나와 비슷할 것 같았다.

"여기서 뭐 하는 거죠?"

내가 물었다.

"초인종을 눌렀는데, 대답이 없었습니다. 해나 홀이신가요?"

남자가 말했다.

"그 질문에 대답하기 전에, 사유지에 무단 침입한 이유가 무엇인지 알고 싶네요."

"저는 미국 연방수사국 특별 수사관인 제러미 오매키이고, 여기는 동료 수사관 나오미 우입니다."

"나오미라고 불러줘요. 잠시 이야기를 나누고 싶은데요."

여자 수사관이 말했고, 나는 반사적으로 노트북을 닫았다.

"지금은 그다지 좋은 때가 아닌 거 같네요."

내 말에 여자 수사관이 끈적끈적하면서도 달콤하게 웃었다.

"몇 분이면 됩니다. 몇 분 뒤에는 완벽하게 사라져줄게요."

두 사람은 이미 덱 위로 올라와 내가 앉아 있는 탁자 맞은편 의자에 앉았다.

나오미라는 수사관이 FBI 배지를 탁자에 올려놓더니 내 쪽으로 밀었고, 제러미 수사관도 같은 행동을 했다.

"중요한 일을 하고 있는데 방해한 게 아니면 좋겠군요."

"두 분이 나를 미행한 게 아니었으면 좋겠다는 바람은 있어요."

나오미는 내 말투에 상당히 놀랐다는 표정으로 나를 뚫어져라 보았다. 하지만 너무나도 짜증이 나서 그러든 말든 개의치 않았다. 나는 내가 아직 아무것도 발견하지 못하고 이해하지 못한 상태에서 이 사람들이 오언의 노트북을 가져가겠다고 요구할까 봐 너무나도 걱정이 됐다.

당연히 있을 수 있는 일이었다. 그레이디 브래드퍼드가 이런 일이 있을지 모른다면서 "대답할 필요가 없다고 생각하는 질문에는 대답하지 않아도 된다"라고 했던 말이 떠올랐다. 나는 그 조언을 철저하게 지킬 태세를 갖추었다.

제러미 오매키가 손을 뻗어 자기 배지를 가져갔다.

"현재 우리가 남편분이 다니는 기술 회사를 조사하고 있다는 사실을 아실 겁니다. 우리가 여기에 온 건, 혹시 남편분이 어디에 있는지 알 수 있을까 해서입니다."

나는 노트북을 무릎에 올려 보호하면서 대답했다.

"내가 말해줄 수 있다면 좋을 텐데, 나도 남편이 어디 있는지 몰라요. 어제부터 못 봤으니까요."

"정말 이상한 일 아닌가요? 남편분을 볼 수 없었다니."

나오미는 갑자기 생각난 듯이 말했다. 나는 나오미의 눈을 똑바로 보았다.

"맞아요. 정말 이상한 일이에요."

"남편분이 어제부터 전화기도, 신용카드도 전혀 사용하지 않았다는 사실을 알면 놀랍지 않을까요? 흔적을 남길 만한 서류를 하나도 남기지 않는다는 게 말입니다."

나는 대답하지 않았다.

"왜 그런 건지 아십니까?"

제러미가 물었다.

나는 두 사람이 나를 보는 표정이 마음에 들지 않았다. 내가 자기들에게 숨기는 것이 있다고 이미 단정한 표정이었다. 나는 그것을 내가 아는 것을 숨겨도 된다는 사실을 상기해주는 또 다른 신호로 받아들였다.

나오미는 주머니에서 메모지를 꺼내 한 장 넘겼다.

"아베트 톰프슨과 벨 톰프슨하고 사업을 하신 걸로 아는데요. 지난 5년 동안 두 사람이 당신 작업물에 15만 5,000달러를 지불했더군요."

"그 금액이 맞는지는 모르겠어요. 하지만, 맞아요. 두 사람은 내 고객이었어요."

"아베트가 체포된 뒤에 벨과 이야기를 나누어보셨나요?"

나는 벨의 음성 사서함에 남긴 메시지를 생각했다. 여섯 통. 하지만 답장은 한 통도 오지 않았다. 나는 고개를 저어 아니라는 사실을 전했다.

"벨이 전화를 하지 않았다고요?"

"네."

제러미의 질문에 내가 대답했다.

나오미가 내 말을 평가하듯이 고개를 갸우뚱했다.

"확실한가요?"

"그럼요. 내가 누구와 대화했고, 누구와 대화하지 않았는지 정도는 분명히 알고 있어요."

나오미는 자기가 내 친구라도 되는 것처럼 내 쪽으로 몸을 기울였다.

"우리는 당신이 알고 있는 모든 걸 말해주길 원해요. 당신 친구인 벨과는 정반대로요."

"그게 무슨 뜻이에요?"

"누구에게도 들키지 않고 몰래 시드니로 도망가려고 캘리포니아 북부에 있는 네 개 공항에 비행기 표를 예약해두고는 나는 무죄라고 주장하는 건 아무 도움이 되지 않는다는 뜻이죠. 그런 행동을 해놓고 '나는 아무것도 몰라요'라고 해봐야 믿기지 않겠지요?"

나오미의 말에 반응하지 않으려고 애썼다. 벨이 어떻게 그럴 수 있지? 아베트가 감옥에 있는데, 벨이 자기 고향으로 도망가려고 했다고? 이런 상황에서 오언은 어떻게 행방을 감춰버릴 수 있었을까? 오언은 영리했다. 언제나 전체 그림을 볼 수 있는 사람이었다. 그런 오언이 정말로 이 그림의 상당 부분을 놓쳤다는 걸 나는 진심으로 믿어야 할까?

"벨과 더 숍에 관해 의논한 적이 있나요?"

나오미가 물었다.

"벨은 아베트의 일에 관해서는 그 어떤 말도 하지 않았어요. 흥미가 없었으니까요."

내가 대답했다.

"벨도 정확히 그렇게 말했어요."

"벨은 어디에 있죠?"

"세인트헬레나의 자기 집에 있어요. 여권은 변호사에게 맡기고요. 현재 벨은 남편이 그런 잘못을 저질렀다는 사실에 충격을 받았다는 입장을 고수하고 있습니다."

제러미는 잠시 멈추었다가 말을 이었다.

"하지만 경험상 아내는 보통 알고 있더군요."

"그 아내는 아니에요."

"당신이 그렇게 생각한다면, 오언의 딸을 돌볼 사람이 필요하겠네요."

나오미는 내가 대답하지 않은 것처럼 불쑥 끼어들었다.

"내가 돌볼 거예요."

"좋아요, 좋습니다."

나오미의 말은 협박처럼 들렸다. 나에게는 나오미가 말하지 않은 척한 것이 들렸다. 베일리를 데려갈 수 있다는 암시를 들을 수 있었다. 하지만 그레이디는 그럴 수 없을 거라고 장담했다.

"우리는 베일리하고도 대화를 할 겁니다. 베일리가 학교에서 돌아오면요."

제러미가 말했다.

"아니, 그 애랑은 대화할 수 없어요. 베일리는 아빠가 어디 있는지 전혀 몰라요. 그러니까 그냥 내버려둬요."

"안타깝지만, 그건 당신이 결정할 수 있는 문제가 아닙니다. 우리가 베일리를 만날 수 있는 시간을 지금 알려주시죠. 아니면 오늘 밤늦게 아무 때나 우리가 찾아갈 겁니다."

제러미가 내 말투를 흉내 내며 말했다.

"우린 법률 조언을 받고 있어요. 베일리하고 이야기하고 싶다면, 먼저 우리 변호사와 이야기해야 할 거예요."

내가 대답했다.

"당신 변호사가 누구죠?"

나오미가 물었다.

"제이크 앤더슨. 뉴욕에서 활동하는 변호사예요."

나는 내 말이 지니는 의미를 생각해보지도 않고 불쑥 말했다.

"그렇군요. 그 사람에게 우리한테 연락하라고 해요."

나는 이 상황을 어떻게 해결해야 할지 고민하면서 고개를 끄덕였다. 오늘 아침, 그레이디가 베일리의 거취에 관해 약속했던 일들이 이루어지지 않는 상황은 일어나지 않기를 바랐다. 이건, 가장 중요한 문제였다.

"당신들이 맡은 바 일을 해내야 한다는 건 알아요. 하지만 지금은 너무 피곤하네요. 이미 아침에 연방 법원 집행관을 만나서 말했으니까, 두 분한테 해줄 말은 많지 않을 것 같아요."

"이런……, 잠깐만요. 그게 무슨 말입니까?"

제러미가 물었다.

나는 제러미와 얼굴에서 웃음기가 사라진 나오미를 보았다.

"연방 법원 집행관을 이미 만났어요. 오늘 아침에요. 그러니까 이런 대화는 벌써 했다고요."

연방수사국의 두 수사관이 서로를 쳐다보았다.

"이름이 뭐였습니까?"

제러미가 물었다.

"연방 법원 집행관 이름이요?"

"네, 그 연방 법원 집행관 이름이 뭐였죠?"

나오미는 경기장이 자기가 준비한 것과는 다른 방식으로 바뀌었다는 듯이, 입을 앙다물고서 나를 보았다. 내가 진실을 말하지 않기로 결정한 것은 그 때문이었다.

"기억이 나지 않아요."

내가 대답했다.

"기억이 나지 않는다고요?"

나는 아무 말도 하지 않았다.

"오늘 아침에 집에 찾아온 연방 법원 집행관 이름이 생각나지 않는단 말인가요? 지금 그렇게 말했습니까?"

"어젯밤에 잠을 거의 못 잤어요. 그래서 아침에는 정신이 없었고요."

"그 집행관이 배지를 보여줬습니까?"

제러미가 물었다.

"그랬어요."

"연방 법원 집행관 배지가 어떻게 생겼는지 안다고요?"

나오미가 말했다.

"그럴 리가요. 내가 아는 걸 물어보니까 하는 말인데, 나는 연방수사국 배지도 어떻게 생겼는지 몰라요. 그러니까 당신들이 정말로 연방수사국에서 나온 사람들인지부터 확인해야 할 것 같네요. 대화는 그 뒤에 하는 게 좋겠어요."

"우리는 그저 연방 법원이 나설 사건이 아닌데 나선 것이 이상해서 조금 당황한 것뿐이에요. 따라서 당신이 아침에 만났다는 집행관이 누구인지 확인을 해야 합니다. 그 사람들이 움직이려면 당연히 우리 허락을 받아야 하고요. 어쩌면 그 사람들이 오언을 협박한 걸까요? 오언이 깊이 연루된 게 아니라면, 아베트에게 불리한 증언을 하는 게 도움이 되리라는 걸 알고 있으면 좋겠군요."

나오미가 말했다.

"정말입니다. 오언은 아직 공식적으로 용의자도 아니니까요."

제러미가 말했다.

"'아직'이라고요?"

"오매키 수사관은 그런 뜻으로 한 말이 아니에요."

나오미가 대답했다.

"맞습니다. 그런 뜻은 아니었어요. 그저 당신이 연방 법원 집행관을 만나야 할 이유가 없다는 겁니다."

"재미있네요, 오매키 수사관님. 그 사람도, 당신들에 관해서 같은 말을 했어요."

"그런가요?"

나오미가 다시 정신을 차리고 웃으면서 말했다.

"그럼 지금부터 다시 시작하는 거예요, 알겠죠? 여기 있는 우리 모두가 한 팀이에요. 하지만 앞으로는 이제 막 문 앞에 나타난 낯선 사람하고 대화하려면 변호사와 동석하는 게 좋겠어요."

"좋은 생각이에요, 나오미. 지금 당장 그래야겠어요."

나는 대답하고서 두 사람에게 문을 가리켰고, 두 사람이 문밖으로 나가기를 기다렸다.

나를 나쁘게 보지 마

나는 FBI 수사관들이 떠났음을 똑똑히 확인한 뒤에야 작업실에서 나왔다. 오언의 노트북을 가슴에 꼭 안고 부두 쪽으로 걸었다. 하루 일과를 끝낸 아이들이 밖으로 나오는 초등학교를 지나갔다.

나를 쳐다보는 눈길을 느끼고 고개를 들었다. 몇몇 어머니들이(그리고 아버지들이) 나를 보고 있었다. 칼이나 패티처럼 화가 난 얼굴은 아니었다. 그보다는 걱정을, 동정을 담은 표정으로 나를 보고 있었다. 이들은 결국 오언을 사랑하는 사람들이었으니까. 저 사람들은 언제나 오언을 사랑했다. 오언을 받아들였다. 저 사람들이 오언을 의심하려면 인터넷 뉴스에서 그가 다니는 회사 이름을 보는 것보다 더 큰일이 필요했다. 그것은 이 작은 도시에서, 사람들이 서로를 지켜주는 방법이었다. 자기가 사랑하는 사람을 외면하려면 아주 많은 시간이 필요했다.

새로운 사람을 받아들일 때도 아주 많은 시간이 필요했다. 나 같은 사람을 받아들일 때 말이다. 지금도 이 도시 사람들은 나를 받아들여야 하는지 확신을 하지 못하고 있었다. 내가 처음 소살리토에 왔을 때는 상황이 훨씬 나빴다. 사람들은 호기심 어린 눈으로 나를 탐색했는데, 그 이유는 다른 데 있었다. 사람들은 베일리가 듣고 집에 돌아와 나에게 전할 수 있을 만큼의 큰 소리로 의문을 제기했다. 오언이 결혼하기로 결심한 외부인이 어떤 사람인지 알고 싶어 했다. 사람들은 소살리토에서 가장 쓸 만한 독신 남자가 선반공과 결혼하려고 결혼 시장에서 사라져버린 이유를 이해하지 못했다. 물론 저 사람들은 나를 선반공이라고 부르지 않았다. 목수라고 불렀다. 나는 화장도 하지 않고 멋진 신발도 신지 않는 목수였다. 사람들은 오언이 나 같은 여자를 선택한 건 이상한 일이라고 했다. 동안이지만 이제 곧 마흔이 되고 아이도 더 낳아주지 못할 여자와, 자기 가족을 꾸리는 법을 익힐 시간도 없이 나무만 붙잡고 지내는 여자와 결혼을 한 건 이상한 일이라고 했다.

저 사람들은 오언이 나에 대해 처음부터 알았던 사실을 전혀 이해하지 못했다. 나는 혼자서도 아무 문제 없이 살아가는 사람이라는 걸 말이다. 할아버지는 내가 혼자서도 거뜬히 살아갈 수 있게 나를 길러주었다. 나에게 있어서 문제는 다른 사람의 인생에 나를 맞추려고 노력할 때, 특히 그 과정에서 나의 일부를 포기해야 할 때 생겼다. 그래서 나는 내가 다른 사람에게 맞춰야 할 필요가 없을 때까지 기다렸다. 그저 노력하지 않아도 저절로 맞춰진 것처럼 느껴지는 사람을 만날 때까지 기다렸다.

어쩌면 그건 아주 쉬웠는지도 모르겠다. 오언과 함께하기 위해 해야 했던 일들은 전혀 노력처럼 느껴지지 않았다고 말하는 편이 더 정확한지도 모르겠다. 오언과 함께하기 위해 해야 했던 일들은 노력이라기보다는 세부 사항을 결정하는 일에 더 가까웠다.

집으로 들어가 문을 잠그고 전화기를 꺼내 연락처에 있는 이름을 찾았다. 제이크. 지금 이 순간, 정말로 피하고 싶은 이름이었지만, 어쨌거나 전화를 해야 했다. 나는 내가 아는 또 다른 변호사에게 전화를 걸었다.

"앤더슨입니다."

전화를 받은 변호사가 말했다.

그 목소리를 들으니 다시 그린 스트리트로 돌아간 것만 같았다. 다른 인생으로, 일요일이면 머셔 키친 블러디 메리스에 가서 양파수프를 먹던 삶으로 돌아간 것만 같았다. 그런 기분이 드는 건 나의 옛 약혼자가 늘 이런 식으로 전화를 받기 때문이었다. 미시간대학교에서 법학과 경영학으로 학위를 받은, 철인 3종 경기 선수이자 뛰어난 요리사이기도 한 제이크 브래들리 앤더슨은 늘 이런 식으로 전화를 받았다.

제이크와 마지막으로 통화한 것이 벌써 2년 전이었는데도, 잘난 체하며 전화를 받는 건 전혀 바뀌지 않았다. 제이크는 잘난 체하는 걸 좋아했다. 이런 식으로 전화를 받는 건 그 때문이었다. 자기 같은 직업을 가진 사람에게는 잘난 체와 협박이 훌륭한 수단이라고 생각하기 때문이었다. 제이크는 월스트리트에 있는 법률사무소에서 소송 전문 변호사로 근무하고 있었고, 최연소 시니어 파트너로 뽑힐 수 있는 경력을 쌓아나가는 중이었다. 범죄를 다루는 변호사는 아니었지만, 누구를 만나든 제이크가 가장 먼저 자기 입으로 말하는 것처럼 능력 있는 변호사였다. 나의 바람은 그저 제이크의 허영심이 나에게 도움이 됐으면 하는 것뿐이었다.

"안녕, 제이크."

내가 말했다. 제이크는 누구냐고 묻지 않았다. 그만큼의 시간이 흘렀다고 해도 제이크는 지금 전화를 건 사람이 나라는 걸 알았으니까. 그리고 내가 전화를 했다는 건, 나에게 정말로 나쁜 일이 생겼기 때문이라는 걸 알았으니까.

"어디야? 뉴욕에 왔어?"

제이크가 물었다. 내가 다른 사람과 결혼할 거라고 말했을 때, 제이크는 언젠가 내가 두 사람이 다시 함께할 준비가 되면 집으로 돌아올 거라고 말했고, 정말로 그렇게 믿었다. 그러니까, 오늘이 그날이라고 생각하는 것이 분명했다.

"소살리토야."

나는 하고 싶지 않은 말을 해야 한다는 두려움에 잠시 입을 다물었다.

"당신 도움을 받을 수 있을까 싶어서 전화했어. 변호사가 필요할 것 같아서……."

"그러니까…… 이혼하는 거야?"

내가 할 수 있는 일은 전화를 끊지 않고 가만히 있는 것뿐이었다. 제이크는 구제 불능이다. 내가 결혼식을 취소했을 때 안심했으면서, 그로부터 4개월 뒤에 다른 사람과 결혼까지 했으면서(그 뒤 얼마 안 돼 이혼했지만), 우리 관계에서는 늘 자기가 피해자인 것처럼 굴었다. 그는 내가 나의 어린 시절 때문에, 제이크도 결국 부모님처럼 나를 버리고 떠나리라는 생각에 너무나 두려워서 자기를 내 영역 안으로 들이지 않는 거라는 말을 입버릇처럼 달고 살았다. 제이크는 내가 사람들이 떠나는 걸 두려워하지 않는다는 사실을 이해하지 못했다. 내가 두려워하는 것은 잘못된 사람이 내 옆에 남는 것임을 이해하지 못했다.

"제이크, 남편 때문에 전화했어. 남편이 곤란해졌거든."

"왜 곤란해졌는데?"

나는 제이크에게서 바라는 것을 최대한 많이 끌어내려고 오언의 직업과 직장 이야기로 시작해, 더 숍이 받은 수사, 이상하게도 사라져버린 오언, 그의 행방을 물으러 나를 찾아온 그레이디 브래드퍼드와 FBI, 그레이디에 관해 몰랐던 FBI 등, 내가 겪은 모든 이야기를 들려주었다. 지금 오언이 어디에 있는지, 앞으로 무슨 일을 할 생각인지 아무도 모른다는 사실을, 적어도 베일리와 나는 모른다는 사실을 알려주었다.

"그래서 딸이…… 그 남자 딸이 당신과 함께 있다는 소리야?"

"베일리? 맞아, 나와 함께 있어. 베일리로서는 가장 원치 않는 상황이겠지."

"그러니까 딸도 두고 떠났다고?"

나는 대답하지 않았다.

"그 남자, 성과 이름이 뭐라고 했지?"

전화기 너머로 컴퓨터 자판 두드리는 소리가 들렸다. 예전에 우리가 살던 집 거실 바닥을 뒤덮고 있었던 것 같은 차트를 만들려고 기록을 하고 있는 거였다. 오언은 이제 제이크의 표적이 된 것이다.

"어쨌든 FBI가 당신을 찾아온 연방 법원 사람을 몰랐다고 해서 너무 걱정할 건 없어. 당신한테는 완전히 거짓말을 할 수도 있으니까. 게다가 법 집행기관들끼리는 괜히 세력 싸움을 하거든. 특히 아직은 미심쩍은 사건을 수사할 때는 더 그래. 아직 SEC에서는 아무 말 없고?"

"없어."

"곧 있을 거야. 적어도 무슨 일이 일어나고 있는지를 파악할 때까지는 당신한테 일어나는 법률 집행 내용을 나에게 모두 알려야 해. 당신은 아무 말도 하지 말고, 그냥 그 사람들이 나한테 직접 연락하게 해."

"알았어. 정말 고마워."

"그런 말은 하지 마. 한 가지 묻고 싶은데…… 당신은 이 사건에 얼마나 연루된 거야?"

"음, 오언이 내 남편이니까, 많이 연루된 셈이겠지."

"수색영장을 가지고 올 거야. 솔직히 아직까지 당신 집을 수색하지 않은 게 놀라울 정도야. 그러니까 당신이 이 일에 연루된 것처럼 보이게 하는 물건이 있으면, 밖으로 빼놓는 게 좋아."

"그런 게 있을 리 있어? 나는 전혀 상관이 없단 말이야."

나는 방어적이 돼가고 있음을 느꼈다. 누군가 수색영장을 들고 내 집으로 찾아와 아직 손도 대지 않은 채 부엌 싱크대 밑에 숨겨둔 더플백을 찾아낼 생각을 하니 점점 더 불안해졌다.

"제이크, 나는 오언이 어디에 있는지 알고 싶을 뿐이야. 도대체 왜 도망치는 것 말고는 다른 방법이 없다고 생각했는지 말이야."

"우선, 감옥에 가고 싶지 않았던 게 아닐까?"

"아니, 그건 아니야. 그런 이유로 도망칠 사람은 아니야."

"그럼 왜 도망쳤다고 생각해?"

"자기 딸을 보호하려고."

"보호하다니, 무엇으로부터?"

"나도 모르겠어. 아빠가 억울한 누명을 쓰면 딸의 인생을 망치게 되리라고 생각한 게 아닐까? 어쩌면 자신의 무죄를 입증해줄 곳으로 떠난 건지도 몰라."

"그럴 것 같지는 않아. 하지만…… 어쩌면 다른 이유가 있을지도 모르겠네."

"어떤 이유?"

"유죄판결을 받는 것보다 더 나쁜 일?"

"제발 알아듣게 설명해줘, 제이크."

"내가 듣기 좋은 소리를 해줄 수는 없어. 만약 당신 남편이 더 숍을 피해 달아난 게 아니라면, 더 숍이 그 사람에 대해 폭로할지도 모를 일을 피해 도망갔을 수도 있다는 거야. 문제는 그게 무슨 일이냐인데……. 내가 사설탐정을 한 명 알아. 유능한 사람이야. 그 사람한테 알아보라고 할게. 당신은 나에게 오언의 인생을 아는 대로 적어서 메일로 보내줘. 무엇이든지, 알고 있는 건 전부. 다닌 학교, 성장한 곳, 만난 여자들. 모두 말이야. 딸이 언제, 어디에서 태어나고 자랐는지도."

제이크가 펜을 물어뜯는 소리가 들렸다. 그 소리를 듣고서 그가 하고 있는 비밀스러운 습관을 해독할 수 있는 사람은 이 세상에 나 말고는 없을 거라는 생각이 들었다. 그건 정말 제이크와는 어울리지 않는 습관이었다. 하지만 나는 제이크 앞에 앉아 있는 것처럼, 심하게 변형된 펜 뚜껑을 보고 있는 것처럼 그 모습이 훤히 보였다. 오래전에 더는 원하지 않게 된 사람에 관해 모든 것을 안다는 것은 정말 끔찍한 일이었다.

"그리고 당신을 위해 할 게 있어. 내가 언제라도 연락할 수 있도록 가능한 한 전화기를 가까운 곳에 둬. 모르는 번호는 절대로 받지 말고."

오언이 전화기를 버렸을 거라던 그레이디의 말이 생각났다. 내가 알고 있는 유일한 오언의 번호를 화면에 띄워줄 전화기는 버려졌을 수도 있었다.

"오언의 전화일 수도 있잖아."

"지금 당장은 전화하지 않을 거야. 당신도 알잖아."

"모르겠는데."

"아니, 알 거야."

나는 아무 말도 하지 않았다. 제이크가 옳다는 생각이 들어도 그 사실을 인정할 수는 없었다. 그런 식으로 오언을 배신할 수는 없었다. 베일리를 배신할 수는 없었다.

"그리고 당신 남편이 어째서 도망쳤는지, 자기 딸을 보호하려고 그랬다는 것보다 더 정확한 이유를 알아내야 할 거야……. 되도록 빨리 알아내는 게 좋아. FBI의 친절함은 그리 오래가지 않을 테니까."

나는 이미 FBI는 충분히 친절하지 않았다는 사실을 떠올렸고, 머리가 빙글빙글 돌기 시작했다.

"전화, 안 끊었지?"

제이크가 물었다.

"안 끊었어."

"그냥…… 침착하기만 하면 돼. 당신은 당신이 생각하는 것보다 더 많은 걸 알고 있을 거야. 당신은 이 상황을 헤쳐 나갈 방법을 알고 있어."

제이크의 말투에, 상냥하고 단호하지만 친절함이 가득 밴 그의 말에 울음이 터질 것만 같았다.

"하지만 앞으로 누군가에 대해 말할 때는 그 사람이 결백하다고는 말하지 마, 알았지? 꼭 말해야 할 때는 그냥 유죄가 아니라고 말하면 돼. 결백하다는 말은 당신을 멍청하게 보이게 할 뿐이야. 특히 사람들 대부분이 정말로 죄가 있을 때는 말이야."

그건 정말 맞는 말이었다.

6주 전

"휴가를 가야 해. 이미 늦었다고."

오언이 말했다. 자정이었고, 우리는 침대에 누워 있었다. 오언은 자기 손으로 내 손을 감싸 가슴 위에, 자기 심장 위에 올려놓았다.

"나랑 같이 오스틴에 가면 되잖아? 그건 휴가가 아니려나?"

"오스틴?"

"거기서 선반공 심포지엄을 한다고 말했잖아. 같이 가서 휴가를 즐기면 되지. 며칠 정도는 텍사스 힐 컨트리에 갈 수도 있을 테고……."

"그게 오스틴에서 열리는 거였어? 오스틴에서 한다는 말은 들은 적이 없는데……."

오언은 고개를 끄덕였다. 생각해보는 것처럼, 나와 함께 가는 걸 고려해보는 것처럼. 하지만 그의 내면에서 무언가가 바뀌고 있는 것 같았다. 오언의 몸에서 무언가가 멈추는 것이 느껴졌다.

"무슨 문제 있어?"

내가 물었다.

"아니, 없어."

오언이 대답했다. 하지만 오언은 내 손을 놓더니 손가락에 낀 결혼반지를 계속 빙글빙글 돌렸다. 내가 만들어준 결혼반지였다. 내 결혼반지와 정확하게 똑같이 만든 반지였다. 멀리서 보면 여느 백금 반지처럼 반짝이는 가느다란 반지였지만, 우리 반지는 백금이 아니라 브러시드 스틸과 두툼한 흰색 참나무로 만든 것이었다. 우리 반지는 소박하면서도 우아했다. 내 선반 중에서도 가장 작은 선반으로 만들었고, 내가 반지를 만드는 동안 오언은 바닥에 앉아 그 모습을 지켜보았다.

"이제 곧 베일리도 새크라멘토로 수학여행을 가잖아. 그때 뉴멕시코에 다녀올 수도 있을 것 같아. 우리 둘이서만. 화이트록으로 숨어버리는 거지."

오언이 말했다.

"그거 좋네. 뉴멕시코에는 정말 오랫동안 가보지 못했어."

내가 대답했다.

"나도 그래. 대학 졸업한 뒤로는 못 가봤어. 산속에서 일주일을 보내려고 타오스까지 차를 타고 갔는데."

"뉴저지에서 거기까지 운전해서 갔다고?"

내가 물었다.

"뭐라고?"

오언은 계속 반지를 돌리면서 건성으로 대답했다.

"뉴저지에서 뉴멕시코까지 운전해서 갔다며? 영원처럼 느껴졌을 것 같은데?"

오언은 갑자기 손을 멈추고 반지를 놓아주었다.

"대학교 때 간 게 아니야."

"오언! 방금 대학교 때 타오스에 갔다고 했잖아."

"모르겠어. 다른 산이었나 봐. 버몬트였는지도 몰라. 기억나는 건 공기가 아주 희박했다는 것뿐이야."

오언의 말에 나는 크게 웃었다.

"당신, 무슨 일 있어?"

"없어. 그저……."

오언이 아직 하지 않은 말을 추측하면서 나는 오언을 쳐다보았다.

"내 인생의 이상했던 부분을 되살려내는 것 같아서."

"대학에서?"

"응, 대학에서. 그리고 대학을 졸업한 뒤에도."

오언은 고개를 저었다.

"기억도 못 하는 산에 갇혀버린 거야."

"좋아……. 하지만 이건, 당신이 한 말 가운데 가장 이상한 말인 거 알지?"

"나도 알아."

오언은 몸을 일으켜 앉더니 불을 켰다.

"젠장. 정말 휴가를 가야 해."

"그래, 가자."

"그래, 가야 해."

오언은 다시 누워 내 배 위에 손을 얹었다. 오언이 다시 평온해지고 있음이 느껴졌다. 다시 나에게 돌아오고 있음이 느껴졌다. 그래서 더는 압박을 주고 싶지 않았다. 오언이 이미 공유하기로 선택한 것들에 대해 압박하고 싶지는 않았다.

"지금 굳이 과거 이야기를 할 필요는 없겠지만, 그냥 기록용으로 남겨보는 게 어떨까? 나는 대학 시절 내내 조니 미첼 커버 밴드에서 기타를 치면서 보냈고, 시 경연 대회에 나갔고, 정부가 텔레비전을 이용해 혁명의 통제를 시도한다는 내용으로 성명서를 작성하던 철학과 대학원생이랑 데이트를 했어."

"그 사람이 완전히 틀렸다는 생각은 들지 않는데?"

"그럴지도 몰라. 중요한 건, 지금 상황을 바꿀 수 있는 당신의 과거사는, 적어도 우리 사이를 바꿀 수 있는 과거사는 거의 없다는 거야."

"그래, 그건 정말 고마운 일이야."

오언이 조용히 속삭였다.

좋은 일은 없고 나쁜 일만 가득했던 베일리의 하루

학교에서 돌아온 베일리는 비참해 보였다.
그때 나는 담요로 무릎을 덮고 레드 와인을 마시면서 벤치에 앉아 있었다. 나는 하루를 넘기려고 애쓰고 있었다. 오언 없이 시작했고 오언 없이 끝나는 하루라니, 절대로 있을 수 없는 일 같았다. 그런 있을 수 없는 일이 일어났기에 화가 나고, 슬프고, 힘들고, 외로웠다.

베일리는 집에 도착할 때까지 고개를 푹 숙인 채로 부두 위를 휘적휘적 걸어왔다. 그러다가 내 앞에 섰다. 내가 앉아 있는 벤치 앞에 우뚝 선 베일리의 눈은 불타고 있었다.

"내일은 안 갈 거예요. 절대로 학교에 안 갈 거예요."

베일리의 눈에는 두려움이 있었다. 마치 거울을 보고 있는 것처럼 비슷한 감정을 품은 우리 두 사람은 나로서는 절대로 가고 싶지 않았던 마지막 길에 서 있었다.

"애들은 우리 아빠 이야기를, 내 이야기를 하지 않는 척해요. 나한테 직접 말하는 것보다 더 끔찍해요. 온종일 내가 자기들이 속닥이는 소리를 듣지 못하는 것처럼 행동한단 말이에요."

"애들이 뭐라고 했는데?"

"무슨 말이 듣고 싶어요? 브라이언 파두라가 화학 시간이 끝난 뒤에 보비한테 우리 아빠가 범죄자냐고 물은 거요? 아니면 보비가 브라이언의 입을 때린 거요?"

"보비가 그랬어?"

"넵."

나는 고개를 끄덕였다. 보비가 조금은 마음에 들었다.

"그때부터 상황은 훨씬 나빠졌어요."

나는 베일리가 앉을 수 있도록 벤치에서 자리를 살짝 옮겼다. 베일리는 벤치에 앉긴 했지만, 마음이 바뀌면 언제라도 일어나려는 듯 벤치 끝에 걸터앉았다.

"내일은 안 가는 게 어떨까?"

베일리가 놀란 얼굴로 나를 보았다.

"정말로요? 그렇게 순순히 안 가도 좋다고 말하는 거예요?"

"가라고 하면 갈 거야?"

"아니요."

"내 생각에는, 내일은 그냥 쉬는 게 좋을 것 같아. 너의 하루도 나의 하루만큼이나 엉망이었다면, 그래도 돼."

베일리는 고개를 끄덕이면서 손톱을 물어뜯었다.

"고마워요."

나는 베일리의 입에서 손을 떼어내 꼭 잡아주고 싶었다. 곧 좋아질 거라고, 어쨌든 모든 게 잘 풀릴 거라고 말해주고 싶었다. 하지만 그런 말들이 베일리를 위로해줄 수 있다고 해도, 내가 하는 말이 베일리에게 위로가 될 리는 없었다.

"오늘은 아무것도 만들고 싶지 않아. 그러니까 우리가 오늘 먹을 수 있는 유일한 영양분 형태는 앞으로 30분쯤 뒤에 우리 집에 도착할 커다란 치즈피자 두 판뿐이야. 버섯이랑 양파를 얹은 피자를 시켰어."

내 말에 거의 웃을 것만 같은 베일리를 보자 마음속에서 질문 하나가 튀어나왔다. 제이크와 통화를 한 뒤로 내 마음속에서 커다랗게 피어오르고 있는 의문을 풀 수 있는 실마리를 찾으려면 해야 하는 질문이었다.

"베일리, 아침에 네가 물었던 질문을 계속 생각해봤어. 아빠가 너에게 남긴 편지에 적힌 말 있잖아. 너는 '아빠한테 가장 중요한 게 뭔지 알 거'라는……."

내 말에 베일리가 한숨을 쉬었다. 하지만 늘 뒤따라오는 눈 흘김은 없었다. 그럴 기운조차 남아 있지 않은 게 분명했다.

"알아요. 아빠가 나를 사랑한다는 거. 해나 말이 맞아요."

베일리가 말했다.

"아니, 내가 틀린 것 같아. 아빠가 그렇게 적은 건, 어쩌면 다른 의미인지도 몰라."

베일리는 이해할 수 없다는 표정으로 나를 보았다.

"그게 무슨 말이에요?"

"어쩌면 네가 무언가를 알고 있다는 걸 의미하는 말이 아닐까? 네가 아빠에 대해 아는 게 있는데, 아빠는 그걸 네가 기억해냈으면 하는 거지."

"내가 뭘 알고 있는데요?"

"나야 모르지."

"어쨌거나 우리 의견이 일치했다니 기뻐요."

베일리는 잠시 멈추었다가 다시 말했다.

"학교에서 만난 사람들 모두 해나랑 같은 의견인 것 같았지만요."

"그게 무슨 말이니?"

"모두 아빠가 무슨 일을 했건, 아빠가 그런 행동을 한 이유를 나는 알 거라고 생각하더라고요. 함께 아침을 먹으면서 5억 달러를 훔쳐서 사라져버릴 계획을 세우고 있다는 걸 나한테 말해줬다고 생각하는 거죠."

"우린 네 아빠가 그 일과 어떤 관계가 있는지도 모르는걸."

"그래요. 우리가 아는 건 아빠가 여기 없다는 것뿐이죠."

옳은 말이었다. 오언은 여기 없었다. 우리가 아는 것은 그저 오언이 어디에나 있을 수 있다는 사실뿐이었다. 문득 그레이디 브래드퍼드가 아침에 불쑥 내뱉었던 말이, 자기가 우리 편임을 믿게 하려고, 내가 아는 내용을 자기에게 말하게 하려고 무심코 내밀었던 정보가 생각났다. 그는 나에게 전화번호를 주었다. 자기가 근무하는 부서라며 전화번호를 주었다. 낯선 지역 번호가 붙은 전화번호였다. 512. 나는 뒷주머니에 넣어두었던 프레드의 카페 냅킨을 꺼냈다. 전화번호는 두 개였고, 모두 512로 시작했다. 주소는 없었다.

나는 탁자 위에 둔 휴대전화를 들어 그레이디가 근무하고 있다는 곳에 전화를 걸었다. 발신 신호가 들리는 동안, 자동 응답기가 켜지면서 미국 연방 법원이라는 안내가 흘러나오는 동안 내 심장은 빠르게 뛰기 시작했다. 내 전화에 응답한 곳은 미국 연방 법원 서부 텍사스 지부였다. 그러니까 그레이디가 주고 간 전화번호는 텍사스 오스틴에 있는 연방 법원 전화번호였다.

그레이디 브래드퍼드는 미국 연방 법원 오스틴 지부 사람이었다. 어째서 텍사스에 있는 연방 법원 사람이 우리 집까지 찾아왔을까? 제러미와 나오미 수사관의 말대로라면 수사할 권리도 없는 연방 법원 집행관이? 두 사람의 말과 다르게 그레이디에게 이 사건을 수사할 권리가 있다면 어째서일까? 오언이 무슨 일을 했길래 그레이디가 나선 걸까? 텍사스와 이 일은 무슨 관계가 있는 거지?

"베일리, 혹시 아빠랑 오스틴에 간 적 있니?"

"오스틴이요? 텍사스에 있는? 없는데요."

"조금만 더 생각해봐. 혹시 어딘가로 가던 길에 오스틴에 들르지 않았을까? 소살리토로 이사 오기 전에 말이야. 아직 시애틀에 살고 있을 때……."

"내가…… 네 살 때 말이에요?"

"그래, 너무 오래전 일이지?"

베일리는 하늘을 올려다보면서 오래전에 잊었지만, 갑자기 너무나 중요한 기억이라서 잊으면 안 된다는 말을 들은 어느 날의 기억을, 어느 순간의 기억을 뇌 속에서 찾아보려고 애썼다. 하지만 찾을 수 없어 속상한 것 같았고, 나는 정말로 베일리를 속상하게 만들고 싶지 않았다.

"그런 건 왜 물어보는데요?"

"오늘 아침 일찍, 오스틴에서 온 연방 법원 집행관을 만났거든. 아빠랑 오스틴이 어떤 관계가 있어서 온 게 아닌가 싶어서."

"오스틴이랑요?"

"그래, 오스틴이랑."

베일리는 생각해내려는 듯이 잠시 말이 없었다.

"어쩌면 오래전에…… 거기서 하는 결혼식에 간 적이 있는지도 몰라요. 내가 아주 어렸을 때요. 내가 화동이었던 게 확실해요. 사람들이 계속 나를 데려다가 사진을 찍었거든요. 그때 누군가가 거기가 오스틴이라고 말했던 거 같아요."

"확실하니?"

"확실하지는 않죠. 그런 걸 확신할 수 있는 사람이 어딨어요."

"그 결혼식에 관해 기억나는 게 있니?"

조금 더 세부적인 내용을 끌어내려고 내가 물었다.

"모르겠어요. 그냥…… 거기 있었다는 것만 기억나요."

"너희 엄마도?"

"그런 거 같아요. 있었어요. 하지만 가장 기억에 남는 부분에서는 엄마는 없었던 것 같아요. 아빠랑 내가 성당을 나와서 걸었고, 아빠가 나를 미식축구 경기장으로 데리고 갔어요. 미식축구 시합을 하고 있는 경기장으로요. 그런 건 처음 본 거 같아요. 아주 커다란 경기장이었거든요. 아주 환했는데, 모든 게 주황색이었어요."

"주황색이었다고?"

"조명도 주황색이었고, 유니폼도 주황색이었어요. 그때는 주황색을 사랑했고, 가필드에 푹 빠져 있었거든요. 그래서…… 기억을 하는 거예요. 아빠가 경기장의 주황색을 가리키면서 가필드 같다고 말했어요."

"그러니까 경기장에 가기 전에는 성당에 있었다고?"

"네, 성당 맞아요. 텍사스거나 텍사스 근처에 있는 성당이요."

"그 뒤로는 아빠한테 어디에서 결혼식이 있었는지 안 물어봤어? 결혼식에서 있었던 일 같은 것도 안 물어봤고?"

"네. 내가 왜 물어봐야 하는데요?"

"그건 그렇네."

"그리고 아빠는 내가 과거 이야기를 하면 속상해해요."

놀라운 말이었다.

"왜 그렇게 생각해?"

"그래서 내가 엄마에 대한 기억이 거의 없는 거예요."

나는 아무 말도 하지 않았다. 하지만 오언이 비슷한 말을 했던 게 생각났다. 베일리가 어렸을 때 오언은 베일리의 마음이 엄마를 막고 있는 것 같아서 아이를 데리고 치료사를 찾아간 적이 있었다고 했다. 치료사는 흔히 있는 일이라고 진단했다. 베일리처럼 어렸을 때 부모를 잃은 아이는 상실감을 달래려고 그런 방어기제가 자주 발동한다고. 하지만 오언은 그보다 더 큰 이유가 있다고 생각했고, 무슨 이유인지 그 책임이 자기에게 있다고 믿는 것 같았다.

엄마 생각을 너무 많이 했다는 듯이, 아빠 생각을 너무 많이 했다는 듯이 베일리는 눈을 감았다. 베일리는 두 눈을 문질러 닦았지만, 내가 보기 전에 눈물을 훔칠 수는 없었다. 내가 보고 있음을 깨닫기 전에 눈물을 훔칠 수는 없었다. 베일리는 자기가 너무나도 외롭다는 사실을 숨길 노력조차 하지 않았다. 나는 베일리를 힘들게 하는 고통이 어떤 고통인지 알고 있었다. 어떻게 해서든지 그 고통을 덜어주고 싶었다. 베일리를 도와주고 싶었다. 무슨 일을 해서라도 베일리의 마음속에서 그 고통을 지워주고 싶었다.

"다른 말 하면 안 돼요?"

베일리는 그렇게 말하고는 손을 번쩍 들어 올렸다.

"아니다. 정정할게요. 아무 말도 안 하면 안 돼요? 내가 원하는 건 아무 말도 하지 않는 거예요."

"베일리……."

"아니요. 그냥 혼자 내버려두면 안 돼요?"

베일리는 몸을 뒤로 젖히고 피자가 도착하기를, 내가 자리를 뜨기를 기다렸다. 어쨌거나 그 두 가지는 어떤 순서로든 베일리를 일어나게 해줄 수 있는 일이었으니까.

무엇을 기억하고 싶지 않은 걸까?

베일리를 존중해서, 혼자 있고 싶다는 베일리의 뜻을 존중해서 나는 집 안으로 들어왔다. 베일리를 재촉하고 싶지 않았다. 베일리를 억지로 집 안으로 들어오게 하고 싶지는 않았다. 베일리는 아빠가 자기가 생각했던 사람인지 알 수 없어서 혼란스러워했고, 화가 나 있었다. 자기가 평생 알고 있었던 사람이 정말로 그 사람인지를 알 수 없어서, 안정적이고 관대한 자기 아빠가 정말로 생각한 그대로의 사람인지 알 수 없어서 자신이 해야만 하는 질문 때문에 오언에게, 자기 자신에게 화가 나 있었다. 나는 그 마음을 충분히 공감할 수 있었다.

당신이 보호해줘.

도대체 무엇에게서 베일리를 보호해야 한다는 걸까? 오언이 더 숍에서 한 일에서? 더 숍에서 오언에게 일어난 일에서? 아니면 전혀 다른 것들에서 베일리를 보호해야 한다는 뜻일까? 아직 내가 알아내지 못한 일에서? 내가 아직은 보고 싶지 않은 것들에서 베일리를 보호해야 한다는 뜻일까?

나는 침실을 서성였다. 베일리의 반감을 사고 싶지는 않았지만, 찾을 수 있는 단서가 있다면 한시라도 빨리 찾아야 한다는 기분이 들었다. 나에게 떠오르는 방법은 그저 오언에 대한 우리의 흐릿하고 온화한 기억을 다시 생각해봐야 한다는 것, 베일리에게 다시 생각해보라고 요청하는 것뿐이었다. 그 기억들이 지난 24시간 동안의 일들과 어떤 관계가 있는지, 두 기억이 어느 지점에서 만나는지를 살펴봐야 한다는 것뿐이었다.

갑자기 두 기억이 만나 한 방향으로 날아가기 시작했다. 두 기억은 오스틴으로 날아갔다. 오스틴과 오언에 관해, 나에게는 기억나는 것이 있었다. 소살리토로 옮겨 오기 직전에 오스틴에서 의뢰가 들어왔었다. 오스틴 호수를 감싸고 도는 웨스트레이크 드라이브의 랜치 하우스를 단장하고자 했던 영화배우의 의뢰였다.

그 영화배우는 자기 집에서 전남편의 흔적을 완전히 지우고 싶어 했다. 전남편은 전적으로 현대적인 것들을 사랑했고, 소박하고 투박한 것들은 무조건 질색했다. 내가 만든 작품을 추천한 사람은 집 단장을 지휘했던 인테리어 디자이너였다. 그 영화배우는 내가 작업하는 과정에 참여하고 싶어 했는데, 그렇다면 내가 오스틴으로 건너가 2주 동안 머물러야 한다는 뜻이었다.

내가 함께 오스틴으로 가자고 했을 때 오언은 단칼에 거절했다. 소살리토로 가는 시간을 늦출 수밖에 없는 일정으로 다른 곳에 가야 한다는 사실에, 우리가 함께 살기로 계획한 시점을 늦춰야 하는 일을 한다는 사실에 오언은 화를 냈다.

그때 나는 캘리포니아로 가고 싶은 마음이 컸고, 점점 더 요구가 많아질 고객과 함께 일하는 데는 그다지 열의가 없었기에 의뢰를 거절했다. 하지만 오언의 행동이 이상하다고는 생각했다.

그런 식으로 반응하는 건 오언답지 않았다. 요구하고 통제하는 것은 그답지 않았다. 그 사실을 지적했을 때 오언은 나쁘게 행동해서 미안하다고 말했다. 이사 때문에 긴장했기 때문이라고, 베일리가 자기 집에 들어오는 나를 어떻게 받아들일지 몰라 걱정됐기 때문이라고 했다. 오언에게는 모든 문제가 베일리로 통했다. 베일리를 흔드는 변화는 그 어떤 것이든 오언을 뒤흔들었다. 그래서 그 걱정을 이해해주기로 했다. 오언의 행동을 그저 잊기로 했다.

하지만 오스틴이 경고신호를 보낸 것은 한 번만이 아니었다. 내가 함께 오스틴에서 열리는 선반공 심포지엄에 가자고 했을 때, 오언은 말 그대로 완전히 얼어버렸다. 내 제안을 거절하지는 않았지만, 말을 돌렸다. 정말로 화제를 바꿨다. 그러니까 베일리 때문이 아닐 수도 있었다. 어쩌면 오언은 오스틴 자체를 꺼리는지도 몰랐다. 오스틴에 내가 만나면 안 되는 무언가가 있는지도 몰랐다. 오언이 멀어지려고 애쓰는 무언가가 있는지도 몰랐다.

나는 전화기를 들어 충실한 미식축구 팬으로서 오전 8시에는 어김없이 대학 시합, 프로 시합, 옛 시합 할 것 없이 유튜브로 미식축구 시합을 관람하는 제이크에게 전화를 걸었다.

"여기는 밤이야."

인사도 없이 제이크는 말했다.

"오스틴 미식축구 경기장은 어떤지 말해줄 수 있어?"

"경기장 이름이 그게 아니라는 거?"

"오스틴 팀에 대해 아는 거 있어?"

"롱혼스? 뭘 알고 싶은데?"

"그 팀 색깔?"

"왜?"

나는 대답하지 않았다. 제이크는 한숨을 쉬더니 말했다.

"주황색과 흰색."

"확실해?"

"맞아. 불타는 것처럼 강렬한 주황색과 흰색이야. 유니폼과 마스코트도, 골대도, 엔드 존도. 경기장 전체가 주황색과 흰색이야. 아무튼 지금 자정이라고. 사실 자정도 지났어. 난 자고 있었고. 도대체 왜 이런 질문을 하는 거야?"

진실을 말할 수는 없었다. 미친 소리처럼 들릴 테니까. 우리 집을 찾아온 연방 법원 집행관은 사실 오스틴 법원에 속한 사람이기 때문에, 베일리가 오스틴을 기억하고 있기 때문에, 오언이 그곳에 간다는 말에 이상하게 반응했었기 때문에, 그것도 두 번이나. 지금 생각해보면 정말 두 번이나 이상하게 행동했었기 때문에 그런 질문을 했다는 말은 할 수 없었다.

내가 찾아낸 단서는 오스틴이 전부라는 말을 제이크에게 하고 싶지는 않았다.

할아버지를 생각했다. 할아버지가 살아 계셨다면, 지금 내 옆에 앉아 계셨다면 내 마음에 있는 이야기들을 솔직하게 털어놓았을 텐데. 할아버지는 내가 미쳤다고 생각하지 않을 텐데. 그저 내 옆에 앉아 내가 해야 할 일을 알아낼 때까지 제대로 생각할 수 있도록 도와주었을 텐데. 그게 할아버지가 자기 일을 잘해낸 이유였다. 내가 해야 할 일이 무엇인지를 이해할 수 있게 도와줄 수 있었던 이유였다.

할아버지가 나에게 가장 먼저 알려준 건 선반공 일은 그저 내가 원하는 대로 나무를 깎는 일이 아니라는 거였다. 나무껍질을 벗겨 나무 내면의 모습을 보면서 예전에 나무가 어떤 모습이었는지를 살펴야 한다고 했다. 그것이 아름다운 작품을 만드는 첫 번째 단계라고 했다. 무에서 유를 창조할 수 있는 첫 번째 과정이라고 했다.

오언이 여기 있었다면, 오언도 이해했을 것이다. 나는 오언에게라면 말할 수 있었을 것이다. 오언이라면 나를 보면서 어깨를 으쓱하고 "잃은 건 없잖아?"라고 말했을 것이다. 내가 이미 결정을 내렸음을 알아챘을 것이다.

당신이 보호해줘.

"제이크, 나중에 전화할게."

내가 말했다.

"내일 해! 알았지? 내일 전화해!"

제이크가 대답했다.

나는 전화를 끊고 밖으로 나갔다. 베일리는 샌프란시스코만을 보면서 내가 두고 간 와인을 자기 것인 양 홀짝이고 있었다.

"뭐 하고 있니?"

내가 물었다.

와인 잔은 거의 비어 있었다. 내가 들어갈 때는 거의 채워져 있던 잔이었다. 이제는 거의 비어 있었다. 베일리의 입술에는 와인이 묻어 있었고 입술 가장자리는 빨갛게 물들어 있었다.

"그냥 놔두면 안 돼요? 조금만 마셨어요."

"와인은 상관 안 해."

"그럼 왜 그렇게 봐요?"

"들어가서 짐을 싸야 해."

"왜요?"

"네가 한 말을 생각해봤어. 결혼식 말이야. 오스틴에 관해서도. 우리가 거기로 가야 할 것 같아."

"오스틴으로요?"

나는 고개를 끄덕였다.

베일리는 이해할 수 없다는 표정으로 나를 보았다.

"미친 생각이에요. 오스틴에 간다고 뭘 알 수 있겠어요?"

나는 베일리에게 솔직하게 말하고 싶었다. 할아버지의 말을 인용해 오스틴에 가면 나무껍질을 벗길 수 있을 거라고 하면 베일리는 알아들을 수 있을까? 그럴 것 같지 않았다. 내가 지금까지 생각해낸 것을 말한다면, 기껏해야 확고한 근거 없이 흔들리는 가설을 제시한다면, 베일리는 내 의견을 기각하고 가지 않겠다고 할 것이다.

그래서 나는 베일리가 귀를 기울일 만한, 그러면서도 진실인 제안을 했다. 베일리의 아빠가 했을 법한 말을 했다.

"여기 그냥 앉아 있는 것보다는 낫잖아."

"학교는 어떻게 하고요? 그냥 가지 마요?"

"어쨌거나 내일은 가지 않겠다고 했잖아. 아까 그렇게 말하지 않았어?"

"뭐, 그랬던 거 같아요."

나는 이미 몸을 돌려 집으로 들어가고 있었다. 벌써 출발할 준비를 하고 있었다.

"그럼 준비하자."

2부

나무는 종마다 독특한 무늬와 색이 있는데,
그릇을 뒤집으면 그 모습을 확인할 수 있다.
필립 몰스롭

오스틴은 기이한 상태로 내버려두자

우리는 오전 6시 55분에 새너제이에서 출발하는 비행기를 탔다. 오언이 출근한 지 46시간이 지났고, 오언의 목소리를 마지막으로 들은 지 46시간이 지난 때였다.

베일리를 창가 좌석에 앉게 하고 나는 통로 쪽 좌석에 앉았다. 비행기 뒤쪽에 있는 화장실을 이용하려는 승객들이 지나다니며 계속 내 몸을 쳤다. 베일리는 최대한 나에게서 떨어져 몸을 창문에 기댄 채 단호하게 팔짱을 끼고 있었다. 맨투맨 없이 플리트우드 맥 탱크톱만 입은 베일리의 팔에 소름이 돋아 있었다.

지금 베일리가 화가 난 것인지 추운 것인지는 알 수 없었다. 어쩌면 둘 다인지도 몰랐다. 지금까지 우리 두 사람이 함께 비행기를 타본 적이 없었기 때문에 나는 두툼한 옷을 챙겨야 한다는 말을 베일리에게 해줄 생각을 못 했다. 내가 말해주었다 한들 베일리가 그 충고를 따랐을 것 같지도 않지만 말이다.

갑자기 어째서인지 내가 베일리에게 적절한 옷을 챙겨야 한다는 말을 해주지 못한 것이 꼭 오언 탓인 것만 같았다. 오언이 내게 지은 가장 큰 죄처럼 느껴졌다. 어째서 사라져버리기 전에 나에게 지침서를 주어야 한다는 걸 깨닫지 못했을까? 어째서 베일리를 돌보는 데 필요한 규칙을 적어놓고 떠나지 않았을까? 첫 번째 규칙, 비행기를 탈 때는 맨투맨을 가져가게 한다. 팔을 덮을 상의가 필요하다고 말한다.

베일리는 계속 창밖을 바라보면서 나와 눈이 마주치는 순간을 피했다. 베일리에게 대화 의지가 없다는 것이 오히려 나에게는 도움이 됐다. 나는 공책을 꺼내 적어 내려가기 시작했다. 전략을 세워야 했다. 오스틴에 도착하면 오후 12시 30분일 테니, 오스틴 시내로 나가 호텔에 들어가면 2시쯤 될 것이다.

오스틴을 잘 알면 좋을 텐데. 하지만 오스틴은 대학교 4학년 때 한 번 와본 것이 전부였다. 줄스가 사진기자로서 첫 번째 일을 맡은 곳이 오스틴이었는데(그때 줄스는 숙식비는 별도로 받고 작업비를 무려 85달러나 받았다), 나에게 함께 가자고 했다. 그때 줄스가 맡은 일은 보스턴의 한 푸드 블로그를 위해 〈오스틴 크로니클〉이 해마다 여는 핫소스 축제 사진을 찍는 것이었다. 축제 기간 내내 우리는 오스틴에 머물면서 수백 가지가 넘는 양념갈비, 감자튀김, 훈제 채소, 할라피뇨 소스를 먹느라 계속 입 안이 얼얼한 채로 지냈고, 줄스는 600장이나 되는 사진을 찍었다.

오스틴을 떠나기 전에 우리는 축제가 열리고 있던 오스틴 동부에서 벗어나 농업지대를 돌아다녔고, 도심지의 스카이라인이 굉장한 풍경을 연출하는 언덕을 찾아냈다. 나무가 고층 빌딩만큼이나 많고 구름이 적은 청명한 하늘이 보이는 언덕이었다. 평온한 호수 덕분에 오스틴은 한 주의 주도가 아니라 작은 소도시처럼 느껴졌다.

그때 그곳에서 줄스와 나는 대학교를 졸업하면 오스틴으로 옮겨 오자고 다짐했다. 오스틴은 뉴욕보다 생활비가 훨씬 적게 들었고, 로스앤젤레스보다 훨씬 평온했다. 정말로 대학교를 졸업한 뒤에는 오스틴으로 옮기는 일이 우리의 고려 사항이 되지 못했지만, 그 순간만큼은, 오스틴 시내를 내려다보던 그때만큼은 그렇게 해야 한다는 생각이 들었다. 그때는 마치 우리가 우리의 미래를 보고 있는 것만 같았다.

하지만 오스틴으로 가는 지금 상황은 내가 상상했던 미래는 확실히 아니었다. 나는 눈을 감고서 오언은 어디에 있는지, 왜 도망을 쳐야 했는지, 그가 너무나도 두려워서 나에게 직접 말할 수 없었던 일이 도대체 무엇이길래 내가 놓치고 있는 건지 같은, 끔찍한 루프가 되어 내 머릿속을 맴돌고 있는 질문들에, 내가 대답해야 할 질문들에 압도되지 않으려고 애썼다.

내가 비행기에 앉아 있는 이유는 그 때문이었다. 집을 떠날 때, 나는 환상에 사로잡혀 있었다. 내가 집에서 나가면 우주에 존재하는 무언가가 오언을 다시 집으로 돌아오게 해주리라고, 그가 집으로 와서 직접 이런 질문들에 답해주리라고 생각한 것이다. 더는 눈길을 주지 않아야만 주전자 물이 끓는 것처럼, 세상일이라는 게 본래 그런 식으로 작동하는 것 아닌가? 우리가 오스틴에 도착해야만 집을 나간 오언이 돌아와 지금 자기는 부엌에 앉아 있는데, 두 사람은 어디에 있냐는 문자메시지를 보내올지도 모른다고 말이다.

"어떤 음료를 드릴까요?"

나는 고개를 들어 통로에 서 있는 승무원과 승무원이 끌고 온 은색 카트를 보았다.

베일리는 창문에서 고개를 돌리지 않았다. 베일리에게서 보이는 부분은 하나로 묶은 자주색 머리카락뿐이었다.

"일반 콜라로 주세요. 얼음 많이 넣어서요."

베일리가 말했다.

나는 베일리의 무뚝뚝함에 사과하듯이 어깨를 으쓱해 보이며 "다이어트 콜라 주세요"라고 말했다.

승무원은 기분 좋게 웃으며 "열여섯 살이에요?"라고 속삭이듯 물었다.

나는 고개를 끄덕였다.

"우리 집에도 열여섯 살 아이가 있어요. 사실은 쌍둥이예요. 그래서 잘 알아요."

그때 베일리가 고개를 돌려 말했다.

"우리 엄마 아니에요."

베일리의 말은 물론 사실이었다. 지금과 같은 상황이 아니었다면 베일리는 사람들의 생각을 바로잡고 기록을 바로잡으려고 그 말을 할 수도 있었다. 하지만 지금 그 말은 사뭇 다른 식으로 들렸고, 너무나도 아프게 들려서 나는 당황한 기색을 감출 수 없었다. 베일리의 말에는 내 기분을 상하게 하는 것 말고도 더 큰 의미가 담겨 있었다. 베일리는 그 말을 내뱉음으로써 평소라면 깨닫기 힘든 사실을, 내가 아니라면 자기를 돌봐줄 사람이 아무도 없는 상황에서 나를 미워하거나 부인하는 일은 조금도 재미

있지 않다는 사실을 깨달았을 것이다.

베일리의 표정이 한 대 맞은 사람처럼 굳어졌다. 나는 아무 말도 하지 않고 내 앞에 있는 텔레비전 화면을 뚫어져라 바라보았다. 들리지 않는 화면에서는 〈프렌즈〉의 한 장면이 흘러나오고 있었다. 레이첼과 조이가 호텔 방에서 키스를 하고 있었다.

나는 베일리의 절망을 눈치채지 못한 척했지만, 헤드폰을 쓰지는 않았다. 그것이 베일리에게 숨 쉴 수 있는 여유를 주면서도 그 아이가 원할 때면 언제라도 응답할 것임을 알려줄 수 있는 가장 좋은 방법이라고 생각했기 때문이다.

베일리는 한동안 아무 말도 하지 않고 소름이 돋은 팔을 문질렀다. 마침내 콜라를 한 모금 마시고는 인상을 찌푸렸다.

"우리 음료가 바뀐 거 같아요."

베일리가 말했다.

나는 베일리를 보면서 물었다.

"그게 무슨 말이니?"

베일리는 들고 있던 잔을 들어 보였다. 얼음 때문에 액체가 잔 끝까지 차 있었다.

"이게 다이어트 콜라예요. 승무원이 나한테 해나 걸 잘못 줬나 봐요."

베일리가 내미는 콜라 잔을 보면서 나는 놀란 표정을 짓지 않으려고 애쓰며 순순히 잔을 받았다. 베일리에게 내가 들고 있던 잔을 주고, 베일리가 콜라를 마시는 모습을 지켜보았다.

콜라를 마신 베일리는 맞는 음료를 받아 안심했다는 듯이 고개를 끄덕였다. 물론 우리는 둘 다 승무원이 애초에 각자가 주문한 콜라를 제대로 줬다는 사실을 알고 있었다. 콜라는 베일리가 긴장을 풀어보려고 시도했기 때문에, 베일리가 행동에 나섰기 때문에 바뀐 거였다. 그것이 베일리가 나에게 오는 방식이라면, 나는 기꺼이 그곳으로 가서 베일리를 만날 준비가 되어 있었다.

나는 콜라를 한 모금 마셨다.

"고마워. 어쩐지 맛이 좀 이상하더라."

"걱정하지 말……."

베일리는 끝까지 말하지 않고 다시 창문으로 고개를 돌렸다.

"별것도 아닌데요, 뭐."

공항에서 우버 택시를 타고 전화기를 꺼내 뉴스를 확인했다.

더 숍에 관한 뉴스가 CNN과 〈뉴욕타임스〉, 〈월스트리트저널〉 같은 언론사 홈페이지를 장식하고 있었다. 최신 뉴스들은 SEC 수장의 기자회견 내용을 다루었는데, '더 숍, 영원히 문 닫다' 같은 자극적인 제목을 달고 있었다.

나는 〈뉴욕타임스〉의 최신 기사를 클릭했다. SEC가 아베트 톰프슨을 사기 및 부정행위로 고소했다는 기사였다. FBI 관계자의 말을 인용한 그 기사는 더 숍의 고위 간부들 대부분이 수사 대상이라고 전했다. 다행히 오언의 이름은 언급되지 않았다. 적어도 지금까지는.

프레지덴셜 대로로 진입한 우버 택시는 콩그레스 애비뉴 브리지에서 가까운 레이디버드 호숫가에 있는 호텔로 향했다. 다리를 사이에 두고 붐비는 도심지에서 멀리 떨어져 있는 한적한 호텔이었다.

나는 가방에서 호텔 예약 확인서를 꺼내 계약 내용을 훑어보았다. 줄스의 전체 이름, 줄리아 알렉산드라 니컬스라는 이름이 나를 물끄러미 쳐다보았다. 줄스는 만약에 있을지도 모를 불상사를 피하려면 자기 신용카드로 호텔을 예약하는 게 좋겠다고 했다. 혹시라도 우리 뒤를 쫓는 사람이 있을지 몰라서 나는 줄스의 신용카드와 신분증도 챙겨 왔다.

물론 항공사 기록에는 우리가 남아 있었다. 비행기 표는 줄스의 신용카드로 구입했지만, 탑승자 이름은 우리 두 사람이었다. 그러니까 마음만 먹는다면 우리가 오스틴에 있다는 사실을 확인할 수 있었다. 하지만 우리가 오스틴에 있다는 걸 알아낸다 해도, 정확히 어디에 있는지는 알려주고 싶지 않았다. 말도 없이 우리 집에 나타날 다음번 그레이디도, 제2의 나오미도 도와줄 생각이 없었다.

반다나를 목에 두른 젊은 우버 기사가 백미러로 베일리를 보았다. 베일리보다 몇 살밖에 많지 않을 그 남자는 계속해서 베일리와 눈을 마주치려고 했고, 주의를 끌려고 애썼다.

“오스틴는 처음인가요?”

우버 기사가 베일리에게 말을 걸었다.

“넵.”

베일리가 대답했다.

"오스틴은 어떤 곳 같아요?"

"공항에서 지금까지 14분 동안 본 소감을 말하라는 건가요?"

베일리의 말에 우버 기사는 베일리와 농담을 주고받고 있다는 듯이, 베일리가 자기를 대화에 초대했다는 듯이 크게 웃었다.

"나는 여기서 자랐어요. 이 도시에 관해 궁금한 게 있으면 물어보세요. 원하는 것보다 더 많은 걸 말해줄 수 있으니까요."

"다행이네요."

베일리가 대답했다.

베일리는 우버 기사를 완전히 무시하기로 마음먹은 것 같았지만, 나는 혹시 필요할지도 몰라 대화를 해보기로 했다.

"여기서 자랐어요?"

"태어나고 자랐죠. 여기가 아주 작은 도시였을 때부터 살았어요. 지금도 많은 부분이 아직은 소도시일 뿐이지만, 이제는 사람들도 많이 모이고, 큰 건물도 많이 생겼어요."

택시가 고속도로를 벗어나자 오스틴 시내가 보이기 시작했고, 가슴이 조여오는 것 같았다. 내가 계획한 일이라는 건 알지만, 창문 밖으로 낯선 도시를 보고 있자니 정말로 미친 짓을 하고 있는 것만 같았다.

우버 기사는 창문 너머에 있는 높은 건물을 가리키며 말했다.

"저게 프로스트 뱅크 타워예요. 예전에는 오스틴에서 가장 높은 건물이었는데, 지금은 다섯 번째 안에나 들지 모르겠어요. 프로스트 뱅크 타워라고 들어보셨어요?"

"아니, 못 들어봤어요."

"그렇군요. 저 건물에는 미친 이야기가 숨어 있어요. 저 건물은 보는 위치에 따라서 올빼미처럼 보여요. 정말로요. 여기서는 조금 보기 힘들겠지만, 일단 올빼미를 발견하면 손님들은 정말 좋아할 겁니다."

나는 택시 창문을 내리고 프로스트 뱅크 타워를 뚫어져라 쳐다보았다. 건물의 꼭대기 층은 귀처럼 보였고, 바로 밑에 있는 두 창문은 눈처럼 보였다. 정말로 올빼미를 닮았다.

"오스틴은 텍사스대학교 도시이지만, 여기 건축가들은 모두 라이스대학교 출신이고, 라이스대학교 마스코트가 올빼미예요. 그건 우리 도시와 롱혼스를 엿 먹인 거죠. 물론 그게 다 음모론이라고 말하는 사람도 있지만, 저 건물을 좀 보세요. 완전히 올빼미처럼 생겼잖아요. 저게 어떻게 우연일 수 있겠어요?"

우버 택시는 콩그레스 애비뉴 브리지 남쪽으로 진입했고, 멀리 호텔이 보였다.

"텍사스대학교에 볼일이 있어서 오신 거예요?"

우버 기사는 백미러로 베일리와 눈을 맞추려고 노력하면서 베일리에게 직접 물었다.

"그렇지는 않아요."

베일리가 대답했다.

"그럼 무슨 일로 오셨을까요?"

베일리는 대답하지 않았다. 더 많은 질문을 듣고 싶지 않았던 베일리는 택시의 창문을 내렸고, 그런 베일리의 행동을 탓할 수는 없었다. 사라져버린 아빠에 대한 정보를 찾으려고, 자기가 이곳에 와본 적이 있는지를 기억해내야 하는 도시에서, 낯선 사람에게 이 도시를 찾아온 이유를 설명하는 데 특별히 열의를 보이지 않는다고 해서 베일리를 비난할 수는 없었다.

"그냥 오스틴이 좋아서 왔어요."

내가 대답했다.

"아하, 휴가를 오셨군요. 잘하셨네요."

우버 택시가 거의 호텔 정문 앞에 다다르자 베일리는 택시가 멈추기도 전에 문을 열고 밖으로 나갔다.

"잠깐, 잠깐만요! 내 전화번호 알려드릴게요. 혹시 머무시다가 필요한 일이 있으면 달려올게요."

"아니, 그런 일은 없을 거예요."

베일리는 가방을 어깨에 메더니 호텔 정문으로 걸어갔다.

나는 택시 트렁크에서 슈트 케이스를 잡아채듯 꺼내 베일리 뒤를 좇아갔고, 베일리가 회전문에 들어가기 전에 따라잡았다.

"정말 짜증 나는 사람이야."

베일리가 말했다.

그저 친절을 베풀려고 그랬을 뿐이라고 말하려 했지만, 베일리는 친절함에는 전혀 관심이 없는 것이 분명했다. 베일리하고는 꼭 필요한 논쟁을 하기에도 시간이 부족했다. 그러니 우버 기사 건은 그냥 넘어가기로 했다.

호텔 안으로 들어가 로비를 둘러보았다. 높은 아트리움과 바가 있었고, 한쪽 끝에는 스타벅스가 있었다. 방만 수백 개가 되는 곳으로, 내가 바랐던, 눈에 띄지 않고 그 안으로 스며들어 갈 수 있는 별다른 특징이 없는 호텔이었다. 딱 한 가지, 내가 지나치게 오래 둘러봤는지 호텔 직원 한 명과 눈이 마주쳤다는 것만 빼면 말이다.

에이미라는 명찰을 단, 보브 스타일로 머리를 짧게 자른 여자 직원이었다. 서둘러 접수대에 줄을 섰지만, 이미 늦었다. 에이미가 얼굴에 미소를 띠고서 우리에게 걸어왔다.

"안녕하세요. 에이미입니다. 호텔 안내를 맡고 있습니다. 오스틴에 오신 걸 환영합니다. 접수를 기다리시는 동안 도와드릴 게 있을까요?"

"아니, 괜찮아요. 그냥 캠퍼스 지도를 구하고 싶은데요."

내가 말했다.

"텍사스대학교 지도 말씀이십니까? 당연히 드릴 수 있습니다. 원하신다면 캠퍼스 투어를 예약해드릴 수도 있습니다. 대학교 부근에는 절대로 놓치면 안 될 커피를 판매하는 카페도 몇 군데 있답니다. 혹시 커피 드시나요?"

베일리는 에이미가 다가와 끊임없이 떠드는 것이 내 잘못이라는 듯한 표정으로 나를 노려보았다. 어쩌면 베일리가 틀리지 않았는지도 몰랐다. 수다스러운 에이미에게 우리를 내버려두라고 말하지 않고 지도를 달라고 부탁했으니까. 하지만 나는 지도를 원했다. 지금 내가 하는 일을 알고 있는 것처럼 보이게 해줄 무언가를 손에 쥐고 있기를 원했다.

"텍사스대학교를 방문하실 수 있도록 셔틀 서비스를 예약해드릴까요?"

에이미가 그 말을 하는 동안 우리 차례가 되었다. 접수대에서 스티브라는 직원이 레모네이드 두 잔을 우리에게 내밀었다.

"안녕, 에이미."

"안녕, 스티브! 이제 막 이 두 분에게 대학교 지도와 맛있는 플랫화이트 커피를 소개해드리던 참이었어."

"잘했어요. 이제부터는 내가 마무리할게요. 세상 모퉁이에 있는 이 작은 곳까지는 어떻게 오셨을까요? 어떻게 해야 이곳이 정말 마음에 드실까요?"

베일리는 지나친 친절함이 만든 관에 스티브라는 마지막 못이 박히는 상황을 더는 못 참고 걸어가기 시작했다. 엘리베이터를 향해 걷는 동안 베일리는 나를 뚫어져라 쳐다보았다. 참을 수 없는 대화를 하고 있는 나를, 집에서 너무나도 멀리 떨어진 오스틴으로 자기를 데려온 나를, 이유야 어쨌든 오스틴에 있게 만든 나를 비난하는 눈이었다. 비행기에서 내가 간신히 획득한 호의는 완전히 사라진 것이 분명했다.

"그럼 니컬스 씨, 레이디버드 호수가 보이는 8층 객실로 배정해드렸습니다. 여기 오시는 동안 쌓인 피로를 풀고 싶으시면 방에 가시기 전에 스파를 이용하셔도 됩니다. 우리 호텔에는 정말 멋진 스파가 있습니다. 아니면, 늦은 점심을 준비해드릴까요?"

나는 항복하듯 두 손을 번쩍 들어 올렸다.

"열쇠를 주세요, 스티브. 그냥 방 열쇠를 주면 좋겠어요. 최대한 빨리요!"

호텔 방에 짐을 내려놓고 아무것도 먹지 않았다.

오후 2시 30분. 우리는 호텔에서 나와 다시 콩그레스 애비뉴 브리지로 돌아갔다. 걷는 게 좋겠다는 건 내 결정이었다. 오래 걷다 보면 베일리가 오스틴 거리를 걸어 다녔던 기억을 떠올릴지도 모르니까. 틀림없이 베일리는 오스틴에서 걸었을 것이다. 이 길을 따라 걸으면 오스틴 중심부를 지나 텍사스대학교와 오스틴에 있는 유일한 미식축구 경기장인 대럴 K. 로열 스타디움이 나온다.

다리를 건너는 순간 도심지가 펼쳐졌다. 아직 이른 오후였는데도 활기차고 번잡했다. 음악이 흘러나오고 사람들로 가득 찬 술집과 가든 레스토랑의 풍경은 마치 밤에 나와 있는 것 같았다.

베일리는 고개를 숙인 채 스마트폰을 보면서 걸었다. 앞을 보지 않는다면, 어떻게 주위를 인지하고 기억을 되살릴 수 있을까? 하지만 5번가에서 교통신호를 받고 멈춰 섰을 때, '건너지 마시오'라는 표시를 분명히 하는 신호등 앞에 섰을 때, 베일리가 문득 고개를 들었다.

고개를 드는 베일리의 모습에서 나는 베일리가 무언가를 깨달았음을 알아챘다.

"왜 그러니?"

내가 물었다.

"아무것도 아니에요."

베일리는 고개를 저었지만, 계속 앞을 바라보고 있었다.

베일리의 눈을 따라간 곳에 파란 글씨로 '앤톤스'라고 쓴 간판이 있었다. 앤톤스 아래에 '블루스의 고향'이라는 글이 적혀 있었고, 클럽 입구에서는 연인이 부둥켜안고 사진을 찍고 있었다.

베일리가 앤톤스를 가리키면서 말했다.

"아빠가 저기서 존 리 후커의 레코드를 산 게 분명해요."

베일리의 말을 듣는 순간, 그 말이 옳다는 것을 알 수 있었다. 그 앨범의 커버에는 모자와 선글라스를 쓰고 기타를 들고 마이크 앞에 선 후커의 사진과 앤톤스의 로고가 찍혀 있었으니까. 지난주에 있었던(어떻게 지난주의 일일 수 있을까?) 한 가지 기억이 떠올랐다. 그때 베일리는 연극 연습을 하러 가고 없었고, 집에는 오언과 나뿐이었다. 오언은 기타를 쳤다. 기타를 치면서 어떤 노래를 불렀는지는 기억나지 않지만, 기타를 치면서 노래를 부를 때 오언이 짓던 표정을, 나는 기억했다.

"맞아. 그랬을 거야."

내가 말했다.

"하지만 중요한 일은 아니죠."

"우리는 어떤 게 중요한지 아직 몰라."

"그러니까 희망을 가지라고요?"

희망이라고? 사흘 전만 해도 우리 세 사람 모두 오스틴에서 160만 킬로미터나 떨어진 곳에 있는 우리 집 부엌에 함께 있었다. 베일리는 시리얼을 먹으면서 아빠에게 주말 계획을 말했다. 베일리는 보비가 원하는 대로 자전거로 몬터레이를 한 바퀴 돌

수 있도록 보비와 함께 몬터레이 반도까지 차를 타고 가는 걸 오언이 허락해주기를 바랐다. "우리 모두 가면 되겠네"라고 오언이 말했을 때 베일리는 아빠를 노려보았지만, 그래도 되지 않을까를 고민하는 표정이었다. 특히 오언이 오는 길에 카멜에 들르자고 했을 때는 더 진지하게 고민하는 것 같았다. 오언은 몬터레이 해변 근처에 있는, 베일리가 사랑하는 작은 식당에 가서 클램차우더를 먹을 생각이었다. 소살리토에 와서 얼마 안 돼 처음으로 두 사람이 가본 식당이었다.

고작 사흘 전 일이었다. 그런데 지금은 나와 베일리만이 오언이 사라진 새로운 현실에, 내가 하는 모든 질문에 대한 답이 '오언은 이런 사람이다'라고 여겼던 나의 생각을 뒤집어엎지는 않으리라는 믿음이 틀린 것은 아닌지 끊임없이 나 자신에게 물어야 하는 새로운 현실에 처해 있었다. 그래서 오언이 간 곳을 알아내려고, 그리고 왜 떠났는지를 알아내려고 우리의 시간을 소비하고 있었다.

베일리에게 희망을 주겠다는 의도는 없었다. 나는 그저 나도 베일리만큼 화가 나 있다는 사실을 알리기 싫어서 중립을 유지하는 것처럼 보이는 말을 한 것뿐이었다.

신호가 바뀌었고, 나는 건널목을 건너 콩그레스 애비뉴 브리지를 향해 점점 더 빠른 속도로 걸었다.

"빨리 따라와."

내가 말했다.

"어디로 가는 거예요?"

베일리가 물었다.

"여기보다는 나은 곳."

내가 대답했다.

한 시간쯤 뒤에 시청사를 지나 샌 재신토 대로를 돌자 미식축구 경기장이 우리 앞에 나타났다. 아직 몇 블록이나 떨어져 있었지만 그 엄청난 규모는 충분히 느낄 수 있었다.

경기장을 향해 가는 동안 캐번클라크 스포츠센터를 지났다. 스포츠센터는 커다란 트랙과 클라크 필드, 주황색으로 장식한 여러 건물들로 완성한 학부생 레크리에이션 센터처럼 보였다. 공을 쫓아 달리는 학생들과 계단 위로 질주하는 학생들, 벤치 위에 느긋하게 누워 있는 학생들 덕분에 대학 캠퍼스의 이 지역은 도시와 완전히 분리되어 있으면서도 동시에 도시에 속해 있다는 느낌이 들었다. 매끄럽게 통합된 것처럼 느껴졌다.

나는 캠퍼스 지도를 확인하고 경기장 입구를 향해 걷기 시작했다. 하지만 베일리가 갑자기 멈춰 섰다.

"가고 싶지 않아요."

나는 베일리의 눈을 보았다.

"저 경기장에 간 적이 있다고 쳐요. 그게 왜요? 그렇다고 뭘 알 수 있겠어요?"

"베일리……."

"정말로요. 우리, 여기서 뭘 하고 있는 거죠?"

어젯밤에 내가 어린아이들의 기억에 관한 글을 읽으면서, 어린아이들이 어떤 식으로 기억을 잊는지 읽으면서 밤을 새웠다고 말해도, 베일리는 제대로 반응하지 않을 것이다. 하지만 어린 시절의 기억들은 그 장소에서 처음 경험했던 것과 똑같은 방식으로 경험할 수 있어야만 돌아올 때가 많다. 그게 우리가 이곳에 온 이유였다. 우리는 베일리의 본능을 좇고 있었다. 우리는 이곳에 왔었던 베일리의 기억을 정보원으로 이용해야 했다. 그레이디 브래드퍼드가 어디에 있는지를 알게 된 순간부터 내 본능은 베일리의 기억을 따라가야 한다고 말하고 있었다.

"더 숍에서 일어나고 있는 일에 관해 아빠가 우리에게 말하지 않은 게 있어. 난 그게 무엇인지를 찾으려고 해."

"너무 일반적인 말 아니에요?"

"베일리, 네가 더 많은 걸 기억해낼수록 일반적인 말이 아니게 되겠지."

"그러니까…… 내 책임이라는 뜻이에요?"

"아니, 내 책임이야. 내가 너를 여기 데려온 게 잘못이라면, 그걸 책임져야 할 사람은 당연히 나야."

베일리는 아무 말도 하지 않았다.

"그냥 안에 들어가보지 않을래? 그 정도는 할 수 있지 않을까? 여기까지, 정말 멀리 왔잖아."

"나한테 선택권이 있어요?"

"물론이지. 선택권은 언제나 있어. 나에게는, 언제나 선택권이 너에게 있어."

그때 베일리의 얼굴을 스치는 감정을 보았다. 그건 놀라움이었다. 나는 진심이었다. 가장 가까운 입구인 2번 게이트까지 이제 30미터도 채 남지 않았지만, 결정권은 베일리에게 있었다. 돌아가겠다고 결정하면, 막지 않을 것이다. 아마도 재촉하지 않겠다는 나의 마음이 베일리를 계속 가게 만들었는지도 몰랐다. 정말로 베일리는 내가 원하는 방향으로 움직였으니까.

베일리가 2번 게이트를 향해 걷기 시작하자 왠지 승리했다는 기분이 들었다. 게이트 앞에서도 나는 두 번째 승리를 거둘 수 있었다. 문 앞에 단체 관광객으로 보이는 사람들이 서 있어서 우리는 재빨리 그곳에 붙어 섰고, 덕분에 입구에서 단체 관광객들을 입장시키느라 정신없는 출입 관리 학생의 눈길을 피해 경기장 안으로 들어갈 수 있었다.

"대럴 K. 로열 스타디움에 오신 걸 환영합니다. 오늘 안내를 맡은 엘리엇이라고 합니다. 저를 따라오세요!"

투어 가이드가 말했다.

가이드는 관광객을 데리고 엔드 존으로 가더니 잠시 경기장을 둘러보라고 했다. 경기장은 장관이었다. 관중석이 10만 석이 넘었고, 필드 한쪽 끝 바닥에는 '텍사스'라고 커다랗게 쓴 글씨가, 다른 쪽 끝 바닥에는 '롱혼스'라고 커다랗게 쓴 글씨가 보였다. 정말로 거대하고 인상적인 곳이라서 한번 다녀간 사람은, 특히 어렸을 때 다녀간 사람은 똑똑히 기억할 수밖에 없을 것 같았다.

엘리엇은 필드를 돌면서 터치다운을 하며 숫자를 한 번 셀 때마다 어떤 식으로 대포가 발사되는지, 텍사스주의 마스코트인 거세한 황소 베보가 그를 돌보는 텍사스 카우보이들과 함께 필드에서 어떤 식으로 행진하는지 같은, 경기가 있는 날 밤이면 펼쳐지는 장관에 대해 설명했다.

엘리엇이 마지막 설명을 마치고서 사람들을 기자석으로 데리고 갈 때 나는 베일리에게 뒤로 빠지라고 말했고, 우리는 외야석으로 걸어갔다.

나는 외야석 가장 앞쪽에 앉았다. 베일리도 나를 따라 자리를 잡았다. 나는 필드를 쳐다보면서 옆에 앉는 베일리를 곁눈으로 살펴보았다. 베일리는 좌석에 엉덩이를 딱 붙인 채 허리를 꼿꼿하게 세우고 앉았다.

"여기가 거기라는 확신이 들지 않아요. 잘 모르겠어요. 그냥 아빠가, 언젠가는 나도 아빠처럼 미식축구를 사랑하게 될 거라고 했던 말만 기억나요. 마스코트를 무서워하지 말라고 했던 것도요."

하지만 틀린 말 같았다. 마스코트 부분이 아니라, 미식축구를 사랑하게 될 거라는 말 말이다. 마스코트에 관해서는 오언이 정말로 그렇게 말했을 것 같았다. 하지만 미식축구는 아니었다. 오언은 그 정도로 미식축구를 사랑하지 않았다. 적어도 우리가 함께한 뒤로 오언이 미식축구 경기를 처음부터 끝까지 보는 모습을 단 한 번도 본 적이 없었다. 주말 내내 미식축구를 보면서 지낸 적도 없었다. 놓친 경기를 보느라 월요일 밤을 새우는 일도 없었다. 그건 제이크와 함께할 때는 기대할 수도 없었던 수많은 신선한 변화 가운데 하나였다.

"하지만 내 기억이 완전히 틀렸을 수도 있잖아요. 아빠는 미식축구를 사랑하지 않았으니까요. 내 말은…… 우리는 시합을 본 적도 없다고요."

"나도 바로 그 생각을 하고 있었어. 하지만 그때는 사랑했을 수도 있지. 널 미식축구 팬으로 만들고 싶었는지도 모르잖아."

"이제 막 걷기 시작한 애를요?"

나는 어깨를 으쓱했다.

"어쩌면 너를 롱혼스 서포터로 만들 수 있다고 생각했는지도 모르지."

베일리는 다시 필드로 고개를 돌렸다. 분명히, 베일리의 기억에 도움이 될 만한 것은 하나도 남아 있지 않았다.

"혹시 이런 거 아니었을까요? 그러니까 일반적인 미식축구 이야기를 한 게 아닌 거예요. 아빠는 이 팀을 사랑했던 거죠."

베일리는 잠시 멈추었다가 계속 말했다.

"아니면 다른 팀일 수도 있고요. 주황색 유니폼을 입는 어떤 팀 말이에요."

"일단 이곳이 맞는다고 생각하고, 네가 아는 걸 정리해보자. 결혼식이 끝나고 여기에 왔다고 했지? 밤이었니?"

"아니, 오후였어요. 드레스를 입고 있었고요. 화동 드레스 말이에요. 그건 알아요. 어쩌면 우린 결혼식이 끝나기 전에 나왔는지도 몰라요. 아직 식이 진행되고 있을 때요."

베일리는 또다시 잠시 입을 다물었다.

"이 모든 게 내 상상이 아니라면요. 왠지 상상일 수도 있을 것 같아요."

베일리의 좌절감은 점점 더 커지고 있었다. 베일리는 소살리토에서 우리가 어땠는지, 우리가 어떤 상태로 지내야 했는지를 기억해내고 있음이 분명했다. 오언이 없는 수상 가옥에서, 그가 남겨두고 간 끔찍한 공간에서 우리 둘이 머물러야 하는 미래를 상상하고 있음이 틀림없었다.

"정확히 뭐라고 해야 할지는 모르겠지만, 경기장은 모두 이런 느낌일 것 같아요."

"하지만 여긴 와본 곳 같지 않아?"

"뭐, 그런 것 같기도 해요."

그때 한 가지 생각이 떠올랐다. 그 생각은 너무나도 빨리 지나쳐버렸지만, 베일리의 대답에 따라 나머지 부분을 더욱 선명하게 볼 수도 있을 듯했다.

"여기까지 걸어왔지?"

"네, 해나랑 같이 왔잖아요."

베일리가 이상하다는 듯이 나를 보았다.

"아니, 내 말은, 예전에 결혼식이 있던 날 걸어왔던 걸 묻는 거야. 아빠랑 네가 왔던 날에, 여기까지……."

베일리는 그게 무슨 터무니없는 말이냐는 듯이 고개를 저었지만, 곧 눈을 동그랗게 뜨고서 나를 보았다.

"아, 맞아요. 그런 것 같아요. 내가 화동 드레스를 입고 있었던 건 성당에서 나와서 곧장 여기로 왔기 때문일 거예요."

우리가 나누는 대화 때문에 기억이 새롭게 창조되고 있는지도 모른다는 생각이 들었지만, 베일리는 갑자기 훨씬 단호해진 것 같았다.

"맞아요. 분명히 그랬어요. 결혼식이 끝나고 여기 왔을 때는 시합이 조금 진행된 뒤였어요. 우리는 걸어왔어요. 분명히 기억해요. 왜냐하면……."

"그러니까 여기에서 가까운 곳에서 온 거네."

"그게 무슨 말이에요?"

나는 지도를 보면서 성당을 찾아보았다. 멀지 않은 곳에 가톨릭 성당이 있었고, 성공회 성당이 두 군데 있었고, 그보다 가까운 곳에 유대교 회당이 있었다. 모두 걸어서 갈 수 있는 거리였다. 네 곳 모두 오언이 베일리를 데리고 이곳으로 오기 전에 있었던 곳일 수 있었다.

"혹시 어떤 식으로 결혼식이 진행됐는지 기억하니? 어떤 종파의 의식이었는지?"

"농담이죠? 그렇죠?"

물론 아니었다.

"당연히 농담이지."

내가 대답했다.

여행 가이드 필요한 사람?

지도에서 성당들에 동그라미 표시를 하고 2번 게이트가 아닌 다른 게이트를 향해 걸었다. 계단을 내려가 롱혼악단을 기리는 동상과 동상 뒤에 있는 텍사스대학교 에터하빈 동창회관을 지나쳐 갔다.

"잠깐만요. 조금만 천천히……."

"뭐라고?"

몸을 돌리자 에터하빈 동창회관을 보고 있는 베일리가 보였다. 동창회관 앞에는 '텍사스 동문의 집'이라고 적힌 간판이 보였다. 베일리는 다시 몸을 돌려 경기장을 보았다.

"왠지 눈에 익어요."

"글쎄, 경기장 입구는 모두 비슷하게 생겼잖아."

"아니, 이 모든 게 익숙하다고요. 이곳, 캠퍼스 공간이 왠지 눈에 익어요. 꼭 여러 번 와본 것처럼요. 너무나 익숙하게 느껴져요."

베일리는 주위를 둘러보았다.

"왜 이런 느낌이 드는지 알아볼 시간이 필요해요. 어째서 이렇게 익숙한 느낌이 드는지 알아내야 할 것 같아요. 그래서 여기 온 거 맞죠? 여기가 나에게 친숙하게 느껴져야 하는 거잖아요."

"그래, 맞아. 천천히 생각해봐."

나는 베일리에게 생각할 시간을 주었다. 물론 이곳에서 멈추고 싶지는 않았지만. 나는 날이 저물기 전에 성당을 모두 둘러보고 싶었다. 우리에게 정보를 들려줄 사람을 찾고 싶었다.

나는 입을 다물고 전화기에 집중했다. 시기를 파악하는 일에 집중했다. 베일리가 무언가를 떠올린 것이 분명하고, 우리가 완전히 틀린 길을 따라 걷고 있는 것이 아니라면, 베일리가 이곳에 온 때는 베일리와 오언이 아직은 시애틀에 살고 있었고, 올리비아가 살아 있었던 2008년이어야 했다. 2009년에 베일리와 오언은 소살리토로 옮겨 왔고, 2008년 이전은 베일리가 너무 어려서 이곳에 왔었다고 해도 그때 일을 기억하고 있을 가능성이 크지 않았다.

따라서 2008년이 가장 유력했다. 이곳이 익숙하다는 베일리의 말이 옳다면, 베일리는 2008년에 이곳에 왔었어야 한다. 그렇다면 2008년에 이 경기장에서 언제 시합이 열렸는지를 알아봐야 한다. 12년 전 이 경기장에서 열린 홈경기를 찾아봐야 한다.

지난 경기 일정을 검색해보려고 전화기에 필요한 문구를 입력하고 있을 때 전화벨이 울렸다. 발신자 제한 표시가 뜨는 전화였다. 어떻게 해야 할지 몰라 전화기를 들고 잠시 서 있었다. 어쩌면 오언일 수도 있었다. 하지만 모르는 번호로 오는 전화는 받지 말라던 제이크의 말이 생각났고, 전화를 받는 것이 모험처럼 느껴졌다. 전화를 건 사람이 누구인지는 모르지만, 어쩌면 문제를 만들 사람일 수도 있었다.

베일리가 내 전화기를 가리키며 말했다.

"받아야 하는 거 아니에요? 왜 보고만 있어요?"

"아직 받을지 말지를 결정하지 못했어."

오언이면 어떡하지? 오언일 수도 있잖아. 나는 통화 버튼을 눌렀다. 하지만 전화를 건 사람이 말을 할 때까지 아무 말도 하지 않고 기다렸다.

"여보세요? 해나?"

전화기 너머에서 고음의 여자 목소리가 흘러나왔다. 귀에 거슬리는 혀 짧은 소리로 말하는, 내가 아는 목소리였다.

"벨."

"어쩜 이렇게 엉망일 수 있을까 몰라? 정말 화가 난다니까요. 해나는 괜찮아요? 오언의 딸은요?"

벨은 친절한 사람으로 보이고 싶었을 테지만, 나는 벨이 베일리라는 말을 하지 않았다는 사실에 주목했다. 벨은 '오언의 딸'이라고 했다. 왜냐하면 절대로 베일리라는 이름을 기억하지 못했으니까. 오언의 딸이 베일리라는 사실을 아는 건 벨에게는 중요한 일이 아니었으니까.

"그 사람들은 이런 일을 하지 않았어요. 알잖아요."

'그 사람들이라.'

"벨, 계속 연락했었어요."

"알아요, 알아. 정말 정신이 없죠? 나도 제정신이 아니에요. 내가 무슨 상습 범죄자라도 되는 것처럼 내 집에 갇혀 있거든요. 카메라를 든 기자들이 우리 집 앞에 진을 치고 있어요. 집에서 나갈 수도 없다고요! 밥도 비서가 부숑에서 사 온 닭구이랑 초콜릿 수플레를 먹는다니까요. 어쨌든 뭐든 먹어야 하잖아요. 당신은 어디예요?"

벨의 질문에 대답하지 않을 방법을 고민했지만, 쓸데없는 고민이었다. 벨은 내 대답을 기다리지 않고 계속 말했다.

"그러니까 내 말은, 이 모든 일이 터무니없다는 거예요. 아베트는 사업가이지 범죄자가 아니에요. 오언은 천재고요. 물론 당신한테 그런 말은 할 필요도 없겠지만요. 아무튼 내 말은, 탁 까놓고 말해서, 아베트가 뭐 때문에 그런 일을 했겠냐는 거죠. 도대체 뭐 때문에 아베트가 자기 회삿돈을 훔치겠냐고요. 지금 나이가 몇인데, 여덟 번째로 세운 스타트업 회사를 말아먹으려고, 이제 마지막이 될지도 모를 사업체의 가치를 부풀리고 거짓말을 하고 돈을 훔쳤다는 게 말이 돼요? 아니, 아니, 그 사람들이 아베크가 무슨 일을 했다고 했더라? 아무튼, 웃기지 말라고 그래요. 우린 이미 어떻게 써야 할지 모를 만큼 많은 돈을 갖고 있단 말이에요."

벨은 엄청나게 열을 내면서 강하게 주장했다. 하지만 그런 말들이 벨이 놓치고 있는 사실을, 벨이 인정하기를 거부하는 사실을 바꿀 수는 없었다. 아베트가 지금까지 성공했기 때문에, 그런 성공이 아베트에게 자만심을 갖게 했기 때문에 그토록 지독하게 실패를 거부할 수 있다는 사실을 말이다.

"내 말은, 그러니까, 누군가 이런 일을 꾸몄다는 거예요."

"누가요, 벨?"

"그걸 내가 어떻게 알아요. 정부나 경쟁자겠죠. 시장에서 우위를 차지하고 싶은 누군가가 한 짓일 수도 있고요. 아베트는 그렇게 생각해요. 아무튼, 중요한 건 우리가 이겨내야 한다는 거예요. 아베트는 정말 아주 오랫동안 너무나도 열심히 일했어요. 이런 회계 실수 따위로 무너질 수는 없어요."

그때 나는 들었다. 패티, 칼, 나오미 같은 사람들이 내게 말할 때 들을 법한 소리를 들은 것이다. 터무니없는 헛소리. 벨의 말은 터무니없는 헛소리처럼 들렸다. 어쩌면 사람은 발을 딛고 있는 바닥이 무너지면 변조하는 능력을, 세상 사람들이 자신의 말을 이해할 수 있게 바꾸는 능력을 잃어버리는지도 몰랐다.

"그러니까 지금, 누군가 음모를 꾸몄거나 회계상 실수가 있었다는 말이에요?"

나는 잠시 멈추었다가 말했다.

"그러니까 아베트를 제외한 나머지 모든 사람의 잘못이라는 거예요?"

"뭐라고요?"

내 말에 벨은 당연히 화를 냈다. 하지만 상관없었다. 이 대화가 어디로 흘러갈지, 벨이 나에게서 무엇을 얻어내려고 하는지 알게 된 지금, 벨과 실랑이를 할 시간은 없었다. 나에게는 벨에게 줄 것이 남아 있지 않았다.

나는 두 눈에 의문을 가득 품고 나를 쳐다보는 베일리를 보았다. 내가 화를 내는 이유가 무엇인지, 그 일이 아빠와 관계가 있는지를 묻는 눈이었다.

"그만 끊어야겠어요."

내가 말했다.

"잠깐만요."

벨이 전화를 건 진짜 이유를 말하기 시작한 건 그때였다. 자기에게 필요한 것을 실제로 요구한 것은 그때부터였다.

"아베트의 변호사들이 오언에게 연락을 할 수가 없어요. 우리는 그저 확실히 하고 싶은 것뿐이에요. 그냥 알고 싶은 거죠. 그러니까…… 오언이 집행관들이랑 접촉하고 있는 건 아니라는 걸요. 그건 우리 모두에게 도움이 되지 않는 일이니까."

"아베트가 어떤 잘못도 하지 않았다면, 오언이 무슨 말을 하든 아무 상관 없잖아요."

"순진하게 굴지 마요. 그런 식으로는 이 일을 해결할 수 없다는 거 알잖아요."

내가 만든 아일랜드 식탁 앞에서 내가 만든 스툴에 앉아 믿을 수 없다는 듯이 고개를 젓는 벨의 모습이, 절대로 빼지 않는 금으로 만든 커다란 링 귀걸이가 그녀의 높은 광대뼈에 부딪히는 모습이 보이는 듯했다.

"그럼 어떻게 해결해야 하는데요?"

"생각해봐요. 함정수사를 할 거고, 거짓 자백을 강요하겠죠. 오언이 그렇게 멍청해요? 경찰을 찾아갈 정도로요?"

나는 "내가 아는 사실이라곤 오언이 나에게 말하지 않았다는 것뿐이에요"라고 대꾸하고 싶었다. 하지만 나는 벨에게 그런 정보를 주지 않을 것이다. 벨에게는 그 무엇도 주지 않을 것이다. 벨과 나의 입장은 달랐다. 벨은 아베트의 안전을 걱정하는 게 아니었다. 정부가 틀린 믿음에 기반해 아베트를 잘못 잡아갔는지, 아니면 아베트에게 정말로 죄가 있는지는 벨의 관심사가 아니었다. 벨은 아베트가 유죄임을 알았다. 벨이 하려는 일은 그럴듯한 이유를 대고서 자기가 해야 할 일을 하면서 아베트가 죗값을 치르지 않도록 빼내려는 것뿐이었다.

하지만 내가 신경 쓰고 걱정하는 일은 전혀 달랐다. 나는 베일리가 어른들의 잘못 때문에 그 어떤 대가도 치르지 않도록 막아야 했다.

"아베트의 변호사들이 오언과 되도록 빨리 만나야 해요. 그래야 서로 말을 맞추죠. 당신 도움이 필요해요, 해나. 우리 모두, 뭉쳐야 해요."

나는 대답하지 않았다.

"해나? 듣고 있어요?"

"아니요. 안 들을래요."

나는 전화를 끊었다. 그리고 다시 텍사스 오스틴 미식축구 일정을 들여다보았다.

"누구예요?"

베일리가 물었다.

"잘못 걸려 온 전화야."

"요즘에는 벨이 건 전화를 그렇게 말해요?"

나는 고개를 들어 베일리를 보았다.

"왜 거짓말을 해요?"

베일리는 화가 나 보였고 겁을 먹은 것처럼 보였다. 걱정하지 않게 하려던 것이 더욱 걱정하게 만든 꼴이었다.

"어떤 일은 숨기는 편이 너를 보호하는 거라고 생각했어. 그래서 그랬어."

"그럴 수는 없어요. 이미 일은 벌어졌는걸요. 그 누구도 이 일에서 나를 보호할 수는 없어요. 그러니까 나한테 진실을 말하는 사람이 되는 게 어때요?"

베일리는 갑자기 성장한 것처럼 보였다. 눈길은 흔들리지 않았고, 앙다문 입술은 단호했다. *당신이 보호해줘.* 오언은 나에게 그 한 가지만을 부탁했다. 하지만 그건 불가능했다.

나는 베일리의 시선을 피하지 않고 고개를 끄덕였다. 베일리는 정말로 간단한 일인 것처럼 나에게 진실을 말해달라고 했다. 그리고 진실을 말하는 건, 어쩌면 거짓을 말하는 것보다 훨씬 간단한 일인지도 모른다.

"벨이었어. 통화를 하다 보니 아베트에게 죄가 있는 게 분명하다는 생각이 들었어. 적어도 숨기는 게 있다는 느낌이 들어. 벨은 오언이 아베트가 무언가를 숨기는 일을 돕지 않고 잠적해버렸다는 데 놀란 것 같아. 그래서 나는 궁금해졌어. 네 아빠가 뭘 숨기고 있는지, 왜 숨기고 있는지 말이야. 그러니까 나는 이 성당들에 가보고 싶어. 어째서 오언이 우리를 떠나는 것 말고는 다른 선택지가 없다고 생각했는지, 그 단서를 성당에서 찾을 수 있는지 알고 싶어. 이게 정말 더 숍과만 관련된 문제인지, 내가 진실이 아닐까 의심하고 있는 다른 일과 관계가 있는지를 알아내고 싶어."

"어떤 진실 말이에요?"

"이번 일보다 훨씬 더 과거의 일에서 도망친 건 아닐까 하는……. 그리고 오언과 너하고 관련된 일에서 도망치고 있는 건 아닐까 싶은 거지."

베일리는 아무 말도 하지 않았다. 그저 팔짱을 끼고 내 앞에 섰다. 하지만 곧 팔짱을 풀었다. 팔을 내린 베일리가 나에게 좀 더 다가섰다.

"음……, 내가 진실을 말해달라고 요구한 건, 전화를 건 사람이 누군지 알려달라는 거였어요."

"그런데 내가 너무 많이 나갔구나?"

"좋은 쪽으로요."

어쩌면 이 말은 베일리가 나에게 했던 말 중에 가장 친절한 말일 것이다.

"나는 경청하는 사람이니까."

"그건 고마워요."

베일리는 내가 들고 있던 지도를 가져가 뚫어져라 보았다.

"가요."

베일리가 말했다.

새벽 3시였다. 오언은 호텔 바에 앉아 긴 잔에 따른 버번을 마시고 있었다. 스트레이트였다.

내 눈길을 느낀 오언이 고개를 들었다.

"여기서 뭐 하고 있어?"

오언이 물었고, 나는 오언을 보며 웃었다.

"그 질문은 내가 해야 할 것 같은데?"

우리는 페리빌딩 건너편에 자리한 부티크호텔에 와 있었다. 엄청난 폭풍우 때문이었다. 이 폭풍우는 소살리토를 덮치는 일반적인 폭풍우와 달리 엄청나게 많은 비를 동반했기에 수상 가옥이 침수될 수도 있었다. 그래서 우리는 집을 떠나야 했다. 우리는 금문교 반대편에 있는 호텔에서 피난처를 찾았는데, 이 호텔에는 우리 말고도 수상 가옥에서 온 많은 사람이 머물고 있었다. 하지만 오언에게 이 호텔은 전혀 안락한 피난처가 되지 못한 게 분명해 보였다.

오언은 어깨를 으쓱했다.

"한잔하려고 내려왔지. 일하면서……."

"무슨 일?"

나는 오언 주위를 살펴보았다. 노트북은 없었다. 서류도 없었다. 오언이 마시고 있던 버번 말고는 아무것도 없었다. 딱 한 가지만 빼고.

"앉을래?"

오언이 말했다.

나는 오언 옆에 있는 스툴에 앉아 두 팔로 몸을 감쌌다. 한밤의 추위에 오한이 들었다. 탱크톱과 추리닝 바지로는 추위를 막을 수 없었다.

"엄청 추워 보이는데."

"아니야, 괜찮아."

"아니, 몸이 꽁꽁 얼겠어."

오언은 입고 있던 후드 티를 벗어 나에게 입혀주었다.

나는 오언을 물끄러미 바라보면서 기다렸다. 이곳에 내려온 진짜 이유를, 호텔 방에서 나와야 할 만큼 걱정되는 일이 무엇인지 말해주기를 기다렸다. 나를 침대에 내버려두고, 접이식 소파에서 자고 있는 딸을 놓아두고 이곳에 내려와 있는 이유를 말해주기를 기다렸다.

"그냥 일이 좀 힘들어서 그렇지, 뭐. 하지만 잘못된 건 없어. 모두 무리 없이 해낼 수 있어."

오언은 진심이라는 듯이 고개를 끄덕였지만, 스트레스를 받고 있는 것처럼 보였다. 지금껏 그렇게 스트레스를 받는 오언은 본 적이 없었다. 호텔로 가려고 짐을 싸고 있을 때, 오언은 베일리의 방에서 더플백에 베일리의 돼지 저금통을 넣고 있었다. 자기를 보고 있는 나를 발견한 오언은 많이 당황한 표정으로 자기가 베일리에게 처음으로 사준 선물이라서 챙겨 가는 거라고 했다. 돼지 저금통만큼은 무사히 지켜내고 싶다고 했다.

물론 오언의 그런 행동은 조금도 이상한 일이 아니었다. 오언은 베일리가 처음 사용했던 빗이나 가족 앨범 같은 온갖 감상적인 물건을 여행 가방에 챙겨 넣었으니까. 이상한 점은 한잔하러 내려온 오언이 가지고 온 유일한 물건이 베일리의 돼지 저금통이라는 것이었다.

"모두 무리 없이 해낼 수 있는 일뿐이라면서 왜 이 밤중에 혼자 술집에 앉아서 베일리의 돼지 저금통만 보고 있는 건데?"

"이걸 깨는 게 좋을까 싶어서. 돈이 필요할지도 모르잖아."

"도대체 무슨 일이야, 오언?"

내가 물었다.

"아까, 밤에, 베일리가 나한테 무슨 말을 했는지 알아? 일단 집에서 나가야 한다고 했을 때 베일리는 우리가 아니라 보비 가족과 함께 가고 싶다고 했어. 보비가 리츠에서 묵는다며, 자기도 보비와 함께 있고 싶다는 거야. 그게 아주 큰일이지."

"그때 나는 어디 있었어?"

"작업실을 정리하고 있었지."

나는 큰일이 아니라는 걸 보여주려고 노력하면서 어깨를 으쓱했다.

"이제 베일리도 컸잖아."

"알아. 완전히 정상적인 반응이지. 나도 이해해. 하지만…… 내가 안 된다고 했을 때, 아주 이상한 일이 일어났어. 차로 가는 내내 베일리가 발을 쿵쿵 굴렀거든. 그러니까 '이제 나를 떠나려고 하는구나' 하는 생각이 계속 드는 거야. 어쩌면 지금까지 혼자 아이를 기른 부모라서, 우리 두 사람이 물에 가라앉지 않게 하는 데만 신경을 쓰느라 그 사실은 전혀 생각해볼 여유가 없었던 건지도 몰라. 아니면…… 베일리가 떠난다는 생각을 일부러 안 하려고 애썼는지도 모르고."

"그래서 이 밤중에 여기 내려와서 돼지 저금통을 보고 있었단 말이야?"

"그런 거 같아. 아니면, 그냥 잠자리가 바뀌어서 잠을 설친 걸 수도 있지."

오언은 버번 잔을 들어 입으로 가져갔다.

"베일리가 꼬마였을 때, 우리가 소살리토에 처음 왔을 때, 그 애는 선창을 걷는 걸 무서워했어. 내 생각에는 우리가 이사 온 다음 날, 어떤 부인이 선창에서 미끄러져서 물에 빠지는 걸 봐서 그런 것 같아. 부인이 물속으로 완전히 가라앉는 걸 본 거지."

"저런, 끔찍했겠네!"

"맞아. 그래서 그 뒤로 몇 달 동안이나 선창에 내려갈 때면 내 손을 꼭 잡고 놓지 않았어. 현관부터 주차장에 도착할 때까지 내 손을 꼭 잡고 갔어. 걸어가면서 베일리는 '아빠, 나를 안전하게 지켜줄 거지? 내가 떨어지지 않게 잡아줄 거지?'라고 계속 말했어. 집에서 차가 있는 곳까지 가는 데 6시간 30분은 족히 걸린 것 같다니까."

나는 웃었다.

"정말 미치겠더라고. 그걸 거의 100번을 반복하니까, 정말로 미쳐가는 것 같았어."

오언은 잠시 입을 다물었다.

"그런데 더 기분 나빴던 게 언제였는지 알아? 베일리가 더는 그런 행동을 하지 않게 됐을 때야."

나는 오언의 팔꿈치를 잡고 손에 힘을 주었다. 딸을 사랑하는 오언의 마음이 느껴져 심장이 터질 것만 같았다.

"결국에는 내가 그 애를 지켜주지 못할 때가 올 거야. 그 어떤 것으로부터도 말이야. 심지어 안 된다는 말도 더는 하지 못할 때가 오겠지."

"그래, 어떤 마음인지 알 것 같아. 난 지금도 안 된다는 말을 못 하잖아."

오언은 여전히 버번 잔을 손에 든 채 크게 웃었다. 정말로 크게 웃었다. 내 농담이 오언의 슬픔을 부수었고, 오언의 슬픔을 흐트러뜨렸다. 오언은 버번 잔을 내려놓고 내 쪽으로 몸을 돌렸다.

"1에서 10까지 숫자로 점수를 매긴다면 내가 여기 앉아 있는 건 몇 정도로 이상해?"

"돼지 저금통이 없다면 2나 3 정도?"

"돼지 저금통이 있으면? 6을 넘기나?"

"유감스럽지만, 그런 것 같아."

오언은 돼지 저금통을 빈 스툴 위에 올려놓더니 바텐더를 손짓해 불렀다.

"여기 있는 멋진 제 아내가 마시고 싶다는 음료 한 잔 부탁해요. 저는 커피 주시고요."

오언은 나에게 몸을 기울이더니 내 이마에 이마를 댔다.

"미안해."

"미안해하지 마. 힘든 일이야. 나도 알아. 하지만 내일 당장 일어날 일은 아니잖아. 베일리는 내일 떠나지 않아. 그리고 당신을 정말 사랑하는걸. 당신을 완전히 떠나는 일은 결코 없을 거야."

"나는 모르겠는데."

"나는 알아."

오언은 맞댄 이마를 떼지 않았다.

"나는 그저 베일리가 깨지 않고 푹 자기를 바랄 뿐이야. 일어나서 우리가 없어진 걸 모르게 말이야. 밖을 봐. 거기서 밖을 보면 리츠가 보일 테니까."

작고 하얀 성당들

엘레노어 H. 맥거번은 다초점 안경 너머로 베일리를 물끄러미 보았다.

"그러니까 분명히 짚어봅시다. 뭘 알고 싶다고요?"

우리는 성공회 성당 안에 있는 엘레노어의 사무실에 앉아 있었다. 이 커다란 성당은 세워진 지 100년도 넘는 곳으로, 오스틴에서 가장 유서 깊은 성당 가운데 한 곳이었고, 미식축구 경기장에서 1킬로미터도 채 떨어지지 않은 곳에 있었다. 하지만 무엇보다도 중요한 것은 베일리가 이곳만 언젠가 와본 적이 있는 것 같다고 느꼈다는 점이다. 베일리는 여섯 번째로 찾아온 이 성당에서야 마침내 익숙한 느낌이 든다고 말했다.

"그냥 2008년 미식축구 시즌에 이곳에서 올린 예식 명단을 살펴보려는 것뿐이에요."

베일리가 대답했다.

70대 초반에 180센티미터가 넘는 장신인 엘레노어는 제정신이냐는 듯이 우리를 보았다.

"그리 복잡한 일은 아닐 거예요. 사실 우리에게 필요한 건 2008년 시즌에 홈경기가 열린 날 교구 신부님이 진행한 결혼식 목록이거든요. 홈경기가 열리지 않았던 날의 결혼식 정보까지는 필요 없어요. 그냥 롱혼스가 경기를 했던 날의 결혼식 정보만 있으면 돼요. 많지 않아요."

내가 말했다.

"아, 12년 전 홈경기가 열렸던 날에 진행한 결혼식 목록을 달라는 거군요. 많지 않은."

나는 엘레노어의 목소리에 담긴 황당함을 무시하고 내 요청을 들어줄 수 있도록 계속 밀고 나갔다.

"사실 우리가 대충 정리는 해 왔어요."

나는 홈경기가 열린 날짜와 시간을 정리한 목록을 엘레노어 앞으로 밀었다. 나는 12년 전에 열린 롱혼스의 시합 일정을 정리했고, 줄스에게 부탁해 〈샌프란시스코 크로니클〉이 간직하고 있는 자료와 신문사 검색 툴을 이용해 내가 놓친 경기가 있는지, 내가 정리한 경기가 예정대로 열렸었는지를 점검해 표로 만들었다.

그러자 날짜가 8일로 좁혀졌다. 어린 베일리가 오언과 함께 미식축구 경기장에 갔을 때, 이곳에서 출발했을 가능성이 있는 날은 고작 8일뿐이었다.

엘레노어는 내가 내민 목록을 쳐다보았지만, 손을 뻗어 목록을 집어 들지는 않았다.

엘레노어에 관해 알아내려고, 엘레노어를 공략할 방법을 찾아내려고 나는 사무실을 둘러보았다. 책상 위에는 크리스마스 카드와 범퍼 스티커가 쭉 펼쳐져 있었고, 벽난로 위 선반에는 가족사진이 쭉 세워져 있었고, 커다란 게시판에는 교구민들이 보내온 사진과 쪽지가 가득 꽂혀 있었다. 사무실은 이 성당에서, 이 방에서 엘레노어가 쌓아온 관계들을 여실히 보여주고 있었다. 엘레노어는 이곳의 모든 부분을 알고 있었다. 우리가 알고 싶은 건 그 가운데 일부인, 아주 작은 조각일 뿐이었다.

"할 일이 많은 것처럼 보일지도 몰라요. 하지만 이 표를 보면 아시겠지만, 그저 2008년 시즌에 홈경기가 열렸던 날의 기록만 찾아보면 돼요. 10주도 안 되는 주일에 열린 결혼식만 살펴보면 된다는 거죠. 날짜는 우리가 찾아왔으니까, 그 날짜에 열린 결혼식 목록만 좀 부탁드릴게요. 한 주에 두 쌍이 결혼했다 쳐도 스무 쌍도 안 될 거예요."

내가 말했다.

"미안합니다. 나는 그런 정보를 줄 수 있는 권한이 없어요."

엘레노어가 대답했다.

"그게 규정이라는 것도, 그런 규정이 있어야 하는 이유도 이해해요. 하지만 지금은 예외 상황이잖아요. 당신도 그렇게 생각하죠?"

"물론이에요. 남편분이 사라졌다니, 정말 유감이에요. 남편분 행방을 찾기 위해 아주 많은 일을 처리하느라 힘들겠죠. 하지만 규정은 규정이에요."

"그러니까 규정에 예외를 둘 수 없다는 거예요? 우리가 연쇄살인범도 아니잖아요. 결혼식을 올린 사람들한테는 조금도 관심이 없단 말이에요."

베일리의 입에서 거친 목소리가 흘러나왔다.

나는 흥분하지 말라는 신호로 베일리의 다리를 손으로 살며시 눌렀다.

"여기에 앉아서 명단을 읽기만 할게요. 프린트도 하지 않고 주소도 적지 않고 눈으로만 보고 돌아갈게요."

내가 말했다.

엘레노어는 우리를 돕는 일과 우리를 내쫓는 일 사이에서 고민을 하고 있는 것처럼 나와 베일리를 번갈아 보았다. 내쫓는 쪽으로 생각이 기울고 있는 것이 분명했다. 하지만 그런 일이 일어나게 손 놓고 있을 수만은 없었다. 단서를 발견할 가능성이 보이는 지금은 더더욱 그냥 쫓겨날 수 없었다. 오언과 베일리가 참석한 결혼식을 알아낸다면, 두 사람과 오스틴이 어떤 관련이 있는지 알아낼 수 있을 것이다. 그 관계를 알아낸다면, 그레이디가 우리 집을 찾아온 이유도, 오언이 집에서 멀리 떠나서 하고 있는 일도 알아낼 수 있을지 모른다.

"베일리는 정말 여기에 왔었던 것 같아요. 정말로 온 적이 있었는지 확인할 수 있다면 베일리에게, 우리 두 사람에게 아주 큰 도움이 될 거예요. 베일리의 아빠 없이 우리가…… 지난 주말을 어떻게 보냈는지 아신다면, 아니, 모든 걸 다 떠나서 친절을 베풀어주시면 안 될까요?"

엘레노어의 눈에서 동정의 빛이 보였고, 어쩌면 도움을 요청하는 내 간청을 들어줄지도 모르겠다는 희망이 생겼다.

"나는 정말 돕고 싶어요. 진심이에요. 하지만 내가 할 수 있는 일이 없습니다. 일단 전화번호를 남기고 돌아가세요. 내가 신부님께 물어볼게요. 하지만 신부님이 교구민들의 개인 정보를 함부로 알려주시지는 않을 것 같군요."

"세상에, 할머니. 그냥 좀 알려주면 안 돼요?"

베일리의 입에서 튀어나온 말은 솔직히 그 애가 사용하기에 적절한 말은 아니었다.

의자에서 일어서는 엘레노어의 머리가 천장에 부딪힐 정도로 아슬아슬하게 높이 솟아올랐다.

"이제 가봐야겠어요. 오늘 밤에 성서 공부 모임이 있어서 회의실을 정리해둬야 하거든요. 나가는 길은 안내해주지 않아도 알겠죠?"

"엘레노어, 베일리가 무례하게 굴려고 그런 건 아니에요. 아빠는 사라지고, 그 이유를 찾아야 하는 상황이라 초조해서 그래요. 그뿐이에요. 우린 정말 엄청난 스트레스를 받고 있거든요. 가족은 우리에게 전부예요. 무슨 뜻인지 당신도 충분히 이해하리라 생각해요."

나는 벽난로 위에 놓인 가족사진을 가리키며 말했다. 엘레노어의 아이들과 손주들을 찍은 크리스마스 사진과 남편과 개를 찍은 농장 사진이 보였다. 엘레노어의 사진도 있었고, 아마도 가장 사랑하는 것으로 짐작되는, 머리카락을 요란하게 염색한 손자 사진도 보였다. 그 손자는 머리카락을 녹색으로 물들였다.

"당신도 가족 일이라면 만사 제쳐놓고 나설 거잖아요. 당신이 그럴 거라는 거 알아요. 제발, 잠시만 생각해주세요. 그냥 물어보고 싶어요. 당신이 나와 입장이 바뀌었다면, 내가 어떻게 해주기를 바랄 것 같아요? 난 당신이 바라는 걸 해주려고 노력할 거예요."

엘레노어는 멈추어 서더니 치마를 아래로 잡아당겨 폈고, 놀랍게도 다시 자리에 앉아 다초점 렌즈를 끼운 안경을 코 위로 밀어 올리며 말했다.

"내가 뭘 할 수 있는지 한번 봅시다."

안심한 베일리가 웃었다.

"이 방 밖으로 개인 정보를 가져갈 순 없어요."

"엘레노어의 책상에서 절대 벗어나지 않을게요. 우리 가족을 도와줄 사람이 있는지만 확인하면 돼요. 그게 다예요."

엘레노어는 고개를 끄덕이고는 내가 책상 위에 올려둔 목록을 집어 들었다. 엘레노어는 자기가 이런 일을 한다는 사실을 믿을 수 없다는 표정으로 손에 들고 있는 종이를 내려다보았다. 한숨을 내쉬는 것으로 보아 자기가 이런 일을 하고 있다는 사실이 도무지 믿기지 않는 것이 분명했다.

엘레노어는 컴퓨터를 켜고 자판을 두드리기 시작했다.

"감사합니다. 정말로 감사해요."

베일리가 말했다.

"감사는 너희 새엄마에게 해."

엘레노어가 대답했다.

놀라운 일이 벌어진 건 그때였다. 나를 새엄마라는 호칭으로 부르는데도 베일리는 움찔하지 않았다. 나에게 고맙다는 말은 하지 않았다. 나를 쳐다 보지도 않았다. 하지만 거부하듯 움찔거리지 않았다는 사실만으로도 나는 고맙다는 인사를 받은 것이나 다름없었다.

하지만 그런 마음을 즐길 시간은 길지 않았다. 내 전화기가 문자메시지 도착을 알려왔기 때문이다. 칼이 보낸 문자메시지였다.

지금 해나의 집 앞인데 잠깐 들어가도 될까요? 계속 문을 두드렸는데…….

나는 베일리의 손을 툭 건드리며 말했다.

"칼이야. 왜 문자를 보냈는지 알아봐야겠어."

베일리는 엘레노어에게서 눈을 떼지 않은 채 간신히 나만 알아볼 수 있을 정도로 고개를 끄덕였다. 나는 복도로 나가 칼에게 지금 전화를 걸겠다는 문자메시지를 보냈다.

"여어, 나 좀 들어가도 될까요? 세라와 함께 있어요. 산책 나왔거든요."

통화가 연결되자 칼이 말했다.

패티가 골랐을 아주 커다란 리본을 머리에 단 세라를 아기 띠로 고정해 안고 서 있을 칼의 모습이 눈에 보이는 듯했다. 칼은 패티에게 둘러댈 핑곗거리로, 나를 만나러 간다는 사실을 감출 핑곗거리로 세라를 데리고 산책을 나왔을 것이다.

"지금 집에 없어요. 무슨 일이에요?"

"전화로 할 말은 아니에요. 직접 만나서 해야 해요. 괜찮으면 나중에 다시 올게요. 5시 15분에도, 세라한테 저녁 먹이고 콧바람을 쐬어주러 나와야 하거든요."

"지금 듣는 게 나을 것 같아요."

칼은 어떻게 하면 좋을지 잠시 생각하는 것 같았다. 무슨 말을 하러 왔건 좀 더 쉽게 말할 준비를 하려면, 아마도 나중에 직접 보고 말해야 한다고 할 것만 같았다. 칼은 무언가를 알고 있었지만, 그 말을 하기가 두려운 게 분명했다. 어제, 칼의 표정을 본 순간 그 사실을 똑똑히 알 수 있었다. 칼은 나에게 할 말이 있었다.

"어제 우리 집에서 있었던 일은 정말 미안해요. 너무 당황한 데다 패티가 이미 화가 너무 많이 나 있어서. 내가 사과할게요. 그렇게 대해서는 안 됐는데. 특히……."

칼은 내게 말해주는 게 적절한지 아직 판단하지 못했다는 듯이 잠시 입을 다물었다.

"아무튼 이 말은 해야 할 것 같아서요. 그러니까…… 오언이 당신에게 정확히 어떤 말을 했는지는 모르겠지만, 직장 일로 몹시 힘들어했어요. 아베트하고 크게 문제가 있었거든요."

"오언이 그렇게 말했어요?"

내가 물었다.

"맞아요. 자세한 내용은 말하지 않았지만, 소프트웨어가 제대로 작동하지 않아서 무척 애를 먹고 있었어요. 그런 말을 많이 했어요. 아베트가 언론에 발표한 것과 달리 제대로 작동하지 않는다고요. 하지만 벽에 몰린 상황이어서……."

내 심장이 쿵 내려앉았다.

"그게 무슨 소리예요? 벽에 몰린 상황이라니?"

"그냥 손을 털고 나올 수가 없다고 했어요. 다른 직장을 알아볼 수 없다고. 거기서 일어나는 일을 제대로 수습해야 한다고 말했어요."

"왜 나올 수가 없대요?"

"그 부분은 말하지 않았어요. 맹세해요. 나도 말하게 하려고 했어요. 그렇게 스트레스를 받으면서 버텨야 할 만큼 가치 있는 직장은 없다고 내가 말했……."

나는 엘레노어의 사무실을 들여다보았다. 엘레노어는 여전히 컴퓨터를 보고 있었고, 베일리는 서성이고 있었다.

"알려줘서 고마워요."

"잠깐만…… 할 말이 남았어요."

칼은 쉽게 말이 나오지 않는 것이 분명했다. 어떻게 말해야 할지 모르는 것이 분명했다.

"꼭 말해야 할 이야기가 더 있어요."

"그럼 말해요, 칼."

"우리는, 패티와 나는, 더 숍에 투자하지 않았어요."

어제 오언은 사기꾼이라고, 오언이 두 사람의 돈을 훔쳤다고 나에게 쏘아붙이던 패티가 생각났다.

"무슨 말인지 모르겠어요."

"내가 다른 데 쓸데가 있었어요. 패티한테는 말할 수 없는 곳에요. 카라와 관계가 있는."

카라라면 세라가 태어나기 전부터 칼이 가끔 만나던 직장 동료였다.

"정확히 무슨 일 때문인데요?"

"자세한 건 말해줄 수 없지만, 아마 해나라면 알고 있을 거라고……."

물론 칼이 수만 달러를 카라에게 써야 했던 이유는 여러 가지로 추론해볼 수 있었다. 어쩌면 또 다른 아기가, 칼이 아기 띠에 안고 다녀야 하는 칼의 아기가, 칼과 카라의 아기가 있는지도 몰랐다.

하지만 그건 추측일 뿐이었고, 나는 추측을 하고 있을 시간이 없었다. 칼이 무엇 때문에 돈을 썼는지에는 관심이 없었다. 내 관심은 오직 하나, 오언이 하지도 않은 일로 패티가 오언을 비난하고 있다는 것이었다. 그것이 나에게는 하나의 증거 같았다. 오언이 여전히 오언임을 나에게 입증해주는 증거처럼 느껴졌다.

"그러니까 지금, 무슨 일이 벌어지고 있는지를 뻔히 알면서도 패티가 오해하게, 오언이 당신들 돈을 훔쳤다고 생각하게 내버려뒀다는 거예요? 오언 때문에 사기를 치는 회사에 당신들 저금을 모두 투자했다고 말했다는 거예요?"

"내가 일을 엉망으로 만든 거 알아요."

칼이 말했다.

"그걸 지금 말이라고 해요?"

"하지만 진실을 말했으니까 조금 봐주면 안 돼요? 해나에게 고백하는 게, 내가 가장 피하고 싶었던 일이란 말입니다."

나는 자기는 늘 옳은 일만 한다고 생각하는 패티가 독서 모임에서, 와인 모임에서, 테니스 모임에서 늘 패티 주위에 모여 패티의 말에 귀 기울이는 여자들에게 오언은 사기꾼이라고 말하는 모습을 떠올렸다. 남편에게 들은 잘못된 정보를 근거로 오언을 깎아내릴 패티를 생각하니 화가 났다.

"아니요, 칼. 당신이 정말로 피하고 싶은 대화는 이제 해야 할 거예요. 당신 아내하고요. 당신이 아내에게 말하지 않으면, 내가 말할 테니까."

그 말을 끝으로 전화를 끊었다. 심장이 미친 듯이 뛰었다. 하지만 방금 나눈 대화의 의미를 생각해볼 겨를도 없었다. 베일리가 빨리 들어오라고 손짓을 하고 있었다.

나는 마음을 가다듬고 엘레노어의 사무실로 들어갔다.

"죄송해요."

"아니, 괜찮아요. 나도 이제 막 다 찾았어요."

베일리가 엘레노어의 책상 앞으로 다가가자, 엘레노어가 손을 들어 베일리를 막았다.

"내가 정리해서 프린트를 해줄 테니 그때 살펴봐요. 하지만 모임 준비를 해야 해서 곧 나가야 해요. 그러니 빨리 봐야 해요."

"그럴게요."

내가 대답했다.

그때 엘레노어가 자판을 두드리던 손을 멈추더니 이해할 수 없다는 표정을 지었다.

"2008년 시즌 때 진행한 결혼식 자료를 원한다고 했죠?"

나는 고개를 끄덕였다.

"네, 첫 번째 홈경기가 9월 첫째 주 주말에 열린 해예요."

"지금 그때 서류를 살펴보고 있는데, 2008년이 확실해요?"

"확실해요. 왜 그러시죠?"

"2008년이 맞는다는 말이죠?"

"2008년 맞아요!"

베일리는 짜증이 났다는 걸 최대한 드러내 보이지 않으려고 애쓰며 대답했다.

"2008년 가을에는 성당 문을 닫았어요. 대대적인 보수공사를 했거든요. 화재 때문에요. 9월 첫째 주에 문을 닫았고, 이듬해 3월까지 어떤 미사도, 성사도 하지 않았어요. 결혼식도 물론 안 했고요."

엘레노어는 우리가 직접 텅 빈 성당 일정표를 확인할 수 있도록 모니터를 돌려주었다. 내 심장이 쿵 내려앉았다.

"연도를 잘못 알고 있는 거 아니에요? 2009년을 한번 살펴봐 줄게요."

나는 손을 들어 엘레노어를 막았다. 2009년을 살펴보는 건 의미가 없었다. 2009년에는 오언과 베일리가 소살리토로 옮겨 왔고, 나는 그 기록을 가지고 있었다. 2007년도 베일리가 많은 것을 기억하기에는 너무 어린 나이였기 때문에 후보 연도가 될 수 없었다. 베일리는 오스틴에서 보낸 단 한 번의 주말여행뿐 아니라 시애틀에서 있었던 일조차도 전혀 기억하지 못했다. 솔직히 말해서 2008년도 베일리가 무엇을 기억하기에는 너무나 이른 시기였다. 하지만 베일리의 엄마가 결혼식에 있었다. 베일리는 엄마가 결혼식에 함께 왔었다고 생각하고 있었다. 그렇다면 두 사람이 오스틴에 온 시기는 2008년일 수밖에 없었다.

"아니요, 2008년이어야 해요."

베일리가 말했다. 텅 빈 일정표를 들여다보고 있는 베일리의 목소리가 떨리기 시작했다.

"내가 여기 왔었어요. 그게 내가 올 수 있었던 유일한 시간이란 말이에요. 우리가 검토해봤다고요. 가을이었어요. 우리 엄마가 나랑 함께 여기에 오려면 분명 가을이어야 한단 말이에요."

"2007년일 수도 있지 않을까요?"

엘레노어가 물었다.

"그때는 내가 너무 어려서 기억할 수 있는 게 없을 거예요."

"그렇다면 여기가 아닌 거예요."

엘레노어가 대답했다.

"하지만 그건 말이 안 돼요. 왜냐하면 이 성당의 애프스(제단 뒤에 있는 반원형 또는 다각형 돌출부-옮긴이)가 기억난단 말이에요. 저 애프스, 본 적이 있어요."

베일리가 말했다. 내가 베일리에게 다가가려고 하자, 베일리는 뒤로 물러났다. 베일리는 달래주는 건 원하지 않았다. 베일리가 원하는 건 명확한 사실이었다.

"엘레노어, 대학교에서 걸어서 갈 수 있는 거리에 이곳과 비슷하게 생긴 성당이 또 있을까요? 베일리가 이곳과 착각할 정도로 비슷한 성당이, 혹시 또 있지 않나요?"

내 말에 엘레노어는 고개를 저었다.

"아니요. 우리 성당과 닮은 성당은 없어요."

"혹시 2008년 이후에 문을 닫은 성당은 없나요?"

"없을 거예요. 그래도 모르니까 전화번호를 남기고 가는 게 어때요? 신부님과 신자들에게 물어봐줄게요. 나도 기억나는 게 있으면 전화할게요. 약속해요."

"기억나기는 뭐가 기억나요? 그냥 도와주기 싫다고 하세요."

"베일리, 그만……."

나는 베일리를 말렸다.

"뭘 그만해요? 뭐든 기억해내려면 여길 와봐야 한다고 말했던 사람이 누군데, 지금 나한테 그만하라고요? 됐어요. 이젠 정말 안 할 테니까."

베일리는 벌떡 일어서더니 발을 쾅쾅 구르며 엘레노어의 사무실을 나갔다.

엘레노어와 나는 말없이 밖으로 나가는 베일리를 보았다. 베일리가 사무실을 완전히 벗어나자 엘레노어는 인자한 얼굴로 나를 보았다.

"괜찮아요. 나한테 화가 난 게 아니라는 거 아니까."

엘레노어가 말했다.

"화가 난 건 맞지만 방향이 잘못됐어요. 베일리는 아빠한테 화를 내고 싶은데 여기 없으니까, 앞에 보이는 사람에게 마구 화를 내는 거예요."

"이해해요."

"시간 내주셔서 감사해요. 혹시 뭐든지 생각나면, 중요하지 않은 거라도 상관없으니까 전화 부탁드려요."

나는 전화번호를 적으며 말했다.

"물론이죠."

엘레노어는 고개를 끄덕이며 내 전화번호를 주머니에 넣었고, 나는 문을 향해 걷기 시작했다.

"자기 가족에게 이런 일을 하는 사람은 어떤 사람일까요?"

엘레노어가 묻는 말에 나는 몸을 돌려 엘레노어를 똑바로 바라보았다.

"네?"

"자기 가족에게 이런 일을 하는 사람은 어떤 사람이냐고 물었어요."

나는 "내가 아는 한 가장 좋은 아빠"라고 말하고 싶었다.

"선택의 여지가 없었던 사람. 그게 바로 그 사람이에요. 자기 가족에게 이런 일을 하는 사람은요."

"사람들은 언제나 선택할 수 있어요."

사람들은 언제나 선택을 할 수 있다. 그레이디도 그렇게 말했다. 사람들에게 선택권이 있다는 건 무슨 뜻일까? 이 세상에는 옳은 일과 그른 일이 있다는 뜻이었다. 이 세상은 그렇게 간단하니까, 명확하게 평가하고 판단할 수 있다는 뜻이었다. 하지만 그런 질문을 하는 사람은 잘못된 선택을 한 것이다. 왜냐하면 이 세상은 엄청난 실수를 절대로 하지 않는 사람과 엄청난 실수를 하는 사람으로 나뉘어 있다고 말하는 것과 같으니까.

오언이 힘들어했다던 칼의 말이 떠올랐다. 지금 어디에 있는지는 몰라도 오언은 분명히 무척 애쓰고 있을 것이다.

내 안에서 화가 치밀어 오르는 것을 느꼈다.

"분명히 기억할게요."

내 입에서도 베일리처럼 화난 목소리가 튀어나왔다.

나는 몸을 돌려 베일리가 기다리는 복도를 향해 걸어갔다.

누구나 좋은 조력자일 수는 없다

호텔로 돌아온 우리는 룸서비스로 치즈샌드위치와 고구마튀김을 주문하고는 텔레비전을 틀었다. 무료 유선방송에서 톰 행크스와 맥 라이언이 모든 역경을 헤치고 결국 서로를 만나는 옛 로맨스 영화가 흘러나오고 있었다. 익숙한 그 영화는 우리에게 진정제 같은 역할을 해주었고 우리를 달래주었다. 침대에서 영화를 보고 있던 베일리가 스르르 잠이 들었다.

나는 잠들지 않고 앉아 영화의 나머지 부분을 보면서 결국은 두 주인공에게 찾아올 순간을 기다렸다. 톰 행크스는 맥 라이언에게 당신을 만났으니 사랑할 거라고, 두 사람이 살아 있는 한 끝까지 사랑할 거라고 말했다. 영화의 엔딩 크레디트가 올라가고, 호텔은 다시 낯선 도시에 있는 어두운 방으로 바뀌었다. 그러자 오언이 어떠한 설명도 없이 그냥 사라져버렸다는 무시무시한 공포가 또다시 밀려왔다.

비극의 끔찍함은 여기에 있다. 늘 희생자 옆에 있는 것이 아니라 슬며시 잊혔다가 어느 순간 다시 돌아온다. 그때 희생자는 비극의 특징을 훨씬 뚜렷하게 인지할 수 있다. 이 비극을 견딜 방법은 비극을 받아들이고 함께 가는 것뿐이라는 사실을 깨닫는 것이다.

잔뜩 짜증이 나 있어서인지 잠이 오지 않았다. 나는 그날 적어 온 내용을 펼치고 베일리의 기억에 있는 결혼식을 찾을 만한 또 다른 방법을 궁리하기 시작했다. 결혼식에 참석한 것 말고 오언과 베일리는 오스틴에서 무엇을 했을까? 어쩌면 결혼식에 참석한 것보다는 더 오래 이곳에 머문 게 아닐까? 베일리는 틀리지 않았을 수도 있다. 텍사스대학교 교정이 익숙하게 느껴진 건 그 때문일 수도 있었다. 그렇다면 단지 한 번의 주말뿐 아니라 더 많은 시간을 그곳에서 보낸 게 아닐까? 이 가설이 옳다면, 어째서 두 사람은 이곳에 자주 들렀을까?

아무리 질문을 해도 좋은 대답이 떠오르지 않았다. 그래서 내 생각을 흐트러뜨리는 전화벨이 울렸을 때, 오히려 안도했다.

전화기를 집어 들었다. 제이크였다.

"벌써 몇 시간째 연락하느라 애먹었어."

제이크가 말했다.

"미안. 너무 바빴어."

나는 아주 조용히 속삭이듯 대답했다.

"어디야?"

"오스틴."

"텍사스?"

베일리가 깨지 않도록 살며시 문을 닫고 복도로 나왔다.

"설명하자면 길어. 베일리가 어렸을 때 오스틴에 갔던 기억이 있다고 해서 왔어. 하지만 내가 베일리에게 이곳에 있었던 것처럼 생각하게 만들었는지도 몰라. 그래도 베일리가 오스틴에 왔었을지도 모른다는 것과 그레이디 브래드퍼드가 우리 집에 찾아왔다는 생각을 하니까…… 여길 와봐야 할 것 같았어."

"그러니까…… 단서를 쫓고 있다고?"

"그래, 하지만 잘 안 됐어. 내일 아침에 집으로 가는 비행기를 탈 거야."

이런 말들이 어떻게 들릴지 알기에 기분이 나빴다. 집으로 간다는 건 오언이 없는 수상 가옥으로 가는 일이라고 생각하자 더 끔찍해졌다. 적어도 이곳에 있으면 내가 오언이 돌아올 수 있도록 애쓰고 있다는, 베일리와 내가 함께 애쓴다면 오언은 돌아올 수 있다는 환상을 품을 수 있었다.

"아, 아무튼, 말할 게 있어. 아마, 듣기 좋은 말은 아닐 거야."

"내가 좋아할 말로 시작해줘, 제이크. 안 그러면 끊을 거야."

"당신 친구 그레이디 브래드퍼드는 진짜 집행관이었어. 부서에서 명성이 자자해. 텍사스 지국에서 가장 인기 있는 남자더군. FBI도 용의자가 사라지면 그 사람한테 부탁할 때가 많대. 그러니까 그레이디라는 사람이 오언을 찾고자 한다면, 반드시 찾아낼 거라고 생각해."

"그게 어떻게 좋은 뉴스야?"

"그 누구도 오언을 찾을 수 없을 것 같기 때문이지."

"그게 무슨 소리야?"

"오언 마이클스라는 사람은 존재하지 않아."

그 순간 나는 거의 웃음을 터뜨릴 뻔했다. 정말로 말도 안 되는 소리였다. 터무니없었고, 틀린 말이었다.

"물론 당신이 알지도 못하는 말을 마구 하고 있다고는 생각하지 않아, 제이크. 하지만 단언하건대, 그 사람은 존재해. 불과 5미터도 떨어지지 않은 곳에서 그 사람 딸이 자고 있어."

"다르게 표현해줄게. '당신의' 오언 마이클스는 존재하지 않아. 오언과 딸 모두 출생증명서하고 사회 보장 번호는 일치하지만, 나머지 정보는 당신이 말해준 정보와 전혀 일치하지 않아."

"그게 무슨 말이야?"

"내가 말했던 사설탐정 있지? 그 사람이 조사를 했는데, 당신 남편이 살았다는 인생을 살았던 오언 마이클스는 이 세상에 없어. 매사추세츠주 뉴턴에서 성장한 오언 마이클스는 몇 명 있고, 그중에 프린스턴대학교에 들어간 오언 마이클스도 몇 명쯤은 있어. 하지만 오언의 고향에서 자란 뒤에 프린스턴에 들어간 오언 마이클스는 코드곶 밖에 있는 프로빈스타운에서 테오 실버스테인이라는 파트너와 함께 살고 있는 일흔여덟 살의 노인뿐이야."

숨을 쉴 수가 없었다. 나는 복도 카펫에 주저앉아 벽에 등을 기댔다. 나는 느낄 수 있었다. 머리와 가슴이 쿵쿵 울렸다. "당신의 오언 마이클스는 이 세상에 없는 오언 마이클스야"라는 말이 정착할 곳을 찾지 못한 채 나를 관통했다.

"계속해도 돼?"

"그래, 계속해."

"워싱턴주 시애틀에서 집을 샀거나, 2006년에 딸 베일리를 예비 학교에 등록한 오언 마이클스는 없어. 2009년 이전까지는 소득 신고서를 등록한 오언 마이클스도 없고……."

심장이 쿵 하고 떨어졌다.

"2009년에 오언하고 베일리는 소살리토로 이사했어."

"정확히 그거야. 그때부터 당신의 오언 마이클스가 기록에 나타나기 시작해. 그때부터는 당신이 말해준 정보들과 일치하는 기록들이 존재해. 집을 샀고, 베일리가 학교에 들어갔어. 오언은 지금 하는 일을 시작했고. 물론 진짜 집이 아니라 수상 가옥을 구입한 건 탁월한 선택이었지. 작성할 서류가 별로 없거든. 오언은 땅도 소유하지 않았어. 그저 빌린 것에 가까워서 추적하기가 거의 힘들어."

나는 머릿속이 빙글빙글 도는 걸 멈추게 하려고 손으로 두 눈을 꾹 눌렀다.

"두 사람이 소살리토에 오기 전까지는 당신이 말해준 남편의 정보와 일치하는 자료는 단 한 건도 발견하지 못했어. 당신 남편은 다른 이름으로 살았거나, 지금 이름으로 살아왔지만 당신에게 처음부터 끝까지 거짓말을 한 것이 분명해. 자기 자신에 대해 거짓말을 한 거지."

제이크의 말에 말문이 막혔지만, 간신히 "무엇 때문에?"라고 물었다.

"무엇 때문에 오언이 이름을 바꿨는지, 어째서 거짓 인생을 만들었는지 묻고 싶은 거지?"

나는 제이크가 나를 볼 수 있다는 듯이 고개를 끄덕였다.

"사설탐정에게 나도 같은 질문을 했어. 그 사람 말이 사람들은 주로 두 가지 이유로 신분을 바꾸는데, 그 이유 가운데 어느 쪽도 마음에 들지는 않을 거야."

"농담이지?"

"믿거나 말거나, 사람들이 신분을 바꾸는 가장 큰 이유는 두 번째 가족이 있기 때문이야. 아내가 또 있거나 아이가, 어쩌면 아이들이 있는 거지. 그래서 두 사람의 인생을 살아가는 거야."

"그건 불가능해, 제이크."

내가 대답했다.

"우리 고객 가운데 억만장자인 석유 거물이 있거든. 그 사람에게는 노스다코타의 목장에서 사는 아내와 샌프란시스코 퍼시픽 하이츠의 맨션에서 사는 아내가 있어. 대니엘 스틸의 집에서 가까운 곳에 있는 맨션이야. 아무튼 이 남자는 29년 동안이나 두 여자와 살고 있어. 두 아내와 각각 다섯 자녀를 낳았고. 하지만 두 아내 모두 그 사실을 몰라. 그냥 남편이 여행을 아주 많이 다닌다고만 알아. 아주 멋진 남편이라고 생각하고. 우리가 이 고객의 이중 결혼을 알고 있는 이유는 유서를 작성하고 있기 때문이야. 유서를 낭독할 때 아주 볼만하겠지."

"오언이 신분을 숨겨야 할 다른 이유는 뭔데?"

"어디에든 다른 아내는 없다는 가정 아래 말이야?"

"그래. 다른 아내는 없다고 가정하면."

"다른 아내 때문이 아닌데도 위장 신분을 만들었다면, 그 이유는 범죄행위에 가담했을 가능성이 있지. 범죄를 저지르고 문제를 피해 도망친 뒤에 가족을 보호하려고 새로운 인생을 만들어내는 거야. 하지만 범죄를 저지른 사람은 다시 문제에 처하기 마련이라, 도피는 실패로 끝나게 돼."

"그러니까 당신 말은 오언이 전에도 법을 어긴 적이 있다는 거야? 더 숍에서 한 일만이 아니라 그 전에도 범죄를 저질렀다고?"

"그래서 도망쳤다고 보는 게 맞겠지? 오언은 더 숍이 무너졌을 때, 자기 정체가 밝혀질 걸 안 거야. 과거에 발목이 잡히는 게 무엇보다도 두려웠겠지."

"하지만 그런 논리라면 오언이 범죄자가 아닐 수도 있잖아? 누군가를 피해 달아나야 했기 때문에 이름을 바꾼 걸 수도 있지 않아? 오언을 해치려고 했거나 베일리를 해치려고 한 사람을 피해 달아난 것일 수도 있잖아?"

당신이 보호해줘.

"물론 그럴 수도 있지. 하지만 그렇다면 왜 당신한테 솔직하게 말하지 않았을까?"

그 질문에 대답할 적당한 말이 떠오르지 않았다. 하지만 이 세상에 내가 아는 오언이 존재하지 않는 이유에 대한 적절한 대답은 반드시 존재해야만 했다.

"어쩌면 증인이라서 보호를 받고 있는 거 아닐까? 그래서 그레이디 브래드퍼드도 찾아온 거고."

"나도 그 생각을 해봤어. 하지만 당신, 내 친구 앨릭스 기억하지? 앨릭스한테 연방 법원에서 상당히 고위직으로 일하는 친구가 있어서 혹시 증인 보호 프로그램에 오언이 있는지 알아봐달라고 했어. 하지만 오언은 없었어."

"그런 정보를 알아봐줬다고?"

"그래."

"어떤 증인 보호 프로그램을 알아본 거야?"

"엄청난 건 아니야. 아무튼 증인 보호 프로그램에 오언은 없었어. 소살리토에서 더 숍에 근무하면서 높은 월세를 내고 사는 증인은 없었다고. 보호받는 증인들은 아이다호에서 타이어를 팔아. 영화에서 보는 일 같은 건 없어. 증인들은 대부분 그저 약간의 현금만 가지고 어딘지도 모를 곳으로 옮겨진 뒤에 새 신분증을 넘겨받고는 행운을 빈다는 말을 듣는 게 고작이야."

"그럼 어떻게 된 거지?"

"내 생각이 궁금해? 두 번째 가설이 맞는 거겠지. 오언은 범죄를 저질렀고, 오랫동안 도망쳐 다녔어. 어쩌면 그것 때문에 더 숍에 휘말렸는지도 모르지. 물론 아무 관계가 없을 수도 있고. 진실은 알 수 없어. 아무튼 체포된다면 과거 일이 밝혀질 테고, 그걸 막으려고 도망친 거야. 아니면 당신 말처럼 정말로 베일리를 보호하는 가장 좋은 방법이 그것뿐이라 도망쳤을 수도 있지. 자기가 한 일 때문에 베일리에게 문제가 생기지 않도록."

제이크의 말이 처음으로 내 마음을 뚫고 들어왔다. 제이크는 앞으로 계속해서 내 마음으로 들어오게 될 말을 했다. 자기 잘못이 드러나는 일이라면 오언은 떠나지 않고 우리 곁에 머물렀을 것이다. 당당하게 처형대 앞에 섰을 것이다. 하지만 자신뿐 아니라 베일리까지 문제가 된다면 오언은 분명히 다른 결정을 내렸을 것이다.

"제이크, 당신 말이 옳다고 해도, 내가 결혼한 남자에 관해 모든 걸 알지는 못한다고 해도…… 정말로 그래야 할 필요가 있지 않았다면, 오언은 절대로 베일리를 혼자 남겨놓고 떠나지 않았을 거야. 다시는 돌아오지 않을 생각으로 도망을 갔다면, 나는 금방 잊어버려도 베일리는 반드시 데리고 갔을 거야. 베일리는 오언에게 전부니까. 오언의 마음에 베일리를 두고 간다는 선택지는 없어. 두 사람이 함께 사라져버렸겠지."

"이틀 전만 해도 남편이 자기 인생을 꾸며냈을 거라는 생각은 전혀 못 했잖아. 하지만 아니었지."

나는 위로 비슷한 것을 찾으려는 듯이 자홍색 장미 무늬가 인쇄된 흉측한 복도 카펫을 물끄러미 바라보았다.

이건 불가능한 일 같았다. 조금도 가능할 것 같지 않았다. 남편이 과거의 자신에게서, 아내로서는 진짜 이름조차 알지 못하는 사람에게서 도망치고 있을지도 모른다는 사실을 누가 감당할 수 있을까? 아내는 누군가 남편에 대해 틀린 이야기를 지어내고 있다고 주장하고 싶을 것이다. 누군가 자기에 대해 틀린 이야기를 만들어내고 있다고 주장하고 싶을 것이다. 자신의 이야기 속에서, 진실을 가장 잘 아는 자신이 보기에 그런 이야기들은 하나도 말이 되지 않을 테니까. 이 이야기는 시작도, 가는 방향도 모두 잘못되어 있다. 결국은 무시무시한 끝을 맺게 되리라는 것도 모두 틀린 억측이다. 이렇게 말하고 싶을 것이다.

"제이크, 과연 내가 방으로 들어가서 베일리에게 아빠는 네가 생각했던 사람이 아니라는 말을 할 수 있을까? 베일리에게 무슨 말을 해야 할지 전혀 모르겠어."

제이크는 그답지 않게 잠시 가만히 있다가 말했다.

"아예 다른 말을 할 수도 있겠지."

"어떤 다른 말?"

"일단 조금 멀리 떠나 있자고 말하는 거야. 일이 어느 정도 해결될 때까지만이라도."

"그런 말은 할 수 없어."

"아니, 할 수 있어. 베일리를 일단 이번 일에서 완전히 멀어지게 하는 거야. 뉴욕으로 오면 어때? 나와 함께 지내자. 일이 해결될 때까지 두 사람 모두 여기서 지내는 거지. 돌턴 교육부에 친구들이 있어. 베일리도 거기서 이번 학년을 마칠 수 있을 거야."

나는 눈을 감았다. 어쩌다 다시 이렇게 됐을까? 어째서 나는 제이크와 통화를 하고 있는 걸까? 어째서 나는 제이크에게 도움을 받고 있지? 우리가 헤어졌을 때 제이크는 내가 언제나 자기에게 결핍을 느꼈다고 했다. 나는 반박하지 않았다. 반박할 수 없었다. 제이크와 함께 있으면 언제나 무언가 빠진 게 있다는 기분이 분명히 들었으니까. 오언이 채워준 것이 바로 그거였다. 하지만 오언에 대한 제이크의 말이 옳다면, 오언이 나에게 채워주었다고 생각한 것은 사실 없는 것이었다. 우리는 서로를 채워줄 수 있는 것을 조금도 공유하지 못하고 있었던 것이다.

"제안을 해줘서 고마워. 지금으로서는, 그렇게 나쁜 계획 같지는 않네."

"하지만……."

"당신 말대로라면 우리가 여기에 와 있는 건 오언이 도망갔기 때문이야. 그러니까 나는 도대체 왜 이런 일이 일어나고 있는 것인지를 알기 전까지는 도망칠 수 없어."

"해나, 지금은 무엇이 베일리에게 가장 좋은 일인지를 생각해야 해."

나는 호텔 방 문을 열고 안을 들여다보았다. 베일리는 침대 위에서 깊이 잠들어 있었다. 자궁 속 아기처럼 웅크리고 있는 베일리의 자주색 머리가 디스코 볼처럼 베개 위로 툭 튀어나와 있었다. 나는 조용히 문을 닫고 뒤로 물러났다.

"내가 가장 고민하고 있는 게 바로 그거야, 제이크."

"아니, 아직은 아니야. 정말로 그걸 고민한다면, 그 애에게서 가장 멀리 떨어뜨려야 할 사람을 찾겠다고 그렇게 애쓰지는 않을걸."

"제이크, 오언은 그 애 아빠야."

"그래, 그걸 누군가 그 사람에게도 일깨워주면 좋겠네."

나는 아무 말도 하지 않았다. 나는 유리 벽 너머로 호텔의 아트리움을 내려다보았다. 번쩍이는 명찰을 달고서 회의에 참석한 직장인들이 느긋한 자세로 호텔 바에 서 있었고, 손을 잡은 연인들이 식당 밖으로 나오고 있었고, 잔뜩 지친 부모가 잠든 아이들을 안고서 가게를 열어도 될 만큼 많은 레고 용품을 들고 걸어가고 있었다. 멀리 떨어져서 바라보는 사람들은 모두 행복해 보였다.

물론 저 사람들이 정말로 행복한지는 알 수 없었다. 하지만 잠시라도 좋으니 저 사람들 가운데 한 명이 될 수 있으면 좋겠다는 생각이 들었다. 호텔 8층 복도에 숨어 있는 내가 아니라 말이다. 자신의 결혼 생활이, 자신의 인생이 거짓일 수도 있다는 사실을 감당해야 하는 내가 아니라 말이다.

내 안에서 미칠 듯이 솟구쳐 오르는 분노가 느껴졌다. 어머니가 떠난 뒤로 나는 내가 사람을 세세하게 살필 수 있다는 사실에, 한 사람의 아주 사소한 면까지도 파악할 수 있다는 사실에 늘 자부심을 느껴왔다. 3일 전에 누군가 물었다면, 나는 오언에 관해 내가 알아야 할 모든 것을 다 알고 있다고 말했을 것이다. 오언에 관해 중요한 일은 모두 알고 있다고 대답했을 것이다. 하지만 나는 아무것도 알지 못하는지도 몰랐다. 이곳에서 오언에 관한 가장 기본적인 사실을 알아내려고 애쓰고 있는 이유가 바로 그 때문일 테니까.

"미안. 내 말이 조금 심했어."

"'조금' 심했다고?"

"해나, 나는 단지 당신이 원한다면 여기에 와서 지내도 된다고 말한 것뿐이야. 당신과 베일리 말이야. 다른 조건은 없어. 하지만 내 제안을 받아들이지 않겠다면, 적어도 다른 계획은 세워둬야 한다고 생각해. 그 아이의 삶을 산산조각 내기 전에 적어도 당신이 하고 있는 일을 정확히 알고 있다는 확신은 줘야지."

"이런 상황에서 자기가 무얼 하고 있는지 정확히 아는 사람이 있을까? 아니, 애초에 누가 이런 상황에 처하지?"

"당신이 그렇지."

"그래, 도움이 되는 말이네."

"뉴욕으로 와. 그래야 내가 최대한 도움을 줄 수 있어."

제이크가 말했다.

8개월 전

"난 여기 오겠다고 한 적 없어."

베일리가 말했다.

우리는 버클리에서 열린 벼룩시장 바깥에 서 있었고, 오언과 베일리는 두 사람답지 않게 팽팽하게 맞서고 있었다. 오언은 벼룩시장에 가고 싶어 했지만, 베일리가 가고 싶은 곳은 오직 한 곳, 집뿐이었다.

"아니, 했어. 우리가 샌프란시스코에 가자고 했을 때. 그러니까 이제 받아들여."

"난 딤섬을 먹겠다고 했을 뿐이야."

"그래, 그 딤섬! 맛있었잖아, 안 그래? 하나 남은 내 돼지고기 번도 널 줬잖아. 사실 해나 것도 줬고. 맛있는 딤섬을 두 개나 더 먹어놓고 왜 그래?"

"아빠가 원하는 게 뭔데?"

"네가 우리의 좋은 여행 친구가 되어서 함께 30분 정도 시장을 둘러보는 거?"

베일리는 몸을 돌려 우리보다 앞서 벼룩시장 쪽으로 걸어갔다. 우리는 3미터쯤 떨어져 뒤따라가야 했다. 그래야 함께 온 사람들처럼 보이지 않을 테니까.

베일리는 아빠와 협상을 했고, 분명히 내 생일을 축하해줬다.

오언은 미안하다는 듯이 어깨를 으쓱해 보였다.

"마흔 번째 생일 축하해."

"아니, 마흔 번째 생일 아니라니까. 스물한 번째 생일이야."

"아, 그렇지! 그거 좋네. 마흔 번째 생일이 되려면 아직 19년이나 남은 거니까."

나는 오언의 손을 잡고 깍지를 꼈다.

"그냥 집으로 가는 게 어때? 브런치는 정말 좋았어. 베일리가 집에 가고 싶다면……."

"괜찮을 거야."

"오언, 정말이야. 그냥 집에 가도 돼."

"맞아. 정말 집에 가도 돼. 하지만 베일리가 지금 상황을 받아들이고 사랑스러운 벼룩시장을 즐겨도 되지. 30분쯤 걷다 보면 괜찮아질 거야."

오언은 몸을 숙여 나에게 키스했고, 우리는 벼룩시장으로 들어갔다. 베일리를 찾으며 시장 입구를 지나갈 때, 밖으로 나오던 덩치 큰 남자가 멈춰 서더니 오언에게 말했다.

"이런, 말도 안 돼!"

야구 모자에 커다란 배를 덮는 운동복 상의 차림의 남자였다. 그는 가격표가 달린 노란색 벨벳 전등갓을 들고 있었다. 갑자기 남자가 오언을 안으려고 하는 통에 전등갓이 거칠게 오언의 등을 때렸다.

"널 보다니, 믿을 수가 없다. 이게 얼마 만이냐?"

오언은 전등갓이 망가지지 않도록 조심스럽게 몸을 틀어 남자에게서 벗어났다.

"20년 만인가? 25년이지? 졸업 무도회의 왕이 어떻게 동창회에 한 번도 안 나올 수가 있어?"

"이런 말 하기는 미안하지만, 아무래도 사람을 착각한 것 같은데요. 나는 어떤 종류든 왕이 돼본 적이 없습니다. 내 아내에게 물어보세요."

오언이 나를 가리키며 말했다.

그러자 그 남자가, 그 낯선 남자가 나를 보면서 웃었다.

"만나서 반가워요. 웨일런입니다."

"해나예요."

남자는 다시 오언을 보았다.

"잠깐, 지금 루스벨트고등학교에 다니지 않았다는 거야? 1994년에?"

"넵. 매사추세츠주에 있는 뉴턴고등학교에 다녔거든요. 하지만 연도는 맞는군요."

"뭐라고요? 나랑 같은 고등학교에 다닌 녀석과 진짜 똑같이 생겼는데. 머리 스타일은 완전히 다르고, 그 녀석이 더 근육질이었지만요. 아, 기분 나쁘게 하려고 한 말은 아닙니다. 그때는 나도 더 근육질이었어요."

오언은 어깨를 으쓱했다.

"누구나 그렇죠."

“그나저나 정말 똑같이 생겼네요.”

남자는 고개를 저었다.

“하지만 그 녀석이 아닌 게 다행인지도 모르겠어요. 좋은 녀석은 아니었거든요.”

오언이 크게 웃더니 말했다.

“좋은 하루 보내시죠.”

“두 분도요.”

웨일런이 말했다. 주차장으로 걸어가던 그가 문득 걸음을 멈추고 다시 돌아보았다.

“혹시 텍사스주에 있는 루스벨트고등학교 졸업생 중에 아는 사람 없어요? 사촌이나 뭐, 그런 사람이요. 분명히 둘이 친척일 것 같은데…….”

“미안합니다, 친구. 실망시켜드리고 싶지는 않지만, 그 남자 곁에는 가본 적도 없습니다.”

오언이 부드럽게 웃으면서 대답했다.

미안해요, 우리 열었어요

제이크의 말들이 내 머릿속에서 계속 울렸다. 오언 마이클스는 존재하지 않는다. 오언은 오언이 아니었다. 오언이 나에게 말했던 인생 이야기는 거의 대부분 거짓이었다. 오언이 자기 딸에게 말했던 딸의 인생 이야기도 거의 대부분 거짓이었다. 어떻게 그럴 수 있을까? 내가 알고 있다고 믿은 남자를 생각해보면, 절대로 불가능한 일 같았다. 나는 그 남자를 '안다'. 증거들은 모두 반대를 가리키고 있었지만, 나는 지금도 오언을 안다고 믿는다. 여전히 그를 믿는다는 건, 그리고 그런 나를 믿는다는 건 관점에 따라 나를 충실한 배우자로 보이게도, 완벽한 바보로 보이게도 할 터였다. 그저 그 둘이 같은 것으로 판명나지 않기만을 바랄 뿐이다.

그러니까 내가 알고 있다고 생각하는 일들은 이런 것들이다. 28개월 전, 스포츠 재킷과 캔버스화 차림의 한 남자가 뉴욕에 있는 내 작업실로 걸어 들어왔다. 그날 밤 그 남자는 함께 연극을 보러 가는 길에 나를 10번가에 있는 작은 스페인 식당으로 데리고 가더니 자기 인생 이야기를 들려주기 시작했다. 이야기의 시작은 매사추세츠주 뉴턴이었다. 남자는 4년 동안 뉴턴고등학교에 다녔고, 그 뒤 4년은 프린스턴대학교에 다녔다. 대학교를 졸업한 뒤에는 대학교에서 만난 연인과 함께 워싱턴주 시애틀로 옮겨 왔고, 지금은 딸과 함께 캘리포니아주 소살리토에서 살고 있었다. 그때까지 남자는 세 군데의 직장에서 일했고, 두 개의 학위를 받았으며, 나보다 먼저 함께 살았던 아내가 한 명 있었는데, 자동차 사고로 잃었다. 10년 이상 거의 입에 담지 않았다는 그 자동차 사고 이야기를 할 때 오언은 침울하고 슬퍼 보였다.

하지만 그에게는 딸이 있었다. 그 남자의 이야기에서 가장 화려한 부분은, 그 남자의 인생에서 가장 화려한 부분은 고집이 세고 독특한 딸이었다. 그 남자가 캘리포니아주 북부에 있는 작은 도시로 옮겨 오기로 결정한 이유는 딸이 지도에서 그 도시를 짚으면서 "여기로 가자"라고 해서였다. 그리고 그것은 그 남자가 딸에게 해줄 수 있는 유일한 일이었다.

이것이 그 남자의 딸이 자기가 알고 있다고 생각하는 내용이었다. 남자의 딸은 인생의 거의 대부분을 캘리포니아주 소살리토에 있는 수상 가옥에서 축구 시합에도, 학교 연극에도 단 한 번도 빠지지 않은 아빠와 살았다. 일요일 밤이면 딸이 좋아하는 식당에 가서 저녁을 먹고, 매주 영화를 보러 가주는 아빠와 살았다. 아빠와 딸은 샌프란시스코 박물관에 수도 없이 갔고, 이웃집에서 열리는 포틀럭 파티(참석자들이 요리를 준비해 와서 즐기는 파티-옮긴이)와 바비큐 파티에 자주 참석했다. 딸은 아주 희미하게가 아니라면 소살리토에 오기 전의 인생은 거의 기억하지 못했다. 그저 덩치 큰 마술사가 왔던 생일 파티를 했었고, 어릿광대 때문에 울음을 터뜨리고 말았던 서커스를 보러 갔었고, 텍사스주 오스틴의 어딘가에서 열린 결혼식에 참석했었던 적이 있다는 것이 딸이 가진 기억의 전부였다. 베일리는 기억의 공백을 아빠에게 들은 이야기로 채웠다. 당연한 일이었다. 누구나 그런 식으로 잃어버린 기억을 채운다. 사랑하는 사람들이 들려주는 이야기와 기억이 어린 시절의 추억이 되는 것이다.

그 사람들이 거짓말을 한다면, 그 이야기들로 기억의 공백을 채운 나는 어떤 사람일까? 오언처럼 거짓말을 했다면? 오언은 누구일까? 자기가 잘 안다고 생각하고 가장 좋아하는 사람이 사라져버린다면, 두 사람의 관계에서 가장 중요한 부분은 여전히 진실이라고 믿지 않는 한, 자신이 신기루처럼 느껴지지 않을까? 그 사랑은 진실이라고, 나를 정말로 사랑하고 있다고 믿지 않는다면 말이다. 왜냐하면 그 사랑이 거짓이라면 택할 수 있는 선택지는 모든 것이 거짓이라는 것뿐일 텐데, 그렇다면 어떻게 해야 할까? 그 같은 거짓들로 무엇을 어떻게 해야 할까? 그 거짓들을 어떻게 끼워 맞춰야만 그 남자가 완전히 사라지는 걸 막을 수 있을까?

어떻게 해주어야 그 남자의 딸도 자기가 완전히 사라지고 있다는 느낌을 받지 않을 수 있을까?

자정이 조금 지났을 때, 베일리가 일어났다. 눈을 비비던 베일리는 조악한 책상 의자에 앉아 자기를 보고 있는 나를 발견했다.

"내가 잤어요?"

베일리가 물었다.

"그래."

"몇 시예요?"

"늦은 시간이야. 다시 자는 게 좋을걸."

베일리는 일어나 앉았다.

"그렇게 쳐다보고 있는데, 어떻게 자요?"

"베일리, 혹시 네 아빠가 고향 이야기를 한 적이 있니? 보스턴 말이야. 혹시 보스턴 아빠 집에 가본 적 있어?"

베일리는 이해할 수 없다는 표정으로 나를 보았다.

"아빠가 자란 곳이요?"

나는 고개를 끄덕였다.

"아니요. 아빠랑 보스턴에 간 적은 없어요. 아빠 혼자서도 안 갔을걸요."

"할머니, 할아버지도 한 번도 못 만났고? 그분들이랑 같이 시간을 보낸 적 없어?"

"두 분 다 내가 태어나기 전에 돌아가셨어요. 알면서 왜 물어보는 거예요?"

기억의 공백을 채울 수 있는 사람이 있을까? 이런 공백을? 도대체 어디서부터 시작해야 할지 도무지 감을 잡을 수가 없었다.

"배 안 고파? 분명히 배고플 텐데. 저녁을 거의 손도 안 댔잖아. 나는 배가 엄청 고파."

"왜요? 내 거까지 먹었잖아요."

"옷 입고 여기서 나가자, 알았지? 나갈 준비 해."

베일리는 어둠 속에서 밝게 빛나고 있는 라디오 시계를 쳐다보았다.

"지금 밤 12시예요."

나는 스웨터를 입고 베일리에게 후드 티를 던져주었다. 베일리는 다리에 걸쳐진 후드 티를 내려다보았다. 후드 티 밑으로 베일리의 캔버스화가 보였다.

얼마 뒤, 후드 티를 입은 베일리가 자주색 머리카락이 밖으로 완전히 빠져나올 때까지 후드를 잡아당겼다.

"그럼 맥주 마셔도 돼요?"

베일리가 물었고, 나는 "절대 안 돼"라고 대답했다.

"내 가짜 신분증은 마셔도 된다고 하거든요."

"아니, 옷이나 입어."

내가 말했다.

매그놀리아 카페는 오스틴재단에서 운영하는 곳으로, 야식을 찾는 사람들에게 잘 알려진 명소였다. 늦은 밤, 오전 12시 45분에도 음악이 흘러나오고 모든 자리가 가득 차 번잡한 것은 바로 그런 이유였다.

우리는 라지 사이즈 커피 두 잔과 징거브레드 팬케이크를 주문했다. 베일리는 버터와 시럽을 올린 생강 향 짙은 달콤한 팬케이크가 정말 마음에 든 것 같았다. 팬케이크는 바나나와 함께 나왔다. 베일리가 팬케이크를 먹는 모습을 보고 있으니 '다른 일만 없었다면 내가 베일리에게 정말로 좋은 일을 해주었다는 기분이 들 텐데' 하는 생각이 들었다.

우리는 문 옆에 앉아 있었는데 우리 머리 위로 '미안해요, 우리 열었어요(SORRY, WE'RE OPEN)'라는 빨간 네온사인이 빛나고 있었다. 나는 네온사인을 보면서 눈을 껌뻑이며 제이크에게 들은 이야기를 어떻게 전해야 할지 고심했다.

"아빠가 항상 오언 마이클스라는 이름으로 살아온 건 아닌 모양이야."

내 말에 베일리가 고개를 들었다.

"그게 무슨 말이에요?"

나는 부드럽지만 덤덤하게 내가 알게 된 사실을 들려주었다. 베일리의 아빠가 바꾼 것은 이름만이 아님을 알려주었다. 오언의 인생 이야기는, 오언이 들려준 삶의 세부 내용들은 어쩌면 사실과 완전히 다른 이야기일 수도 있음을 말해주었다. 오언은 매사추세츠주에서 자라지도 않았고, 프린스턴대학교를 졸업하지도 않았다. 스물두 살에 시애틀로 이사하지도 않았다. 적어도 우리가 그 사실들을 입증할 수 있는 방법으로 그 과정을 지나오지는 않았다는 사실을 말했다.

"누가 알려줬어요?"

"뉴욕에 있는 내 친구가. 이런 일을 조사하는 사람이랑 함께 일하거든. 오언의 과거를 조사한 그 사람은 네 아빠가 소살리토로 이사한 직후에 신원을 바꿨다고 믿고 있어. 그 사람은 그렇게 확신한대."

베일리는 틀린 단어들을 들은 것처럼, 도저히 이해할 수 없는 문장을 들은 것처럼 당혹스러운 표정으로 접시를 내려다보았다.

"아빠가 왜 그런 짓을 해요?"

베일리는 내 눈을 쳐다보지 못하고 말했다.

"아마 무언가로부터 너를 지키려고 그러지 않았을까, 베일리?"

"무엇으로부터요? 자기가 한 일로부터요? 아빠는 늘 '사람이 무언가로부터 도망칠 때는, 보통 그 무언가가 자기 자신이야'라고 말했잖아요."

"아직 확실한 건 모르잖아."

"맞아요. 우리가 확실하게 아는 건, 아빠가 나한테 거짓말을 했다는 것뿐이죠."

베일리의 몸속에서 그것이 솟구쳐 오르고 있음을 알 수 있었다. 자기 삶의 가장 기본적인 정보조차도 빼앗겨버렸다는 베일리의 분노가, 정당한 분노가 솟구쳐 오르고 있었다. 오언이 베일리를 위해 그런 일을 했다고 해도, 선택의 여지가 없어서 그런 일을 했다고 해도 화가 나는 것은 어쩔 수 없었다. 어쨌거나 베일리는 오언의 행위를 용서할 수 있을지 결정해야 했다. 그건 나도 마찬가지였다.

"아빠는 나에게도 거짓말을 했어."

베일리가 고개를 들었다.

"그냥…… 아빠가 나한테도 거짓말을 했다고 말하는 거야."

내 말에 베일리는 그 말을 믿을 수 있는지, 액면 그대로 받아들여야 하는지 가늠해보려는 듯이 고개를 옆으로 기울였다. 내 말을 믿어야 하는 이유를 고민하는 것이 분명했다. 지금 이런 상황에서 다른 사람을 믿을 수 있는지 고민하는 것 같았다. 지금은 무엇보다도 나는 베일리를 속이지 않았다는 것을, 그러니 나를 믿어도 된다는 확신을 주는 것이 가장 중요하다는 느낌이 들었다. 앞으로 일어날 모든 일은 베일리가 나를 믿느냐 믿지 않느냐로 결정될 것만 같았다.

베일리가 너무나도 연약한 표정으로 나를 보고 있어서 말이 쉽게 나오지 않았다. 내가 무너지지 않고 베일리의 눈을 똑바로 마주 보는 일은 너무나도 힘들었다. 내가 지금까지 베일리를 잘못 대했다는 사실을 깨달은 건 그때였다. 내가 베일리와 친해지고 싶어서 했던 모든 노력이 잘못된 방식으로 행해졌음을 이해한 건 그때였다.

나는 내가 충분히 친절하고 다정하게 대한다면 베일리가 나에게 의지해도 된다는 사실을 깨달을 거라고 생각했다. 하지만 타인에게 의지해도 된다는 사실은 그런 방식으로는 배울 수가 없다. 누군가에게 의지해도 된다는 사실을 알게 되는 건, 모두가 너무나 피곤해서 다정하게 대할 수도 없고, 너무나도 피곤해서 두 사람의 관계를 위해 노력할 기력도 없을 때다. 그때 사람들이 자기에게 어떻게 하는지를 보고서야 그 사람을 의지해도 된다는 사실을 배우게 된다.

지금 나는 베일리에게 할아버지가 나에게 해주었던 일을 해야 했다. 베일리가 안전하다고 느낄 수만 있다면, 나는 무엇이든 할 것이다.

"그러니까…… 아빠만 그런 게 아니죠? 아빠가 아빠가 말한 사람이 아니라면, 아빠가 말한 나도 내가 아닌 거잖아요, 그렇죠? 내 이름도, 나에 관한 모든 것들도…… 아빠가 언젠가, 바꾼 거잖아요."

"맞아. 내 친구 제이크의 말이 맞는다면, 그래, 너도 전에는 지금과 다른 사람으로 살았을 거야."

"아빠가 말해준 거랑 사실은 다른 거고요. 그러니까…… 생일 같은 것도요."

심장이 끊어지는 것 같았다. 베일리의 입에서 비통한 목소리가 흘러나왔다.

"내가 태어난 날도 사실은 진짜 내 생일이 아니겠죠?"

"아마도, 아닐 거야."

베일리는 고개를 숙였다. 내 시선을 피했다.

"그건 누구나 반드시 알고 있어야 하는 기본 정보 아니에요?"

베일리의 말에 나는 탁자를, 이 행복한 오스틴의 식당에서 한 자리를 차지하고 있는 작은 탁자를 움켜잡으면서 터져 나오려는 눈물을 꾹 눌러 참았다. 벽에 그려진 무늬들, 밝은색 장식들, 식당의 모든 것들이 내 마음과는 선명하게 대조를 이루고 있었다. 하지만 눈을 깜박여 눈물을 멈추고 내 마음을 부여잡아야 했다. 나 말고는 의지할 사람이 아무도 없는 열여섯 살 소녀에게는 울지 않는 내가 필요했다. 자신을 위해 옆에 있어줄 보호자가 필요했다. 그래서 나는 마음을 가다듬고서 베일리가 무너질 수 있는 공간을 마련해주었다. 우는 사람은 베일리가 될 수 있게 해주었다.

베일리는 팔짱 낀 팔꿈치를 탁자에 괴고서 눈물을 떨어뜨렸다. 그런 고통을 느껴야 하는 베일리를 보고 있자니 나도 무너져 내리는 것만 같았다.

"베일리, 상상할 수도 없는 일이 일어난 것만 같은 심정이라는 거 알아. 하지만 너는 너야. 실제로 일어난 일이 무엇이었건, 아빠가 무엇을 숨겼건 간에 그런 일들이 너를 바꾸지는 않아. 너의 중심은 바꿀 수 없어."

"하지만 왜 다른 이름으로 불렸을 때의 기억이 전혀 없는 건데요? 어디에서 살았는지도 모르잖아요. 그런 건 기억해야 하는 거 아니에요?"

"너도 말했듯이, 그때는 너무 어렸으니까. 네가 베일리 마이클스가 된 뒤에야 기억을 할 수 있는 나이가 된 거지. 그런 일들이 너를 규정하지는 않아."

"그럼 아빠만 규정하는 거라고요?"

문득 오언을 '졸업 무도회의 왕'이라고 불렀던 버클리 벼룩시장에서 만난 남자가 생각났다. 그때 오언은 정말 침착하게 반응했었다. 조금도 당황하지 않았다. 오언은 사람을 잘 속이는 사람일까? 정말로 그렇다면, 그 일은 오언에 관해 무엇을 말해주고 있는 걸까?

"혹시 아빠를 다른 이름으로 부른 사람은 없었니? 소살리토에 오기 전에?"

"별명 말하는 거예요?"

"아니, 별명이 아니라…… 완전히 다른 이름?"

"없었던 것 같아요. 모르겠어요……."

베일리는 커피를 멀찌감치 쭉 밀었다.

"이런 일이 일어났다는 게 믿기지 않아요."

"그래, 알아."

베일리는 두 손으로 머리카락을 꼬기 시작했다. 자주색 머리카락이 검게 칠한 손톱과 뒤섞였다. 생각을 해내려고 애쓰고 있는지 눈을 격렬하게 깜빡였다.

"사람들이 아빠를 어떻게 불렀는지 생각이 나지 않아요. 신경을 써본 적이 없었어요. 신경 쓸 이유가 없잖아요."

베일리는 아빠에 대해, 자신의 과거에 대해 추측한 뒤에는 당연히 느낄 수밖에 없는 감정 때문에 완전히 지쳐버린 듯 의자에 등을 기댔다. 누가 그런 베일리를 나무랄 수 있을까? 오스틴의 낯선 식당에 앉아 자기에게는 이 세상에서 가장 중요한 사람이 실제로는 어떤 사람인지 알아내려고 애써야 하는 상황에 빠지길 원하는 사람이 있을까? 자기가 어떻게 그런 걸 놓칠 수 있었는지, 어떻게 그 사람이 누구인지 알지 못할 수 있는지를 이해해보려 애쓰고 싶은 사람이 있을까?

"베일리, 일단 흘려보내자. 지금은 너무 늦었어. 방으로 돌아가서 조금 자는 게 좋겠어."

내가 몸을 일으키는데 베일리가 막았다.

"잠깐만요."

나는 다시 자리에 앉았다.

“몇 달 전에 보비한테 들은 게 있어요. 보비가 대학교 입학원서를 쓰는데, 아빠한테 프린스턴대학교 동문 추천장을 써줄 수 있는지 물어봤거든요. 그런데 아무리 해도 동창회 사이트에서 오언 마이클스를 찾을 수가 없었다는 거예요. 공과대학뿐 아니라 그 어디에도 아빠 이름이 없었대요. 나는 보비가 틀린 사이트를 찾은 거라고 말했어요. 그러다가 결국 보비가 시카고대학교에 지원하는 바람에 아빠 추천장은 필요 없게 됐지만요. 아빠한테는 동창회 명단에 없는 이유를 물어보지 않았어요. 그냥 보비가 동문 자료를 찾는 방법을 잘 모르나 보다 생각하고 말았는데……. 그때 아빠한테 물어봤어야 했나 봐요.”

“베일리, 그게 무슨 말이야. 아빠가 거짓말을 했다고 네가 어떻게 생각할 수 있었겠어?”

“아빠가 말해줬을 것 같아요? 어느 날 나를 데리고 나가 걸으면서, 내가 정말로 누구인지 말해줬을 것 같아요? 내가 알고 있는 나의 인생이 본질적으로는 모두 거짓이라는 걸, 솔직하게 말해줬을 것 같아요?”

나는 희미한 불빛 속에서 베일리를 물끄러미 보았다. 그리고 오언과 나누었던 대화를 떠올렸다. 내가 뉴멕시코주에서 휴가를 보내자고 했을 때, 오언이 했던 말들을 생각했다. 그때 오언은 나에게 진실을 조금이나마 말해주려고 했을까? 내가 조금만 더 강하게 밀어붙였다면 진실을 털어놓았을까?

“모르겠어.”

내가 대답했다.

나는 베일리가 이건 너무나도 불공평하다고 말하기를, 또다시 화내기를 기다렸다. 하지만 베일리는 침착했다.

"뭐가 그렇게 무서웠을까요?"

심장이 쿵 떨어졌다. 정말 그랬기 때문이다. 그것이 이 모든 일의 핵심이라는 느낌이 들었다. 오언은 너무나도 두려운 것으로부터 도망치고 있다. 오언은 살아오는 내내 그것으로부터 도망치고 있었다. 무엇보다도 중요한 것은 그것으로부터 베일리를 지키는 데 자신의 모든 인생을 걸고 있었다.

"그걸 알아내면 지금 오언이 어디에 있는지도 알 수 있겠지."

내가 말했다.

"아, 좋아요. 충분해요."

그렇게 말하고 베일리는 크게 웃었지만, 그 웃음은 아주 빠른 속도로 두 눈 가득한 눈물로 바뀌었다. 하지만 내가 이제 곧 베일리가 여기서 나가자고, 호텔로 돌아가고 싶다고, 소살리토로 돌아가고 싶다고 말할 것이라고 생각한 순간, 베일리는 중심을 찾은 것만 같았다. 무언가 결의 같은 것을 다진 것만 같았다.

"그럼 이제 우리 뭘 할까요?"

베일리가 물었다.

우리. 베일리는 이제 우리가 무얼 할 건지를 물었다. 우리가 이 일을 함께 겪고 있다는 사실에 왠지 마음이 따뜻해졌다. 그 때문에 집에서 멀리 떨어진 오스틴 남부로 와서 밤새 운영하는 식당에 앉아 있어야 하는 상황이라고 해도, 우리가 절대로 원하지 않왔던 곳으로 가야 하는 상황이라고 해도 말이다. 애초에 베일리를 이런 상황에 놓이지 않게 할 수 있었다면, 나는 무엇이든지 했을 것이다. 하지만 우리는 이곳에 함께 있었고, 우리 둘 다 앞으로 나아가기를 원했다. 우리 둘 다 오언을 찾고 싶었고, 오언이 무엇을 숨기고 있건 간에 그가 지금 어디에 있는지 알고 싶었다.

"이제 우리가 이 문제를 해결해야지."

내가 대답했다.

나도 가만히 있지는 않겠어

아침이 될 때까지 전화를 하지 않고 기다렸다. 차분해질 때까지, 내가 해야 할 일을 할 수 있다는 확신이 들 때까지 기다렸다.

나는 전의를 다지고 선드레스를 입었다. 베일리가 깨지 않도록 조용히 호텔 방 문을 닫고 나왔다. 아래층으로 내려가 붐비는 로비를 지나 그가 듣게 될 배경 소리를 훨씬 더 잘 통제할 수 있는 거리로 나가려고 호텔 밖으로 나왔다.

콩그레스 애비뉴 브리지 위에는 직장으로, 학교로 향하고 있는, 다행히도 평범한 일상을 살아갈 수 있는 사람들이 가득했지만, 거리는 아직 조용했다. 호수는 잔잔하고 평화로웠다.

주머니에서 전화번호를 적고 밑줄을 두 번이나 그은 프레드의 카페 냅킨을 꺼냈다.

전화기를 켠 다음 그레이디가 내가 어디에 있는지를 눈치채지 못하도록, 발신지를 추적할지도 모르니 조금이라도 늦게 내 위치를 파악하도록 먼저 *67을 입력하고 그레이디의 전화번호를 눌렀다.

"그레이디입니다."

전화를 받은 그레이디가 말했다.

나는 마음을 다잡고 거짓말할 준비를 했다. 어쨌거나 내가 할 수 있는 일은 그것밖에 남지 않았으니까.

"해나예요. 오언에게 전화가 왔어요."

이건 인사 대신이었다.

"언제요?"

그레이디가 물었다.

"지난밤, 새벽 2시쯤에요. 누군가 도청할지도 몰라서 자세한 얘기는 못 한다고 했어요. 누가 뒤쫓고 있다고 했고, 전화는 공중전화 같은 걸로 한 모양이에요. 발신자 표시 제한이 되어 있었는데, 오언의 말이 너무 빨랐어요. 내가 괜찮은지, 베일리는 괜찮은지 알고 싶다고 했고, 더 숍에서 일어난 일은 자기랑은 전혀 관계가 없다고 단호하게 말했어요. 아베트가 뭔가 꾸미고 있다는 건 알았지만, 얼마나 심각한 일인지는 몰랐다고 했어요."

전화기 너머로 부산하게 움직이는 소리가 들렸다. 아마도 메모지 같은, 내가 알려주는 단서를 받아 적을 도구를 찾는 것이 분명했다.

"오언이 정확히 뭐라고 했는지 말해봐요."

그레이디가 말했다.

"오언은 전화를 오래 붙잡고 있으면 위험하다고 했어요. 그래서 내가 당신한테 전화를 건 거예요. 당신이라면 진실을 말해줄 테니까."

전화기 너머에서 움직임이 멈췄다.

"진실이라니, 무슨 진실 말이죠?"

"나는 모르죠, 그레이디. 오언은 당신이 어떻게 대답해야 하는지 아는 것처럼 말했어요."

그레이디는 잠시 반응하지 않았다.

"지금 캘리포니아는 새벽이죠? 이 새벽에 안 자고 뭐 하고 있습니까?"

"새벽 2시에 남편에게서 전화가 와서 위험에 처해 있다고 말하는데, 다시 잠들 수 있겠어요?"

"나는 잠이라면 푹 자는 사람입니다. 그래서……."

"지금 무슨 일이 일어나고 있는지 알아야겠어요, 그레이디. 지금 여기서 무슨 일이 일어나고 있는지를요. 어째서 텍사스 오스틴 본부에 있는 연방 법원 집행관이 용의자도 아닌 사람을 찾겠다고 샌프란시스코까지 날아온 거죠?"

"내가 알아야 하는 건, 당신이 왜 오지도 않은 오언의 전화를 받았다고 거짓말을 하는가일 테고요."

"그 사람이 소살리토에 오기 전까지 오언 마이클스라는 사람의 기록이 없는 건 왜죠?"

"누가 그런 말을 했습니까?"

"친구가요."

"친구라고요? 친구가 틀린 정보를 줬군요."

"아닐걸요."

"좋습니다. 그런데 친구분에게 더 숍에서 개발하던 소프트웨어의 주요 기능 가운데 하나가 온라인에서 개인의 역사를 지우는 일이라는 건 말했습니까? 정확히 말하면, 남기고 싶지 않은 기록을 지울 수 있게 돕는 거였지요. 온라인에서 추적할 수 없도록 흔적을 지우는 거. 졸업한 대학교, 주택 거래 기록 같은……."

"그 소프트웨어의 목표가 무엇이었는지는 알아요."

"그렇다면, 어째서 당신은 오언의 기록을 지울 수 있는 사람이 바로 그런 소프트웨어를 개발할 수 있는 사람일 거라는 생각은 못 하는 거죠?"

지금 그레이디는 오언이 자신의 과거를 지운 거라고 말하고 있었다.

"오언이 왜 그런 일을 하죠?"

"소프트웨어를 테스트해보려고 그런 걸 수도 있겠지만, 나야 모르죠. 내가 하고 싶은 말은, 당신의 친구가 알아냈거나 알아내지 못한 오언의 과거에 대해 다양한 설명을 할 수 있을 때는 당신이 이미 아주 정교한 이야기를 만들어낸 뒤라는 겁니다."

그레이디는 내가 균형을 잃고 헛발질을 하게 만들려고 했다. 그렇게 내버려둘 수는 없었다. 점점 더 미심쩍어지는 그레이디의 의도대로 이 대화가 흘러가게 내버려두지는 않을 것이다.

"오언이 무슨 일을 했죠, 그레이디? 이 일들을 하기 전에, 더 숍에서 일하기 전에요. 왜 신분을 바꾸었나요? 어째서 이름을 바꾼 거예요?"

"무슨 말을 하는지 모르겠군요."

"알고 있을걸요. 당신이 조사를 하겠다고 관할권도 없는 샌프란시스코까지 날아온 건 그 때문이라는 생각이 들어요."

내 말에 그레이디가 크게 웃었다.

"내 관할권은 분명히 이 조사를 해도 된다고 하는데요. 안 그래도 걱정거리가 많을 텐데, 그 문제는 그다지 걱정하지 않아도 됩니다."

"걱정거리라니, 어떤 거요?"

"해나의 친구인 FBI 특별 수사관 나오미 우가 오언을 수사 대상에 올려야 한다고 위협하는 거요?"

몸이 얼어붙었다. FBI 특별 수사관의 이름은 말한 적이 없었다. 하지만 그레이디는 알고 있었다. 그레이디는 모든 것을 아는 것 같았다.

"나오미 팀이 수색영장을 가지고 당신 집에 쳐들어가기 전까지 시간이 별로 없어요. 지금은 애써 막고 있지만, 이 상태가 얼마나 갈지는 장담할 수 없군요."

나는 집으로 돌아가 엉망으로 뒤집힌 자기 방을 보는 베일리를 생각했다. 자기의 세상이 뒤집힌 모습을 보는 베일리를.

"왜 그러는 거예요, 그레이디?"

"무슨 말이죠?"

"어째서 수색영장을 막고 있죠?"

"그게 내 일이니까요."

그레이디는 단호하게 말했지만, 나는 그 말이 완전히 믿기지는 않았다. 내 마음속에서 무언가가 철컥 하고 걸렸기 때문이다. 그레이디는 나만큼이나 오언이 FBI의 수사 대상이 되는 걸 바라지 않는 게 분명했다. 그레이디는 오언이 FBI의 수사 대상이 되지 않도록 애쓰고 있었다. 도대체 왜? 그레이디의 목표가 단순히 오언을 수사하는 것이라면, 오언의 신병을 확보해 이 수사를 끝내는 것이라면 이렇게까지 신경을 쓰지는 않을 것이다. 그렇다면 분명히 다른 무언가가 더 있었다. 오언은 더 숍의 단순 사기죄가 아닌 더 큰 범죄에 연루된 것이 틀림없었다. 갑자기 그 더 큰 범죄라는 것이 내가 생각했던 것보다 훨씬 큰일일 수 있다는 생각에 두려워졌다.

당신이 보호해줘.

"오언이 우리에게 큰돈을 남겼어요."

내가 말했다.

"그게 무슨 말입니까?"

"정확히는 베일리에게 남긴 거예요. 정말 큰돈이에요. 당신 협박처럼 누군가 수색영장을 가지고 와서 우리 집을 뒤진다면, 그 돈은 발견되지 않았으면 해요. 그 돈이 나에게 불리하게 작용하거나 베일리를 데려가는 핑곗거리로 쓰이지 않길 바라요."

"그런 식으로 일을 하지는 않습니다."

"나는 어떤 식으로 일을 하는지 모르죠. 그래서 일단, 그 돈 이야기를 하는 거예요. 우리 집 부엌 싱크대 밑에 있어요. 그 돈하고는 얽히고 싶지 않아요."

그레이디는 잠시 말이 없었다.

"음, 알았습니다. 그 사람들에게 발견되는 것보다는 내가 가지고 있는 게 좋겠군요. 샌프란시스코 지부 사람에게 말해서 가져오게 하겠습니다."

나는 레이디버드 호수 건너편에 있는 오스틴 시내를 보았다.

오스틴의 중심을 이루고 있는 완만한 빌딩들과 아침 햇살을 지면으로 뿌리고 있는 나무들을 보았다. 저 건물들 가운데 한 곳에서 그레이디가 하루를 시작하고 있는지도 몰랐다. 그레이디가 내가 바라는 것보다 훨씬 가까이 있음을, 갑자기 깨달았다.

"지금은 오시지 않는 게 좋겠어요."

"왜죠?"

내 몸의 모든 부분이 그에게 진실을 말하라고, 지금 오스틴에 있다고 말하라고 요구하고 있었다. 하지만 그레이디가 적인지 친구인지 확신할 수가 없었다. 친구이자 적일 수도 있었다. 어쩌면 오언을 비롯해 사람은 누구나 친구이자 적인지도 몰랐다.

"베일리가 일어나기 전에 할 일이 있어요. 그리고 어쩌면…… 모든 일이 조금 진정될 때까지 베일리를 데리고 떠나 있을까 생각 중이에요."

"어디로 말입니까?"

나는 제이크의 말을 생각했다. 뉴욕을 떠올렸다.

"아직은 잘 모르겠어요. 하지만 꼭 소살리토에 있어야 하는 건 아니죠? 내 말은, 법적으로 우리가 거기를 벗어나면 안 된다거나 하는 건 아니겠죠?"

"공식적으로는 아닙니다. 하지만 보기 좋지는 않겠죠."

그레이디는 갑자기 무언가를 들은 사람처럼 잠시 말을 끊었다가 다시 말했다.

"그런데 왜 '거기'라고 말하죠?"

"네?"

"방금 해나가 '우리가 거기를 벗어나면 안 된다거나 하는 건 아니겠죠?'라고 했잖아요. 해나의 집에 대해, 소살리토에 관해 말하는데 지금 집에 있다면 분명히 '여기'라고 했겠죠. '우리가 여기를 벗어나면 안 된다거나 하는 건 아니겠죠?'라고 물어봤을 텐데요."

나는 아무 말도 하지 않았다.

"해나, 곧 내 동료에게 해나 집으로 가라고 할게요."

"그럼 커피를 준비해놓아야겠네요."

내가 대답했다.

"해나, 농담 아닙니다."

"나도 알아요."

"지금 어딥니까?"

그레이디가 물었다.

내 위치를 추적하고자 한다면 그레이디는 할 수 있을 것이다. 아마도 이미 추적하고 있을 게 분명했다. 나는 그레이디가 일하고 있을 오스틴의 건물을 바라보면서 남편에게 무슨 일이 생긴 건지 몹시도 궁금했다.

"내가 어디에 있을까 봐 걱정하는 거예요, 그레이디?"

나는 그렇게 묻고 나서 그레이디가 대답하기 전에 전화를 끊었다.

1년 전

"오언, 당신이 원할 땐 언제라도 쳐들어올 수 있다고 생각하는 거야?"

내가 물었다. 물론 농담이었다. 하지만 오언이 아무 말도 없이, 그것도 평일 낮에 갑자기 내 작업실에 살며시 들어왔다는 사실에 나는 깜짝 놀랐다. 지금껏 그런 일은 없었다. 평일 낮에 오언은 팰로앨토에 있는 사무실에서 시간을 보내거나 가끔 회의를 하러 샌프란시스코 시내로 갔다. 베일리와 관련해 할 일이 있지 않은 한 오언이 평일에 집에 들르는 건 드문 일이었다.

"원할 때마다 여기에 있어도 된다면, 난 늘 여기 있을걸. 뭘 만들고 있었어?"

오언은 손바닥을 맞비비면서 나와 함께 작업실에 있다는 사실에 마음껏 행복해했다. 오언은 나의 일을 사랑했고, 내 일의 일부가 되는 걸 사랑했다. 오언이 진심으로 내 일을 사랑한다는 사실을 느낄 때마다 나는 내가 그를 사랑하게 된 것이 정말로 행운이었음을 다시금 상기했다.

"오늘 왜 이렇게 일찍 퇴근했어? 별일 없는 거지?"

내가 물었다.

"그거야 알 수 없지."

오언은 내 얼굴에서 보안면을 들어 올려 입을 맞추었다. 내가 입고 있는 목깃이 높은 작업복과 내가 쓰고 있는 보안면 때문에 나는 과거와 미래에 동시에 속한 사람처럼 보였다.

"내 의자는 다 만들었어?"

오언이 말했다.

나는 오언의 어깨에 팔을 두르고 오언에게 키스했다.

"아직 다 만들지는 못했어. 그리고 그거 당신 의자 아니야."

그 의자는 샌타바버라에 사는 고객이 인테리어 디자인 사무실에 넣으려고 주문한 윈저 체어였다. 오언은 끌 작업을 끝낸 짙은 색 느릅나무로 만들고 있는 높고 둥근 나무살 등받이 의자를 보자마자 이 의자는 다른 사람에게 보낼 수 없다고 결정해버렸다. 그 의자는 당연히 자기가 가져야 한다고 선언했다.

"그거야 두고 볼 일이지."

오언이 대답했다.

오언의 전화벨이 울린 건 그때였다. 고개를 숙여 발신자를 본 그의 표정이 어두워졌다. 오언은 통화 거절 버튼을 눌렀다.

"누군데 안 받아?"

내가 물었다.

"아베트. 나중에 내가 하면 돼."

오언은 더는 말하고 싶지 않은 게 분명했지만, 나는 그냥 흘려보낼 수가 없었다. 왠지 그가 흥분하고 있다는 게 느껴질 때는, 그저 전화를 안 받는 것만이 아니라는 기분이 느껴질 때는 더더욱 그럴 수 없었다.

"아베트하고 무슨 일 있어?"

"조금 짜증 나게 굴어서. 그뿐이야."

"왜 짜증이 나는데?"

"기업공개 때문이지 뭐. 별일 아냐."

하지만 오언의 눈에는 분노와 짜증이 뒤섞여 있었다. 두 감정 모두 오언이 거의 내보이지 않던 감정이었지만, 최근 들어 자주 보이는 감정이었다. 물론 오언은 자기 사무실이 아닌 내 작업실에서는 조금 더 여유가 있었다.

나는 오언에게 도움이 되면서도 자존심은 상하지 않는 말을 생각해내려고 했다. 나는 다른 사람들과 함께 회사에서 일하지 않았고, 분명히 나와 의견이 다를 아베트 톰프슨 같은 상사를 상대하며 회사 정책을 놓고 씨름할 필요도 없었다. 하지만 오언의 스트레스 지수가 높아지고 있음을 분명히 알 수 있었기에 적절한 말을 해주고 싶었다. "더 숍은 그냥 직장일 뿐이야. 내가 장담하는데, 당신은 언제든 다른 직장으로 옮길 수 있어" 같은 말을 해주고 싶었다.

하지만 내가 입을 열기 전에 다시 오언의 전화벨이 울렸다. 오언의 전화기 화면에 아베트라는 이름이 떴다. 오언은 전화기를 내려다보았다. 통화 버튼을 누를 것처럼 손가락이 화면 위에서 한참을 머물렀지만, 결국 통화 거절 버튼을 누르고는 전화기를 주머니에 넣어버렸다.

오언은 고개를 저으며 말했다.

"같은 말을 몇 번이나 했는데도 소용이 없다니까. 아베트는 내 말을 들을 생각도 하지 않아. 프로그램을 제대로 만들려면 반드시 해야 하는 일들인데 말이야."

"할아버지는 사람들은 대부분 어떻게 해야 더 잘할 수 있는지는 듣고 싶어 하지 않는다고 했어. 사람들이 듣고 싶어 하는 건 어떻게 해야 더 쉽게 할 수 있는가야."

"그럴 때는 어떻게 해야 한대?"

"다른 사람들을 찾아야지. 알겠지만, 그게 맨 먼저 해야 할 일이야."

오언은 머리를 옆으로 기울이더니 나를 보았다.

"당신은 어떻게 늘 나에게 해야 할 말을 알고 있지?"

"음, 사실 그건 내가 한 말이 아니라 우리 할아버지가 한 말이지만, 확실한 건……."

오언은 방금 일어난 일은 아무것도 아니라는 듯이, 적어도 자기가 생각하는 것보다 중요한 일은 아니라는 듯이 환하게 웃으면서 내 손을 잡았다.

"그 이야기는 이제 됐어. 내 의자 보여줘."

오언은 내 손을 잡고 문으로 향했다. 사포질로 새롭게 광을 내서 말리고 있는 의자를 보러 뒤뜰의 덱으로 걸어갔다.

"하지만 그 의자는 당신이 가질 수 없어. 다른 사람이 주문한 의자란 말이야. 그 의자를 가지려고 얼마나 많은 돈을 냈는데."

"그 사람에게 행운이 있기를 바라. 본래 실질 점유자도 법적 소유자만큼이나 권리가 있으니까."

"당신이 그렇게 법을 잘 알아?"

나는 씩 웃으면서 물었다.

"일단 내가 앉아 있는 의자는 절대로 다른 사람이 가져가지 못한다는 것 정도는 알아."

오언이 대답했다.

모든 역사를 지우다

오전 10시에도 호텔 카페는 벌써 번잡했고, 조명은 어두웠다. 나는 바에 앉아 오렌지 주스를 마시고 있었지만, 그곳에 있는 사람들은 대부분 미모사, 블러디 메리, 샴페인, 화이트 러시안 같은 모닝 칵테일로 하루를 시작하고 있었다.

일렬로 배치해 여러 방송국 프로그램을 틀어둔 텔레비전들에서는 서로 다른 뉴스 프로그램이 방영되고 있었다. 화면 아래로 계속 흘러가는 자막 뉴스는 대부분 더 숍에 관한 소식이었다. PBS는 수갑을 차고 호송되는 아베트의 모습을 보여주고 있었고, MSNBC는 벨의 〈투데이 쇼〉와의 인터뷰 내용을 보도하고 있었다. 〈투데이 쇼〉에서 벨은 아베크가 체포된 건 어쭙잖은 정의 실현을 하겠다는 그릇된 욕망 때문이라고 했다. CNN은 더 숍의 관계자들이 더 많은 혐의로 기소될 것이라는 자막을 계속 내보내고 있었다.

그런 자막들은 그레이디가 예측한 것처럼, 결국 오언이 더 난처한 상황에 빠지리라는 사실을 알려주는 예언같이 느껴졌다. 오언이 무엇을 피해 도망치고 있건, 그것이 곧 오언을 붙잡고야 말 것이라는 기분이 들었다.

오언을 생각할 때마다 내 남편이 멈출 수 없었던 무언가가 그에게, 우리 세 사람에게 다가오고 있다는 느낌이 들어 괴로웠다. 오언이 나를 남겨두고 간 것은 그를 위해 내가 그것을 막아야 하기 때문인 것만 같았다.

메모지를 꺼내 앞에 두고 아침에 그레이디와 나눈 통화 내용을 다시 떠올렸다. 그레이디와 나눈 대화를 상세하게, 자세히 되짚어 가장 중요한 정보를 찾으려고 애썼다. 온라인에서 오언의 지난 정보를 지운 사람은 오언 자신일 수도 있다는 그레이디의 말을 거듭 생각했다. 그리고 아무리 틀렸다는 느낌이 들더라도, 그곳으로, 그 추론으로, 그 추론이 나에게 보여주는 곳으로 가볼 생각이었다.

그때 나는 어떤 사실을 깨달았다. 사람들에게는 스스로는 그 말을 했다는 사실조차 자각하지 못하지만, 가까운 사람들에게는 절대로 감추지 못하는, 무심코 누설하고야 마는 일들이 있다는 사실을 깨달은 것이다. 오언도 의도하지는 않았지만 나에게만 무심코 털어놓은 일들이 분명히 있었을 것이다.

나는 또 다른 목록을 만들었다. 오언에 관해 내가 알고 있는 내용을 모두 적었다. 뉴턴이나 프린스턴, 시애틀 같은 거짓 사실들이 아니라 다른 사실들, 사실은 사실이 아니지만 우리가 함께 살아가면서 우연히 알게 된 사실들, 루스벨트고등학교를 졸업했다던 남자처럼 우연히 만난 사람들을 생각했을 때 "아!" 하고 깨닫게 된 사실들을 적어 내려갔다. 루스벨트고등학교 졸업생 현황을 살펴봤고, 86명이 미국 전역으로 퍼져 나갔음을 확인했다. 그

가운데 매사추세츠주 가까이 간 사람은 아무도 없었다. 그리고 여덟 명이 샌안토니오나 댈러스 같은 텍사스 지역으로 퍼져 나갔다.

일단 그 정보는 옆으로 밀어두고 다시 생각을 이어가 오언과 호텔에서 보냈던 밤으로, 오언이 돼지 저금통을 들고 바로 내려갔던 밤으로 갔다. 문득 돼지 저금통에 무언가 있었다는 사실을 깨달았고, 그것이 무엇인지 기억해내려고 애썼다. 지금 나는 제대로 기억을 하고 있는 걸까? 절박한 나머지 기억을 만들어내고 있는 걸까? 나는 줄스에게 돼지 저금통을 살펴봐달라는 문자메시지를 보내고 다시 생각에 몰두했다.

나만이 알고 있는 사실들, 늦은 밤 오언이 말해주었던 일화와 이야기들을 계속 탐색했다. 그저 우리 둘이기에 할 수 있는 이야기들을, 자기가 선택한 사람이기에, 자신의 인생을 지켜볼 증인이기에 할 수 있었던 말들을 찾으려고 애썼다.

오언 자신도 나에게 말했는지조차 깨닫지 못할 그런 이야기들이 모두 거짓일 수는 없었다. 모두 거짓이라고는 믿을 수 없었다. 내 믿음이 틀렸다는 증거가 나오기 전까지는, 절대로 그렇게 믿을 수 없었다.

나는 오언이 가장 강렬한 경험이었다고 말한 이야기들을 하나씩 짚어보았다. 갓 열여섯 살이 되었을 때 오언은 아버지와 함께 동부 해안으로 보트 여행을 갔다. 며칠 동안 아버지와 단둘이 지낸 유일한 시간이었다고 했다. 고등학교 졸업반일 때는 밖에서 놀라고 풀어준 여자 친구의 개가 도망치는 바람에 아르바이트를 하던 첫 번째 직장으로 돌아가지 못하고 오후 내내 개를 찾으러 다녔고, 결국에는 해고됐다고 했다. 친구들과 〈스타워즈〉를 보려고 자정에 몰래 빠져나왔다가 새벽 2시 45분에 집에 들어가자 부모님이 깨어 있었다는 이야기도 했다.

그리고 대학교 이야기도 했다. 자기가 어떻게 공학과 기술을 사랑하게 됐는지도 말해주었다. 이제 막 열아홉 살이 되어 대학교에 입학한 오언은 자기가 존경했고 지금의 직업을 택하는 동기를 마련해준 수학 교수에 관해 말했다. 비록 그 교수는 오언에게 자기가 가르친 최악의 학생이라고 악담을 했지만 말이다. 그 교수 이름이 뭐였더라? 토비아스 뭐라고 했던 것 같은데? 뉴턴이었나? 뉴하우스 교수? 혹시 별명을 말했던가?

나는 나보다 그 교수 이야기를 더 많이 들었을지도 모를 유일한 사람, 베일리를 깨우려고 전속력으로 달려 호텔 방으로 돌아갔다. 나는 곧장 베일리가 덮고 있는 두툼한 이불을 걷어내고 침대 끝에 걸터앉았다.

"나 자고 있잖아요."

베일리가 말했다.

"이제는 안 자잖아."

베일리는 마지못해 일어나 침대 등판에 몸을 기댔다.

"왜 깨웠어요?"

"혹시 아빠를 가르쳤던 교수 기억해? 아빠 대학교 1학년 때 가르쳤다던, 아빠가 정말 좋아했던 교수 있잖아."

"무슨 말을 하는지 전혀 모르겠어요."

오언이 그 교수 이야기를 할 때마다 오언을 째려보던 베일리를 생각하면서 나는 초조해지는 마음을 꾹 눌렀다. 오언은 그 교수 이야기를 늘 교훈을 주려고 할 때 써먹었다. 베일리가 자기 자신에게 중요한 일을 계속하고, 자기가 세운 계획에 전념할 수 있도록 확신을 주고 싶을 때 그 교수 이야기를 했다. 정반대의 일을 설득하려고 할 때 항상 그 교수 이야기를 했다.

"아니야, 넌 알고 있어, 베일리. 게이지이론과 미분기하학이라는 아빠가 도저히 잘 해낼 수 없었던 과목을 가르쳤던 교수 말이야. 아빠가 그 사람에 대해 말하는 거 좋아했잖아. 아빠한테 자기가 가르친 최악의 학생이라고 했다고 했잖아. 그래서 아빠가 잘하고 싶다는 결심을 했다고, 그 교수 덕분에 집중을 하게 됐다고 했잖아."

내 말을 듣는 동안 조금씩 생각이 나는지 베일리는 고개를 끄덕였다.

"아빠 중간고사 점수를 게시판에 붙여놨다는 사람 말이죠? 아빠가 어떤 방법을 쓰든 성적을 올리게 하려고요."

"맞아, 바로 그 사람!"

"때로 열정은 고된 일을 필요로 하며, 쉽지 않다고 해서 포기하면 안 되는 거야. 제군, 더 나은 곳으로 가기 위해 노력을 해야 할 때도 있어."

베일리는 오언의 말투를 흉내 냈다.

"그래, 맞아. 그 사람이야. 그 사람 성이 토비아스였던 것 같은데, 전체 이름이 기억 안 나. 제발, 너는 기억한다고 말해줘."

"왜요?"

"그냥. 기억하니, 베일리?"

"가끔 이름으로 부르기도 했어요. 별명이 이름 때문에 생겼다고 했는데. 그게, J로 시작하지 않았어요?"

"그럴지도 몰라. 잘 모르겠어."

"아니다, J는 아니었어요. 그러니까…… 쿡이었던 것 같아요. 아빠가 그 사람을 쿡이라고 불렀잖아요. 그러니까 쿠커 아닐까요? 아니면 쿡맨?"

베일리의 말에 나는 싱긋 웃었지만, 사실은 아주 크게 웃음을 터뜨릴 뻔했다. '그래, 그 이름이었어.' 베일리의 말을 듣자마자 나도 기억이 났다. 나는 그 비슷한 이름조차 떠올릴 수 없었다는 사실 때문에 더욱 기분이 좋았다.

"뭐가 그렇게 재미있어요? 괜히 무섭잖아요."

"아무것도 아니야. 내가 알고 싶었던 걸 찾아서. 이제 다시 자도 돼."

"안 잘래요. 도대체 뭘 알아낸 건지 말해줘요."

나는 전화기를 켜고 검색 엔진에 쿡맨 교수의 이름을 입력했다. 대학에서 수학을 가르치는 토비아스 쿡맨 교수가 이 세상에 아주 많을 리는 없었다. 더구나 게이지이론과 미분기하학을 가르치는 토비아스 쿡맨 교수가 몇 명이나 될까?

나는 순수수학을 가르치는 쿡맨 교수를 딱 한 명 찾았다. 그 교수가 가르치는 방식과 그 교수가 받은 상에 관한 일화가 수십 개 존재했고, 찡그린 얼굴에 깊게 주름진 이마, 늘 신고 있는 빨간색 카우보이 부츠 등, 오언이 묘사했던 모습 그대로를 보여주는 사진이 검색되었다.

토비아스 '쿡' 쿡맨 교수.

쿡맨 교수는 프린스턴대학교에서 학생들을 가르친 적이 단 한 번도 없었다. 쿡맨 교수는 지난 29년 동안 오스틴에 있는 텍사스대학교에 근무했다.

그건 과학이야, 안 그래?

이번에는 택시를 탔다.

눈 한번 깜빡이지 않고 두 손을 쳐다보고 있는 베일리는 그저 놀란 것이라고는 표현할 수 없는 표정을 짓고 있었다. 나도 어지러워서 중심을 잡으려고 애쓰고 있었다. 사설탐정이 남편이 예전에는 다른 이름으로 살았었던 것 같다고, 남편이 말해준 인생사가 사실은 거짓인 것 같다고 추론했을 때는 물론 놀랄 수밖에 없었다.

하지만 오언이 우리가 찾아낸 교수에게 배운 것은 분명해서 정말로 그 추론을 입증해줄 증거를, 오언이 들려준 인생 이야기가 정말로 거짓이었음을 확인하는 건 또 다른 일이다. 오언이 그 교수의 제자였다면 오언의 이야기는, 오언의 진짜 이야기는 오스틴에서 시작해 오스틴에서 끝났을 거다. 그러니 내 직감이 옳았음을 말해줄 첫 번째 증거를 찾아야 한다. 그런 증거를 찾는다면, 진실에 다가갈 수 있다는 승리감을 느끼게 해줄 것이 분명했다. 하지만 그 진실이 우리를 원치 않는 곳으로 데려간다면, 정말로 해냈다는 기분이 들 것 같지는 않았다. 그런 승리라면, 정말로 하고 싶은 것인지 확신이 서지 않았다.

택시는 내가 다닌 대학교의 전체 건물과 교정과 체육관을 모두 합한 것보다 훨씬 넓은 교정과 훨씬 커다란 건물이 모여 있는 텍사스대학교 자연과학대 앞에서 멈췄다.

몸을 돌려 베일리를 보았다. 베일리는 온통 녹색으로 휘감긴 건물을 뚫어져라 쳐다보고 있었다. 우리가 처한 상황을 감안한다 해도, 앞에 펼쳐져 있는 모습을 보고 강한 인상을 받지 않기란 쉽지 않은 일이었다. 택시에서 내려 녹색 교정을 지나 수학과 건물이 있는 작은 다리를 지나는 순간은 특히 감동적이었다.

우리가 향해 가는 건물은 텍사스대학교의 수학과, 물리학과, 천문학과의 산실이었다. 건물 벽에는 미국 과학계와 수학계에서 매년 엄청난 업적을 남기는 수백 명의 졸업생 사진이 자랑스럽게 걸려 있었다. 이 건물은 노벨상, 울프상, 아벨상, 튜링상, 필즈상 수상자들의 고향이기도 했다. 우리의 필즈상 수상자 쿡맨 교수를 포함해서 말이다.

쿡맨 교수를 만나러 가려면 타야 하는 엘리베이터에는 쿡맨 교수를 찍은 커다란 포스터가 걸려 있었다. 쿡맨 교수는 인터넷 사진에서 봤던 것처럼 이마에 주름이 깊게 잡힐 정도로 얼굴을 찡그리고 있었다. 포스터에는 “텍사스 과학자들이 세상을 바꾼다”라는 글이 적혀 있었고, 쿡맨 교수가 세운 업적들과 필즈상 수상, 울프상 결선 진출 같은 수상 내역이 적혀 있었다.

쿡맨 교수의 사무실 앞에서 베일리는 전화기에 저장된 오언의 사진을 꺼냈다. 텍사스에서 내밀 수 있는 가장 오래된 사진이었고, 쿡맨 교수가 기꺼이 보아주기를 바라는 사진이었다.

10여 년쯤 전에 찍은 그 사진에는 학교에서 처음으로 연극 공연을 한 베일리를 안아주는 오언이 있었다. 아직 연극 의상을 입고 있는 베일리의 어깨를 두 팔로 자랑스럽게 껴안은 오언이 있었다. 베일리는 오언에게, 그리고 거베라, 카네이션, 백합으로 만든 꽃다발에 파묻혀 얼굴이 거의 보이지 않았지만, 자기보다 더 큰 꽃다발을 든 베일리가 정말로 환하게 웃고 있음은 분명히 알 수 있었다. 오언도 카메라를 보고 있었다. 너무나도 행복하게 환하게 웃고 있었다.

오언의 사진을 보는 건 괴로운 일이었다. 더구나 크게 확대해서 보는 건. 사진 속 오언의 눈은 생생하게 빛나고 있었다. 지금 이 순간, 오언이 우리와 함께 있는 것 같았다. 정말로 우리 옆에 그가 있는 것만 같았다.

쿡맨 교수의 사무실로 들어가면서 나는 베일리가 힘을 내기를 바라며 웃어 보였다. 사무실 안쪽, 교수실 앞쪽으로 책상 앞에 앉은 조교가 있었다. 검은색 뿔테 안경을 쓴 조교는 학생들 답안지를 채점하느라 정신이 없었다.

조교는 고개도 들지 않았고 빨간 펜도 내려놓지 않았지만, 우리가 들어가자 헛기침을 했다.

"무얼 도와드릴까요?"

조교는 우리를 돕는 일이 자기가 가장 하기 싫은 일인 것 같은 목소리로 말했다.

"쿡맨 교수님을 만나고 싶어서 왔어요."

내가 말했다.

"그러시겠죠. 무슨 일로 교수님을 뵈려는 건가요?"

"우리 아빠가 여길 다녔었거든요."

베일리가 대답했다.

"교수님은 강의 중이세요. 그리고 미리 약속하고 오셔야 만나실 수 있어요."

"당연히 그렇겠죠. 이 아이가 말하려고 했던 건, 자기도 여기 학생이 되고 싶다는 거였어요. 자기 아버지처럼 텍사스대학교 학생이 되고 싶은 거죠. 게다가 행정실의 닐론 사이먼슨이 오늘 쿡맨 교수님 강의를 들어보는 게 좋겠다고 했거든요."

"행정실의 누구라고요?"

조교가 고개를 들었다.

"닐론이라고 했던 것 같은데요? 그 사람 말이 쿡 교수님이 베일리가 텍사스대학교에 다녀야 한다고 확신하지 못한다면, 그 누구도 하지 못할 거라고 했어요. 그러니까 오늘 꼭 강의를 들어보라고요."

나는 내가 만들어낸 사람이 조교의 마음을 움직이기를 바라며 대답했다.

조교의 눈썹이 올라갔다. 쿡맨 교수의 별명을 언급한 것이 내 말에 신뢰를 더한 것 같았다.

"음, 강의가 반쯤 진행되기는 했는데, 나머지 강의를 듣고 싶다면 강의실로 데려다드릴 수 있……."

"네, 그럼 정말 좋겠어요. 감사합니다."

베일리가 대답했다.

조교는 감사 인사에는 관심이 없다는 듯 눈을 굴리며 말했다.

"가시죠."

조교는 쿡맨 교수의 사무실을 나가서 몇 개 층을 올라가더니, 커다란 강의실 앞에 섰다.

"안으로 들어가면 강의실 맨 앞이 나올 거예요. 앞에 서 있으면 안 돼요. 쿡맨 교수님을 쳐다봐도 안 되고요. 그냥 계단으로 올라가서 강의실 맨 뒤로 가야 해요. 알겠죠?"

조교가 말했고, 나는 고개를 끄덕이며 대답했다.

"알았어요."

"교수님 강의를 조금이라도 방해하면 곧바로 쫓겨날 거예요. 장담해요."

강의실 문을 여는 조교에게 고맙다고 인사를 하려고 했지만, 조교는 손가락을 입술에 대고 조용히 하라는 시늉을 해 보였다.

"내가 뭐라고 했죠?"

조교는 조용히 말하고 뒤로 물러나더니 강의실 문을 닫았다.

베일리와 나는 닫힌 문을 물끄러미 바라보았다. 그러고는 곧바로 조교가 하라는 대로 하기 시작했다. 앞만 똑바로 바라보면서 자리를 가득 채우고 있는 학생 80여 명을 지나 강의실 뒤쪽으로 올라갔다.

나는 베일리에게 뒤쪽에 있는 한 지점을 손가락으로 가리켰고, 가능한 한 눈에 띄지 않게 조심하면서 그곳으로 걸어갔다. 그곳에 도착해서야 우리는 몸을 돌려 교단을 보았다.

쿡맨 교수는 작은 교단 뒤에 서 있었다. 실물로 본 쿡맨 교수는 트레이드마크인 빨간색 카우보이 부츠를 신어서 몇 센티미터는 더 커졌을 텐데도 기껏해야 165센티미터를 넘지 않는 아담한 60대 남자였다.

강의실에 있는 모든 사람의 눈이 쿡맨 교수를 향해 있었다. 학생들은 모두 스승에게 집중하고 있었다. 친구들에게 속삭이는 학생도 없었고 이메일을 확인하거나 문자메시지를 보내는 학생도 없었다.

쿡맨 교수가 몸을 돌려 칠판에 글씨를 적어나가기 시작하자 베일리가 나에게 몸을 기울이며 속삭였다.

"닐론 사이먼슨이라고요? 없는 사람이죠?"

"지금 우리가 어디에 있지?"

"강의실 안에요."

"그럼 됐지, 뭐가 문제야?"

우리는 충분히 조용히 말한다고 조심했지만, 뒤쪽 좌석에 있는 학생 몇 명이 뒤를 돌아볼 만큼 큰 소리로 말한 것이 분명했다.

상황은 더 안 좋게 흘러가서 쿡맨 교수가 칠판에서 움직이던 손을 멈추고 몸을 돌려 우리를 날카로운 눈으로 노려보았고, 쿡맨의 시선을 따라 모든 학생이 몸을 돌려 우리를 보았다.

얼굴이 빨개진 나는 고개를 숙였고, 쿡맨 교수는 아무 말도 하지 않았지만 눈길을 돌리지도 않았다. 그렇게 오래 쳐다보지는 않았다. 하지만 1분이 영원처럼 느껴지는 시간이 흐르고 있었다.

다행히도 쿡맨 교수는 마침내 다시 칠판으로 몸을 돌려 강의를 이어나갔다.

강의가 끝날 때까지 베일리와 나는 입을 다물고 있었고, 학생들이 쿡맨 교수에게 집중할 수밖에 없는 이유를 쉽게 알아챘다. 쿡맨 교수는 왜소한 체격과 달리 강렬한 카리스마를 내뿜는 스승이었다. 강의를 텔레비전 쇼 프로그램처럼 이끌어 학생들을 사로잡았다. 그러면서도 학생들을 겁에 질리게 했다. 쿡맨 교수는 오로지 손을 들지 않는 학생들에게만 질문했다. 지목을 받은 학생이 제대로 대답하면 쿡맨 교수는 칭찬하지 않고 그저 고개를 돌렸고, 제대로 대답하지 못하면 학생을 빤히 바라보았다. 우리를 쳐다보았을 때처럼, 조금은 불편한 기분이 느껴질 때까지 계속 물끄러미 보다가 다른 학생을 다시 지목했다.

칠판에 마지막 방정식을 적은 쿡맨 교수가 이제 강의는 끝났다고 선언했고, 학생들을 먼저 강의실에서 내보냈다. 학생들이 강의실을 모두 빠져나간 뒤에야 우리는 쿡맨 교수가 메신저 백에 짐을 챙겨 넣고 있는 교단으로 내려갔다.

교단에 늘어놓았던 종이를 정리해 가방에 넣고 있는 쿡맨 교수는 처음에는 우리를 보지 못한 것 같았다. 하지만 계속 손을 움직이면서 불쑥 말을 꺼냈다.

"강의를 방해하는 게 취미인가? 아니면 내 강의만 특별히 방해한 건가?"

"쿡맨 교수님, 죄송해요. 우리 소리가 들릴지 몰랐어요."

"이 상황에서 그런 대답이 도움이 된다고 생각하나? 그나저나 당신들은 누구지? 도대체 누구길래 내 강의에 들어왔지?"

"해나 홀이에요. 이 아이는 베일리 마이클스고요."

쿡맨 교수는 더 많은 정보를 얻으려는 듯이 나와 베일리를 번갈아 쳐다보았다.

"그렇군."

"우리는 교수님께 배운 적이 있는 학생에 대한 정보를 찾아다니고 있어요. 교수님이 우리를 도와주실 수 있을 거라고 믿고 있고요."

"내가 왜 그래야 하지? 내 강의를 방해한 젊은 여자들을 왜 도와야 할까?"

"우리를 도울 수 있는 유일한 분일 수도 있으니까요."

쿡맨 교수는 그제야 나를 처음 본 사람처럼 내 눈을 똑바로 보았다. 나는 베일리에게 사진을 보여주라는 신호를 보냈고, 베일리는 전화기를 열어 오언의 사진을 쿡맨 교수에게 내밀었다.

베일리에게 전화기를 넘겨받은 쿡맨 교수가 셔츠 주머니에서 안경을 꺼내 쓰더니 사진을 유심히 살펴보았다.

"이 사진에서 자네 옆에 있는 이 남자가 내 학생이었다고?"

쿡맨 교수가 물었고, 베일리는 말없이 고개를 끄덕였다.

쿡맨 교수는 기억을 소환하려는 듯이 고개를 옆으로 기울이고 뚫어져라 사진을 쳐다보았다. 나는 쿡맨 교수가 기억을 떠올릴 수 있도록 설명을 하기 시작했다.

"우리가 이 사람의 졸업 연도를 제대로 알고 있다면, 이 사람은 26년 전에 교수님 강의를 들었을 거예요. 우리는 교수님이 이 사람 이름을 기억해주셨으면 해요."

"26년 전에 내 강의를 들은 학생이라고? 그리고 당신들도 이 사람 이름을 모른다고?"

"지금 쓰는 이름은 알아요. 하지만 이 사람의 진짜 이름은 몰라요. 그 이유를 설명하려면 아주 긴 시간이 필요하고요."

"아주 짧게 요약본을 듣고 싶군."

"우리 아빠예요."

베일리가 말했다. 그것은 베일리의 입에서 처음 나온 말이었고, 쿡맨 교수를 놀라게 한 말이었다. 쿡맨 교수는 고개를 들어 베일리의 눈을 똑바로 보았다.

"어째서 이 사람이 나와 관계가 있다고 생각한 건가?"

베일리가 직접 대답하고 싶어 할지도 몰라서 나는 베일리를 쳐다보았다. 하지만 베일리는 다시 입을 다물었다. 베일리는 피곤해 보였다. 열여섯 살짜리 아이는 너무나도 지쳐 보였다. 베일리는 나를 보면서 대신 설명해달라는 몸짓을 했다.

"남편이 자기 인생 이야기라고 들려준 많은 이야기가…… 사실이 아니었어요. 하지만 교수님에 관한 이야기는, 자기가 교수님께 영향을 받았다고 한 이야기는 거짓이 아니었어요. 남편은 교수님을 정말 좋게 기억하고 있었거든요."

쿡맨 교수는 다시 오언의 사진을 보았고, 나는 오언을 보는 쿡맨 교수의 눈에서 섬광을 보았다. 나는 베일리를 보았다. 베일리도 쿡맨 교수의 눈에서 섬광을 본 것이 분명했다. 하지만 그건 우리가 보고 싶었기 때문에 본 것일 뿐이었다.

"지금은 오언 마이클스라는 이름으로 불리고 있어요. 하지만 교수님 학생이었을 때는 다른 이름이었어요."

"어째서 이름을 바꾼 거지?"

"우리도 그걸 알아내려고 하는 거예요."

"음, 오랜 시간, 아주 많은 학생을 가르쳤지. 하지만 이 친구 이름은 모르겠군."

"혹시 이 학교에 부임한 다음 해에 가르친 학생이라는 걸 말씀드리면 도움이 될까요?"

"당신에게는 기억이 그렇게 작용하는지도 모르겠지만, 내 경험대로라면 기억은 멀리 갈수록 떠올리기가 더 힘들더군."

"저의 최근 경험대로라면 가까운 기억이나 먼 기억을 떠올리는 건 다르지 않던데요."

내 말에 쿡맨 교수가 웃으면서 나를 보았다. 내 눈을 통해 우리가 겪고 있는 일의 심각함을 알아차렸는지, 교수의 목소리가 한결 부드러워졌다.

"미안하지만, 도움을 줄 수는 없을 것 같군. 차라리 행정실에 가보지 그러나. 그곳에서라면 두 사람이 답을 찾을 수 있도록 도와줄지도 모르니까."

"거기서 우리가 무슨 말을 해요?"

베일리가 말했다. 베일리는 흥분하지 않으려고 애쓰고 있었지만, 나는 알 수 있었다. 베일리의 분노가 솟구쳐 오르고 있음을 말이다.

"뭐라고 했나?"

쿡맨 교수가 물었다.

"행정실에 가서 무슨 말을 하냐고 했어요. '지금은 오언 마이클스지만, 그때는 다른 이름으로 살았던 학생의 기록이 있는지 살펴봐주시겠어요?'라고 말하면 되나요? '그냥 흔적도 없이 사라진 학생을 찾으려고 왔어요'라고 말해요?"

"그래, 물론 자네 말은 틀리지 않았어. 행정실이 도움이 되지 않을 수도 있지. 하지만…… 나로서는 정말 도움을 줄 방법이 없는 것 같네."

쿡맨 교수는 베일리에게 전화기를 돌려주었다.

"행운을 비네."

쿡맨 교수가 가방을 어깨에 메고 문을 향해 걷기 시작했다.

베일리는 자기 손에 돌아온 전화기를 물끄러미 내려다보았다. 베일리는 잔뜩 겁을 먹은 것 같았다. 두렵고 절망스러운 것 같았다. 쿡맨 교수가 멀어져간다는 사실이, 오언이 어딘지도 모를 곳으로 더욱더 멀리 가버리는 것처럼 느껴지는 듯했다. 우리는 오언에게 가까이 다가가고 있다고 생각했었다. 우리가 오언을 가르쳤던 교수를 찾았으니까. 그래서 이곳까지 왔으니까. 하지만 지금 오언은 훨씬 더 멀리 가버린 것만 같았다. 내가 쿡맨 교수를 큰 소리로 불러 세운 것은, 그가 그대로 떠나도록 내버려두지 않은 것은 그 때문이었다.

"남편은 교수님이 가르친 학생들 가운데 최악의 학생이었어요."

걸어가던 쿡맨 교수가 멈춰 섰다. 걸음을 멈추고 몸을 돌려 다시 우리를 보았다.

"지금 뭐라고 했지?"

"남편은 교수님 강의 때문에 정말 고생했다는 말을 자주 했어요. 남편이 중간고사를 완전히 망쳤는데, 교수님이 남편의 시험지를 미래의 학생들이 교훈으로 삼을 수 있도록 액자에 넣어서 교수실에 걸어두겠다고 하셨댔어요. 열심히 공부해야겠다는 각오를 다질 수는 없어도 적어도 저 녀석보다는 나은 사람이 돼야겠다는 결심을 할 수 있게 말이에요."

쿡맨 교수는 아무 말도 하지 않았고, 나는 멈추지 않고 침묵을 채웠다.

"어쩌면 교수님은 해마다 학생들에게 같은 교훈을 주실지도 몰라요. 게다가 남편은 교수님의 아주 초기 제자잖아요. 그러니까 어떻게 유일한 최악의 학생이 될 수 있겠어요. 하지만 교수님이 해주신 일은 남편에게 큰 영향을 끼쳤어요. 남편은 교수님을 믿었어요. 교수님의 지적에 좌절하지 않았고, 오히려 열심히 노력하게 됐죠. 남편은 자기를 교수님께 입증해 보이고 싶었던 거예요."

쿡맨 교수는 여전히 아무 말도 하지 않았다.

베일리가 내 팔을 잡으려는 듯이 손을 뻗었다. 나를 뒤로 잡아끌어 쿡맨 교수를 놓아주려는 듯이 손을 뻗었다.

"모르는 거예요. 그냥 가요."

베일리는 무섭게 느껴질 정도로 차분했다. 그건 흥분하는 것보다 훨씬 더 안 좋은 징조였다.

하지만 쿡맨 교수는 우리가 떠날 기회를 주었는데도 강의실을 나가지 않았다.

"액자에 넣었지."

쿡맨 교수가 말했다.

"네?"

베일리가 물었다.

"그 시험지 말이야. 내가 액자에 넣었어."

쿡맨 교수는 다시 우리에게 걸어왔다.

"교수가 되고 2년째 되는 해였지. 학생들보다 몇 살 많지도 않았어. 권위를 세우려고 자주 애쓰던 때였고. 하지만 아내가 액자를 떼어서 시험지를 버리게 했어. 엉망으로 본 시험지를 한 학생의 유산으로 남기는 건 너무나도 비열한 일이라고. 지금 생각하면 내 아내가 나보다 훨씬 현명하지. 하지만 처음에는, 나는 그렇게 생각하지 않았네. 그 액자를 아주 오래 가지고 있었어. 그 시험지를 보면 학생들이 겁을 먹었으니까. 그렇게 만드는 게 내 의도였지."

"아무도 그렇게까지 엉망이 되고 싶지는 않아 해서요?"

내가 물었다.

"그 뒤로 일취월장했다는 말을 해줬으니, 더 그랬겠지."

쿡맨 교수는 전화기를 달라는 듯이 손을 내밀었고, 베일리가 곧바로 전화기를 넘겨주었다. 베일리와 나는 쿡맨 교수가 무언가를 떠올리려고 노력하면서 전화기를 들여다보는 모습을 지켜보았다.

"무슨 일을 한 건가, 자네 아버지는?"

쿡맨 교수가 베일리에게 직접 물었다. 나는 베일리가 더 숍과 아베트 톰프슨이 한 일을 간략하게 말할 거라고, 그 이상의 이야기는 아직 알지 못한다고 말할 거라고 생각했다. 오언이 더 숍의 사기 행각에 얼마나 많이 관여했는지, 어째서 우리를 두고 떠났는지 몰라서, 그 이유를 찾고 있는 거라고 말할 줄 알았다. 도저히 찾을 수 없을 것 같은 이유를 찾아 나섰다고 말할 거라고 생각했다. 하지만 베일리는 고개를 흔들더니, 오언이 한 일 중에서 가장 끔찍한 일을 말했다.

"나한테 거짓말을 했어요."

쿡맨 교수는 그 정도면 충분하다는 듯이 고개를 끄덕였다. 쿡맨 교수. 이름은 토비아스이고 별명은 쿡인 남자. 상을 받은 수학자이자 우리의 새 친구인 남자가 말했다.

"따라오게."

어떤 학생들은 다른 학생들보다 더 낫다

우리를 데리고 교수실로 간 쿡맨 교수는 커피를 끓였고, 조교인 셰릴은 아까보다 더 우리에게 신경을 써주었다. 셰릴은 쿡맨 교수의 워크스테이션 위에 있는 여러 컴퓨터의 전원을 켰고, 또 다른 조교인 스콧은 쿡맨 교수의 서류함을 뒤지기 시작했다. 두 사람 모두 엄청나게 빠른 속도로 자기들이 맡은 일을 해나갔다.

셰릴이 쿡맨 교수의 노트북으로 오언의 사진을 전송하는 동안 스콧은 서류함의 한 서랍에서 종이 뭉치를 꺼내더니, 서랍을 세게 닫고는 종이 뭉치를 들고 책상으로 돌아왔다.

"서류함에는 2001년도 시험지까지만 있어요. 이게 2001년도부터 2002년도까지의 시험지입니다."

스콧이 말했다.

"그럼 이걸 왜 꺼내 온 거야? 이걸로 뭘 하라고?"

쿡맨 교수가 물었다.

스콧이 당혹스러운 표정을 짓는 동안 셰릴이 쿡맨 교수의 책상에 노트북을 올려놓았다.

"문서 보관소에 가서 서류함을 살펴봐. 교무과장한테 전화해서 1995년부터 내가 한 강의 목록을 알려달라고 하고, 1994년과

1996년 강의 목록도. 확실하게 해야 하니까."

스콧과 셰릴은 교수실을 나갔고, 쿡맨 교수는 몸을 돌려 노트북 화면에 뜬 오언의 사진을 보았다.

"자네 아버지가 무슨 곤란에 처했는지 물어봐도 되겠나?"

쿡맨 교수가 물었다.

"아빠는 더 숍에서 일해요."

베일리가 대답했다.

"더 숍이라고? 아베트 톰프슨이 운영하는?"

"네, 그래요. 거기 코딩을 거의 대부분 그 사람이 담당했어요."

내가 대답했다.

쿡맨 교수는 이해가 안 된다는 표정을 지었다.

"코딩이라고? 놀랍군. 자네 아버지가 내가 가르친 학생이 맞는다면, 그 친구는 수학 이론에 더 흥미가 있었는데 말이야. 대학에서 일하고 싶어 했지. 학계에 남고 싶어 했어. 코딩이라니, 그건 너무 부자연스러운 확장이군그래."

오언이 코딩을 선택한 건 그래서일지도 모른다는 말을 입 밖에 낼 뻔했다. 코딩은 오언이 흥미를 느끼는 분야와 인접한 분야에 숨을 수 있는 방법이자, 그가 그곳에 있을 것이라는 의심을 받지 않을 만큼은 충분히 먼 분야에 있을 수 있는 방법이었으니까.

"공식적으로 용의자가 된 건가?"

쿡맨 교수가 물었다.

"아니요. 공식적인 용의자는 아니에요."

내가 대답했다.

"자네는 아버지를 찾는 데만 관심이 있는 것 같군. 어느 쪽으로든."

쿡맨 교수가 베일리에게 말했고, 베일리는 고개를 끄덕였다.

"이름은 왜 바꾼 건가?"

쿡맨 교수가 나에게 물었다.

"우리도 그 이유를 알고 싶은 거예요. 아마도 더 숍에 다니기 전에 문제가 있었던 것 같아요. 무슨 문제인지는 몰라요. 그저, 다르다는 것만 알게 되었어요. 그 사람이 우리에게 들려준 이야기와……."

"사실이 다르다고?"

"맞아요."

나는 몸을 돌려 베일리를 보았다. 지금 베일리가 이 대화를 어떻게 생각하는지 알고 싶었다. 베일리는 괜찮다는 표정으로 나를 보았다. 지금 앞에서 일어나고 있는 일들이 괜찮다는 뜻은 아니었다. 하지만 내가 진상을 파악하려고 노력하고 있는 건 괜찮다는 것 같았다.

쿡맨 교수는 잠자코 노트북 화면을 보다가 말했다.

"다 기억할 수는 없지만, 이 친구는 기억하지. 하지만 내가 기억하는 건 머리가 훨씬 더 길었다는 거야. 몸집도 훨씬 크고. 지금 모습은 상당히 다르군."

"하지만 완전히 다른 건 아니죠?"

내가 물었다.

"그래, 완전히 다르진 않네."

나는 오언의 사진을 보면서 오언이 이 세상을 살아가던 모습을, 쿡맨 교수가 묘사한 방식으로 살았던 모습을 그려보려고 했다. 오언이, 내가 아는 오언이 아닌 다른 사람으로 살아가는 세상을 떠올려보려고 했다. 나는 베일리를 보았고, 베일리의 얼굴에서도 볼 수 있었다. 찡그리고 있는 베일리의 얼굴에서, 나와 같은 상상을 하고 있음을 알 수 있었다.

쿡맨 교수는 노트북을 덮고 우리 쪽으로 몸을 기울이더니 더 가까이 다가왔다.

"지금 내가 느끼는 감정이 모두 상상이라는 척은 하지 않겠네. 이런 말이 소용이 있을지는 모르겠지만, 학생들을 가르치면서 이런 순간에는 어떻게 해야 차분할 수 있는지 알게 됐다네. 그건, 원래는 아인슈타인의 이론이니까, 독일어로 하면 더 잘 전달할 수 있어."

"그래도 영어로 해주시면 좋을 것 같아요."

베일리가 대답했다.

"아인슈타인은 '실재를 설명하는 수학 이론은 확실하지 않으며, 확실한 수학 이론은 실재를 설명하지 않는다'라고 했네."

쿡맨 교수의 말에 베일리는 고개를 갸우뚱했다.

"영어로 말씀해주시면 좋겠어요."

"본질적으로 우리가 아는 건 아무것도 없다는 뜻이야."

쿡맨 교수의 말에 베일리가 웃었다. 아주 살짝이었지만, 진짜 웃음이었다. 며칠 만에 처음으로, 이 모든 일이 시작된 뒤로 처음 웃는 웃음이었다.

나는 너무나도 고마워서 탁자를 넘어가 쿡맨 교수를 껴안을 뻔했다. 하지만 탁자를 뛰어넘기 전에 스콧과 셰릴이 교수실로 들어왔다.

"교수님, 여기 1995년 봄 학기에 교수님 강의를 들은 학부생 명단입니다. 1994년에는 졸업생 세미나를 진행하셨어요. 1996년에는 대학원생들만 가르치셨고요. 저학년 학부생을 가르치신 건 1995년 봄, 이 강의뿐이에요. 그러니까 찾으시는 학생은 여기 있을 거예요."

셰릴이 의기양양하게 명단을 쿡맨 교수에게 건넸다.

"모두 73명이에요. 첫날에는 83명이었는데, 10명이 수강을 취소했어요. 보통 그 정도는 취소해요, 교수님. 그 10명의 이름은 필요 없으시죠?"

"그래, 필요 없어."

쿡맨 교수가 대답했다.

"그러실 것 같아서 10명은 미리 찾아서 표시를 해뒀습니다."

셰릴은 자기가 원자보다도 작은 무언가를 발견한 것처럼 말했고, 내 생각에도 정말 그랬다. 쿡맨 교수가 명단을 살펴보는 동안 셰릴이 우리를 보며 말했다.

"명단에 오언이라는 이름은 없었어요. 마이클스라는 성도요."

"놀라운 소식은 아니군."

쿡맨 교수는 명단에서 눈을 떼지 않았지만, 곧 고개를 저었다.

"미안하지만, 이름은 기억나지 않는군. 두 사람은 내가 떠올릴 수 있으리라고 생각했겠지만 말이야. 그토록 오랫동안 액자에 넣어서 내 머리 위에 걸어놓았으니까."

"너무 오래전 일인걸요."

내가 대답했다.

"그래도 내가 이름을 기억해냈다면 훨씬 도움이 됐을 텐데 말이야. 하지만 이 이름들을 봐도 기억나는 게 없군."

쿡맨 교수가 명단을 나에게 내밀었고, 나는 그의 마음이 바뀌기 전에 재빨리 고마움을 표현하면서 명단을 받아 들었다.

"10억 명보다는 73명이 훨씬 더 처리하기 쉽잖아요. 막연하게 시작하는 것보다 훨씬 더 도움이 될 테고요."

"그 명단에 있다면 말이지."

"네, 있을 거예요."

나는 나를 보고 있는 73개의 이름을 쳐다보았다. 그 가운데 남자는 50명이었다. 베일리도 내 뒤에서 명단을 보고 있었다. 가능한 한 아주 빨리 이 이름들을 확인해볼 방법을 찾아야 했다. 하지만 시작할 수 있는 자료가 있다는 사실에 나는 그 어느 때보다도 희망적이었다. 우리에게는 한 명씩 지워나갈 수 있는 이름이 있었고, 그 이름들 사이에 오언이 있었다. 나는 명단 안에 오언이 있음을 확신했다.

"얼마나 감사한지 모르실 거예요."

내가 말했다.

"천만에. 도움이 됐으면 좋겠네."

쿡맨 교수가 대답했다.

베일리와 나는 의자에서 일어났고, 쿡맨 교수도 일어섰다. 이제 쿡맨 교수에게는 매일같이 애써 힘들여 해야 할 일이 많지 않았다. 그러다가 지금 힘을 써야 할 일이 생겼다. 그는 더 많은 걸 알기를 원했다. 쿡맨 교수는 오언이 어떤 사람이었는지, 어떤 일이 지금 그를 그 곳으로(그곳이 어디이건 간에) 이끌었는지 알고 싶은 것 같았다.

베일리와 내가 교수실 문을 향해 걷기 시작했을 때, 쿡맨 교수가 우리를 불러 세웠다.

"이건 말해주고 싶군……. 지금 그 친구가 어떤 사람이 됐고, 무슨 일을 하고 있는지는 잘 모르지만, 그때를 생각해보면 정말 좋은 친구였다고 말이야. 영리한 친구이기도 했고. 이제는 기억들이 마구 뒤섞이고 있지만, 처음 교수가 됐을 때 가르쳤던 학생들 중에는 기억나는 친구들이 있네. 누구나 처음 시작할 때는 더 힘껏 노력하기 때문인지도 모르지. 아무튼 어렴풋이 기억이 나네. 정말로 좋은 녀석이었다는 걸 기억해."

오언에 관해 이야기를 해주어서, 내가 아는 오언을 느낄 수 있는 말을 해주어서 너무나도 고마웠다. 나는 쿡맨 교수를 돌아보았고, 쿡맨 교수는 웃으면서 어깨를 으쓱해 보였다.

"그리고 전적으로 그 친구 잘못은 아니었네. 중간고사를 완전히 망친 거 말일세. 내 강의를 듣는 여학생한테 완전히 빠져 있었거든. 물론 그 친구만 그런 게 아니었네. 강의실에 있던 남자들 대부분이 그 학생 때문에 정신을 못 차렸지."

내 심장이 멈춰버린 건 그때였다. 베일리도 몸을 돌려 쿡맨 교수를 보았다. 베일리가 숨 쉬는 법을 잊어버린 것 같다고 느낀 건 그때였다.

오언이 올리비아에 관해 우리에게 여러 번 들려준 몇 가지 이야기 가운데 하나가, 베일리가 엄마에 관해 알고 있는 몇 안 되는 일 가운데 하나가 베일리의 아빠는 대학에서 베일리의 엄마와 사랑에 빠졌다는 거였다. 오언은 두 사람이 4학년 때 만났다고 했다. 올리비아가 오언의 옆집에 살았다고 했다. 그것도 거짓말이었을까? 실제 과거를 숨기려고 그렇게 사소한 부분까지도 바꿨을까?

"그 학생이 아빠의…… 여자 친구였어요?"

베일리가 물었다.

"그건 잘 모르겠군. 아무튼 내가 그 여학생을 기억하는 이유는, 시험 성적이 그렇게 엉망인 건 그 여학생과 관련이 있다고 자네 아버지가 주장했기 때문일세. 자기가 사랑에 빠졌다고. 그걸 줄줄줄 편지에 써서 보내왔길래 내가 말했지. 성적이 올라갈 때까지 그 편지를 시험지 옆에 같이 붙여놓겠다고."

"너무 굴욕적이에요."

베일리가 말했다.

"하지만 분명히 효과는 있었지."

쿡맨 교수가 대답했다.

나는 명단에서 여학생 이름을 훑어보았다. 모두 23명이었다. 올리비아라는 이름을 찾았지만, 보이지 않았다. 물론 내가 찾아야 할 이름은 올리비아가 아닐 수도 있었다.

"질문을 너무 많이 해서 죄송해요. 하지만 혹시 이름을 기억하실 수 있을까요? 그 여학생 이름이요."

"당신 남편보다는 성적이 좋은 학생이었다는 것만 기억나네."

"그건 모든 학생이 그랬던 거 아니에요?"

쿡맨 교수가 고개를 끄덕였다.

"그래, 그건 그렇지."

14개월 전

"기분이 어때? 유부녀가 된 기분?"

오언이 물었다.

"당신은? 유부남이 된 기분은 어떤데?"

내가 되물었다.

우리는 카스트로의 분위기 좋은 식당 프랜시스에 앉아 있었고, 우리 앞에는 소박한 결혼식 만찬이 차려진 팜 테이블이 있었다. 그날은 우리 두 사람이 시청에서 결혼식을 올린 날이었다. 나는 짧은 흰색 드레스를 입었고, 오언은 넥타이를 매고 새로 산 캔버스화를 신었다. 이제 우리 두 사람의 시간도 끝이 나 자정을 향해 달려가고 있었다. 이미 샴페인도 다 마셨고, 신발도 벗었고, 얼마 되지 않던 손님들도 모두 떠난 뒤였다.

줄스가 왔고, 오언의 몇 안 되는 친구들인 칼과 패티가 왔다. 그리고 베일리가 있었다. 당연히 베일리가 함께했다. 베일리는 나에게는 거의 보여주지 않던 관대함을 장착하고서 제시간에 시청에 도착했고, 케이크를 자를 때까지 식당에 머물렀다. 그날 밤 머물 로리네 집으로 가면서는 나를 보며 웃어주기까지 했다.

나는 그 웃음이 그날 베일리가 조금은 행복했다는 증거이기를 바랐다. 물론 베일리가 조금은 행복했던 이유는 오언이 샴페인을 마시게 해주었기 때문인지도 몰랐다. 하지만 어쨌거나 나는 베일리의 웃음을 승리로 받아들였다.

"유부남이 되는 건 정말 끝내주게 근사한 일이네. 오늘 밤, 집에는 어떻게 가야 할지 도통 모르겠지만."

오언의 말에 나는 크게 웃었다.

"그건 나쁘지 않은 문제네."

"그렇지. 그렇게까지 나쁜 문제는 아니지."

오언이 샴페인 병을 들어 자기 잔을 채우더니 내 잔도 채웠다. 그러고는 의자에서 일어나 내 의자로 와서 내 뒤편에 앉았다. 나는 오언에게 몸을 기대고 숨을 들이마셨다.

"두 번째 데이트 이후로 정말 먼 길을 온 것 같아. 그때 당신은 식당까지 내 차를 타고 가는 것도 싫다고 했었잖아."

그가 말했다.

"그건 잘 모르겠는데. 난 그때도 당신한테 푹 빠져 있었는걸."

"그런 마음을 보여주는 방식이 너무 웃겼지. 나는 그 밤 이후로 당신을 다시 볼 수 있으리라는 확신조차 할 수 없었다고."

"그거야, 당신이 질문을 지나치게 많이 했으니까."

"당신에 대해 알고 싶은 게 너무 많았거든."

"그걸 하룻밤에 다 알아내려고 했단 말이야?"

내 말에 오언은 어깨를 으쓱했다.

"당신의 남자가 될 수 있었던 녀석들에 대해서 많은 걸 알아내야 한다는 기분이 들었지……. 그게 내가 그런 녀석들 중 하나가 되지 않을 가장 좋은 방법 같아서."

나는 손을 뒤로 뻗어 오언의 뺨을 어루만졌다. 처음에는 손등으로, 그다음에는 손바닥으로.

"당신은 그 남자들하고는 완전히 반대인 사람이야."

"내가 들어본 말 중에 가장 근사한 말 같은데."

"사실이니까."

그건 정말로 사실이었다. 오언은 그 남자들과는 정반대인 사람이었다. 첫날부터, 내 작업실로 들어왔던 그 순간부터 오언은 그 남자들과는 완전히 반대였다. 하지만 이제는 그것이 그저 내가 느낀 기분이 아님을 안다. 오언은 정말로 자기가 그 남자들과는 정반대임을 입증해 보였다.

그것은 오언이 함께 있기 편한 사람이었기 때문도 아니고(물론 오언은 함께 있기 편한 사람이다), 내가 다른 사람과의 관계에서는 느끼지 못했던 깊이를 느꼈기 때문도 아니다. 한 사람을 찾거나 그 누구도 찾지 못한다는, 미묘한 방식으로 서로를 이해하기 때문도 아니다. '이제는 집으로 갈 시간이야', '이제는 나에게 올 시간이야', '이제는 나에게 숨을 쉴 수 있는 여유를 줘' 같은 식으로 상대방이 원하는 것을 눈길만 봐도 알 수 있는 사람을 찾았다거나 그런 사람을 전혀 찾지 못했다는, 미묘한 방식으로 서로를 이해하기 때문도 아니다.

그것은 그 모든 것의 일부이자 그 모든 것보다 훨씬 큰 이유 때문이었다. 다른 사람에게서 평생 기다렸던 것을 발견했다면, 그걸 어떻게 설명해야 할까? 운명이라고 해야 할까? 그저 운명이라고 말하는 건 너무나도 게으르게 느껴진다. 그건 마치 집으로 가는 길을 찾은 것만 같은 느낌이었다. 은밀하게 너무나도 갖기를 소망하고 상상했던 장소이지만, 한 번도 가본 적은 없는 그런 집으로 가는 길을 찾은 것만 같다. 집. 그곳에 닿을 수 있을지 없을지 확신하지 못할 때 갑자기 도착하는 그런 집 말이다.

나에게 오언은 그런 집이었다. 오언은 그런 사람이었다.

오언은 내 손을 입으로 가져가 입술로 손바닥을 꾹 눌렀다.

"그래서 내 질문엔 언제 대답해줄 생각이야? 유부녀가 된 기분 말이야."

오언의 말에 나는 어깨를 으쓱해 보였다.

"아직은 잘 모르겠어. 뭐라 말하기엔 좀 이른 것 같아."

내 대답을 듣고 오언은 크게 웃었다.

"좋아. 뭐, 상관없어."

나는 샴페인을 한 모금 마셨다. 또 한 모금 마시고는 크게 웃었다. 웃지 않을 수가 없었다. 행복했으니까. 나는 정말…… 행복했다.

"마음을 결정할 시간은 아직 충분히 있으니까."

"우리의 여생 동안?"

"그보다는 더 길었으면 좋겠어."

오언이 말했다.

졸업 무도회의 왕과 결혼한다면

73명 가운데 남자는 50명이었다.
그 가운데 한 명은 오언일 가능성이 있었다.
우리는 재빨리 텍사스대학교 교정을 지나 셰릴이 대학 연감을 보관하고 있을 가능성이 가장 크다고 한 연구 도서관 본관을 향해 걸어갔다. 오언이 텍사스대학교에 있었던 해의 연감을 구할 수만 있다면, 쿡맨 교수에게서 받은 명단을 빠른 속도로 비교해 볼 수 있을 것이다. 연감에는 학생 이름뿐 아니라 사진도 있을 것이다. 오언이 이 학교에서 수학 시험에 실패한 것 말고도 다른 활동을 했다면, 분명히 젊은 시절의 오언의 사진이 연감에 남아 있을 것이다.

베일리와 나는 책과 지도와 카드와 컴퓨터실이 있는 거대한 6층 건물 페리 카스타네다 도서관으로 들어가 연구 사서 책상으로 걸어갔다. 사서는 아주 오래전에 찍은 연감을 실물로 보려면 정식으로 요청서를 작성해 와야 하지만 컴퓨터 파일이라면 지금 볼 수 있다고 했다.

우리는 2층에 있는 컴퓨터실로 갔다. 거의 비어 있는 컴퓨터 책상 가운데 가장 구석에 있는 두 책상에 자리를 잡고 앉았다. 나는 오언이 1학년과 2학년일 때 발행된 연감을 컴퓨터 화면에 띄웠고, 베일리는 3학년과 4학년일 때 발행된 연감을 띄웠다. 우리는 나란히 앉아서 쿡맨 교수의 강의를 들은 학생들을 알파벳 순서대로 한 명씩 검색하기 시작했다. 첫 번째 후보는 메릴랜드주 볼티모어에서 온 존 애벗으로, 스키 클럽을 찍은 흐릿한 사진에서 그 모습을 확인할 수 있었다. 두툼한 안경을 쓰고 수염을 잔뜩 기른 사진 속 남자는 오언과 비슷한 점이 거의 없었다. 하지만 사진 한 장만 가지고 이 사람이 오언이 아니라고 단정할 수는 없었다. 구글 검색창에 '존 애벗'이라는 이름을 입력하자 엄청나게 많은 존 애벗이 모니터에 나타났다. '스키'라는 단어를 추가로 입력하자 아내와 두 아이와 함께 애스펀에 살고 있는 볼티모어 출신의 텍사스대학교 졸업생 존 애벗이 나왔다.

그다음 몇 명은 훨씬 쉽게 확인하고 제외할 수 있었다. 한 명은 152센티미터 정도의 빨간 곱슬머리 남자였고, 한 명은 193센티미터에 전문 발레리노로 파리에서 살았으며, 또 한 명은 하와이 호놀룰루에 사는 주 의원이었다.

알파벳 E로 시작하는 남자들을 검색해보려고 할 때 내 전화벨이 울렸다. 발신자는 우리 집이었다. 나는 잠깐 오언이 전화를 한 것이라고 생각했다. 오언이 집으로 돌아와서 모든 일이 해결됐다고, 그러니까 빨리 집으로 돌아오라고 말할 것이라고 생각했다. 집에 가면 앞뒤가 맞지 않는 부분들을 모두 설명해줄 테고, 지금까지 어디에 있었는지, 내가 알기 전에는 어떤 사람이었는지, 무엇 때문에 우리를 두고 떠났는지를 모두 이해할 수 있게 알려줄 것이라고 생각했다.

하지만 전화를 건 사람은 오언이 아니었다. 줄스였다. 내가 호텔 바에서 보낸 문자메시지를 받은 줄스가, 우리 집으로 가서 돼지 저금통을 살펴봐달라는 부탁을 받은 줄스가 걸어 온 전화였다.

"지금 베일리의 방이야."

전화를 받자마자 줄스가 말했다.

"집 주변에 누가 있었어?"

내가 물었다.

"아니, 그렇진 않은 것 같아. 주차장에서도, 선창에서도 아무도 못 봤어."

"집에 있는 동안 블라인드를 내려줄래?"

"이미 그렇게 했지."

나는 베일리를 보았다. 연감을 살펴보느라 정신이 없기를 바랐지만, 베일리의 눈은 나를 지켜보고 있었다. 통화 내용을 알고 싶은 것이 분명했다. 아마도 희망을 버리지 못한 채, 이 통화가 자기를 아빠에게 돌려보내주기를 기대하는 것이 분명했다.

"네 말이 맞았어. 옆에 레이디 폴이라고 적혀 있어."

줄스는 무엇의 옆이라는 말은 하지 않았다. 자기가 우리 집에 가 있는 이유는 돼지 저금통 때문임을, 베일리의 돼지 저금통 때문임을 언급하지 않았다. 물론 줄스가 저금통 이야기를 했다고 해도 전혀 해롭지 않은 이야기처럼 들렸을 것 같았다.

하지만 줄스의 말은 나로서는 전혀 상상해보지 못한 말이었다. 오언이 가장 나중에 작성한 유언장의 마지막 장에는 유언장 관리인으로 L. 폴이라는 이름이 적혀 있었다. 그런데 베일리의 방에 있는 파란색 돼지 저금통 옆에도, 돼지 저금통의 리본 밑에도 검은색으로 레이디 폴이라는 이름이 적혀 있었다. 그 돼지 저금통은 우리가 집에서 나와 호텔에 묵어야 했을 때, 오언이 한밤중에 바에 가지고 내려갔던 바로 그 저금통이었다. 딸에게 선물한 저금통을 보며 오언이 감상적이라고 생각했었는데, 내가 잘못 생각한 거였다. 그가 돼지 저금통을 가지고 간 건 안전하게 지켜야 할 물건이었기 때문이었다.

"근데 문제가 있어. 열 수가 없어."

"그게 무슨 말이야? 열 수가 없다니. 그냥 망치로 부숴버려."

"아니, 돼지 저금통을 말하는 게 아니야. 그 안에 금고가 있었어. 강철로 만든 거. 안을 보려면 이걸 열 수 있는 사람이 있어야 해. 좋은 생각 있어?"

"당장 생각나는 건 없는데."

"알았어. 내가 알아서 할게. 근데 너, 인터넷 뉴스를 봐야 할 것 같아. 조던 매버릭이 기소됐어."

조던은 더 숍의 최고 운영 책임자로 아베트의 왼팔이자 사업 부문에서 오언과 동등한 위치에 있는 사람이었다. 얼마 전에 이혼을 했고, 가끔 우리 집에 와서 시간을 보내는 사람이었다. 한번은 조던과 줄스가 잘 맞을 수도 있다는 희망을 품고 두 사람을 함께 초대한 적이 있었다. 하지만 그렇지 못했다. 줄스는 조던을 지루하다고 생각했다. 나는 지루한 것이 그렇게 나쁜 자질은 아닐 수도 있다고 생각했지만, 어쩌면 내가 조던을 제대로 보지 못한 것인지도 몰랐다.

"공식적으로 말하는데, 이제 더는 계략을 세우지 마."

"알았어."

다른 때 같았으면 이런 상황에서 줄스에게 남자 친구를 만들어주려는 나의 계략에 관심이 없는 이유가 혹시 동료인 맥스 때문이냐고 농담을 했을 것이다. 그러나 지금 나에게 맥스에 관해 떠오르는 생각이라곤 맥스가 내부 정보원이라는 사실뿐이었다. 오언에 관해 도와줄 수도 있는 사람이라는 사실뿐이었다.

"조던 이야기 말고, 맥스가 더 들은 건 없대? 혹시 오언에 관해 들은 건 없는 거야?"

베일리가 고개를 내 쪽으로 기울였다.

"특별한 건 없었어. 하지만 맥스의 FBI 정보원 말이 더 숍의 소프트웨어가 이제 막 작동하기 시작했대."

"그게 무슨 뜻이야?"

나는 줄스에게 물어봤지만, 대답을 듣지 않아도 무슨 뜻인지 알 수 있을 것 같았다. 그것은 오언이 자신이 위기에서 벗어날 수 있을 거라고 생각했을지도 모른다는 뜻이었다. 자기가 세운 비상계획을 다시 보류해도 된다고 생각했을 거라는 뜻이었다. 줄스가 오언에게 전화해 FBI가 들이닥칠 거라는 말을 해주었을 때 오언이 그 상황을 믿을 수 없었을 거라는 뜻이었다. 이제 곧 안심해도 되는 상황에서 잡혀야 한다는 사실이 믿기지 않았을 거라는 뜻이었다.

"맥스가 나한테 문자를 보내고 있어. 일단 금고를 열 수 있는 사람을 찾으면 다시 연락할게, 알았지?"

"그거, 너는 절대로 말할 일 없을 거라고 생각했던 단어들이지?"

"그게 뭐야!"

줄스가 큰 소리로 웃었다.

나는 작별 인사를 하고 베일리를 보았다.

"줄스였어. 집에서 뭐 좀 찾아보라고 했거든."

베일리는 고개를 끄덕였다. 아빠에 대한 소식이 있는지는 묻지 않았다. 새로운 소식이 있다면 내가 말해주리라는 걸 아는 것이다.

"뭐 좀 발견했어?"

"H까지 했는데, 아직 아무것도 못 찾았어요."

"H면 상당히 많이 했네."

"네. 하지만 아직 아빠는 못 찾았어요."

내 전화벨이 또 울렸다. 줄스가 다시 전화한 거라고 생각했지만, 모르는 번호였다. 지역번호 512. 텍사스에서 건 전화였다.

"누구예요?"

베일리가 물었다.

누구인지 몰랐기 때문에 나는 고개를 가로젓고 전화를 받았다. 전화기 너머에서는 한 여자가 벌써 말을 하고 있었다. 한창 말하는 중간인 것으로 보아 전화기 너머의 여자는 내가 듣고 있다고 생각하는 게 분명했다.

“연습경기예요. 연습경기를 생각했어야 했는데. 연습경기를 했을 때가 틀림없어요.”

“누구세요?”

“엘레노어 맥거번이에요. 성공회 성당의. 당신 의붓딸이 참석한 결혼식이 누구 결혼식이었는지 찾아낸 것 같아요. 우리 성당에 오래 다닌 소피의 아들이 오스틴 텍사스대학교에서 미식축구를 했어요. 소피는 아들 경기를 한 번도 놓치지 않았답니다. 오늘 아침에 소피가 새 신도와 식사하는 걸 도우려고 왔지 뭐예요. 소피를 보니까 내가 놓친 게 있다면 그걸 알려줄 사람은 소피밖에 없다는 생각이 들었어요. 소피 말이, 그해 여름에 롱혼스는 계속 연습경기를 했다고 해요.”

나는 제대로 숨을 쉴 수가 없었다.

“그러니까 연습경기 때도 운동장을 썼다는 거죠? 정규 시즌처럼요?”

“네, 정규 시즌처럼요. 관중도 많았고요. 사람들은 정규 시즌 시합을 보러 가는 것처럼 운동장에 모였어요. 나는 미식축구를 그다지 좋아하지 않아서 그 생각이 퍼뜩 나지 않았지 뭐예요.”

“그분에게 물어볼 생각을 하셨다니, 정말 다행이네요.”

“그런가요? 아무튼 이 부분은 분명해요. 성당 문을 열었을 때 연습경기가 있었던 날을 찾아봤어요. 2008년 시즌 마지막 연습경기가 열린 날 결혼식이 있었어요. 당신 의붓딸이 결혼식에 왔다면, 아마 그 결혼식일 거예요. 펜 있어요? 받아 적어요.”

엘레노어는 한껏 고무되어 있었다. 당연히 그럴 만했다. 엘레노어는 오언을 찾을 수 있는 연결 고리를 발견했다. 대학교를 졸업하고 한참이 흐른 뒤 어느 주말에 오스틴을 찾아온 오언을, 베일리와 함께 와야 했던 오언을 찾을 수 있는 실마리를 발견한 것이다.

"네, 받아 적을게요."

내가 말했다.

"레예스와 스미스의 결혼식이었어요. 그 결혼식 정보를 모두 확보했어요. 결혼식은 정오에 열렸고, 만찬은 다른 곳에서 했어요. 어디인지 장소는 적혀 있지 않아요."

"엘레노어, 정말 굉장해요. 어떻게 감사를 드려야 할지 모르겠어요."

"천만의 말씀."

나는 베일리 쪽으로 손을 뻗어 쿡맨 교수가 준 학생 명단을 집어 들었다. 거기에 있었다. 레예스는 없었지만 스미스는 한 명 있었다.

캐서린. 캐서린 스미스. 나는 캐서린 스미스를 손가락으로 가리켰고, 베일리는 곧바로 연감 검색창에 '캐서린 스미스'라고 입력했다. 캐서린 스미스가 화면에 나타났다. 스미스, 캐서린. 모두 열 장에 그녀의 이름이 있었다.

어쩌면 두 사람은 친구였는지도 몰랐다. 아니면, 쿡맨 교수가 기억하고 있는 오언의 여자 친구가 캐서린인지도 몰랐다. 오언은 캐서린의 결혼식에 참석하려고 오스틴에 온 것인지도 몰랐다. 옛 친구의 결혼식을 도우려고 가족과 함께 돌아온 것인지도 몰랐다. 캐서린을 찾을 수 있다면, 옛 오언에 관해서도 알 수 있을 것이다.

"그 사람 이름이 캐서린인가요, 엘레노어?"

"아니에요. 캐서린은 아니고, 어디 보자. 신부 이름은 앤드리아예요. 그리고…… 아, 여기 있네요. 앤드리아 레예스와 찰리 스미스가 신부와 신랑이었어요."

캐서린 스미스의 결혼식이 아니라는 사실에 기운이 빠졌지만, 어쩌면 캐서린은 찰리의 친척일 수도 있었다. 그러니까 분명히 어떤 연결 고리가 있을지도 몰랐다. 내가 베일리에게 말을 꺼내기도 전에 베일리는 화면을 넘겨 토론 동아리와 동아리 회장 캐서린 '케이트' 스미스라는 글씨가 적힌 페이지를 화면에 띄웠다.

그러자 그 사진이 나타났다.

토론 동아리 회원들이 찍은 단체 사진이었다. 나무 서까래, 긴 벽돌 벽, 선물처럼 쭉 늘어서 있는 버번병. 전통적인 술집이라기보다는 칵테일 라운지처럼 보이는 오래된 작은 바에서 학생들은 스툴에 나란히 앉아 있었다. 바 위에는 랜턴이 일렬로 늘어서 버번병에, 학생들 위에 있는 짙은 와인병에 역광을 쏘고 있었다.

사진 밑에 글이 적혀 있었다.

캐서린 스미스가 회장으로 있는 토론 동아리 팀이 주 챔피언전에서 우승하고, (L)부터 (R)까지 전 팀원이 함께 스미스 가족이 운영하는 바 네버 드라이에…….

"세상에! 이 바인지도 몰라요. 그 결혼식이 열린 곳이요."

베일리가 말했다.

"그게 무슨 소리니?"

"아무 말도 안 하기는 했지만, 어젯밤에 매그놀리아 카페에 갔을 때, 해나가 이런저런 질문을 했잖아요. 그때 결혼식이 열리는 바에 갔던 기억이 났어요. 사실은, 바라기보다는 작은 식당 같은 곳이었지만요. 하지만 너무 늦었다고 생각했고, 뭔가에…… 뭔가를…… 단단히 잡고 있었기 때문에, 그냥 지나가게 내버려뒀어요. 그래서 언급조차 안 했던 거예요. 하지만 이 사진에 찍힌 곳을 보니까, 이 네버 드라이 바라는 곳을 보니까, 여기가 거기 같다는 생각이 들어요."

나는 전화기의 송화구를 손으로 막고 믿을 수 없다는 듯이 열정적으로 사진을 가리키고 있는 베일리를 보았다. 베일리는 기이한 증거라도 되는 것처럼 바 구석에 있는 레코드플레이어를 가리켰다.

"농담 아니에요. 여기가 거기예요. 알아볼 수 있어요."

"이렇게 생긴 바는 100만 개도 넘어."

"알아요. 하지만 오스틴에 관해서 내가 기억하는 건 두 가지예요. 그 가운데 하나가 이 바예요."

베일리가 그 사진을 확대한 것은 그때였다. 토론 동아리 팀원들 얼굴이 점점 더 선명해졌고, 캐서린의 얼굴이 점점 더 뚜렷해졌다. 점점 더 제대로 보였다.

베일리도 나도 말을 잃었다. 이제 바가 문제가 아니었다. 오언조차도 문제가 아니었다.

중요한 것은 그 얼굴이었다.

그 얼굴은 내가 베일리의 엄마라고 알고 있는 여자의 얼굴이 아니었다. 무엇보다도 베일리가 자기 엄마라고 알고 있는 여자의 얼굴이 아니었다. 올리비아. 올리비아는 빨간 머리카락에 소녀처럼 주근깨가 있는, 조금은 나처럼 생긴 여자였다.

하지만 우리를 뚫어져라 쳐다보고 있는 그 여자는, 캐서린 '케이트' 스미스라는 그 여자는 너무도 베일리처럼 보였다. 정확히 베일리처럼 생겼다. 베일리처럼 머리카락이 검은색이고 볼이 통통한 여자였다. 무엇보다도 두드러지게 닮은 부분은 그 날카로운 눈이었다. 다정하기보다는 냉정하게 평가하는 그 눈이었다.

우리를 뚫어져라 쳐다보고 있는 그 여자가 베일리라고 해도 틀리지 않을 것만 같았다.

베일리는 그 사진을 너무나도 많이 쳐다보았다는 듯이 갑자기 화면을 꺼버렸다. 그 사진을, 자기 얼굴과 너무나도 닮은 케이트의 얼굴을 없애버렸다. 그러고는 이제 내가 무엇을 할 것인지 궁금하다는 표정으로 나를 올려다보았다.

"아는 사람이에요?"

"아니. 너는?"

"아니, 몰라요. 절대로 몰라요."

베일리가 대답했다.

"여보세요? 아직 거기 있어요?"

여전히 송화구를 막고 있었지만 베일리는 전화기 속에서 새어

나오는 소리를 들을 수 있었다. 엘레노어의 크고 높은 목소리를 들을 수 있었다. 그 목소리 때문에 평소보다 더 긴장한 것이 분명했다. 베일리의 어깨에 잔뜩 힘이 들어가 있었고, 머리카락을 잡은 손은 귀 뒤에서 머리카락을 세게 잡아당기고 있었다.

정말로 바람직한 행동은 아니었지만, 나는 엘레노어의 전화를 그냥 끊었다. 그리고 베일리를 다시 쳐다보았다.

"지금 당장 가야겠어요. 그 바로…… 그 네버 드라이라는 곳으로 가야겠어요."

베일리는 벌써 일어나고 있었다. 벌써 자기 짐을 챙겨 들고 있었다.

"베일리, 당혹스럽다는 거 알아. 당연히 그럴 거야. 나도 그러니까."

우리는 입 밖에 내어 말하지 않았다. 큰 소리로 말하지 않았다. 캐서린 스미스가 누구일 수 있는지를. 베일리의 희망일 수도 있고 두려움일 수도 있는 사람임을 큰 소리로 말하지 않았다.

"잠깐 얘기 좀 해. 이 학생 명단을 살펴보는 게 이 일의 진상을 파악할 수 있는 가장 좋은 방법이라고 생각해. 이제 46명만 더 살펴보면 아빠가 어떤 사람이었는지 알 수 있어."

"그럴 수도 있지만, 아닐 수도 있어요."

"베일리……."

베일리는 고개를 저었고, 다시 의자에 앉지는 않았다.

"다른 식으로 말해볼게요. 나는 지금 바에 갈 거예요. 해나는 나랑 갈 수도 있고, 나 혼자 가게 내버려둘 수도 있어요."

베일리는 계속 선 채로 기다렸다. 밖으로 뛰어나가지 않았다. 내가 어떻게 하는지 보려는 듯이 기다렸다. 나에게 선택의 자유가 있다는 듯이 기다렸다.

"나야 당연히 너하고 같이 가지."

나는 대답했고, 일어섰고, 우리는 함께 문을 향해 걸어갔다.

네버 드라이

네버 드라이 바로 가는 택시 안에서 베일리는 아랫입술을 계속 빨아들였다. 잔뜩 긴장을 해서 갑자기 생긴 버릇인 것처럼, 두려움이 가득한 두 눈을 정신없이 이리저리 움직이고 있었다.

베일리는 소리를 내어 묻지 않았지만, 나는 재촉하지 않은 질문들을 들을 수 있었다. 그저 가만히 앉아서 베일리의 고통을 지켜볼 수가 없어서 전화기로 캐서린 '케이트' 스미스를, 찰리 스미스를 미친 듯이 검색했다. 베일리의 긴장을 조금이라도 낮춰줄 수 있도록 베일리에게 들려줄 정보를, 무엇이 되었건 새로운 사실을 알아내려고 미친 듯이 노력했다.

하지만 선택지가 너무 많았다. 스미스는 너무나 흔한 성이어서 '오스틴 텍사스대학교', '오스틴 출신', '토론 챔피언' 같은 상세 정보를 함께 입력해도 수백 건이 넘는 문서와 사진이 나타났다. 하지만 그 사람들 가운데 도서관에서 우리를 맞아주었던 캐서린은 없었다.

그때 한 가지 생각이 떠올랐다. 나는 검색창에 앤드리아 레예스와 찰리 스미스를 동시에 입력했고, 마침내 우리를 도와줄 무언가를 찾았다.

우리가 찾던 찰리 스미스의 페이스북 프로필이 화면에 나타났다. 2002년에 오스틴 텍사스대학교 예술사학과를 졸업했고, 건축학 대학원을 2학기 다녔고, 오스틴 시내 조경 회사에서 인턴으로 일했다. 그 뒤로는 어떤 이력도 올라와 있지 않았다. 2009년 이후로 상태도 사진도 업데이트된 것이 없었다. 하지만 아내는 앤드리아 레예스라고 적혀 있었다.

"저기예요."

베일리가 말했다.

베일리는 덩굴로 둘러싸여 있는 파란색 문을 가리켰다. 쉽게 발견하기 어려운 문이었다. 파란색 문 위에는 '네버 드라이(THE NEVER DRY)'라고 적힌 작은 금색 간판이 붙어 있었다. 그 바 한쪽 옆에는 커피숍이, 다른 쪽 옆에는 골목이 있는 서부 6번가와 대각선으로 마주 보는 조용한 거리에 있었다.

우리는 재빨리 택시에서 내렸다. 택시비를 내려고 몸을 돌리는 순간 레이디버드 호수 건너편에 있는 우리 호텔이 보였다. 갑자기 이상한 끌림이 느껴지면서 모든 것을 취소하고 호텔로 돌아가고 싶어졌다.

베일리가 파란색 문을 열려고 한 것은 그때였다.

베일리가 문을 여는 동안 그 전까지 단 한 번도 하지 않았던 행동을 나도 모르게 했다. 모성 본능이라고 부를 수 있는 무언가가 발동한 것이다. 나는 내가 무슨 일을 하고 있는지 알아채기도 전에 베일리의 팔을 붙잡았다.

"왜 그래요?"

베일리가 물었다.

"너는 여기서 기다리고 있어."

"뭐라고요? 그게 무슨 소리예요?"

나는 재빨리 생각해야 했다. 진실을 말할 수는 없다는 기분이 느껴졌으니까. '안에 들어가서 그 사람을 본다면 어떻게 하지? 캐서린 스미스를 본다면? 혹시 너희 아빠가 그 사람에게서 너를 떼어놓은 거라면? 그 사람이 나에게서 너를 데려가려고 한다면?' 있을 수 없는 일이겠지만, 내 마음에 가장 먼저 떠오른 생각이었기에 정말로 일어날 수 있는 일처럼 느껴졌다.

"너는 안에 들어가지 않았으면 좋겠어. 그래야 내 질문에 대답을 더 잘해줄 것 같아."

"그건 그렇게 좋은 이유가 아니에요, 해나."

베일리가 대답했다.

"음, 그럼 이건 어때? 이 바가 누구 건지 모르잖아. 이 사람들이 어떤 사람들인지, 위험하지는 않은지, 아는 게 없어. 우리가 아는 건, 아빠가 너를 어떻게 해서든지 여기서 떼어놓으려고 한 것 같다는 것뿐이야. 아빠 알잖아. 아빠가 정말로 그랬다면, 너를 보호하려고 한 것이 분명해. 그렇다면 여기에는 아빠가 너를 보호하기 위해 떼어놓으려 했던 사람이 있을 수도 있는 거잖아. 정말로 그런지 알아보기 전까지는, 너는 여기 들어갈 수 없어."

베일리는 아무 말도 하지 않았다. 슬픈 얼굴로 나를 쳐다보았지만, 반박은 하지 않았다.

나는 옆에 있는 커피숍을 가리켰다. 붐비는 오후 시간이 지나

거의 비어 있는 조용한 커피숍이었다.

"저기서 파이를 먹으면서 기다리면 될 것 같은데?"

"파이 따위는 정말로 먹고 싶지 않아요."

"그럼 커피를 마시면서 쿡맨 교수가 준 명단을 계속 확인해보는 게 어때? 누구든지 검색을 해봐. 아직 해야 할 일이 많잖아."

"그 계획, 마음에 안 들어요."

베일리가 대답했다.

나는 메신저 백에서 쿡맨 교수가 준 명단을 꺼내 베일리에게 내밀었다.

"들어가서 모든 게 확실해지면 데리러 올게."

"확실해지다니, 뭐가요? 왜 그냥 말하지 않아요? 왜 해나가 생각하는 걸 다 말해주지 않는 거예요?"

"네가 아직 말할 준비가 되지 않는 거랑 같은 이유 아닐까, 베일리?"

그 말로 베일리를 설득할 수 있었다. 베일리는 수긍한다는 듯이 고개를 끄덕였다.

베일리는 내 손에서 명단을 가져가더니 커피숍으로 향했다.

"오래 걸리면 안 돼요, 알았죠?"

베일리가 커피숍 문을 열었고, 베일리의 자주색 머리카락이 빠르게 커피숍 안으로 사라졌다.

나는 안도의 한숨을 내쉬고, 네버 드라이로 들어가는 파란색 문을 열었다. 나선형 계단이 보였다. 위층으로 올라가 촛불이 켜진 복도를 따라가자 역시 잠기지 않은 파란색 문이 나왔다.

그 파란 문을 열고 조그만 칵테일 라운지로 들어섰다. 아무도 없었다. 단풍나무로 만든 서까래와 짙은 마호가니 나무로 만든 바, 벨벳을 덮은 2인용 안락의자가 둘러싸고 있는 작은 바 테이블들이 보였다. 대학 도시에서 흔히 볼 수 있는 바가 아니었다. 숨겨진 출입구와 은밀한 방이 있는 곳이었다. 아무나 들어갈 수 없는 도발적이면서도 사적인 공간, 마치 비밀스러운 스피크이지 바 같은 곳이었다.

바 뒤에도 아무도 없었다. 칵테일 탁자 위에 티 캔들이 켜져 있고, 오래된 레코드플레이어에서 빌리 홀리데이의 노래가 흘러나오고 있다는 것만이 이곳에 누군가가 있음을 말해주고 있었다.

나는 바 뒤쪽에 있는 선반을 주시하면서 바로 걸어갔다. 짙은 색 알코올과 비터스가 놓여 있는 선반은 한 선반을 모두 비우고 사진과 신문 기사를 넣은 두툼한 은색 액자들을 진열해놓았다. 몇 장의 사진에서 케이트 스미스가 보였는데, 주로 팔다리가 길고 호리호리한 남자와 함께였다. 오언은 아니었다. 오언이 아닌 다른 사람이었다. 그 검은 머리 남자 혼자서만 찍은 사진도 여러 장 있었다. 신문 기사를 조금 더 자세히 보려고 바 위로 몸을 기울였다. 케이트는 드레스를 입고, 호리호리한 남자는 턱시도를 입은 사진이 실려 있는 기사였다. 두 사람은 노부부 사이에 있었다. 사진 아래쪽에 이름이 적혀 있었다. 메러디스 스미스, 케이트 스미스, 찰리 스미스…….

발걸음 소리가 들렸다.

"안녕하세요?"

뒤를 돌아보았다. 찰리 스미스였다. 사진 속 호리호리한 남자였다. 잘 다린 버튼다운 셔츠를 입고 샴페인 상자를 들고 있었다. 액자 속 멋진 사진보다는 더 나이가 든, 덜 호리호리한 찰리 스미스였다. 검은색 머리카락은 이제 희끗희끗해졌고 피부는 거칠어졌지만, 분명히 찰리 스미스였다. 그가 베일리에게 어떤 사람인지, 베일리에게 케이트가 어떤 존재인지는 몰라도 말이다.

"아직 문을 안 열었어요. 보통 6시는 되어야 영업을 시작하거든요."

나는 손을 들어 내가 들어온 방향을 가리켰다.

"죄송해요. 문이 열려 있어서요. 그냥 막 들어올 생각은 없었는데……."

"아니, 괜찮습니다. 잠깐 바에 앉아서 칵테일 메뉴를 보고 계세요. 몇 가지 처리할 일이 있어서요."

"네, 좋은 생각이에요."

찰리 스미스는 샴페인 상자를 바 위에 내려놓더니 나를 보며 상냥하게 웃었다. 나도 간신히 조금쯤은 웃음을 돌려줄 수 있었다. 베일리와 같은 색조를 띤 낯선 사람을 가까이에서 본다는 건 쉽지 않았다. 특히 나를 향해 웃는 찰리 스미스의 웃음이 베일리의 웃음일 때는, 특히 입꼬리가 올라가고 보조개가 깊어지는 웃음일 때는 말이다.

찰리 스미스가 바 뒤로 들어가 상자에서 샴페인을 꺼내는 동안 나는 바 앞에 놓인 스툴 위로 폴짝 올라앉았다.

"질문을 몇 가지 해도 될까요? 내가 이제 막 오스틴에 왔거든요. 그래서 조금 돌아다니면서 구경을 하면 좋겠다는 생각이 들었어요. 대학교에 가보고 싶은데, 여기서 걸어갈 수 있나요?"

"그럼요. 45분 정도만 걸으면 될 겁니다. 급하다면 우버를 타는 게 더 쉽겠죠. 가려는 곳이 정확히 어디예요?"

나는 바로 조금 전에 알아낸 찰리 스미스의 이력서 가운데 한 줄을 끄집어냈다.

"건축학과 건물이에요."

"정말요?"

찰리 스미스가 물었다.

나는 훌륭한 배우는 아니었기 때문에 거짓말을 하는 동안 무표정한 얼굴을 유지하려고 애썼다. 내 노력은 그만한 보답을 받았다. 내가 바랐던 것처럼 찰리 스미스가 갑자기 흥미를 보였다. 30대 후반에 거의 건축가가 되려 했던 찰리 스미스는 앤드리아 레예스와 결혼했다. 찰리 스미스가 앤드리아와 결혼했을 때 베일리와 오언이 오스틴에 왔을 것이다.

"나도 건축학과 강의를 몇 개 들었어요. 아주 오래전에요."

"정말 세상 좁네요."

나는 미칠 듯이 뛰는 심장을 진정시키고 정신을 차리려고 바를 둘러보았다.

"여기를 직접 꾸미셨어요? 정말 근사한 곳이에요."

"그런 찬사를 들을 수는 없을 것 같군요. 이곳을 인수했을 때, 살짝 매만지기는 했어요. 하지만 토대는 같아요."

샴페인 정리를 끝낸 찰리 스미스가 바 위로 몸을 숙였다.

"건축가인가요?"

"조경 건축을 해요. 가르칠 수 있는 자리를 찾는 중이고요. 출산휴가로 자리를 비우는 사람을 대신할 임시직이지만요. 하지만 대학에서 교수들 몇 명과 함께 저녁을 먹자고 제안해줬어요. 그러니까 희망은 있는 셈이죠."

"그럼 살짝 용기를 북돋우는 의미로 한잔하는 게 좋겠군요. 뭘 좋아해요?"

"권해주시는 거 마실게요."

"위험한 선택이에요. 특히 내가 시간이 많지 않을 때는요."

찰리는 뒤를 돌더니, 잠시 고민하다 스몰 배치 버번을 들었다. 칵테일 잔에 얼음과 비터스, 설탕을 넣고, 묵직한 버번을 천천히 따르고는 오렌지 껍질로 장식해 마무리했다.

찰리는 바 위로 잔을 밀어주며 나에게 말했다.

"우리 바의 특제 칵테일이에요. 전통 방식으로 만든 버번이죠."

"너무 근사해서 마시기 아까워요."

"할아버지는 비터스를 직접 만드셨어요. 지금은 내가 하고 있고요. 거의 대부분의 시간 동안에요. 살짝 게으름을 피우고 있는데, 그게 큰 차이를 만들죠."

나는 버번을 한 모금 마셨다. 부드럽고 차갑고 강한 액체가 곧장 내 머리까지 달려갔다.

"그러니까 이 바를 가족들이 운영하는군요?"

"넵. 할아버지가 처음 문을 여셨어요. 친구들과 카드를 할 수 있는 장소를 원하셨거든요."

찰리는 구석에 있는 벨벳 부스를 가리켰다. 예약 팻말이 올려져 있는 그 부스에는 부스 안에 앉아 있는 남자들을 찍은 커다란 사진을 비롯해 흑백사진이 몇 장 진열되어 있었다.

"이곳에서 50년을 보내시다가 나에게 물려주셨죠."

"우아, 놀라운 이야기네요. 아버지는요?"

"아버지라뇨?"

아버지라는 말이 찰리를 아주 불편하게 만들었다는 사실을 그의 표정을 보고 알 수 있었다.

"나는 그냥…… 왜 세대를 건너뛰었는지 궁금해서요. 아버지는 바에 관심이 없으셨나 봐요."

이 질문은 그에게 해롭지 않았는지 찰리가 표정을 다시 누그러뜨렸다.

"아, 아버지하고는 상관이 없는 일이었어요. 여기는 어머니의 아버지 가게였고, 어머니도 전혀 관심이 없으셨죠."

찰리는 어깨를 으쓱했다.

"나는 일할 곳이 필요했고요. 아내가, 지금은 전 아내지만, 아무튼 그 사람이 쌍둥이를 임신했다는 걸 알게 되어 학생 생활을 끝내야 했거든요."

나는 찰리에게 아이가 있다는 사실에 반응하지 않으려고 억지로 웃었다. 두 아이라니. 어떻게 하면 아이 이야기로 넘어가지 않고 아내 이야기를, 결혼식 이야기를 계속할 수 있을지 생각해내야 했다. 내가 원하는 곳으로, 케이트의 이야기로 건너갈 방법을 생각해내야 했다.

"그래서 당신을 어디선가 본 거 같은가 봐요. 미친 소리처럼 들릴지도 모르지만, 오래전에 우리가 만났던 것 같아요."

내 말에 찰리는 고개를 젖히며 웃었다.

"우리가요?"

"그러니까 내 말은…… 여기에 와본 것 같거든요. 이 바 말이에요. 대학에 다닐 때."

"그러니까…… 이 네버 드라이가 익숙하게 느껴진다고요?"

"그렇게 표현하는 게 훨씬 정확할 것 같네요. 맞아요. 예전에 친구랑 핫소스 경연 대회 때문에 여기 온 적이 있거든요. 그 친구가 작은 신문사에 보낼 사진을 찍어야 해서……."

나는 사실과 허구를 적절하게 섞는 것이 좋겠다는 판단을 내렸다.

"그때 주말에 여기에 왔었던 것 같아요. 틀림없어요. 여기는 오스틴에서 흔히 볼 수 있는 바들하고는 달라서요."

"확실히 그랬을 수도 있겠네요. 그 축제는 여기서 멀지 않은 곳에서 열리니까요."

찰리는 몸을 돌려 선반에서 샹키소스사의 퍼플 핫소스를 꺼냈다.

"이게 2019년도 우승 소스예요. 정말 끝내주는 블러디 메리를 만들 때 이걸 쓰죠."

"꼭 무슨 각오처럼 들리는데요."

"확실히 겁쟁이들이 마실 수 있는 칵테일은 아니죠."

찰리는 큰 소리로 웃었고, 나는 이제 내가 하려는 일을 생각하며 마음을 다잡았다.

"내가 기억하는 장소가 여기가 맞는다면, 그날 밤에는 정말 사랑스러운 사람이 바텐더였어요. 우리에게 오스틴에서 가보면 좋을 식당을 많이 소개해줬거든요. 그 사람을 기억해요. 긴 검은 머리였어요. 사실 당신이랑 아주 닮았던 것 같아요."

"놀라운 기억력이군요."

"내가 도움이 될지도 모르겠네요."

나는 선반에 있는 은색 액자를 손으로 가리켰다. 케이트가 나를 똑바로 바라보고 있는 사진을 가리켰다.

"저 사람이었던 것 같아요."

내 눈길을 따라 사진을 본 찰리는 고개를 저었다.

"아니요. 그럴 수는 없어요."

잔뜩 굳어진 찰리가 바를 박박 문질러 닦기 시작했다. 그때 나는 그만두었어야 했다. 케이트 스미스가 누구인지를 알려면 그의 도움이 필요하다는 사실만 아니라면 나는 그만두었을 것이다.

"이상하네요. 저 사람이라고 맹세할 수도 있는데. 혹시 친척이에요?"

찰리가 나를 보았다. 그의 눈에서 보였던 회피는 이제 짜증으로 바뀌고 있었다.

"질문이 많군요."

"알아요. 죄송해요. 내 질문에 대답해주실 필요는 없어요. 이게 나의 나쁜 버릇이에요."

"질문을 너무 많이 하는 거요?"

"사람들이 대답해주고 싶어 할 거라고 생각하는 거요."

내 말에 찰리의 표정이 부드러워졌다.

"아, 괜찮아요. 내 여동생이에요. 여동생 생각만 하면 조금 예민해져요. 더는 우리와 함께 있지 않으니까……."

찰리의 여동생이었다. 찰리는 케이트가 자기 여동생이라고 했다. 그리고 더는 가족들과 함께 있지 않다고 했다. 내 마음속에서 무언가가 부서져 내렸다. 케이트가 베일리의 엄마라면, 베일리는 엄마를 잃은 거니까. 베일리는 자기가 이미 엄마를 잃고 살았다고 생각했다. 하지만 이건 전혀 새로운 방법으로 또다시 베일리에게 엄마를 잃게 하는 일이었다. 엄마를 찾자마자 또다시 잃게 된 것이었다. 그러니까 내 입에서는 진심이 나올 수밖에 없었다.

"정말 유감이에요. 진심으로요."

"네, 정말…… 그렇지요."

더는 케이트로 찰리를 밀어붙이고 싶지 않았다. 여기서 나가서 케이트의 사망 증명서를 확인해볼 수도 있을 것이다. 다른 사람을 통해 더 많은 것을 확인해볼 수 있을 것이다.

나는 스툴에서 일어났다. 하지만 선반을 살피던 찰리가 사진 한 장을 가리켰다. 검은 머리의 여자와 작은 남자아이 두 명이 찰리와 함께 찍은 사진이었다. 아이들은 둘 다 텍사스 레인저스 셔츠를 입고 있었다.

"내 아내 앤드리아였을 거예요. 당신이 만난 사람 말이에요. 몇 년 동안 여기서 일했거든요. 내가 학교에 다닐 때는 나보다 더 많이 바에 나왔어요."

찰리가 나에게 사진을 내밀었다. 나는 사진을 자세히 들여다 보았다. 이 상냥한 가족이 나를 쳐다보았다. 이제는 찰리의 전 아내가 된 여자가 카메라를 보고 사랑스럽게 웃고 있었다.

"이 사람이었는지도 모르겠어요. 정말 이상해요. 도대체 어느 방에 내 열쇠를 꽂아야 할지 몰랐는데, 얼굴을 보니까 기억이 나네요. 아이들이 사랑스러워요."

나는 사진을 받아 들면서 말했다.

"고마워요. 정말 멋진 녀석들이죠. 하지만 이제 새 사진들을 가져다놓을 필요가 있어요. 그 사진은 아이들이 다섯 살일 때 찍은 거거든요. 지금은 열한 살이에요. 이제 금방 투표도 할 수 있는 나이가 될 거예요."

열한 살이라니. 나는 꼼짝도 할 수 없었다. 열한 살이라면, 찰리와 앤드리아가 결혼할 무렵에 아이들이 생긴 것이 거의 분명했다. 앤드리아는 결혼식 전후로 얼마 안 되어 임신을 한 것이다.

"그런데 이혼한 뒤로 이 녀석들이 나를 조금은 가지고 놀아요. 멋진 아빠가 되려면 자기들 요구에 굴복해야 한다고 생각하는 것 같아요. 결국 그 녀석들이 이길 때가 많지만요."

찰리가 크게 소리 내어 웃었다.

"괜찮을 거예요."

"그럼요. 아이가 있나요?"

"아직은요. 아직은 아빠가 되어줄 남자를 찾고 있어요."

이건 내가 원하는 것보다 더 진실이었다. 찰리가 나를 보며 웃었다. 어쩌면 내가 자기를 유혹하고 있다고 생각하는지도 몰랐다. 지금 이 순간이, 바로 지금이 내가 가장 간절하게 대답을 듣고 싶은 질문을 해야 할 때임을 알았다. 그 대답을 어떻게 끌어내야 할지 고민하면서 나는 시간을 끌었다.

“그만 가봐야겠어요. 하지만 일이 생각보다 일찍 끝나면 다시 올게요.”

“그래요. 꼭 오세요. 축하해야죠.”

찰리가 대답했다.

“위로를 해야 할지도 몰라요.”

찰리가 웃었다.

“그래요. 그래야 한다면.”

나는 떠나려는 것처럼 스툴에서 일어났다. 심장이 가슴 밖으로 튀어나올 것처럼 거칠게 뛰었다.

“음, 이건…… 정말 이상한 질문이기는 한데, 물어봐도 될까요? 떠나기 전에? 왠지 당신은 이 지역 사람들을 아주 많이 알 것 같아서요.”

“많아도 너무 많이 알고 있죠. 뭘 알고 싶은데요?”

“이 남자를 찾고 있어요. 내 친구랑 여기 왔을 때 만난 사람인데…… 아주 오래전에요. 오스틴에 살았고, 아마 지금도 살고 있을 거예요. 내 친구가 그 남자한테 대책 없이 빠졌었거든요.”

찰리는 호기심이 생긴다는 얼굴로 나를 보았다.

“아무튼 지금 내 친구는 이혼 절차를 밟고 있는데, 그 남자 생각이 떠나지 않는데요. 터무니없는 소리 같지만, 이왕 내가 여기에 와 있으니까, 그 사람을 찾아보면 어떨까 하는 생각이 들어요.

그게 친구한테도 좋을 것 같아서. 두 사람 사이에 분명히 뭔가 있었어요. 벌써 까마득하게 먼 옛날 일이지만, 그런 감정을 느끼는 건 쉽지 않으니까요. 그래서……."

"그 남자 이름 알아요? 내가 이름을 기억하는 데는 별로 소질이 없지만요."

"얼굴은 어때요?"

"얼굴이야 아주 잘 기억하죠."

나는 주머니에서 전화기를 꺼내 오언의 사진을 띄웠다. 쿡맨 교수에게 보여주었던 사진이었다. 베일리의 전화기에 있던 사진을 나에게 보내달라고 한 그 사진이었다. 베일리의 얼굴을 꽃다발이 가리고 있는, 오언이 행복하게 웃고 있는 사진이었다.

찰리가 그 사진을 내려다보았다.

그리고 그 일이 일어난 건 순식간이었다. 찰리가 갑자기 내 전화기를 집어 던졌고, 내 전화기는 카운터에 맞고 떨어졌다. 상황을 수습할 새도 없이 찰리가 바를 뛰어넘어 내 앞에 섰다. 나를 건드리지는 않았지만, 그럴 수 있을 만큼 가까이 다가왔다.

"이게 재밌어? 당신 누구야?"

너무나도 두려워서 나는 고개를 저었다.

"누가 보냈어?"

"아무도 보내지 않았어요."

나는 벽에 닿을 때까지 뒤로 물러났고, 찰리는 나에게 다가왔다. 얼굴과 얼굴이, 어깨와 어깨가 거의 닿을 만큼 가까웠다.

"지금 당신, 내 가족을 가지고 장난을 치고 있어. 도대체 누가 보낸 거냐고?"

"당장 떨어져요!"

나는 재빨리 문을 보았다. 한 손에는 쿡맨 교수가 준 명단을, 다른 손에는 커피를 든 베일리가 보였다.

베일리는 겁에 질린 것 같았다. 하지만 그보다는 화가 난 것 같았다. 필요하다면 바 스툴을 찰리에게 집어 던질 수도 있을 것만 같았다.

찰리의 표정이 마치 유령을 본 것처럼 바뀌었다.

"이런 젠장."

찰리가 천천히 나에게서 멀어졌다. 나는 깊이 숨을 들이마시고, 또 한 번 들이마셨다. 심장이 서서히 진정됐다.

우리는 기이하게 대치하고 있었다. 내가 벽에서 등을 떼는 동안 베일리와 찰리는 서로를 뚫어져라 응시하고 있었다. 세 사람 모두 60센티미터 정도밖에는 떨어져 있지 않았지만 아무도 움직이지 않았다. 그 누구도 다가서거나 물러서지 않았다. 그러다 갑자기 찰리가 울기 시작했다.

"크리스틴?"

찰리가 말했다.

찰리가 베일리를 부르는 목소리에는, 내가 모르는 이름으로 부르고 있음에도 숨을 쉬기 힘들게 만드는 무언가가 서려 있었다.

"난 크리스틴이 아니에요."

베일리가 대답했다. 고개를 젓고 있는 베일리의 목소리가 갈라졌다.

나는 몸을 숙여 전화기를 집어 들었다. 액정이 깨져 있었지만, 고장은 나지 않았다. 전화는 걸 수 있었다. 911에 전화를 걸어 도움을 요청할 수 있었다. 나는 살짝 뒤로 움직여 베일리를 향해 걸었다.

당신이 보호해줘.

내가 베일리가 서 있는 파란 문 앞으로 뒷걸음질 쳐서 가는 동안 찰리는 항복하는 사람처럼 두 손을 번쩍 들어 올렸다. 이제 곧 계단을 지나면 바깥으로 나갈 수 있었다.

"이봐요. 방금은 미안했어요. 설명할 수 있어요. 그러니까 앉아봐요. 잠깐이면 돼요. 그 정도는 두 사람 모두 해줄 수 있죠? 와서 앉아요. 허락하면, 말해줄게요."

찰리는 손으로 우리가 앉을 수 있는 탁자 자리를 가리켰고, 우리에게 선택권을 주겠다는 듯이 뒤로 물러났다. 그의 눈을 보고, 그가 진심으로 말하고 있음을 알 수 있었다. 찰리는 화가 난 것이 아니라 슬퍼 보였다.

하지만 찰리의 피부는 여전히 불타는 것처럼 빨갰고, 나는 내가 본 분노를, 두려움을 잊을 수가 없었다. 그 분노가 무엇 때문이건, 찰리가 이 일과 어떤 관계가 있는지, 찰리와 베일리가 어떤 관계인지 정확하게 파악하기 전까지는 베일리를 그런 분노에 노출시킬 수 없었다.

그래서 나는 베일리 쪽으로 몸을 돌렸다. 베일리에게 몸을 돌리고, 베일리의 셔츠 뒷자락을 움켜쥐고서 거칠게 문 쪽으로 끌어당겼다.

"가자, 빨리."

내가 소리쳤다.

우리는 우리가 해야 할 일을 정확히 아는 것처럼 둘이 함께 층계를 달려 내려와 오스틴의 거리로, 찰리 스미스가 없는 곳으로 뛰쳐나왔다.

소원을 빌 때는 주의해야 한다

우리는 빠른 속도로 콩그레스 애비뉴 브리지 쪽으로 걸었다. 다리 건너편에 있는 우리 호텔로 돌아가고 싶었다. 생각을 정리하고, 오스틴을 벗어날 가장 빠른 방법을 찾을 수 있게, 우리 둘만 있을 수 있는 공간으로 돌아가고 싶었다.

"무슨 일이 있었던 거예요? 해나를 때리려고 했어요?"

"모르겠어. 그랬을 것 같진 않아."

나는 베일리의 허리춤에 손을 대 방향을 일러주면서 퇴근을 하고 나온 사람들, 연인들, 대학생들, 한꺼번에 10여 마리 개를 산책시키고 있는 펫시터들 사이를 요리조리 뚫고 지나갔다. 혹시라도 찰리가, 오언의 사진을 보자마자 엄청나게 화를 내며 폭발한 찰리가 우리를 쫓아올까 봐 찰리의 추적을 훨씬 어렵게 만들려고 샛길을 따라 걸었다.

"빨리 걸어, 베일리."

"최대한 빨리 걷고 있어요. 도대체 나보고 어쩌라는 거예요? 길을 잘못 택한 거 아니에요?"

베일리의 말은 틀리지 않았다. 다리에 가까이 갈수록 사람이 줄어들기는커녕 점점 더 많은 사람이 앞다퉈 다리의 좁은 보행로로 올라가려고 아우성치고 있었다.

나는 찰리가 쫓아오지 않는지 확인하려고 뒤를 돌아보았다. 그리고 몇 블록 떨어진 곳에 있는 그를 보았다. 찰리였다. 엄청나게 빠른 속도로 걷고 있었지만, 우리를 보지는 못했다. 찰리는 계속 좌우를 두리번거리면서 걷고 있었다.

콩그레스 애비뉴 브리지가 바로 앞에 있었다. 나는 베일리의 팔꿈치를 붙잡고 다리 보행로로 올라갔다. 하지만 보행로에 사람들이 꽉 차 있어서 거의 앞으로 나아갈 수가 없었다. 사람들이 너무나도 많아서 인파 속에 파묻힌다는 장점은 있었지만, 그 누구도 앞으로 나아가지 않는 것 같은 다리 위 사람들 때문에 갇혀 버리고 말았다.

다리 위에 있는 사람들은 거의 모두 멈춰 있었고, 그 가운데 많은 사람이 다리 밑 호수를 내려다보고 있었다.

"이 사람들은 움직이는 법을 잊어버린 거예요?"

베일리가 말했다.

그 말에 관광객임이 분명해 보이는, 하와이안 셔츠를 입고 커다란 카메라를 든 남자가 뒤를 돌아보며 웃었다. 베일리가 자기에게 물어본 줄 아는 것 같았다.

"박쥐를 기다리고 있어요."

남자가 대답했다.

"박쥐요?"

베일리가 물었다.

"네, 박쥐요. 매일 밤, 여기서 사냥을 하거든요."

그때, 누군가가 외쳤다.

"저기 온다!"

수백, 수천 마리 박쥐가 다리 밑에서부터 하늘 위로 솟구쳐 올랐다. 박쥐가 리본 같은 대형으로 거대한 무리를 지어 일사불란하게 움직이는 모습을 보면서 사람들은 환호성을 질렀다.

찰리가 우리 뒤에 있을지도 몰랐지만, 보이지 않았다. 어쩌면 우리가 사라져버린 것인지도 몰랐다. 박쥐를 관찰하는 술 취한 두 사람이 멋진 오스틴의 밤으로 달아나버린 것인지도 몰랐다.

나는 오스틴의 하늘을, 박쥐들이 무리 지어 다 함께 춤추는 것처럼 움직이고 있는 하늘을 올려다보았다. 박쥐들이 밤하늘 속으로 사라지는 모습을 보면서 사람들이 손뼉을 쳤다. 하와이안 셔츠를 입은 남자가 떠나는 박쥐를 보면서 연달아 사진을 찍어 댔다.

나는 남자를 지나쳐 가면서 베일리에게 계속 걸으라는 신호를 보냈다.

"가야 해. 안 그러면 여기 갇히고 말 거야."

베일리가 점점 더 빠르게 걸었다. 다리를 건널 때쯤에는 우리 둘 다 거의 뛰다시피 했다. 호텔의 긴 진입로에 도착할 때까지 우리는 조금도 쉬지 않았다. 도어맨들이 문을 잡고 있는 호텔 앞에 다다를 때까지도 우리는 멈추지 않았다.

"잠깐만요. 잠깐 멈춰봐요."

베일리는 숨을 고르며 두 손으로 무릎을 짚고 섰다. 나는 안 된다고 말하고 싶었다. 빨리 안전한 호텔 방 안으로 들어가 문을 닫고, 우리만의 은밀한 작은 방에 있고 싶었다.

"내가 그 사람을 기억한다고 말하면 어떻게 되는 거예요?"

베일리가 물었다.

나는 서로 이야기를 나누고 있는 도어맨들을 보았다. 나는 그 두 사람이 우리를 지켜줄 수 있다는 듯이 그들과 눈을 마주치려고, 우리에게 주의를 기울이게 하려고 애썼다.

"내가 그 사람을 아는 거면 어떡해요? 찰리 스미스라는 사람 말이에요."

"알아?"

"크리스틴이라는 이름으로 불렸던 기억이 나요. 그 사람이 부르는 순간, 갑자기 기억이 났어요. 어떻게 그런 걸 잊을 수 있죠? 어떻게 그럴 수 있어요?"

"기억할 수 있게 도와주는 사람이 없으면, 우린 누구나 모든 걸 잊을 수 있어."

베일리는 입을 다물었다. 완전히 말이 없어졌다. 그러다가 우리 두 사람이 모두 입 밖으로 꺼내지 못했던 말을 했다.

"해나는 케이트라는 여자가 내 엄마라고 생각하죠?"

베일리는 '엄마'라는 단어 속에 불이라도 들어 있는 것처럼 잠시 멈추었다가 말했다.

"그래. 내가 틀렸을 수도 있지만, 그렇다고 생각해."

"어째서 아빠는 엄마에 대해서까지 거짓말을 했을까요?"

베일리는 내 눈을 똑바로 바라보았다. 나는 굳이 대답하려 하지 않았다. 어쨌거나 좋은 대답은 해줄 수가 없었으니까.

"도대체 내가 누굴 믿어야 하는지 모르겠어요."

"나를 믿어. 그냥 나만 믿으면 돼."

베일리는 입술을 깨물었다. 나를 믿는 것처럼, 적어도 이제는 나를 믿기 시작한 것처럼. 이 순간만큼은 내가 소망했던 것보다 훨씬 더 좋았다. 왜냐하면 말만으로는 다른 사람이 자신을 믿게 할 수 없으니까. 다른 사람이 자신을 믿게 하려면 믿음을 줄 만한 행동을 보여줘야 하는 법이니까. 하지만 나에게는 그런 행동을 보여줄 수 있는 시간이 많지 않았으니까.

도어맨들이 우리를 바라보고 있었다. 그 사람들에게 우리 말소리가 들리는지는 알 수 없었지만, 어쨌거나 그 사람들은 우리를 보고 있었다. 그때 느꼈다. 베일리를 데리고 이곳을, 오스틴을 벗어나야 한다는 사실을 깨달았다. 그것도 지금 당장.

"나랑 같이 가자."

베일리는 거부하지 않았다. 우리는 도어맨들을 지나쳐 호텔 로비로 들어간 뒤 엘리베이터를 향해 걸었다.

그런데 우리가 엘리베이터를 탈 때, 한 남자도 같이 탔다. 젊은 남자였다. 내가 느끼기에는 베일리를 이상한 표정으로 쳐다보는 남자였다. 니트 조끼를 입고 귀에 온통 피어싱을 한 남자였다. 그 남자가 우리를 쫓아왔다고 생각하는 건 지나치게 예민한 생각이라는 걸 알았다. 정말로 알고 있었다. 그 남자가 베일리를 쳐다본다면, 베일리가 너무나도 아름답기 때문이라는 걸 알았다.

하지만 위험을 감수할 수는 없었다. 나는 엘리베이터에서 내려 계단 쪽으로 걸어갔다. 심장이 미친 듯이 뛰었다. 비상구 문을 열고 계단을 가리켰다.

"계단으로 가자."

"어떻게요? 우리 방은 8층이라고요."

"20층이 아닌 게 다행이지."

내가 대답했다.

"내가 알아야 할 게 또 있어? 이 비행기가 이륙하기 전에?"

"비유적으로 말하는 거야, 아니면 사실적으로 말하는 거야? 비행기의 작동 방식 같은 걸 말해야 하는 거면, 사실 시애틀에 처음 왔을 때 보잉에서 잠깐 일한 적이 있거든."

우리는 뉴욕에서 샌프란시스코로 날아가려던 참이었고, 내 비행기 표는 편도였다. 오언이 더 숍의 신규 상장을 준비하려고 뉴욕에 와 있었기 때문에 더 숍에서 우리가 탈 일등석 좌석을 예약해주었다. 하지만 오언이 한 주 내내 뉴욕에서 지내기로 결정한 가장 큰 이유는 내가 뉴욕을 떠날 수 있게 도우려는 것이었다.

마지막 며칠 동안 우리는 내 아파트와 내 작업실의 짐을 꾸리면서 보냈다. 샌프란시스코에 가면 나는 오언의 집으로 갈 것이다. 오언과 베일리의 집으로. 그 집은 이제 곧 내 집이 될 것이다. 그리고 나는, 곧, 오언의 아내가 될 것이다.

"내 말은 뭘 남겨뒀느냐는 거야. 당신에 대한 거 말이야."

"아직은 당신이 비행기에서 내릴 수 있잖아. 아직 세금도 내기 전이고. 아마 시간은 많을걸."

오언은 그런 일은 신경 쓰지 말라는 듯이 내 손을 꼭 잡았다.

하지만 나는 여전히 초조했다. 갑자기 너무 초조해졌다.

"알고 싶은 게 뭔데?"

"올리비아에 관해 말해줘."

"이미 많이 말해줬잖아."

"아닌 거 같아. 난 아주 기본적인 내용만 아는 것 같거든. 대학 때 연인이었고, 교사라는 거. 조지아에서 나고 자랐다는 거. 그 정도 밖에 모르잖아."

나는 마지막 이야기는 덧붙이지 않았다. 자동차 사고로 세상을 떠났다는 것. 그 뒤로 오언은 그 누구하고도 진지하게 만난 적이 없다는 것도 말하지 않았다.

"내가 베일리의 인생에 아주 깊게 관여하게 될 텐데. 그러니까 베일리의 엄마에 대해 더 많은 걸 알고 싶어."

내 말에 오언은 어디에서부터 시작해야 하는지 고민하는 것처럼 고개를 기울였다.

"베일리가 아기였을 때부터 이야기하면 될까? 셋이서 로스앤젤레스로 여행을 온 적이 있어. 로스앤젤레스 동물원에서 호랑이가 탈출했던 그 주 주말에 갔었어. 동물원에서 1년 정도 지낸 어린 호랑이였어. 그저 우리에서 탈출한 게 아니라 완전히 동물원을 벗어났지. 그 호랑이는 로스펠리스에 있는 주택 뒤뜰에서 잡혔어. 그곳까지 가는 동안 그 누구도 해치지 않았고, 발견됐을 때는 나무 밑에서 몸을 웅크리고 자고 있었어. 올리비아는 이 이야기에 푹 빠졌지. 올리비아가 그 호랑이의 숨은 이야기를 알게 된 건 그 때문일 거야."

"숨은 이야기라니, 그게 뭔데?"

나는 웃으면서 물었다.

"호랑이가 잠든 집의 가족들이 불과 몇 주 전에 동물원에 갔었는데, 그 집 아이들 가운데 한 아이가 호랑이에게 완전히 빠져버렸대. 호랑이 우리 앞을 떠날 때는 그 아이가 울고불고 난리도 아니었대. 호랑이를 데리고 집으로 갈 수 없다는 걸 이해하지 못했던 거지. 그런데 호랑이가 그 집 뒤뜰에서 발견됐어. 그게 우연일까? 당연히 동물학자들은 그렇다고 했어. 그 집은 동물원에서 아주 가까웠으니까. 하지만 올리비아는 그걸 증거라고 생각했어. 가끔은 자기가 가장 가고 싶은 곳으로 가는 길을 찾게 된다는 증거."

"너무 사랑스러운 이야기야."

"당신도 그 사람을 사랑했을 거야."

오언은 웃으면서 창문으로 고개를 돌렸다.

"그 사람을 사랑하지 않을 방법은…… 없으니까."

나는 오언의 어깨를 꼭 잡았다.

"고마워."

오언은 나를 보았다.

"기분은 나아졌어?"

"별로."

내 대답에 오언이 크게 웃었다.

"또 뭘 알고 싶어?"

나는 내 질문이 무엇이었는지를 생각해내려고 애썼다. 그건 올리비아에 관한 질문이 아니었다. 베일리에 관한 질문도 아니었다. 적어도, 정확히 그런 것은 아니었다.

"내 생각에는…… 내 생각에는, 당신이 분명하게 말해줘야 할 것 같아."

"뭘?"

"우리가 옳은 일을 하고 있다는 거?"

그것이 내가 가장 가까이 갈 수 있는 방법이었다. 내가 정말로 걱정하고 있는 것을 표현할 수 있는 가장 근접한 방법이었다. 나는 가족으로 살아가는 일에 익숙하지 않았다. 그건 할아버지가 돌아가셨기 때문은 아니었다. 할아버지하고 살 때도 정확히 가족이라는 느낌은 없었다. 그저 우리는 이 세상을 헤쳐 나가야 하는 두 사람, 2인조라는 느낌이었을 뿐이다. 할아버지의 장례식에서 마지막으로 어머니를 보았다. 그때는 이미 어머니하고는 내 생일에만(아니면 생일 즈음에만) 한 번씩 통화를 하는 사이였을 뿐이다.

그러니까 지금 나는 전혀 다른 관계를 맺게 되는 거였다. 처음으로 나는 진짜 가족의 일원이 되는 거였다. 진짜 가족으로는 어떻게 살아가야 하는지, 어떻게 해야 오언을 믿을 수 있는지, 어떻게 해야 베일리에게 내가 믿을 수 있는 사람임을 보여줄 수 있는지 확신이 서지 않았다.

"우리는 옳은 일을 하고 있어. 우리는 반드시 해야 할 일을 하고 있어. 맹세하는데, 난 나에게 중요한 일을 할 때면 늘 이런 기분을 느껴."

오언의 말에 나는 고개를 끄덕였고, 비로소 차분해졌다. 왜냐하면 나는 그를 믿었으니까. 왜냐하면 내가 정말로 불안한 건 아니었으니까. 적어도 오언 때문에 불안하지는 않았으니까. 나는 내가 오언을 얼마나 원하는지 알았다. 내가 얼마나 오언과 함께 있고 싶은지 알았다. 오언에 관해 모든 것을 아는 것은 아니었지만, 그가 좋은 사람임을 알았다. 내가 불안한 것은 오언을 제외한 모든 것 때문이었다.

오언은 몸을 기울여 내 이마에 입을 맞추었다.

"나는 언젠가 당신이 다른 사람을 믿었어야 했다고 말하는 나쁜 놈은 되지 않을 거야."

"그럼 그런 말도 하지 않는 나쁜 놈이 될 거라는 소리야?"

비행기가 천천히 덜컥거리며 뒤로 움직이더니, 곧 방향을 바꿔 활주로를 향해 천천히 나아갔다.

"아마도 그렇지 않을까?"

"당신을 믿어도 된다는 걸 알아. 당신은 믿어도 돼. 그 누구보다도 당신을 믿고 있어."

오언은 내 손을 잡고 깍지를 끼면서 물었다.

"비유적으로, 아니면 사실적으로?"

나는 굳게 맞잡은 두 손을 내려다보았다. 비행기가 이륙하는 순간 맞잡은 두 손을 내려다보았다. 마주 잡은 손 안에 평온이 담겨 있었다.

"둘이 같은 거였으면 좋겠어."

내가 대답했다.

좋은 변호사

호텔 방으로 돌아와 잠금장치를 채워 문을 잠갔다. 방을 둘러보았다. 바닥에 우리 물건이 마구 흩어져 있고, 여행 가방은 열려 있었다.

"빨리 짐을 챙겨. 그냥 모두 가방에 쓸어 담아. 5분 안에 여기서 나갈 거야."

"어디로 가게요?"

"자동차를 빌려서 집까지 운전해서 갈 거야."

"왜 우리가 직접 운전해요?"

나는 나머지 이야기들은 하고 싶지 않았다. 공항으로 가고 싶지 않다는 말도 하고 싶지 않았다. 공항에 우리를 잡으러 온 사람들이 있을지도 모른다는 말은 하고 싶지 않았다. 그 사람들이 누구든지 말이다. 베일리의 아빠가 누구에게 무슨 일을 했는지는 몰라도, 그 사람이 어떤 사람인지는 알았다. 오언에게 반응했던 찰리처럼 반응하는 사람이라면, 그 사람이 누구건 간에 절대로 우리가 믿을 수 있는 사람은 아니었다. 그 사람은 우리가 멀리 도망쳐야 하는 사람이었다.

"왜 지금 떠난다는 거예요? 이제 거의 다 알아냈는데."

베일리는 잠시 멈추었다가 말했다.

"확실히 알아내기 전까지는 떠나고 싶지 않아요."

"떠나야 해. 분명히 알아낼 거라고 약속할게. 하지만 여기서는 아니야. 네가 위험해질 수 있는 곳에서는 아니야."

베일리는 반박하려고 했지만, 내가 손을 들어서 막았다. 베일리에게 해야 할 일을 지시한 적이 거의 없었기 때문에, 이것이 큰 문제의 시작이 될 수도 있음을 알았다. 하지만 해야 했다. 베일리는 내 말을 들어야 했다. 왜냐하면 우리는 지금 떠나야 했으니까. 사실은 이미 떠났어야 했으니까.

"베일리, 우리에겐 선택의 여지가 없어. 이건 우리가 이해할 수 없는 일이야."

베일리는 놀란 얼굴로 나를 보았다. 베일리가 놀란 건 내가 조금도 감추지 않고 말했기 때문에, 조금이라도 안심할 수 있는 말로 포장하지 않았기 때문일 수도 있었고, 집으로 돌아가자는 내가 틀렸음을 설득하려는 노력을 더는 하고 싶지 않았기 때문일 수도 있었다. 베일리의 표정이 어떤 의미를 담고 있는지는 알 수 없었다. 어쨌거나 베일리가 고개를 끄덕이면서 입을 다물었기 때문에, 나는 내 말에 따르기로 한 거라는 결론을 내리고 말았다.

"좋아요. 챙길게요."

베일리가 말했다.

"고마워."

"네."

베일리는 바닥에 떨어져 있는 옷을 줍기 시작했고, 나는 욕실로 들어가 문을 닫았다. 거울 위로 피곤한 얼굴이 보였다. 눈은 발갛게 상기되어 있었고, 눈 밑은 시커멨고, 피부는 창백했다.

얼굴에 물을 뿌리고 몇 차례 깊이 숨을 들이마시면서 심장을 진정시키려고 애썼다. 어떻게든 표면으로 올라오려고 애쓰며 내 마음을 헤집고 있는 미친 생각들을 가라앉히려고 애썼다. 어째서 나는 여기에 온 걸까? 나는 뭘 알고 있는 거지? 내가 뭘 알아야 하는 거지?

주머니에 손을 넣어 전화기를 꺼냈다. 깨진 액정이, 작은 유리 파편이 내 손가락을, 내 피부를 갈랐다. 연락처에서 제이크를 검색해 문자메시지를 보냈다.

> 캐서린 '케이트' 스미스가 누군지 알아봐줘. 급한 일이야. 결혼 전 이름이야. 찰리 스미스라는 오빠가 텍사스 오스틴에 살고 있어. 케이트의 딸이 베일리하고 나이가 같은지도 알아봐줘. 이름은 '크리스틴', 텍사스 오스틴 출신이야. 결혼 증명서랑 사망 증명서도 함께 알아봐줘. 내 전화기는 통화가 안 될 거야.

나는 전화기를 바닥에 놓고 힘껏 밟으려고 했다. 이 전화기를 가지고 있어야만 오언이 우리를 찾을 수 있다고 해도, 그건 이 전화기 때문에 다른 사람도 우리를 찾을 수 있다는 뜻이었다. 내 추측이 옳다면, 절대로 그렇게 내버려둘 수는 없었다. 누구에게도 들키지 않고 오스틴을 빠져나가야 했다. 찰리 스미스도, 찰리 스미스와 함께하는 그 누구도, 우리를 잡을 수 없는 곳으로 달아나야 했다.

하지만 계속 내 머릿속에서 떠나지 않는 무언가가 있었다. 이 세상과 우리 두 사람을 완전히 단절하기 전에 알아내고 싶은 것이 한 가지 있었다.

도대체 그게 무얼까? 나는 무엇을 찾아내야 한다고 생각하고 있지? 케이트 스미스는 아니었다. 찰리 스미스도 아니었다. 나는 다른 무언가를 찾아보고 싶었다.

다시 전화기를 들어 캐서린 스미스를 검색창에 입력했다. 구글 창에 수천 개가 넘는 링크가 올라왔다. 그중에는 내가 찾는 캐서린을 언급하는 것 같은 링크도 있었지만, 들어가보면 아니었다. 오스틴 텍사스대학교를 졸업한 예술사학과 교수, 오스틴 호수에서 나고 자란 요리사, 바에서 본 사진 속 케이트와 조금은 닮은 것 같은 배우. 배우를 소개하는 링크를 누르자 드레스를 입은 여자 사진이 나타났다.

그때 생각났다. 내가 기억하려고 애쓴 것이 무엇이었는지, 네버 드라이에서 내 눈길을 끈 것이 무엇이었는지가 생각났다.

바에 처음 들어갔을 때 내가 본 신문 기사. 그 기사에는 드레스를 입은 케이트가 있었다. 케이트는 드레스를 입고 있었고, 찰리는 턱시도를 입고 있었고, 노부부가 두 사람 양옆에 나란히 서 있었다. 메러디스 스미스와 니컬러스 벨. 신문 기사 제목은 '니컬러스 벨, 텍사스 스타 어워드 수상'이었다. 사진 기사 밑에도 니컬러스 벨이라는 이름이 있었다.

니컬러스 벨. 메러디스 스미스의 남편이었다. 메러디스 스미스는 다른 사진에도 있었지만 니컬러스 벨은 없었다. 어째서 그 사진 기사 말고는 그토록 사진이 적었지? 어째서 어디선가 들어본 이름 같을까?

검색창에 '니컬러스 벨'을 입력했고, 이 모든 의문의 답을 알 수 있었다.

이야기는 이렇게 시작됐다.

젊고 잘생긴 텍사스 엘패소의 대통령 장학금을 탄 아이는 오스틴 텍사스대학교는 물론이고 자기가 졸업한 고등학교에서 최초로 대학에 진학한 학생 가운데 한 명이었다. 그 아이의 고등학교에서는 법학과에 진학한 학생조차 없었다는 건 말할 필요도 없겠다.

가난한 유년 시절을 보냈지만, 그가 변호사가 된 이유는 돈 때문이 아니었다. 다음번 식사는 어디에서 구할 수 있을지 확신하지 못했던 시절에도 그는 오스틴의 관선 변호사가 되려고 뉴욕과 샌프란시스코에 있는 여러 회사의 제안을 거절했다. 스물여섯 살 때였다. 그는 젊었고 이상적이었다. 고등학교 때부터 사귄 연인과 갓 결혼했고 예쁜 아이들을 간절하게 원했지만 멋진 집은 바라지 않았다(그때는 그랬다).

그 젊은 변호사의 이름은 니컬러스였지만, 곧 '좋은 변호사'라는 별명을 얻었다. 그 누구도 원치 않는 재판을, 도움의 손길이 부족해 공정한 재판을 받기 어려운 피의자들을 기꺼이 돕는 변호사였기 때문이다.

그런 니컬러스가 어떻게 해서 나쁜 변호사가 되었는지는 분명하게 알려진 게 없다. 그 좋은 변호사가 어떻게 해서 북아메리카 대륙에서 가장 큰 범죄 조직의 충실한 조언자가 되었는지는 분명하게 알려진 게 없다.

그 조직은 뉴욕과 플로리다 남부를 기반으로 활동했고, 조직의 우두머리들은 피셔아일랜드나 사우스비치 같은 곳에서 살았다. 그들은 골프를 쳤고, 브리오니 슈트를 입었고, 이웃들에게는 증권가에서 일한다고 알려져 있었다. 그것이 이 조직이 새로운 구역을 개척하고 유지하는 방법이었다. 조용하고 효과적이고 잔인하게. 조직의 대리인들은 갈취, 고리대금, 마약 같은 핵심적인 전통 사업으로 자신들의 영토를 관리하는 한편, 국제 온라인 게임, 월스트리트 중개 사기 같은 좀 더 교묘한 수입원으로 부를 쌓아나갔다.

하지만 이 조직을 융성하게 해준 가장 큰 부의 원천은 옥시콘틴 사업이었다. 경쟁자들이 여전히 헤로인이나 코카인 같은 전통 마약을 이용해 사업을 하는 동안 이 조직은 옥시콘틴이라는 생소한 약으로 사업을 시작했고, 곧 북아메리카 대륙에서 가장 큰 옥시콘틴 거래망을 구축할 수 있었다.

이 조직의 사업에 니컬러스가 등장한 건 이 무렵이었다. 젊은 조직원이 오스틴 텍사스대학교에서 옥시콘틴을 유통하다가 곤란에 빠졌을 때, 감옥행을 면하게 해준 사람이 니컬러스였다.

그 뒤로 니컬러스는 근 30년 동안 이 조직을 위해 헌신적으로 일했다. 니컬러스는 살인 용의자 18명, 마약 운반 혐의로 기소된 용의자 28명, 갈취나 사기 혐의로 기소된 기소자 61명의 재판을 무죄나 미결정 심리로 이끌었다.

니컬러스는 조직에 자신의 가치를 충분히 입증했고, 그 과정에서 부를 쌓았다. 그 때문에 계속해서 피의자를 풀어줄 수밖에 없었던 마약 단속반과 연방수사국은 니컬러스를 주시하게 되었지만, 헌신적인 변호사라는 혐의 외에 그는 어떠한 혐의도 걱정하지 않고 지낼 수 있었다. 무언가가 잘못되기 전까지는 말이다.

어느 날 니컬러스의 딸은 직장에서 자기가 사랑하는 일을 마치고 집으로 걸어가고 있었다. 그 딸은 텍사스 고등법원의 사무원이었다. 법학 대학을 졸업한 지 1년쯤 되었고, 이제 막 아이를 낳은 때였다. 바빴던 한 주를 마무리하고 집으로 걸어가던 그 딸을 자동차가 덮쳤다.

그 사고는 여느 교통사고처럼 보였다. 일반적인 뺑소니 사고처럼 보였다. 딸이 자동차에 치인 곳이 오스틴에 있는 딸의 집에서 가까운 아주 좁은 거리였고, 아주 맑은 날이었고, 금요일 오후였다는 사실만 아니라면 말이다. 금요일 오후는 니컬러스가 딸의 집에서 손녀를 돌보는 날이었다. 니컬러스와 손녀만 있는 날이었다. 음악 수업을 마친 손녀를 데리고 공원에 가서 그네를 태워주는 시간이 니컬러스가 가장 좋아하는 시간이었고, 그 공원은 니컬러스의 딸이 죽임을 당한 곳에서 한 블록밖에 떨어져 있지 않은 곳이었다. 그러니 딸을 발견한 사람은 니컬러스였다. 딸을 본 사람은 니컬러스일 수밖에 없었다.

니컬러스의 고객들은 자기들은 그 사건과 아무 관계가 없다고 했다. 니컬러스가 아주 큰 재판에서 패소한 직후였지만 말이다. 그들의 말은 진실처럼 보였다. 알리바이가 있었으니까. 그들은 니컬러스의 가족을 쫓아다니지 않았으니까. 하지만 분명히 누군가가 한 짓이었다. 복수였고, 경고였다. 니컬러스가 자기 재판만은 분명하게 이기기를 바라는 다른 조직의 조직원들이 벌인 일일 거라는 추측도 있었다.

하지만 그 모든 추측과 이유들이 딸의 남편에게는 조금도 중요하지 않았다. 딸의 남편은 단 한 사람, 장인만을 비난했다. 아내가 금요일 오후에 사망했다는 사실은 장인의 고용주들이 어떤 식으로든 관계가 있다는 증거라고 확신했다. 아니 무엇보다도 애초에 그런 사람들과, 가족에게 비극을 안길 수 있는 사람들과 깊게 연류된 것이 잘못이라고 장인을 비난했다.

좋은 변호사도 딸을 다치게 할 마음은 없었을 것이다. 그는 아주 좋은 아버지였고, 딸의 죽음으로 완전히 피폐해졌다. 하지만 분노를 주체할 수 없었던 사위에게 그런 사실은 중요하지 않았다. 그리고 사위는 많은 일을 알고 있었다. 사위를 신뢰했던 좋은 변호사가 당연히 비밀을 지켜주리라 믿고 말해준 많은 사실을 알고 있었다.

좋은 변호사의 사위가 장인의 범죄를 입증하는 주요 증인이 되어 장인을 감옥에 보내고, 조직에 타격을 가해 조직 구성원을 18명이나 감옥에 보내버린 것은 그 때문이었다. 좋은 변호사라는 호칭도 그렇게 쓸려가버렸다. 사위와 엄마에 대한 기억이(그리고 할아버지에 대한 기억이) 조금밖에는 남지 않았을 사위의 어린 딸은 재판이 끝난 뒤에 사라져버렸고, 그 누구도 다시는 두 사람의 소식을 듣지 못했다.

그 변호사의 이름은 대니엘 니컬러스 벨이었다.

좋은 변호사의 사위 이름은 이선 영이었다.

이선의 딸 이름은 크리스틴이었다.

나는 들고 있던 전화기를 바닥에 던져 박살을 냈다. 단 한 번의 가격으로 박살을 내버렸다. 이전에도 이런 식으로 물건에 발길질을 해본 적이 있는 것처럼, 발에 힘을 주고 세차게 내리쳤다.

그런 다음에야 욕실 문을 열었다. 베일리를 데리고, 우리 물건을 챙겨 이 망할 오스틴을 벗어나려고 욕실 문을 열었다. 5분 안에, 아니 5초 안에, 아니 지금 당장 이곳을 빠져나가야겠다는 생각으로 욕실 문을 열면서 말했다.

"베일리, 당장 여기서 나가야 해. 이미 싼 짐만 챙겨서 나가자. 어서 가야 해."

하지만 호텔 방에는 아무도 없었다. 베일리는 더는 그곳에 없었다. 베일리가 사라졌다.

"베일리?"

심장이 마구 뛰기 시작했다. 베일리에게 전화를 걸려고, 문자 메시지를 보내려고 전화기를 찾았다. 하지만 곧 내가 전화기를 부숴버렸다는 사실이 떠올랐다. 나에게는 전화기가 없었다.

복도로 달려 나갔다. 청소 카트 말고는 아무것도 없었다. 재빨리 카트를 지나 엘리베이터로, 층계로 뛰어갔다. 베일리는 없었다. 그 누구도 없었다. 베일리가 간식을 사러 호텔 바에 갔기를 바라며 엘리베이터를 타고 로비로 내려갔다. 호텔 식당으로, 스타벅스로 달려갔다. 베일리는 두 곳 어디에도 없었다. 그 어디에도 없었다.

사람은 수많은 결정을 한다. 늘 결정을 내린다. 하지만 두 번 이상 생각하지 않고 내린 결정이 그 애에게 일어날 일을 결정하리라고 생각해서는 안 되는 거였다. '호텔 방으로 가서 이중으로 문을 잠그자. 이제 우리는 안전해. 그러니까 욕실에 들어가자. 욕실에 있어도 열여섯 살 아이는 혼자 침대에 앉아 있을 거야. 방에 머물 거야. 그 애가 가면 어디를 가겠어?' 이런 생각을 하면 안 되는 거였다.

베일리는 잔뜩 겁을 먹고 있었다. 정말로 무서워하고 있었다. 오스틴을 떠나고 싶지 않다고 했었다.

어째서 베일리가 반항하지 않고 순순히 자동차를 타고 갈 거라고 생각했을까? 어째서 베일리가 내 말을 들을 거라고 생각했을까?

나는 엘리베이터를 타고 8층으로 올라가 복도를 내달렸다. 욕실 바닥에 전화기를 부숴버린 나 자신에게, 베일리에게 문자메시지조차 보내지 못하는 상황을 만들어버린 나에게 미칠 듯이 화가 났다. 전화기가 없다면, 나는 베일리의 위치를 추적해 쫓아갈 수도 없었다.

"베일리! 제발 대답해!"

호텔 방으로 들어가 베일리가 이 조그만 호텔 방 어딘가에 숨어 있는 것처럼 이리저리 고개를 돌리며 방을 구석구석 살폈다. 벽장을 열어보고 침대 밑을 보았다. 혹시라도 혼자 있고 싶어서 몸을 웅크리고 울고 있을지도 몰라서. 그런 곳에 있으면 비참하지만 안전하다고 생각하고 있을지도 몰라서. 나라면 정말 주저하지 않고 그렇게 했을 테니까. 아무리 비참해도 안전하다는 생각이 들기만 한다면 그렇게 했을 테니까.

호텔 방 문이 활짝 열렸다. 한순간 안도했다. 지금까지 한 번도 느껴보지 못했던 안도감을 느꼈다. 베일리가 돌아왔으니까. 내가 호텔 방을 미친 듯이 뒤지며 결국 베일리를 놓쳤다고 절망하고 있을 때, 결국에는 돌아와주었으니까. 그저 얼음이나 음료수를 가지러 아래층에 내려갔다 온 것뿐이니까. 보비에게 전화를 걸고 온 것뿐이니까. 담배를 찾아내 피우고 온 것뿐이니까. 그냥 그런 것뿐이니까.

하지만 문 앞에 서 있는 베일리는 없었다.

그레이디 브래드퍼드만 있었다.

빛바랜 청바지를 입고 야구 모자를 뒤로 돌려 쓴 그레이디가 보였다. 그가 입은 바보 같은 바람막이가 보였다. 팔짱을 낀 그레이디는 화가 난 얼굴로 나를 뚫어버릴 것처럼 노려보고 있었다.

"그러니까 기어이 가서 모든 걸 망쳐버렸군요."

그레이디가 말했다.

3부

썩은 나무는 조각할 수 없다.
공자

우리가 어렸을 때

오스틴 시내 옆길에 있는 미국 연방 법원 건물에서는 창문 너머로 다른 건물들이, 길 건너에 있는 주차장 건물이 보였다. 건물들은 대부분 불이 꺼진 채 닫혀 있었고, 주차장도 거의 비어 있었다. 하지만 그레이디와 그레이디 동료들의 집무실은 환하게 불이 켜져 있었고, 그 안에서 사람들이 바쁘게 움직이고 있었다.

"그럼 다시 한번 검토해보죠."

내가 앞뒤로 계속 움직이는 동안 그레이디는 책상 끝에 걸터앉아 있었다. 그레이디가 나를 책망하고 있음이 느껴졌지만, 그건 필요 없는 일이었다. 지금 나보다 나를 더 책망하는 사람은 없을 테니까. 베일리가 사라져버렸다. 베일리가 없어졌다. 지금 그 아이 혼자서, 저 밖에 있었다.

"그게 어떻게 베일리를 찾는 데 도움이 된다는 거죠? 나를 체포한 게 아니라면, 밖에 나가서 베일리를 찾는 게 더 도움이 될 거예요."

내가 말했다.

"우리 측 동료 여덟 명이 이미 베일리를 찾고 있습니다. 지금 당신이 해야 할 일은 모든 걸 되짚어보는 거예요. 우리가 베일리를 찾기를 원한다면, 당신이 해야 할 일은 그것뿐이에요."

그레이디가 대답했다.

나는 그레이디의 눈을 똑바로 보았다. 하지만 마음은 누그러졌다. 그가 옳았으니까.

창문으로 걸어가 밖을 내다보았다. 무언가를 찾을 수 있는 것처럼. 저 아래 거리에서 서성이는 베일리를 볼 수 있는 것처럼 밖을 보았다. 하지만 누구를 집중해서 봐야 하는지 알 수가 없었다. 오스틴의 밤거리에는 너무나도 많은 사람이 있었다. 가느다란 달빛 때문에 베일리가 저 사람들 틈에서 방황하고 있다는 사실이 더욱더 무섭게 느껴졌다.

"그 사람이 데려갔으면 어떡해요?"

내가 물었다.

"니컬러스 말입니까?"

그레이디가 되물었다.

나는 고개를 끄덕였다. 머릿속이 빙글빙글 돌기 시작했다. 그가 얼마나 위험한 사람인지, 어째서 오언이 필사적으로 그에게서 벗어나려고 했는지, 오언이 어떻게 베일리를 그에게서 떼어놓았는지, 그런 베일리를 내가 어떤 식으로 다시 이곳으로 되돌려 놓았는지, 이제는 니컬러스에 관해 내가 알게 된 모든 것들이 나를 움켜잡고 있었다.

당신이 보호해줘.

"그런 것 같지는 않군요."

"하지만 불가능한 건 아니죠?"

"당신이 베일리를 데리고 오스틴에 온 걸 보면, 이제는 불가능한 건 없을 것 같습니다."

나는 스스로 마음을 다독이려고 애썼다. 그레이디에게는 나를 안심시켜줄 마음이 전혀 없는 것이 분명했으니까.

"그 사람이 이렇게 빨리 우리를 찾아낼 수는 없지 않을까요?"

"아마도 없을 겁니다."

"당신은 우리를 어떻게 찾았어요?"

"음, 오늘 아침에 받은 당신 전화는 도움이 안 됐죠. 그러던 중 뉴욕에 있는 당신 변호사 제이크 앤더슨에게서 연락을 받았어요. 당신이 오스틴에 있는데, 연락이 되지 않는다고 하더군요. 전화가 불통이라 걱정된다고. 그래서 당신을 추적했죠. 충분히 빨리 찾아낼 수는 없었지만……."

나는 몸을 돌려 그레이디를 보았다.

"도대체 왜 오스틴에 온 겁니까?"

그레이디가 물었다.

"애초에 당신이 우리 집에 찾아왔었잖아요. 그게 의심스러웠기 때문이에요."

"오언은 당신이 탐정이라는 말은 나에게 하지 않았는데요."

"오언은 이 일에 대한 어떤 말도 나에게 하지 않았어요, 안 그래요?"

애초에 그레이디가 나에게 무슨 일이 벌어지고 있다는 걸 말해주지 않았다면, 오언과 오언의 과거에 대해 누구든지 솔직하게 말해주었다면 오스틴에 올 이유는 전혀 없었을 거라는 사실을 지적하면서 불평하는 건 현명하지 않았다. 하지만 그런 마음이 생기는 것을 멈출 수는 없었다. 누군가를 가리키며 이 일의 원인이라고 비난해야 할 때 그 손가락이 나를 가리키지는 않게 해야 하니까.

"지난 72시간 동안, 나는 내 '남편'이 내가 생각했던 사람이 아니라는 걸 알았어요. 그럼 내가 어떻게 했어야 하죠?"

"내가 말한 대로 했어야죠. 몸을 낮춰 시선을 끌지 않고 변호사를 알아볼 것. 그리고 내가 내 일을 할 수 있게 가만있었어야죠."

"당신 일이 정확히 뭔데요?"

"10년도 전에 오언은 자기가 딸을 보호하지 못할 수도 있는 삶에서 벗어나야겠다고 결정했어요. 딸이 처음부터 완벽하게 새로 시작할 수 있는 삶을 살아야겠다고 말이에요. 내가 그걸 도왔고요."

"하지만 제이크 말이…… 아니, 내 생각에는, 오언은 증인 보호 프로그램에 참가하고 있는 것 같지 않았어요."

"증인 보호 프로그램에 관해서는 제이크의 말이 맞을 수도 있겠군요. 정확히 증인 보호 프로그램이 시행되고 있는 건 아니니까요."

"도대체 그게 무슨 말이에요?"

나는 영문을 몰라 어리둥절한 표정으로 그레이디를 보았다.

"오언은 증언을 한 뒤에 증인 보호 프로그램을 시작할 예정이었지만, 안전하지 않다고 느꼈어요. 증인 보호 프로그램에는 구멍이 너무 많다고 생각했고, 자기가 믿어야 할 사람이 너무 많다고 생각했죠. 게다가 재판이 진행되는 동안 작은 유출 사건도 있었고요."

"작은 유출이라니, 그게 무슨 말이죠?"

"뉴욕 지사에서 누군가가 우리가 오언과 베일리를 위해 만든 신분을 누출한 거예요. 그 뒤로 오언은 어떤 정부 부서와도 함께 하고 싶어 하지 않았죠."

"너무 놀라워요."

"일어나기 힘든 일이 일어나긴 했죠. 하지만 오언이 다른 방법을 택해야 했던 이유를 이해합니다. 그가 베일리와 함께 사라져 버리기로 결정한 이유를 말이에요. 어느 누구도 두 사람이 간 곳을 알지 못했죠. 연방 법원에 있는 그 누구도요. 우리는 오언과 연락할 방법은 없다는 결론을 내렸고요."

하지만 그레이디는 오언과 오언의 가족을 살피려고, 모든 혼란에서 오언이 빠져나갈 수 있도록 도우려고 그 먼 거리를 단숨에 날아왔다.

"당신만 빼고 말이죠."

내가 말했다.

"오언은 나를 믿었습니다. 아마 그때 내가 신참이어서 그랬는지도 모르죠. 아니면 나는 믿어도 된다고 생각했거나요. 왜 그랬는지는 당신이 직접 물어보세요."

"지금은 그 사람한테 그 무엇도 물어볼 수 없는걸요."

그레이디는 창가로 걸어가 창문에 몸을 기댔다. 내가 기대하고 찾았기 때문에 보이는 것인지는 몰라도, 그레이디의 눈에 연민이라고도 할 수 있는 감정이 떠올라 있었다.

"오언과는 그렇게 많은 말을 나누지는 않았습니다. 그저 대부분은, 오언은 자신의 인생을 살았죠. 아마도 나에게 마지막으로 연락을 해 온 건, 당신과 결혼한다는 말을 할 때였을 겁니다."

"오언이 나에 대해 뭐라고 했어요?"

"당신이 게임의 판도를 바꾸는 사람이라고 하더군요. 지금까지 그런 식으로 사랑에 빠져본 적이 없었다고 하면서요."

나는 눈을 감고서 그레이디의 말이 나에게 불러일으키는 기분을 느꼈고, 나도 오언에 관해 같은 감정을 얼마나 깊이 느꼈었는지를 생각했다.

"사실 나는 당신과 함께하면 안 된다고 오언을 설득하려고 했어요. 그 감정은 그냥 지나가게 내버려두라고 했었죠."

그레이디가 말했다.

"그것 참 고마운 일을 했네요."

"오언은 당신과 헤어져야 한다는 내 조언은 듣지 않았어요. 하지만 과거를 말하면 안 된다는 내 충고는 들었죠. 오언의 과거를 알면 당신이 위험해질 거라는 말을 들은 거죠. 정말로 당신과 함께하고 싶다면 과거는 뒤에 남겨두고 가야 한다는 말을 들은 거예요."

나와 함께 침대에 누워 그 말들을 해주어야 할지 고민했을 오언을 생각했다. 나에게 자신의 과거를 솔직하게 털어놓고 싶었을 오언을 생각했다. 하지만 그레이디에게 들은 경고 때문에 입을 다물었을 것이다. 지금 우리가 함께 모여 이 일을 헤쳐나갈 방법을 상의하지 못하는 것은 그레이디의 경고 때문인지도 몰랐다.

"지금, 오언이 아니라 당신을 비난하라고 그런 말을 하는 건가요? 당신 말을 들으니까 행복해져서 묻는 말이에요."

"사람은 누구나 말 못 할 비밀이 있다는 걸 얘기하는 겁니다. 당신의 변호사 친구 제이크처럼요. 그 사람 말이, 두 사람이 예전에 약혼한 사이였다고 하던데요."

"그건 비밀이 아니에요. 오언은 이미 제이크에 관해 모든 걸 알아요."

"이 일에 제이크가 관여하고 있다는 걸 알면 오언은 어떤 기분일까요?"

나는 "선택의 여지가 없었다"고 말하고 싶었다. 하지만 이런 걸로 그레이디와 다투는 건 바보 같은 일이었다. 그레이디는 내가 방어 자세를 취하게 해, 자기가 알고 싶은 걸 털어놓게 만들려는 거였다. 정확히는 나의 비밀이 아니라 나의 의지를 알고 싶은 거였다. 그가 지금 해야 한다고 생각하는 것을 따르지 않으려는 의지가 어느 정도나 되는지 알고 싶은 거였다.

"오언은 왜 도망간 거죠, 그레이디?"

"그래야 했으니까요."

"그게 무슨 뜻이에요?"

"이번 주에 아베트 사진이 뉴스에 얼마나 자주 나왔는지 알죠? 언론은 곧 오언에 대해서도 집중적으로 보도할 겁니다. 사방에서 오언의 사진을 보겠죠. 그들도 마찬가지일 겁니다. 니컬러스의 고용주들 말입니다. 과거하고는 외모가 달라졌다고 해도 못 알아볼 정도로 달라진 건 아니니까요. 오언은 언론에 노출되는 위험을 감수할 수 없었던 거죠. 언론에 사진이 올라오기 전에 빠져나가야 했을 겁니다. 베일리의 인생을 망치기 전에요."

그레이디가 하는 말을 이해할 수 있었다. 어째서 오언이 나에게 다른 말을 할 수 없었는지, 어째서 그저 떠나는 것 말고는 할 수 있는 일이 없었는지를 나는 다른 각도에서 이해할 수 있었다.

"오언은 자기도 경찰 조사를 받을 테고, 오늘 오후에 조던 매버릭이 그랬던 것처럼 지문이 찍힐 걸 알았을 거예요. 그러면 진짜 신분이 밝혀졌을 테고, 그걸로 게임은 끝이었겠죠."

"그 사람들은 오언이 유죄라고 생각하나요? 그 나오미인가 하는 FBI 수사관은요?"

"아니에요. 그 사람들은 오언이 자기들에게 필요한 답을 줄 수 있을 거라고 생각해요. 그건 용의자라고 생각하는 것과는 다른 문제죠. 하지만 오언이 자발적으로 더 숍의 사기에 가담했느냐고 묻는다면, 나는 그럴 가능성은 없다고 대답하겠어요."

"그럼 어떤 가능성이 있죠?"

"아베트가 오언에 관해 알았을 가능성?"

나는 그레이디의 눈을 똑바로 보았다.

"오언이 아베트에게 말했을 리는 없으니, 자세한 내용은 몰랐을 겁니다. 하지만 아베트는 자기가 어떠한 배경 설명도 없는 사람을 고용했다는 건 알았겠죠. 추천장도 없고 동종 업계에 인맥도 없는 사람을요. 오언은 아베트가 찾는 건 가장 능력 있는 프로

그래머라고 했지만, 내 생각에는 아베트는 그림자 같은 사람을 찾고 있었던 게 아닌가 싶어요. 필요할 때 자기가 통제할 수 있는 사람 말이에요. 실제로도 그렇게 했고요."

"그러니까 당신 말은 오언이 더 숍에서 벌어지는 일을 알고 있었지만 그만둘 수 없었다는 건가요? 그저 소프트웨어가 작동하도록 자기가 그 일을 수습할 수 있기만을 바라면서요? 잡히기 전에?"

"그렇죠."

"그건 너무 구체적인 추측인데요."

"나는 당신 남편을 구체적으로 아니까요. 오언은 노출될 수도 있다는 위험을 오랫동안 인지하며 살았던 사람이라, 더 숍에서 사건이 터지면 자기가 또다시 감쪽같이 사라져야 한다는 걸 알고 있었어요. 베일리도 완전히 새로 시작해야 하고요. 물론 이번에는 베일리에게 진실을 말해야 할 테고요. 당연히 쉬운 일은 아니죠."

그레이디는 잠시 멈추었다가 말을 이어나갔다.

"당신이 두 사람과 함께 가겠다고 결정한다면, 당신이 포기해야 하는 일들은 말할 것도 없고요."

"함께 가겠다고 결정한다는 게 무슨 뜻이죠?"

"음, 함께 숨는다면 당신은 선반공으로 살아갈 수 없어요. 가구 디자이너로도 살아갈 수 없어요. 당신의 직업을 뭐라고 부르든 간에 말입니다. 당신은 모든 걸 포기해야 해요. 당신의 직업도, 삶의 방식도요. 오언은 당신이 그런 결정을 내리는 걸 원치 않았을 겁니다."

갑자기 오언과 만나고 얼마 되지 않았을 때의 일이 떠올랐다. 그때 오언은 내가 선반공이 되지 않았다면 무엇을 했을지를 물었다. 그때 나는 아마도 할아버지의 영향 때문일 테지만, 그리고 그때까지 나에게 안정을 느끼게 해준 일이 선반 일이었기 때문일 테지만, 선반공만이 내가 하고 싶은 일이라고 대답했었다. 선반 일이 아닌 다른 일을 한다는 건 정말 상상도 할 수 없는 일이라고 대답했었다.

"그러니까 오언은 내가 자기와 함께 가지 않을 거라고 생각했다는 말이죠?"

이건 그레이디가 아니라 나에게 하는 질문에 더 가까웠다.

"지금은 그게 중요한 게 아닙니다. 지금 나는 오언의 기사가 나오지 못하게 간신히 막고 있어요. 당신이 샌프란시스코만에서 만난 FBI 친구가 오언을 추적하지 못하도록 간신히 막고 있단 말입니다. 하지만 당신들이 공식적으로 우리의 보호를 받지 않는 한 계속 막아줄 수는 없어요."

"보호라니, 증인 보호 프로그램을 말하는 거예요?"

"그래요. 증인 보호 프로그램."

나는 말없이 그레이디가 한 말의 무게를 가늠해보았다. 보호받는 증인이 된다는 것이 어떤 의미인지 헤아릴 수가 없었다. 보호받는 사람들은 어떻게 보일까? 정부의 보호를 받는 사람들을 영화에서 말고는 본 적이 없었다. 〈위트니스〉에서 아미시 공동체로 숨어들어 가는 해리슨 포드와 〈나의 푸른 하늘〉에서 스파게티를 훔치러 마을로 몰래 들어가는 스티브 마틴이 내가 아는 유일한 증인들이었다. 두 사람은 우울해 보였고 혼란스러워 보였다. 그때 제이크의 말이 생각났다. 실제 현실에서는 그렇게 좋은 일이 일어날 가능성은 거의 없다고 했던 말이 떠올랐다.

"그러니까 베일리가 처음부터 다시 시작해야 한다고요? 새로운 신분을 가지고? 새로운 이름으로? 모든 걸 다시?"

"그래요. 내가 베일리에게 새로운 삶을 시작할 수 있게 해줄 겁니다. 베일리의 아빠도요. 지금 일어나고 있는 일이 다시는 생기지 않도록……."

나는 그레이디의 말을 이해해보려고 애썼다. 그러니까 그 말은 베일리가 더는 베일리가 아니게 된다는 뜻이었다. 지금까지 베일리가 힘들게 쌓아왔던 모든 것들이, 학교생활이, 성적이, 연극을 하는 삶이, 그리고 베일리 자신이 완전히 사라진다는 뜻이었다. 다른 곳에서 베일리는 뮤지컬 공연을 할 수 있을까? 아니면 그게 단서가 될까? 그 사람들이 오언을 찾아내는? 아이오와주의 한 학교에 전학 온 학생이 학교에서 공연하는 뮤지컬에 출연하면, 그 사람들이 오언을 찾아내고 말까? 아니면 지금껏 관심을 가지고 해왔던 모든 일을 그만두고, 펜싱이나 하키 같은 다른 적성을 찾아야 할까? 그도 아니면 완전히 몸을 낮추고 아무 일도 하지 말아야 하나?

어떤 말로 표현한다고 해도, 그레이디의 말이 의미하는 것은 베일리가 그 누구도 모방할 수 없는 독특한 사람이 되려고 하는 순간에, 베일리에게 베일리이기를 멈춰달라고 요구해야 한다는 뜻이었다. 이제 막 걸음마를 뗀 아기도 아니고 이제 마흔이 되는 성인도 아닌, 열여섯 살 소녀에게 지금까지의 인생을 모두 포기해달라고 하는 것은 너무나도 가혹하고 무시무시한 요구였다.

하지만 나는 안다. 베일리는 아빠와 함께할 수 있다면 그 어떤 대가도 치를 것이다. 우리 둘 다, 그것이 우리 모두가 함께 있을 수 있는 방법이라면, 몇 번이고 거듭해서 기꺼이 대가를 치를 것이다.

그런 확신 속에서 위안을 찾으려고 했다. 하지만 무언가 석연치 않다는 느낌이 떠나지 않았다. 그레이디가 가장 중요한 문제를 피하고 있다는 느낌이 들었다. 무언가를 내가 계속 놓치고 있다는 기분이 들었다.

"해나가 반드시 알아야 할 게 있어요. 니컬러스 벨은 나쁜 사람입니다. 오언도 니컬러스가 나쁜 남자라는 걸 받아들이고 싶어 하지 않았어요. 그 생각을 오래 지킬 수는 없었지만요. 아마도 그건 케이트가 자기 아버지에게 충실했기 때문일 겁니다. 오언은 케이트에게 충실했던 거고요. 찰리에게도요. 오언은 찰리와 가까운 사이였으니까요. 케이트 남매는 자기들 아버지가 의심스러운 고객을 몇 명 상대하고는 있지만 좋은 남자라고 믿었어요. 두 사람은 오언도 그렇게 믿게 만들었죠. 니컬러스는 변호사라고, 그저 자기 일을 하는 것뿐이라고, 그 자신은 불법을 저지르지 않는다고요. 두 사람은 자기 아버지를 사랑했으니까. 남매는 아버지가 좋은 아버지이고 좋은 남편이라고 생각했으니까요. 정말로 좋은 아버지, 좋은 남편이기는 했어요. 두 사람은 틀리지 않았어요.

그저 니컬러스가 다른 일도 했을 뿐이죠."

"다른 일이라니, 어떤 거요?"

"살인이나 갈취, 마약 거래 같은 거요. 많은 사람의 삶을 완전히 망쳐버리는 일을 돕고도 전혀 후회하지 않은 거, 수많은 사람의 세상을 파괴하는 일을 돕고서도 전혀 유감으로 생각하지 않은 거 말이에요."

나는 그레이디의 말이 불러일으키는 감정을 표정에 드러내지 않으려고 애썼다.

"니컬러스는 무자비한 조직을 위해 일했어요. 용서란 없는 조직이죠. 오언이 자기들을 찾아오게 만들기 위해서라면 무슨 일이든지 할 수 있는 사람들이에요."

"그 사람들이 베일리를 쫓을 수 있다는 거예요? 그게 하고 싶은 말이에요? 오언을 잡으려고 베일리를 쫓고 있다고요?"

"내 말은, 우리가 빨리 베일리를 찾아내지 못하면 그럴 수도 있다는 겁니다."

온몸을 꼼짝도 할 수 없었다. 이 뜨거운 열기 속에서도 얼어붙어버린 것만 같았다. 그레이디는 그렇게 암시했다. 베일리는 위험에 처해 있었다. 혼자서 오스틴 거리를 헤매고 있는 베일리가 이미 위험해졌을 수도 있다는 뜻이었다.

"중요한 건 니컬러스도 멈출 수가 없을 거라는 점이에요. 아무리 원치 않는다고 해도, 니컬러스는 조직을 막을 수 없을 겁니다. 그래서 오언이 베일리를 빼돌려야 했던 거예요. 니컬러스의 손도 결코 깨끗하지 않다는 걸 알고 있었으니까요. 니컬러스가 한 일을 이용해서 이 조직을 공격했으니까요. 무슨 말인지 알겠죠?"

"조금만 천천히 말해줘요."

"니컬러스가 처음부터 범죄에 연루된 건 아니었어요. 하지만 결국 언젠가부터는 위에서 보내는 지령을 전달해야 했을 겁니다. 감옥에 있는 행동대원들과 조직의 우두머리들이 서로 전달해야 하는 일들이 있었을 테니까요. 감옥 안팎으로 지령을 전달할 수 있는 방법은 변호사를 통하는 것뿐이에요. 당연히 의미 없는 지령은 아니었겠죠. '누군가에게 보복해라', '누군가를 죽여라' 하는 지령이었을 겁니다. 한 남자와 그의 아내가 죽고 두 아이에게서 부모를 빼앗게 될 걸 알면서도 그 지령을 전달해야 하는 거예요. 그런 일을 상상할 수 있겠어요?"

"언제 오언이 그걸 알게 되었죠?"

"니컬러스가 암호 시스템을 구축하는 걸 오언이 도왔어요. 니컬러스가 그 프로그램을 이용해서 지령을 전달했고, 녹음해둘 필요가 있을 때는 그 프로그램으로 녹음도 했어요. 케이트가 살해된 뒤에 오언은 그 프로그램을 해킹해서 그 안의 자료를 우리에게 보냈습니다. 이메일과 편지 내용 같은 걸요. 니컬러스는 공모죄로 6년 형을 선고받았어요. 오언이 준 자료가 직접적인 증거가 됐죠. 니컬러스 벨을 이런 식으로 배신했다면, 다시는 돌아오면 안 되는 거예요."

계속 무언가를 놓치고 있다고 생각했던 이유를 알게 된 것은, 그레이디가 나에게 말하지 않은 것이 무엇인지를 깨달은 것은 바로 그때였다.

"그렇다면 왜 오언은 당신을 찾지 않았죠?"

"그게 무슨 말입니까?"

"어째서 오언은 당신에게 곧바로 가지 않았을까요? 그게 모든 걸 다 끝내는 일이었다면, 증인 보호 프로그램에 참여하는 게 정말로 베일리를 지키는 유일한 길이었다면, 오언을 지키는 방법이 증인 보호 프로그램밖에 없었다면, 더 숍에 문제가 생겼을 때 왜 오언은 당신에게 연락하지 않았을까요? 어째서 당신을 찾아가서 우리를 다른 곳으로 보내달라고 부탁하지 않았을까요?"

"그건 오언에게 물어봐야죠."

"아니, 나는 당신에게 묻고 있어요, 그레이디. 그때, 누군가 정보를 유출했을 때 무슨 일이 있었던 거죠? 다시는 그런 일이 일어나지 못하게 처리를 했나요, 아니면 베일리의 목숨이 위험해졌나요?"

"그 일이 지금 일어나고 있는 일과 무슨 관계가 있다는 거죠?"

"완전히 관계가 있죠. 남편이 그 일 때문에 당신들이 베일리를 지켜줄 수 없을 거라고 생각하게 됐다면, 지금 일어나고 있는 일은 모두 그 일과 관계가 있는 거예요."

"하지만 중요한 것은 지금 오언과 베일리가 선택할 수 있는 최상의 방법은 증인 보호 프로그램이라는 겁니다. 더 말할 필요도 없습니다."

그레이디는 양해도 구하지 않고 대화를 끝냈다. 하지만 내 질문이 그의 마음을 심란하게 만들었음이 분명했다. 그렇기에 부정하지 않은 것이 분명했다. 오언이 정말로 그레이디가 베일리를 안전하게 지켜줄 수 있다고 믿었다면, 우리를 안전하게 지켜줄 수 있다고 믿었다면 혼자서 떠나지 않고 우리를 데리고 여기에 와 있을 것이다.

"자, 엉뚱한 곳으로 빠지지 맙시다. 지금 당신이 해야 할 일은 베일리가 호텔 방을 나가야 했던 이유를 파악할 수 있게 도와주는 거예요."

"나도 이유는 몰라요."

"추측해보세요."

"오스틴을 떠나기 싫었던 것 같아요."

자세한 내용은 말하지 않았다. 베일리는 이제 곧 직접 해답을 찾을 수 있을 것 같을 때, 자신의 과거에 대한 해답을, 자신의 아빠가 제대로 준비도 하지 않고 무방비 상태로 내가 이 상황을 헤쳐 나가게 내버려두고 떠나버린 이유에 대한 해답을 찾을 수 있을 것만 같을 때 오스틴을 떠나고 싶지 않았을 것이다. 베일리가 호텔 방을 나선 이유가 그것 때문이라고 생각하자, 안전한 어딘가에서, 자기가 직접 찾지 않으면 도저히 믿지 못할 해답을 찾으려고 애쓰고 있을 거라는 생각을 하자, 오히려 마음이 차분해졌다. 나는 그런 기질을 지닌 사람을 또 한 명 알고 있었다. 바로 나 말이다.

"어째서 베일리가 오스틴을 떠나고 싶어 하지 않았을 거라고 생각하죠?"

내가 알고 있는 유일한 진실을 말한 건 그때였다.

"가끔은 그걸 느낄 때가 있으니까요."

"그걸 느끼다니, 뭘 말입니까?"

"문제를 해결할 사람은 나라는 거요."

내가 대답했다.

그레이디는 회의에 들어갔고, 또 다른 미국 연방 법원 직원 실비아 에르난데스가 나를 데리고 빈 회의실로 갔다. 실비아는 나에게 회의실 전화를 사용해도 된다고 했다. 그 전화를 도청하지도, 녹음하지도 않을 것처럼 말했다. 심지어 내가 무언가를 하기 전에도 내가 하는 일을 모두 확실하게 알아내려고 전화를 걸게 하려는 게 아니라는 것처럼, 전화를 하라고 했다.

실비아는 회의실 밖에 자리를 잡고 앉았고, 나는 전화기를 집어 들고 가장 친한 친구에게 전화를 걸었다.

"전화를 몇 시간이나 한 줄 알아? 둘 다 무사하지?"

줄스는 전화를 받자마자 말했다.

나는 긴 회의 탁자 앞에 앉아 한 손으로 머리를 잡고 쓰러지지 않으려고 안간힘을 썼다. 아무리 쓰러질 것처럼 느껴질 때도 나를 붙잡아 줄 줄스가 있으니 나는 안전할 것이다.

"지금 어디야? 방금 제이크가 미친 듯이 화를 내면서 전화했었어. 네 남편이 너를 위험에 빠뜨렸다고 소리소리 지르면서. 진짜, 그 남자는 하나도 안 그립다니까."

"그래, 뭐, 제이크는 제이크지. 하지만 제이크는 지금 우릴 도우려고 하는 거야. 놀라울 정도로 도움이 되지 않는 방식으로."

"오언은 어떻게 됐어? 자수한 건 아니지?"

"전혀 아니야."

"그럼 전혀 맞는 건 뭔데?"

줄스가 물었다. 하지만 목소리는 부드러웠다. 그건 무슨 일이 되었건, 내가 지금 당장 설명할 필요는 없다는 걸 말해주는 줄스만의 방식이었다.

"베일리가 사라졌어."

"뭐?"

"떠나버렸어. 호텔 방을 나갔어. 아직 못 찾았고."

"열여섯 살이야."

"알아, 줄스. 안 그러면 내가 왜 이렇게 무서워하겠어?"

"아니, 내 말은 베일리는 열여섯 살이라고. 그 나이 아이들에게는 가끔 사라지는 게 필요한 일일 수 있다는 뜻이야. 베일리는 무사할 거야."

"그렇게 단순한 문제가 아니야. 니컬러스 벨이라는 이름 들어봤어?"

"내가 들어봤어야 하는 이름이야?"

"그 사람, 오언의 장인이야."

갑자기 뭔가 떠오른 것처럼 줄스는 잠시 대답하지 않았다.

"잠깐만. 니컬러스 벨이라고? 그, 니컬러스 벨? 변호사?"

"맞아, 그 사람. 그 사람에 대해 아는 거 있어?"

"많지는 않아. 그냥...... 몇 년 전에 석방됐다는 걸 신문에서 본 기억이 나. 폭행인가 살인으로 감옥에 갔던 것 같은데. 그 사람이 오언의 장인이라고? 세상에."

"줄스, 오언은 정말 곤란한 상황에 처해 있어. 그런데도 나는 그걸 막을 방법이 없어."

생각에 잠겼는지 줄스는 말이 없었다. 내가 보여주지 못한 나머지 조각들을 채우려고 애쓰는 줄스의 모습이 눈앞에 떠오르는 것만 같았다. 줄스가 마침내 말했다.

"우리가 막을 거야. 약속할게. 일단, 너랑 베일리를 집으로 데려올 거야. 그런 다음에 어떻게 할지 생각해보자."

가슴이 조여왔다. 줄스는 언제나 이랬다. 우리 두 사람은 서로에게 언제나 이렇게 했다. 갑자기 내 숨이 멈춰버린 것도 이 때문이었다. 베일리는 이 이상한 도시의 거리를 배회하고 있었다. 그리고 우리가 베일리를 찾은 뒤에도(당연히 연방 법원 요원들이 베일리를 곧 찾을 거라고 믿어야 했다) 그레이디는 집으로 돌아갈 수 없다고 했다. 그것도 영원히.

"아직 전화 안 끊었지?"

"안 끊었어. 지금 어디야?"

"집이야. 그리고 열었어."

무언가를 암시하듯 줄스가 말했고, 나는 줄스가 금고에 관해 말하는 것임을, 돼지 저금통 안에 있던 작은 금고에 관해 말하는 것임을 알아챘다.

"열었어?"

"응. 맥스가 샌프란시스코 시내에 사는 기술자를 찾아서 한 시간쯤 전에 열었어. 마티라는 아흔일곱 살쯤 된 할아버지가 열었어. 이분이 글쎄, 금고를 열려고 어떻게 했는지 알아? 5분 정도 금고에 귀를 대고 있더니, 그냥 열었어. 그 바보 같은 돼지 저금통 안에 있던 거 말이야. 철로 된 거."

"안에 뭐가 들어 있었어?"

줄스는 잠시 멈칫했다.

"유언장이었어. 최종 유언장. 본명이 이선 영인 오언 마이클스의 유언장. 유언장 내용도 듣고 싶어?"

다른 사람이 이 통화를 엿듣고 있을지도 몰랐다. 줄스가 오언의 유언장을 읽는다면, 오언의 유언장을 다른 사람도 듣게 된다. 내가 오언의 노트북에서 발견한 유언장이 아니라 다른 쪽으로 시선을 끌기 위해 작성한 유언장이 아니라, 나에게 보내는 비밀 전언일 수도 있는 글을 다른 사람이 듣게 되는 것이다.

오언의 진짜 유언장을, 조금 더 완성된 유언장을, 이선의 유언장을 다른 사람이 듣게 될 것이다.

"줄스, 다른 사람이 이 통화를 듣고 있을 거야. 그러니까 몇 가지만 확인하는 게 좋겠어."

"당연히 그래야지."

"베일리의 보호자는 누구로 지정했어?"

"주 보호자는 너야. 오언이 사망하거나 직접 베일리를 돌볼 수 없을 때는 네가 주 보호자가 된다고 적혀 있어."

오언은 지금의 상황을 준비하고 있었던 거다. 정확히 지금과 같은 상황은 아니라고 해도 이와 비슷한 상황이 일어날 때를 대비하고 있었던 거다. 그는 이런 상황이 벌어지면 베일리가 나와 함께 있을 수 있도록, 나와 함께 이 세상을 헤쳐 나가도록 준비를 해둔 것이다. 오언은 언제부터 나를 이렇게까지 믿게 되었을까? 언제부터 베일리에게 가장 좋은 건 나와 함께 있는 거라고 생각하게 된 걸까? 오언이 나를 믿었다는 사실에, 내가 베일리를 보호할 수 있다고 믿었다는 사실에 내 마음속에서 무언가가 쪼개지면서 활짝 열렸다. 그런 내가 지금 베일리를 잃어버렸다. 베일리를 이 낯선 도시에서 방황하게 만들어버렸다. 내가 그런 일이 일어나게 만든 것이다.

"언급한 다른 이름은 없어?"

"있어. 네가 베일리를 돌볼 수 없게 되거나 베일리의 나이에 따라서 관여해야 할 사람들 이름과 규칙이 적혀 있어."

줄스가 유언장에 적힌 사람들 이름을 읽어나가는 동안 나는 꼼꼼하게 들으면서 익숙한 이름들을 적어나갔다. 하지만 실제로 내 귀에 들린 이름은 단 한 명뿐이었다. 모든 증거가 믿으면 안 된다는 말을 하고 있지만, 내가 진짜 믿어야 하는지, 오언이 믿었던 사람인지를 고민해야 했던 단 한 사람의 이름만이 내 귀에 들어왔다. 그 이름을 들었을 때, 그러니까 줄스가 찰리 스미스라고 말했을 때, 이름을 적어나가던 내 손이 멈췄다. 나는 줄스에게 이만 끊어야겠다고 말했다.

"조심해."

줄스가 대답했다.

"끊어"라는 말이 아닌, 늘 하는 "사랑해"라는 말이 아닌, "조심해"라고 줄스는 말했다. 내가 처한 상황을 생각해보면, 이제부터 내가 해야 할 일을 알아내야 한다는 사실을 생각해보면, 그 세 문장은 서로 다르지 않은 의미를 담고 있었다.

의자에서 일어서 회의실 창문을 내다보았다. 비가 내리고 있었다. 하지만 오스틴의 밤은 여전히 활기찼다. 우산을 든 사람들이 저녁을 먹으러, 공연을 보러, 술을 마시러, 심야 영화를 보러 바쁘게 걸어가고 있었다. 어쩌면 이제는 충분히 즐겼고, 빗줄기가 굵어지고 있으니 집으로 돌아간다는 결정을 내린 사람들도 있을 것이다. 집으로 가는 사람들은 얼마나 행운아인지.

나는 뒤를 돌아 유리문을 보았다. 반대쪽에 실비아 집행관이 앉아 있었다. 전화기를 내려다보고 있었다. 나에게는 관심이 없거나 아이를 돌보는 것보다는 더 중요한 일로 바쁜지도 몰랐다. 아니면 내가 잘 아는 일 때문에 바쁠 수도 있었다. 오언을 찾는 일, 베일리를 찾는 일 말이다.

복도로 나가 상황이 어떻게 됐는지 물어보려고 할 때 복도를 걸어오는 그레이디가 보였다.

그레이디는 회의실 문을 똑똑 두드리더니 문을 열고 웃으면서 나를 보았다. 마치 해동이 된 것처럼 한결 부드러워진 표정이었다.

"찾았어요. 베일리를 찾았답니다. 베일리는 안전해요."

그레이디의 말에 내 입에서 깊은 숨이 새어 나갔고, 내 눈에는 눈물이 차올랐다.

"아, 감사합니다. 베일리는 어디 있었어요?"

"대학교에 있었어요. 지금 요원들이 데리고 오고 있습니다. 베일리가 도착하기 전에 잠시 이야기를 나누죠. 일단 계획을 진행하기 전에 당신과 내가 의견을 맞추는 게 중요하니까."

계획을 진행하기 전이라는 건, 베일리를, 우리를 어디론가 데려간다는 뜻이었다. 그러니까 그가 베일리에게 베일리가 알고 있던 모든 삶은 이제 끝났다고 말할 때, 베일리가 무너지지 않도록 내가 굳건하게 힘이 되어달라는 뜻이었다.

"그리고 또 해야 할 말이 있어요. 이 이야기는 할 필요가 없기를 바랐지만, 전에 만났을 때 내가 모든 걸 솔직하게 말한 건 아니라서……."

"그랬을 거라고는 조금도 생각하지 못했어요."

"어제, 오언의 업무 메일을 담은 집 드라이브를 확보했어요. 오언의 것이 확실한지 알아봤고, 확인도 했고요. 오언은 자신의 반대에도 아베트가 기업공개를 위해서 가한 부당한 압력을 모두 기록해놨더군요. 상황을 바로잡으려고 자기가 어떤 노력을 했는지도 모두 기록을 해두었고……."

"그러니까 그냥 구체적으로 해본 추측이 아닌 거죠? 오언의 책임이 아니란 말이죠?"

"그래요. 나는 그렇게 생각해요."

"그러니까 정말로 남편이 모든 파일을 압축해서 보관해두었다는 거죠?"

내 목소리가 커졌다. 목소리를 낮추고 싶었지만, 그럴 수 없었다. 왜냐하면 오언이, 지금 어디에 있는지도 알 수 없는 오언이 우리를 보호할 수 있는 모든 일을 하고 있었기 때문이다. 그리고 그레이디가 오언처럼 우리를 보호해줄 수 있으리라는 믿음이 생기지 않았기 때문이다.

"확실히 오언은 도움을 주었어요. 증인 보호 프로그램이 대상자를 선정하는 건 쉽지 않은 일입니다. 이 파일들과 오언이 살았던 삶을 생각해보면 지금까지 왜 우리에게 도움을 요청하지 않았는지 알 수 있어요. 어째서 계속 더 숍의 일을 하는 것밖에는 선택의 여지가 없다고 생각했는지 말이에요."

그레이디의 말을 곱씹으면서 나는 안도했지만, 다른 감정도 느꼈다. 처음에는 그 감정이 나에게 사실을 숨긴 그레이디에게, 오언에게 연락이 왔었음을 숨긴 그레이디에게 느끼는 짜증이라고 생각했지만, 그보다 훨씬 불길한 감정이라는 사실을 깨달았다. 그레이디가 나에게 숨긴 것이 무엇이든 간에 그것이 점점 더 구체화되기 시작했기 때문이다.

"왜 하필 지금 나한테 그런 이야기를 해주는 거죠?"

"베일리가 여기에 왔을 때 우리 입장이 같아야 하니까요. 증인 보호 프로그램에 대해, 세 사람이 앞으로 나갈 수 있는 가장 좋은 방법에 대해서요. 전혀 그럴 수 있다는 기분이 들지는 않을 테지만, 당신은 완벽하게 무에서 시작하지는 않을 거예요."

"그게 무슨 말이에요?"

"오언이 베일리에게 남긴 돈 있죠? 그건 합법적으로 번 돈이에요. 오언이 깨끗하게 번 돈입니다. 그러니까 밑돈을 가지고 증인 보호 프로그램을 시작할 수 있어요. 우리 프로그램에 참여하는 사람들은 대부분 꿈도 꾸지 못하는 일이죠."

"그 말은, 그레이디, 우리가 프로그램을 거절하면 그 돈을 갖지 못할 거라는 말처럼……."

"프로그램을 거절하면, 해나, 어차피 아무것도 갖지 못해요. 가족이 다시 모이는 것도, 안전하게 지내는 것도 불가능해요."

나는 고개를 끄덕였다. 그레이디가 나를 설득하려 한다는 걸 알고 있었으니까. 내가 베일리와 함께 증인 보호 프로그램에 참여해야 한다고 설득할 셈이라는 걸 알고 있었으니까. 그레이디는 내가 프로그램에 참여해야 한다고 말하고 있었다. 이미 오언이 우리에게 합류해 새로운 인생을 살아갈 수 있게 준비를 해두었으니까. 우리 가족이 다시 함께할 수 있게 준비해두었으니까. 새로운 이름으로 살아가야겠지만, 어쨌거나 함께할 수는 있는 거니까. 우리 세 사람 모두가.

하지만 그레이디가 아무리 옳다고 주장해도 내가 도저히 놓을 수 없는 것이 있었다. 오언도 내가 놓기를 원치 않을 것이 있었다. 의심 말이다. 증인 보호 프로그램이 새로 마련한 신분을 노출했었다는 사실을 생각해보면, 니컬러스 벨을 생각해보면 의문이 생겼다. 오언이 급하게 도망쳤다는 사실을 생각해보면, 내가 아는 오언에 관해 생각해보면, 도대체 그 이유가 무엇인지 생각해보면 한 가지 의문이 생겼다. 나의 의문을 설명해주는 것은 오직 하나였다. 오언에 관해 내가 알고 있는 모든 것이 나에게 다른 길을 택하라는 확신을 주고 있었다.

그레이디는 계속 말했다.

"우리가 할 일은 이게 가능한 한 안전하게 살 수 있는 최선의 방법이라는 걸 베일리에게 알려주는 거예요."

가능한 한 안전하게 살 수 있는 방법이라니. 거기서 나는 멈췄다. 그레이디가 그저 '안전하게'라고 말하지 않았으니까. 안전은 어디에도 없었으니까. 이제 더는 안전하지 않았으니까.

이제 베일리는 거리를 헤매고 있지 않았다. 연방 법원으로, '가능한 한 안전한 곳'으로 오고 있었다. 그레이디가 베일리에게 다른 사람이 되어야 한다고 말할 곳으로 오고 있었다. 베일리가 더는 베일리가 아닌 곳으로 가야 한다는 말을 듣게 될 곳으로 오고 있었다. 내가 멈출 수 없다면, 그럴 수밖에 없을 것이다.

내가 정신을 차린 것은 그때였다. 내가 해야 할 일을 깨달은 것은 그때였다.

"그래요. 해봐요. 베일리를 설득할 수 있는 일은 다 해봐요. 하지만 그 전에 화장실에 다녀와야겠어요……. 얼굴에 물을 좀 뿌리고 정신을 차려야겠어요. 24시간 동안 전혀 못 잤거든요."

"그러시죠."

그레이디가 고개를 끄덕였다.

그레이디가 잡아주는 회의실 문으로 나가다가 그 옆에 섰다. 지금 하려는 일에서 가장 중요한 부분이 바로 그레이디가 나를 믿게 하는 것이었으니까.

"베일리를 무사히 찾아서 정말 안심했어요."

"나도 그래요. 지금 상황이 쉽지 않다는 거 압니다. 하지만 이게 최선이에요. 베일리는 생각보다 빨리 안정을 찾을 겁니다. 보이는 것만큼 무서운 일은 아니에요. 두 사람이 함께 있으면, 우리가 오언을 찾자마자 곧바로 두 사람에게 데려다줄 겁니다. 지금 오언이 기다리고 있는 것도 이거라고 확신해요. 두 사람이 정말로 안전한지, 두 사람이 준비가 되었는지 확인하는 것 말입니다."

그레이디가 나를 보고 웃었다. 그래서 나도 내가 할 수 있는 일을 했다. 그레이디에게 웃어주었다. 오언이 떠난 이유를 자기가 안다는 그레이디를 신뢰하는 것처럼, 오언과 오언의 딸이 다시 만나려면 우리가 지금 사는 곳을 떠나 새로운 곳에 정착해야 한다는 그레이디의 말을 신뢰하는 것처럼 웃었다. 그래야 우리가 안전한 것처럼, 내가 나 아닌 다른 사람이 베일리의 안전을 지킬 수 있다는 말을 믿는 것처럼 웃었다.

그레이디의 전화벨이 울렸다.

"잠깐만요."

그레이디가 말했고, 나는 화장실을 손으로 가리켰다.

"가도 되죠?"

"물론이죠. 다녀오시죠."

그레이디가 대답했다.

그레이디는 이미 창문을 향해 걷고 있었다. 이미 전화기 너머에 있는 사람에게 집중하고 있었다.

복도를 따라, 화장실을 향해 걸어가다 뒤를 돌아 그레이디를 보았다. 그가 나를 보고 있는지 확인했다. 그레이디는 나를 보고 있지 않았다. 전화기를 귀에 대고 나를 등지고 서 있었다. 나는 화장실 문을 지나 엘리베이터 앞으로 가 아래로 가는 버튼을 눌렀다. 그레이디는 계속 통화를 하면서 회의실 창문 밖을, 밖에 내리는 비를 쳐다보고 있었다.

다행히 아주 빠르게 도착한 엘리베이터는 비어 있었다. 나는 엘리베이터에 올라가 닫힘 버튼을 눌렀다. 그레이디가 전화를 끊기 전에 1층으로 내려갈 수 있었고, 실비아 에르난데스가 나를 찾아 화장실로 들어가기 전에 비가 오는 밖으로 나올 수 있었다.

실비아나 그레이디가 회의실 탁자를 보고 내가 남겨두고 온 것을 보기 전에 길모퉁이를 돌아갈 수 있었다. 나는 전화기 밑에 쪽지를 놓고 왔다. 오언이 나에게 남긴 쪽지를 나는 그레이디를 위해 남겼다.

당신이 보호해줘.

그리고 나는 아주 빠른 걸음으로 낯선 오스틴의 거리를 걸어갔다. 베일리를 위해 그곳으로 가려고, 베일리와 오언을 위해 내가 아는 가장 좋은 방법을 실행하려고, 내가 절대로 갈 일이 없으리라 생각했던 곳으로 돌아가고 있었다.

누구나 재고 조사를 해야 한다

내가 아는 건 이랬다.

밤이면 오언은 자기 전에 두 가지 일을 했다. 왼쪽으로 몸을 돌려 나에게 다가와 나를 끌어안았다. 얼굴을 내 등에 대고 손을 내 심장 위에 올리고서 잠이 들었다. 그때 오언은 평온했다.

오언은 매일 아침 금문교 아래까지 뛰어갔다 왔다.

선택권만 준다면 평생 팟타이를 먹으며 살 것이다.

샤워를 할 때도 결혼반지를 빼지 않았다.

차 문은 늘 열어놓았다. 90퍼센트를 열거나 9퍼센트만 열었다.

겨울이면 워싱턴 호수에서 겨울 낚시를 할 거라고 했지만, 한 번도 가지 않았다.

아무리 끔찍한 영화라고 해도 엔딩 크레디트가 다 올라갈 때까지 영화를 끄지 못했다.

샴페인은 지나치게 고평가되어 있다고 생각했다.

뇌우는 지나치게 저평가되어 있다고 생각했다.

말은 하지 않았지만 높은 곳을 무서워했다.

운전은 오직 수동으로만 했다. 수동 변속이 가능한 자동차를 찬미했다. 물론 사람들은 그의 말을 무시했다.

샌프란시스코에서 열리는 발레 공연에 딸을 데려다주는 걸 사랑했다.

소노마 카운티에서 딸과 함께하는 하이킹을 사랑했다.

식당에서 딸에게 아침을 사주는 걸 좋아했지만, 정작 오언 자신은 아침 식사를 전혀 하지 않았다.

열 겹 초콜릿케이크를 처음부터 끝까지 혼자 만들 수 있었다.

보통 이상의 코코넛 카레를 만들 수 있었다.

10년 전에 샀지만 포장도 뜯지 않은 라마르조코 에스프레소 머신이 있었다.

그리고 한 번 결혼한 적이 있었다. 나쁜 사람들을 변호하는 남자의 딸과 결혼했다. 물론 그 사람들을 단순히 나쁜 사람들이라고 부를 수 없다는 사실을, 그런 명칭만으로는 부족하다는 사실을 잘 알고 있었지만 말이다. 오언은 장인이 하는 일을 받아들였다. 왜냐하면 그 남자의 딸과 결혼을 했으니까. 그것이 오언다운 일이니까. 오언은 필요했기 때문에, 사랑했기 때문에, 어쩌면 두려웠기 때문에 장인을 받아들였다. 자기가 느끼는 감정을 두려움이라는 말로 표현하지는 않았을 수도 있다. 어쩌면 부적절하게도 '충실'이라는 말로 표현했는지도 모른다.

그리고 내가 아는 또 다른 이야기들이 있다. 오언이 아내를 잃었을 때 모든 것이 바뀌었다는 것. 그 모든 것들이 처음부터 끝까지 바뀌었다는 것 말이다.

오언의 내부에서 무언가가 깨지면서 열렸다. 오언은 화가 났다. 오언은 아내의 가족에게, 아내의 아버지에게, 그리고 자기 자신에게 화가 났다. 사랑이라는 이름으로, 충실이라는 명칭으로 눈을 가리고 있던 자기 자신에게 화가 났다. 그가 떠난 것은 그 때문이기도 했다.

하지만 베일리를 그런 인생에서 멀어지게 해야 한다는 것도 그가 떠난 이유였다. 그것이 가장 중요하고 긴급한 이유였다. 베일리를 아내의 가족 옆에 두는 것이야말로 오언이 느끼는 가장 큰 위험이었다.

이 모든 것을 다 아는데도, 나로서는 절대 모를 일이 하나 있었다. 내가 지금 위험을 무릅쓰고서 하겠다고 결정한 일을, 그런 일을 하는 나를 오언이 용서해줄까 하는 것 말이다.

네버 드라이 2

네버 드라이는 영업 중이었다.

그곳에는 퇴근한 직장인들, 대학원생들, 한 쌍의 연인이 있었다. 녹색 머리카락을 뾰족하게 세운 남자와 팔에 문신을 새긴 여자는 서로에게 완벽하게 집중하고 있었다.

바 뒤에서 사람들을 즐겁게 해주고 있는 바텐더는 조끼를 입고 넥타이를 매고 있었고, 연인에게 어울리는 맨해튼을 부어주고 있었다. 점프 슈트를 입은 여자가 또 한 잔을 원하듯이, 바텐더를 보면서 주의를 끌려고 애쓰고 있었다. 어쩌면 단순히 그의 관심을 끌고 싶은 건지도 몰랐다.

그리고 찰리 스미스가 있었다. 할아버지의 부스에 혼자 앉아 위스키를 마시고 있었다. 탁자에 놓인 위스키병이 보였다.

찰리는 생각에 잠긴 얼굴로 위스키 잔을 손가락으로 문질렀다. 어쩌면 아까 우리를 만났을 때 일어났던 일을 생각하고 있는지도 몰랐다. 자기가 모르는 여자와 자기가 생사를 알고 싶었던 동생의 딸을 만났을 때, 자기가 다른 식으로 행동했다면 어땠을까 하는 생각을 하고 있는지도 몰랐다.

나는 찰리에게 걸어갔다. 바로 옆에 섰지만, 잠깐 동안 찰리는 그 사실을 눈치채지 못했다. 마침내 내 존재를 깨달았을 때, 찰리는 화가 난 것이 아니라 믿을 수 없다는 표정으로 나를 보았다.

"여기는 왜 온 겁니까?"

찰리가 물었다.

"그 사람을 만나야겠어요."

"누구를 만난다는 겁니까?"

나는 대답하지 않았다. 그에게 설명할 필요가 없었으니까. 찰리라면 누구를 말하는 건지 정확하게 알 테니까. 내가 누구를 만나고 싶어 하는지 분명히 알 테니까.

"따라와요."

찰리는 부스에서 일어나 어두운 통로로 들어가 화장실과 기계실을 지나 주방으로 갔다.

내가 주방으로 들어가자, 찰리는 세게 문을 닫았다.

"오늘 밤에 얼마나 많은 경찰들이 왔다 갔는지 알아요? 아무것도 묻지 않았지만, 여기 왔다 가는 걸 볼 수 있었어요. 지금도 그 사람들이 여기 있다는 걸 압니다. 사방에 깔려 있어요."

찰리가 말했다.

"경찰들은 아닐 거예요. 미국 연방 법원 직원들일 테니까요."

"당신은 이 상황이 웃깁니까?"

"아니, 전혀요."

나는 찰리의 눈을 똑바로 보았다.

"그 사람에게 우리가 왔다고 말해요, 찰리. 그 사람은 당신 아버지잖아요. 그 애는 당신 조카고요. 두 사람 모두 그 애가 사라지고 나서 쭉 찾았을 거 아니에요. 아무리 그러길 원해도, 당신 혼자만 알고 있을 수는 없어요."

찰리는 비상구를 열었다. 문 뒤로 층계와 뒷골목이 보였다.

"당신은 떠나야 해요."

"그럴 수 없어요."

"왜죠?"

나는 어깨를 으쓱했다.

"달리 갈 수 있는 곳이 없으니까요."

그건 사실이었다. 찰리가 스스로 인정하는 것은 고사하고, 나조차도 인정하기 어려운 일이었지만, 찰리만이 이 일을 해결할 유일한 방법일 수도 있었다. 그것을 찰리도 깨달았는지 몰랐다. 왜냐하면 찰리에게서 결의가 사라지고 움찔하는 모습이 보였으니까. 찰리가 비상구 문을 도로 닫았으니까.

"당신 아버지를 만나야 해요. 그럴 수 있게 해달라고 남편 친구에게 부탁하는 거예요."

"난 당신 남편 친구가 아닙니다."

"아니, 친구일 거라고 생각해요. 내 친구 줄스가 이선이 나에게 남긴 유언장을 찾았어요."

나는 이선이라는 이름을 꺼냈다.

"진짜 유언장을요. 그 유언장에 당신 이름이 있었어요. 나와 함께 당신을 딸의 보호자로 지정했어요. 그에게 무슨 일이 생기면 당신이 자기 딸을 돌봐주기를 원했어요. 그 사람은 내가, 그리고 당신이 딸과 함께해주기를 바랐어요."

찰리는 내가 한 말을 생각하면서 천천히 고개를 끄덕였다. 잠시 그가 울고 있는 거라고 생각했다. 그의 두 눈이 촉촉해졌고, 눈물을 막으려는 것처럼 두 손을 이마에 가져가 눈썹을 잡아당겼으니까. 지난 10년 동안 조카를 볼 수 없었다는 처절한 슬픔과 이제 다시 조카를 볼 수 있을지도 모른다는 안도의 마음이 모두 눈물이 되어 흘러나올 것만 같았으니까.

"우리 아버지는 왜 만나려고 합니까?"

"이선은 자기 딸이 니컬러스와 연결되는 걸 바라지 않을 거예요. 하지만 이선이 유언장에 당신 이름을 넣었다는 건, 내가 당신을 믿어도 된다는 사실을 알리고 싶었던 거라고 생각해요. 당신은 아직 갈등이 심해 보이지만요."

찰리는 자기가 이런 상황에 처했다는 사실을 도저히 믿을 수 없다는 듯이 고개를 저었다. 그 기분은 나도 충분히 이해할 수 있었다.

"너무나도 오래된 싸움이에요. 이선도 무죄는 아니고요. 당신은 다 안다고 생각하겠지만, 사실 당신은 무슨 일이 있었는지 완벽하게는 알지 못하니까요."

"알아요. 나도 무슨 일이 있었는지 모른다는 거."

"그럼 대체 무슨 생각이죠? 그런데도 내 아버지를 만나서 말을 하고, 이선과 아버지가 만들어둔 평화를 깨겠다는 겁니까? 그건 중요하지 않아요. 당신이 무슨 말을 하든 그건 하나도 중요하지 않아요. 이선은 우리 아버지를 배신했습니다. 우리 아버지의 인생을 파괴했고, 그 과정에서 우리 어머니의 인생을 끝장냈어요. 내가 이 일을 수습할 수 없다면, 당신도 수습할 방법이 전혀 없어요."

찰리는 갈등하고 있었다. 나는 알 수 있었다. 그가 자기 아버지에 대해 나에게 무슨 말을 해야 할지, 오언에 대해 나에게 무슨 말을 해야 할지 갈등하고 있다는 것을. 나에게 너무 조금 말해도, 너무 많이 말해도 나를 쫓아 보낼 수 없을 것이다. 찰리는 내가 떠나기를 바라고 있었다. 내가 떠나는 것이 모두에게 가장 좋은 일이라고 생각하고 있었다. 하지만 나는 그런 찰리를 무시했다. 이것만이 문제를 해결할 수 있는 유일한 방법이었기 때문이다.

"결혼한 지는 얼마나 됐죠? 이선과?"

"그게 왜 중요하죠?"

"이선은 당신이 생각하는 사람이 아니니까."

"누구나 그런 말을 하네요, 요즘은."

"이선은 당신에게 뭐라고 했죠? 내 동생에 대해?"

"아무 말도 안 했어요." 나는 말하고 싶었다. "내가 아는 건 모두 거짓이었어요." 결국 이선의 아내는 불타는 빨간색 머리카락도 없었고, 과학을 사랑하지도 않았다. 뉴저지에 있는 대학교에 다니지도 않았다. 아마도 수영장을 헤엄쳐 건너는 방법을 모를 수도 있었다. 그리고 이제 나는 오언이 왜 그런 말들을 했는지, 왜 전 아내 이야기를 꾸며냈는지 이해했다. 그래야만 다가오면 안 되는 사람이 베일리에게 접근하거나, 알아보면 안 되는 사람이 베일리가 사실은 누구일지도 모른다는 의심을 품을 때면, 베일리가 그 사람의 눈을 똑바로 보면서 정직하게 부정할 수 있기 때문이었다. "우리 엄마는 빨간 머리에 수영 선수였어요. 엄마랑 나는 닮은 점이 하나도 없어요"라고 말할 수 있기 때문이었다.

나는 찰리의 눈을 똑바로 보면서 솔직하게 대답했다.

"많은 걸 말해주지는 않았어요. 하지만 내가 그녀를 아주 좋아했을 거라고는 했어요. 우리 둘은 서로를 좋아했을 거라고요."

찰리는 고개를 끄덕였지만 아무 말도 하지 않았다. 오언과 함께 사는 나의 인생에 관해, 조카에 관해 찰리가 하고 싶은 많은 질문들이 느껴졌다. 조카는 어떤 아이인지, 지금은 무엇을 좋아하는지, 자기가 사랑했던 잃어버린 여동생과 얼마나 비슷한지 물어보고 싶은 찰리의 마음이 느껴졌다. 하지만 찰리는 그 어떤 질문도 하지 못할 것이다. 그런 질문들을 한다면, 자신은 대답해줄 수 없는 다른 질문들을 나에게 받아야 할 테니까.

"크리스틴 때문에 아버지와 이선 사이에 있었던 일을 극복할 수 있을 거라고, 두 사람 모두 어느 정도는 진실에 도달할 수 있을 거라고 말해주는 사람이 있었으면 싶겠지만, 그건 사실이 아닙니다. 아버지는 용서하지 않을 거예요. 이 일은 그렇게 해결할 수 없어요. 아버지는 아직 그 일을 용서하지 않았어요."

"나도 알아요."

당연히 나도 알았다. 하지만 찰리가 어쨌든 나를 돕고 싶어 한다는 사실은 분명히 알 수 있었다. 그렇지 않다면 이런 대화를 하고 있을 리가 없었다. 우리는 지금 어려운 대화를 하고 있었다. 오언이 찰리의 가족에게 한 일을, 오언이 나에게 한 일을 이야기하고 있었다. 내 가슴을 터지게 만들 힘든 대화를 하고 있었다.

찰리는 한결 부드러운 표정으로 나를 보았다.

"아까 나 때문에 무서웠어요?"

"왜 그랬는지 물어보려고 했어요."

"그런 식으로 행동할 생각은 없었어요. 그냥 너무나도 놀라서 그랬어요. 정말 얼마나 많은 사람이 이곳에 오는지, 아버지 때문에 이곳이 얼마나 엉망이 되는지 당신은 모를 거예요. 온갖 범죄자들과 쓰레기들이 텔레비전에서 아버지를 봤다고, 자기들이 아버지를 잘 안다고 생각하고 사인을 받으러 옵니다. 이렇게 오랜 시간이 지난 뒤에도요. 이곳이 오스틴의 범죄 사업계를 보여주는 관광 명소가 된 것 같아요. 우리와 뉴턴 갱과……."

"끔찍해요."

"그래요. 끔찍합니다."

찰리는 생각에 잠긴 표정으로 나를 보았다.

"당신은 당신이 무슨 일을 하고 있는지 모르는 것 같아요. 아직도 행복한 결말을 맞을 거라는 희망을 버리지 않고 있는 것 같아요. 하지만 이런 이야기는 좋게 끝나지 않아요. 좋게 끝날 수 없어요."

"좋게 끝날 수 없다는 건 알아요. 내가 바라는 건 다른 거예요."

"그게 뭐죠?"

나는 잠시 생각을 하고서 말했다.

"이 이야기가 여기서 끝나지 않는 거요."

호수에서

찰리가 차를 몰았다.

북서쪽으로 달려 마운틴 본넬을 지나 텍사스 힐 카운티로 들어섰다. 갑자기 온통 얕은 구릉과 나무, 무성한 잎사귀가 우리를 둘러쌌다. 자동차 밖으로 펼쳐진 호수는 조용했고 차분했고 고요했다.

방향을 돌려 랜치로드에 들어서자 빗줄기가 약해졌다. 찰리는 많은 말은 하지 않았지만 몇 년 전에, 어머니가 죽기 전에, 니컬러스가 감옥에서 나왔을 때 부모님이 호숫가에 있는 지중해풍 영지를 구입했다고 말했다. 이 은밀한 도피처는 어머니가 꿈꾸던 집이었지만, 어머니가 세상을 떠난 뒤로는 아버지 혼자 살고 있다고 했다.

나중에 나는 진입로 앞에 찰리의 어머니가 지은 '안식처'라는 이름의 명판이 걸려 있는 그 집을 구입하려면 1,000만 달러가 필요하다는 사실을 알았다. 찰리의 어머니가 이 집에 '안식처'라는 이름을 붙인 이유는 쉽게 알 수 있었다. 영지는 광대했고, 너무나도 아름다웠고, 사적이었다. 너무나도 철저하게 사적이었다.

찰리가 비밀번호를 입력하자 철제문이 열리고, 자갈을 깐 진입로가 나타났다. 적어도 400미터는 되어 보이는 구불구불한 진입로 끝에 작은 초소가 있었다. 눈에 쉽게 띄지 않도록 덩굴에 휘감겨 있는 초소였다.

저택은 감추어진 것과는 거리가 멀었다. 층층이 올라가 있는 발코니, 엔틱 타일을 얹은 지붕, 돌로 만든 정문 등이 마치 프랑스 리비에라 지방에 있는 저택을 연상시켰다. 무엇보다도 눈에 띄는 것은 어서 오라고, 빨리 들어오라고 환영하는 것 같은 2미터가 넘는 화려한 베이 창이었다.

초소에 다가가자 경비원이 나왔다. 꽉 끼는 양복을 입은, 프로미식축구의 라인배커처럼 건장한 남자였다.

찰리가 자동차 창문을 내리자 경비원은 허리를 숙이고 창문 안을 들여다보았다.

"안녕, 찰리."

"네드, 오늘 밤은 어때?"

네드는 시선을 나에게 돌리고 고개를 살짝 끄덕이더니, 다시 찰리를 보았다.

"기다리고 계셔."

네드는 자동차의 후드를 주먹으로 툭툭 치고 초소로 돌아가더니 두 번째 문을 열었다.

찰리의 자동차는 두 번째 문으로 들어가 원형 진입로를 돌아 저택 앞에 멈춰 섰다.

찰리는 차를 세우고 시동을 껐다. 하지만 차에서 내리지는 않았다. 나에게 하고 싶은 말이 있는 것 같았다. 하지만 마음을 바꾸었는지, 아니면 말하지 않는 편이 더 낫다고 판단했는지 아무 말도 없이 차 문을 열고 밖으로 나갔다.

나도 찰리를 따라 서늘한 밤공기 속으로, 비를 맞아 촉촉해진 흙 위로 걸어 나갔다. 내가 정문을 향해 걷기 시작하자, 찰리가 옆문을 가리켰다.

"여기로 가야 해요."

찰리가 나를 위해 잡아준 문으로 들어갔다. 문을 걸어 잠그는 찰리를 잠시 기다렸다가 그를 따라 나섰다. 집의 옆면을 따라 나 있는 좁은 길을, 다육식물과 다양한 식물을 가장자리에 쭉 심어 놓은 오솔길을 걸어갔다.

우리는 나란히 걸었다. 찰리가 바깥쪽에 있었기에 나는 긴 프렌치 창문을 통해 집 안을 들여다볼 수 있었다. 하나같이 불이 켜져 있는 방들이 쭉 이어졌다.

혹시 나를 위해 불을 켜둔 것일까? 방 내부를 자세히 살펴보고, 그 모습에 감탄하라고? 구불구불하고 긴 복도에는 값비싼 예술품과 흑백사진이 줄지어 있었다. 거실에는 하늘 높이 솟은 천장과 짙은 색 원목 소파가 있었고, 저택 뒤쪽을 완전히 차지하고 있는 팜하우스 키친에는 테라코타 바닥과 거대한 석조 벽난로가 있었다.

'니컬러스는 이곳에서 어떻게 혼자서 살아갈 수 있을까?'라는 생각이 머리에서 떠나지 않았다. 이런 집에서 홀로 사는 건 어떤 느낌일까?

오솔길은 호수의 멋진 경치가 보이는 고풍스러운 기둥으로 둘러싸인 체크무늬 베란다를 휘감아 돌았다. 멀리 반짝이고 있는 작은 보트와 무성한 떡갈나무 사이로 서늘하고 고요한 호수가 보였다.

그리고 해자가 있었다. 이 집에는, 니컬러스 벨의 집에는 집 주위를 둘러 판 해자가 있었다. 그것은 허가 없이는 들어올 수도, 나갈 수도 없음을 분명히 암시하고 있는 것만 같았다.

찰리는 기대고 누울 수 있는 긴 소파 가운데 하나를 가리키더니, 자기는 멀리 호수가 보이는 소파에 앉았다.

나는 찰리의 눈길을 피해 호수에 떠 있는 작은 보트들을 물끄러미 보았다. 나는 내가 왜 이곳에 와야 했는지 분명히 알고 있었다. 하지만 실제로 이곳에 와 있는 지금은 내가 틀린 선택을 했다는 기분이 들었다. 나는 찰리의 경고를 들어야 했는지도 몰랐다. 이 안에서는 좋은 일이 하나도 일어나지 않을 것만 같았다.

"어디든 앉아요."

찰리가 말했다.

"괜찮아요."

"조금 기다려야 할 거예요."

나는 기둥에 기댔다.

"그냥 서 있을게요."

"걱정해야 할 사람은 당신이 아닐 수도 있겠군."

갑자기 들려온 목소리에 뒤를 돌아봤고, 복도 끝에 서 있는 니컬러스를 발견하고 소스라치게 놀랐다. 니컬러스의 양옆에는 니컬러스에게 두 눈을 고정하고 있는 커다란 초콜릿색 래브라도레

트리버 두 마리가 있었다.

"그 기둥은 보이는 것과 달리 튼튼하지가 않거든."

니컬러스가 말했다.

나는 기둥에서 떨어졌다.

"아, 죄송해요."

"아니, 아니, 농담이었소. 그냥 농담이 하고 싶더군."

니컬러스가 대답했다.

니컬러스는 손을 저으며 나를 향해 걸어왔다. 니컬러스의 손가락은 조금 굽어 있었다. 염소수염이 듬성듬성 난 이 마른 남자는 관절염으로 고생하는 손가락 때문인지, 헐렁한 청바지와 카디건 때문인지 아주 연약해 보였다.

나는 놀란 기색을 감추려고 입술을 깨물었다. 니컬러스는 내가 예상한 모습과 너무 달랐다. 너무나도 부드러웠고 친절했다. 니컬러스는 꼭 누군가의 사랑스러운 할아버지처럼 보였다. 천천히 느긋하게 말하고 진지하게 유머를 구사하는 니컬러스의 말투는 내가 사랑하는 나의 할아버지를 떠오르게 했다.

"아내가 프랑스 수도원에서 사들여 두 조각으로 나누어서 운반한 기둥이요. 이 지역 장인이 기둥 조각을 한데 이어서 본래 모습으로 복원했소. 아주 튼튼한 기둥이지."

"그리고 정말 아름다운 기둥이고요."

"그렇지. 정말 아름답소. 아내는 디자인에 정말 재주가 있었소. 이 집에 있는 모든 걸 아내가 직접 골랐지. 마지막 한 조각까지 말이오."

아내 이야기를 하는 니컬러스는 괴로워 보였다.

"우리 집을 장식한 이야기를 하는 건 별로 좋아하지 않지만, 당신은 이 작은 집의 역사를 알아볼 자질이 있는 것 같으니……."

니컬러스의 말에 내 심장이 멎는 것만 같았다. 지금 니컬러스의 말은 내가 무슨 일을 하는지 안다는 사실을 암시하고 있는 걸까? 어떻게 알았지? 벌써 내 정보를 확보한 걸까? 아니면 내가 말한 적이 있던가? 나도 모르는 사이에 찰리에게 말했는지도 몰랐다. 중요한 정보를 흘렸는지도 몰랐다.

어느 쪽이건 지금 주도권을 잡고 있는 사람은 니컬러스였다. 열 시간 전이었다면 그렇지 않았을 것이다. 하지만 내가 오스틴에 오면서 모든 상황이 바뀌었다. 이곳은 니컬러스의 세계였다. 오스틴은 니컬러스의 세계였다. 그런 세계로 내가 걸어 들어온 것이다. 그 점을 분명히 하려는 듯이 두 경비원, 네드와 또 다른 남자가 니컬러스의 뒤에서 나타났다. 두 사람 모두 덩치가 컸고 무표정했다. 두 사람은 니컬러스 바로 뒤에 섰다.

니컬러스는 경비원들을 신경 쓰지 않았다. 그저 나에게 손을 뻗어 내 손을 잡았다. 우리가 오랜 친구인 것처럼. 나에게 선택권이 있을 리 없었다. 나는 한 손을 내밀었고, 니컬러스가 그 손을 감싸 쥐는 걸 내버려두었다.

"만나서 기쁘군."

니컬러스가 말했다.

"해나예요. 해나라고 불러주세요."

"해나."

니컬러스는 진심으로 자애롭게 웃었다. 니컬러스가 무자비하고 음흉하다고 생각했던 것보다 훨씬 혼란스러운 상황이었다. 오언도 이 웃음을 보며 니컬러스가 좋은 사람이라고 생각했을까? 이런 웃음을 보면서 그런 생각을 하지 않을 도리가 있을까? 이 사람은 오언이 사랑한 여자를 길러준 사람인데?

차마 니컬러스를 계속 쳐다볼 수가 없어서 나는 고개를 숙이고는 바닥을, 두 래브라도를 보았다.

니컬러스가 내 시선을 따라왔다. 몸을 숙이고 래브라도들의 머리를 토닥였다.

"이 녀석은 캐스퍼고, 이 녀석은 레온이요."

"둘 다 멋져요."

"확실히 멋진 녀석들이지. 고맙소. 독일에서 데려왔지. 지금 슈츠훈트 훈련을 시키고 있소."

"그게 뭐죠?"

"독일어를 그대로 해석하면 '보호견'이라고 할 수 있겠군. 주인을 지키도록 훈련하는 거요. 좋은 동반자가 돼줄 거야."

니컬러스는 잠시 입을 다물었다가 말했다.

"만져보겠소?"

그 말은 협박처럼 들리지는 않았지만 그렇다고 초대처럼 들리지도 않았다. 적어도 내가 받아들일 만큼 흥미로운 초대는 아니었다.

나는 찰리를 보았다. 찰리는 여전히 소파에 누워 팔로 눈을 덮고 있었다. 일부러 평온한 자세를 취하고 있는 것처럼 보이는 게 찰리도 나만큼이나 이곳에 있는 게 불편한 것 같았다. 하지만 니컬러스가 팔을 뻗어 찰리의 어깨에 손을 얹자 찰리는 아버지의 손을 꼭 잡았다.

"안녕, 아빠."

"긴 밤이 될 거다, 꼬마야."

니컬러스가 말했다.

"아빠라면 그렇게 말할 것 같았어."

"술 한잔해라. 스카치 괜찮니?"

"좋아. 완벽한 제안이야."

찰리는 솔직하고도 거리낌 없는 표정으로 아버지를 올려다보았다. 그제야 나는 찰리의 불안을 잘못 이해하고 있었음을 깨달았다. 어떤 이유로 찰리가 기분이 좋지 않은지는 몰랐지만, 그 이유가 지금 손을 잡고 있는 자기 아버지 때문이 아님은 분명해 보였다.

그러니까 그레이디의 말이 100퍼센트 옳았다. 니컬러스는 직업에서는 추악했고 위험한 사람이지만, 다 자란 아들의 어깨에 손을 얹고 힘든 하루를 위로하며 술 한잔을 권할 수 있는 남자였다. 찰리가 보는 니컬러스는 그런 사람이었다.

그렇다면 그레이디가 한 다른 말들은 옳은 걸까? 아니면, 그 말들의 진위 여부에 의문을 품어야 할까? 우리가 안전하려면, 베일리를 안전하게 지키려면 이곳이 아닌 다른 곳으로 가야 한다는 말을 어떻게 이해해야 할까?

니컬러스가 네드에게 고개를 끄덕이자, 네드가 나에게 걸어왔다. 나는 움찔하며 손을 들고 뒤로 물러났다.

"뭐 하는 거예요?"

"그저 도청 장치를 하고 있나 살펴보는 것뿐이오."

니컬러스가 대답했다.

"없어요. 믿어도 돼요. 내가 뭣 때문에 도청 장치를 달고 왔겠어요?"

내 말에 니컬러스가 웃었다.

"이제 더는 나에게 그런 질문을 하는 사람은 없지만, 괜찮으면……."

"팔을 올려주시죠."

네드가 말했다.

나는 이런 일을 할 필요가 없다는 걸 말해달라는 표정으로 찰리를 보았지만 찰리는 아무 말도 하지 않았다.

나는 네드가 말한 대로 팔을 올렸다. 그저 공항 검색대를 지나는 것처럼, 그저 위험한 물건을 소지하고 있는지 살펴보는 것뿐이라고, 무서워할 것 없다고 마음을 다잡았다. 하지만 차가운 네드의 손이 내 옆을 더듬는 동안 나는 그의 허리춤에 찬 권총을 볼 수 있었다. 언제라도 사용할 준비가 되어 있는 권총이었다. 나를 보는 니컬러스도 보였다. 그의 옆에 있는 보호견들도 언제라도 달려들 준비를 하고 있었다.

숨이 턱 막혀왔지만 절대로 내색을 하지 않으려고 애썼다. 이 사람들은 누구라도 오언을 보면 해칠 것이 분명했다. 지금 나에게 하는 일과는 비교도 할 수 없을 만큼 오언을 크게 다치게 할 것이 분명했다. 그레이디의 목소리가 계속 들려왔다. *"니컬러스는 나쁜 사람입니다. 그들은 잔혹한 사람들이에요."*

네드가 뒤로 물러서더니 니컬러스에게 몸짓을 해 보였다. 아무 이상 없다는 신호 같았다.

니컬러스와 눈이 마주쳤다. 아직도 내 몸을 더듬던 경비원의 손길이 느껴졌다.

"손님이 오면 늘 이렇게 환영해주나요?"

내가 물었다.

"글쎄, 요즘은 손님이 별로 오지 않아서."

나는 고개를 끄덕이고, 스웨터를 펴고, 스웨터 소매를 팔 위로 걷어 올렸다. 니컬러스가 찰리를 보았다.

"찰리, 해나랑 단둘이 대화하고 싶구나. 수영장에서 한잔하고 집으로 가거라."

"해나는 내 차를 타고 왔어."

"마커스가 해나가 가고 싶은 곳으로 데려다줄 거야. 우리는 내일 이야기하자, 알겠지?"

니컬러스는 아들의 어깨를 마지막으로 툭 치더니 찰리가 입을 열기도 전에, 찰리가 하고 싶은 말이 있었을지 모르는데도 곧바로 저택 문을 열고 들어가버렸다.

하지만 복도 끝에서 걸음을 멈추었다. 복도 끝에서, 나에게 선택권을 주겠다는 듯이 가만히 서 있었다. 나는 지금 찰리와 함께 돌아갈 수도, 니컬러스와 함께 남을 수도 있었다.

그러니까 모두 내가 선택할 수 있었다. 니컬러스와 남아 나의 가족을 도울 수도 있고, 나의 가족을 떠나 나 자신을 도울 수도 있었다. 아주 기이한 테스트를 받고 있는 것 같았다. 시험을 치러야 하는데, 내 가족을 돕는 일과 나를 돕는 일이 정확히 같은 곳으로는 도착할 수 없는 시험을 치르고 있는 것만 같았다.

"따라오겠소?"

니컬러스가 물었다.

나는 여전히 떠날 수 있었다. 니컬러스만을 두고 갈 수 있었다. 마음속에서 오언이 떠올랐다. 그는 내가 여기 있기를 바라지 않았다. 그레이디의 얼굴이 떠올랐다. *"빨리 떠나지 않고 뭐 해요?"* 내 가슴속에서 심장이 미친 듯이 뛰었다. 니컬러스도 분명히 내 심장 소리를 들을 수 있을 것이다. 듣지 못한다고 해도 분명히 느낄 것이다. 내 몸이 발산하고 있는 긴장을 분명히 느낄 수 있을 것이다.

이런 순간에 알게 된다. 자신이 감당할 수 없는 순간도 있다는 것을. 지금 나는 그 사실을 깨달았다.

래브라도들이 니컬러스를 응시하고 있었다. 나를 포함해 모든 사람이 니컬러스를 보고 있었다.

나는 내가 갈 수 있는 유일한 방향으로 움직였다. 니컬러스를 향해 걸어갔다.

"네, 같이 갈게요."

내가 대답했다.

2년 전

"베일리, 그 드레스 정말 예쁘다."

우리는 저녁을 먹으러 로스앤젤레스 베니스의 펠릭스에 와 있었다. 나는 베니스 운하에 집이 있는 고객을 위해 일하고 있었고, 오언은 지금이 나와 베일리가 함께 시간을 보낼 수 있는 절호의 기회라고 생각했다. 베일리하고는 여덟 번 정도 만났지만, 베일리는 함께 식사를 하는 것 말고는 다른 일은 하지 않으려고 애썼다. 이렇게 주말 내내 셋이 함께 있는 일은 거의 없었다.

우리는 베일리가 사랑하는 할리우드볼에서 두다멜을 보았고, 지금은 베일리가 사랑하는 로스앤젤레스의 이탈리아 식당에서 저녁을 먹고 있었다. 그렇다면 베일리가 사랑하지 않는 한 가지는 무엇일까? 바로 그 모든 걸 나와 함께해야 한다는 거였다.

"파란색이 너한테 정말 잘 어울려."

베일리는 대답하지 않았다. 형식적으로라도 고개를 끄덕이는 것조차 하지 않았다. 그저 나를 무시하면서 이탈리안 소다를 조금 마셨다.

"화장실 다녀올게."

베일리는 오언이 대답하기 전에 일어나서 가버렸다.

오언은 베일리의 뒷모습을 보았고, 베일리가 모퉁이를 돌아 사라지자 나에게 고개를 돌렸다.

"사실 놀라게 해주려고 했는데, 지금 말하는 게 좋을 것 같아. 우리 다음 주 주말에 빅서에 갈 거야."

내 계획은 다음 주 주중에 베니스 운하에서의 프로젝트를 끝내고 금요일에 비행기를 타고 소살리토로 간다는 것이었다. 그곳에서 해변을 따라 자동차로 이동해 오언의 사촌들을 만나기로 했었다. 그 사촌들은 몬터레이 반도 끝에 있는 작은 소도시 카멀바이더시에 살고 있었다.

"카멀바이더시에 당신 사촌은 없어?"

"누군가의 사촌은 있겠지."

오언이 말했고, 나는 크게 웃었다.

"그게 나한테는 좋아. 사실 어디에도 내 사촌은 없으니까. 베일리를 빼면, 나에게 가족은 없어."

"베일리는 축복이고."

오언이 나를 보며 웃었다.

"당신은 정말 그렇게 느끼지, 안 그래?"

"당연하지……. 그 감정이 일방적이라는 게 문제지만."

"베일리도 그렇게 느끼게 될 거야."

오언은 자기 잔에 따른 음료를 한 모금 마시고, 잔을 탁자 위로 밀어 나에게 보냈다.

"이 굿 럭 참, 한번 마셔봐. 정말 특별할 때 마시는 술이지. 버번과 레몬과 스피어민트를 섞은 건데, 효과가 있어. 정말 행운을 가져다줘."

"당신한테 필요한 행운이 뭔데?"

"아직은 물어볼 시기가 아니긴 한데, 내가 한 가지 물어보려고 해. 괜찮을까?"

"그걸 물어보려는 거야?"

"곧 물어볼 거야. 하지만 이렇게는 아니야. 내 아이가 화장실에 있을 때는 아니니까, 당신은 숨을 쉬어도 돼."

오언은 틀리지 않았다. 혹시라도 그 질문을 할지도 모른다는 걱정에 나는 숨도 쉬지 못하고 있었다. 내가 받아들일 수도, 거절할 수도 없는 질문을 할까 봐 정말 무서웠다.

"아마 함께 빅서에 갈 건지 물어봐야 할 것 같아. 떡갈나무가 둘러싸고 있는 절벽 위에서 머물 거야. 그렇게 아름다운 나무들은 본 적이 없을걸? 나무 밑에서 잠을 잘 거야. 몽골 텐트 유르트에서 잘 거야. 우리 이름이 적혀 있는 유르트에서. 하늘을 보면 나무가 보이고, 멀리 보면 바다가 보이는 곳에서 자는 거지."

"유르트에서는 한 번도 자본 적이 없어."

"다음 주에는 그렇게 말하지 못하게 될걸."

오언은 잔을 들어 음료를 쭉 들이켰다.

"그리고 이런 말 하기엔 너무 성급하다는 건 알지만, 당신이 반드시 알아야 할 것 같아. 빨리 당신 남편이 되고 싶어서 못 견디겠어. 그냥 알아두라고."

"그냥 알아두고 싶지는 않은데. 나도 같은 기분이라서."

베일리가 돌아온 건 그때였다. 자리에 앉은 베일리는 부지런히 파스타를 먹기 시작했다. 이탈리아 남부에서 먹는 카초 에 페페, 치즈와 검은 후추, 짭짤한 올리브유로 만든 파스타였다.

오언이 베일리에게 몸을 기울이더니, 카초 에 페페를 크게 한 입 떠먹었다.

"아빠!"

베일리가 웃으면서 항의했다.

"나눠 먹어야 맛있어. 좋은 소식이 있는데, 들어볼래?"

파스타를 한입 가득 물고서 오언이 말했다.

"그래."

베일리가 오언을 보며 웃었다.

"해나가 내일 게펜에서 하는 〈맨발로 공원을〉 리바이벌 티켓을 세 장 구했대. 해나도 닐 사이먼을 굉장히 좋아하거든. 근사할 것 같지 않아?"

"내일도 해나를 봐야 해?"

베일리의 입에서 자기도 모르게 본심이 튀어나왔다.

"베일리!"

오언이 고개를 저었다. 그러고는 '베일리가 이런 식으로 행동해서 미안해'라는 표정으로 나를 보았다.

나는 '괜찮아, 베일리가 원하는 대로 해'라는 표정으로 어깨를 으쓱했다. 정말로 괜찮았기 때문이다. 나는 정말로 괜찮았다.

베일리는 생애 대부분을 엄마 없이 살아온 10대 아이였다. 베일리에게는 아빠가 전부였다. 나는 베일리가 다른 사람과 아빠를 공유할 수 있을 거라고는 생각하지 않았다. 그 누구도 베일리에게 그런 걸 기대하면 안 된다.

당황한 베일리가 고개를 숙였다.

"미안해요……. 그냥 해야 할 숙제가 너무 많아서."

"아니야, 정말 괜찮아. 나도 해야 할 일이 산더미인걸. 두 사람이 연극을 보고 오는 게 어떨까? 너랑 아빠랑 둘이서만. 그 뒤에 베일리가 할 일을 다 끝내면 우리는 호텔에서 만나고."

베일리는 무슨 함정을 파는 거냐는 표정으로 나를 보았다. 하지만 함정은 없었다. 베일리가 그걸 이해해주기를 바랐다. 베일리에 대해서 나는 옳은 일을 할 수도 있고, 틀린 일을 할 수도 있지만(모든 일이 시작된 것을 생각해보면, 지금까지 베일리의 입장에서는 내가 틀린 일을 너무나도 많이 했지만) 절대로 함정은 만들지 않을 것이다. 그건 내가 베일리에게 해줄 수 있는 약속이다. 나에 관한 한 베일리는 친절할 필요가 없었다. 친절한 척할 필요가 없었다. 베일리는 그저 베일리 자체로 있으면 된다.

"정말이야, 베일리. 부담 가질 필요 없어."

내가 말했다.

오언이 팔을 뻗어 내 손을 잡았다.

"우리 모두 같이 갔으면 좋겠어."

"다음에. 다음에 다 같이 갈 수 있을 거야."

내가 대답했다.

베일리가 고개를 들었다. 베일리가 숨기기 전에 나는 볼 수 있었다. 베일리의 눈에서 피어오른, 나에게는 보여주기 싫은 비밀과도 같은 그것을 보았다. 이해해주어 고맙다는 마음. 베일리에게는 베일리를 이해해주는 사람이, 베일리의 아빠 말고도 베일리를 이해해주는 사람이 너무나도 필요했다. 베일리는 아주 잠깐, 아주 잠깐 동안 그 사람이 나일 수도 있다는 생각을 했는지도 몰랐다.

"네, 다음에요."

베일리는 말했고, 처음으로 나를 보며 웃어주었다.

어떤 일은 직접 해야 한다

우리가 걸어가는 복도에는 멋진 사진들이 걸려 있었다. 우리는 캘리포니아 해변을 찍은 사진 옆을 지나갔다. 빅서에서 가까운 근사한 해변이었다. 길이가 적어도 2미터는 되는 그 사진은 가파른 산과 바위, 바다를 가르는 도로를 거의 불가능할 것 같은 각도에서 아래로 내려다본 모습을 담고 있었다. 그 친숙한 모습에 조금은 위로를 받은 나는 뚫어져라 사진을 쳐다보았다. 그 사진에 너무나도 집중했기 때문에 식당을 지나갈 때는 거의 놓칠 뻔했다. 식당에 놓인 식탁을 거의 못 보고 지나칠 뻔했다.

그것은 바로 내가 만든 식탁이었다. 〈건축 다이제스트〉에 실린 내 식탁, 내가 사업을 시작할 수 있도록 도와준 내 식탁이 그곳에 있었다. 그 식탁은 내가 가장 많이 만든 식탁이었다. 잡지에 실린 뒤에 내 식탁 디자인을 도용해 만들어 판 대형 매장도 있었다.

몸을 움직일 수가 없었다. 니컬러스는 아내가 이 집에 있는 모든 가구를 세심하게 고민하고 선택했다고 했다. 혹시 〈건축 다이제스트〉에서 내 작품을 본 것일까? 그래서 이 식탁을 구입했을까? 그럴 가능성은 충분히 있었다. 그 기사는 아직도 인터넷에서 볼 수 있으니까. 나에 관한 최근 기사를 충분히 클릭해봤다면 니컬러스의 아내는 잃어버린 손녀를 찾을 수 있었을지도 모른다. 충분히 조사를 했다면, 무엇을 찾아봐야 하는지만 알았다면, 분명히 잃어버린 손녀를 찾을 수 있었을 것이다.

하지만 결국 충분한 움직임이 있었기에 지금 나는 내가 원치 않는 곳에, 이 집에 들어와 있게 되었다. 이곳에서 내가 찾은 과거의 내 작품은 이제부터 일어나는 일이 앞으로 내 인생에서 일어나는 모든 일을 결정하리라는 사실을 명심하라고 재촉하는 것만 같았다.

니컬러스는 두꺼운 떡갈나무 문을 열더니, 내가 지나갈 수 있도록 잡고 있었다. 나는 간신히 우리 뒤를 따라오는 네드를 뒤돌아보지 않을 수 있었다. 네드의 옆에서 침을 흘리고 있는 래브라도들도 보지 않았다.

나는 니컬러스를 따라 서재로 들어가 그 곳을 천천히 살폈다. 검은색 가죽 의자, 독서 램프, 마호가니 책장이 보였다. 책장에는 백과사전과 고전 서적이 쭉 꽂혀 있었다. 벽에는 니컬러스 벨이 받은 학위증과 상장이 걸려 있었다. 숨마 쿰 라우데, 파이 베타 카파, 〈법률 저널〉 기사. 모두 자랑스럽게 액자에 담겨 걸려 있었다.

니컬러스의 서재는 집 안의 다른 곳들과는 달랐다. 훨씬 개인적인 공간처럼 느껴졌다. 서재는 장식장, 벽, 책장 할 것 없이 가족들 사진이 그득했다. 하지만 책상에 놓인 사진만큼은 모두 베일리였다. 일반 사진보다 두 배나 큰 사진들은 모두 진짜 은으로 만든 액자에 들어 있었다. 모두 검은색 눈을 접시처럼 커다랗게 뜨고 있는 작은 베일리였다. 자주색 머리카락은 하나도 없는, 귀

여운 곱슬머리 베일리였다.

베일리의 엄마 케이트도 있었다. 거의 모든 사진에서 케이트는 베일리와 함께 있었다. 아이스크림을 먹고 있는 베일리와 케이트, 공원 벤치 위에서 안고 있는 베일리와 케이트. 그리고 태어난 지 며칠 되지 않은 파란 비니를 쓰고 있는 아기 베일리도 있었다. 베일리와 함께 침대에 누워 있는 케이트는 이마를 맞대고 딸에게 입을 맞추고 있었다. 그 모습을 보니 마음이 무너져 내리는 것만 같았다. 니컬러스의 생각이 바뀌지 않는 이유는, 늘 자기 생각을 고수하는 이유는 분명히 매일 이 사진을 보면서 마음이 무너져 내리기 때문일 것이다.

선과 악이란 바로 그런 거였다. 그렇게까지 멀리 떨어져 있지는 않다는 거. 다른 것을 원하지만 출발점은 동일한 가치가 있는 장소일 때가 너무나도 많다는 거.

네드는 문 앞에 서 있었다. 니컬러스가 고개를 끄덕이자 네드는 문을 닫았다. 두툼한 떡갈나무 문이 닫혔다. 경비원은 이제 복도에 있었다. 래브라도들도 복도에 있었다.

서재에는 우리 둘만이 남았다.

니컬러스가 바로 걸어가 음료를 두 잔 따라 왔다. 나에게 한 잔을 건네고, 자기는 책상 뒤로 걸어가 책상 의자에 앉았다. 나에게는 책상 앞에 있는 의자가 남았다. 금세공을 한 검은색 가죽 의자였다.

"편안히 앉아요."

니컬러스가 말했다. 나는 잔을 들고 의자에 앉았다. 문 쪽에 등을 보이고 앉아야 한다는 사실이 행복하지 않았다. 왠지 언제라도 누군가 들어와 나를 쏠 것만 같았다. 경비원이 갑자기 나를 놀라게 하고, 래브라도들이 갑자기 나에게 달려들 것만 같았다. 찰리가 뛰어 들어올 수도 있을 것 같았다. 어쩌면 나는 오언의 유언장을 잘못 이해했는지도 몰랐다. 베일리와 오언이 이 깊은 수렁에서 벗어날 수 있도록 나는 나 자신을 사자 굴에 던져 넣은 것인지도 몰랐다. 그러니까 희생을 하는 것이다. 케이트의 이름으로. 아니면 오언이나 베일리의 이름으로.

나는 잔을 내려놓았다. 내 눈이 아기 베일리의 사진 사이를 이리저리 옮겨 다녔다. 그러다가 파티복을 입고 머리에 리본을 맨 베일리에게서 시선이 멈추었다. 갑자기 마음이 평온해졌다. 니컬러스가 그 사실을 눈치챈 듯 그 사진을 들어 나에게 내밀었다.

"크리스틴의 두 번째 생일이었지. 그때 벌써 몇 문장을 말할 수 있었소. 놀라운 아이였어. 생일이 지나고 며칠 뒤였을 거요, 내가 크리스틴을 데리고 공원에 간 게. 거기서 크리스틴의 소아과 의사를 만났소. 크리스틴에게 잘 지내냐고 물어본 그 의사는 우리 애가 두 마디로 대답을 하니까 믿을 수 없어 했지."

나는 두 손으로 사진을 받았다. 베일리가 물끄러미 나를 보았다. 아기 베일리의 곱슬머리는 베일리의 전체 성격을 결정짓는 서곡처럼 보였다.

"난 믿을 수 있어요."

내 말에 니컬러스가 헛기침을 했다.

"여전히 그런 아이인가?"

"아니에요. 요즘은 거의 단답형으로만 말해요. 적어도 나한테는 그래요. 하지만 일반적으로, 크리스틴은 스타예요."

나는 고개를 들어 니컬러스를 보았다. 니컬러스는 화가 난 것 같았다. 니컬러스가 화가 난 이유를 정확히는 알 수 없었다. 내가 베일리가 좋아하지 않을 만한 행동을 했다고 생각하기 때문에 화가 난 걸까, 아니면 베일리가 성장하는 모습을 지켜볼 기회를 갖지 못했기 때문에 화가 난 걸까?

나는 니컬러스에게 사진을 돌려주었다. 니컬러스는 사진을 책상에 다시 놓았다. 자기가 찾고자 할 때면 언제라도 모든 사진을 정확히 찾을 수 있어야 한다는 듯이, 거의 강박적으로 원래 있던 자리를 찾아 액자를 놓았다. 베일리의 사진을 제자리에 정확하게 놓아두고 간직하고 있으면 베일리를 되찾는 마법을 부릴 수 있으리라는 강박에 사로잡혀 있는 것만 같았다.

"그래, 해나. 정확히 내가 당신을 어떻게 도울 수 있다는 거지?"

"나는, 우리가 한 가지 합의를 할 수 있었으면 합니다, 벨 씨."

"제발 니컬러스라고 불러요."

"네, 니컬러스."

"하지만 합의는 할 수 없을 거요."

나는 숨을 들이마시고는 의자에 앉은 채로 살짝 앞으로 이동했다.

"아직 내 제안을 들어보지도 않으셨잖아요."

"내가 합의를 할 수 없다고 말한 건, 당신이 그것 때문에 여기에 온 게 아니기 때문이오. 우리 둘 다 그걸 알잖소. 당신이 여기

온 건, 내가 모든 사람이 나라고 말하는 사람이 아니기를 바랐기 때문일 테니까."

"그건 사실이 아니에요. 나는 지금 누가 옳은지 그른지에는 관심 없어요."

"그건 좋은 일이군. 진짜 대답을 알았다면 좋아하지 않았을 테니까. 사람들 생각이라는 게 그런 식으로는 작동하는 게 아니니까. 우리 모두 자기만의 견해가 있고, 외부에서 들어오는 정보는 걸러서 자신의 견해를 지지해줄 패러다임을 짜지."

"그러니까 당신은 사람들이 마음을 바꿀 수 있다는 걸 그다지 믿지 않는다는 말인가요?"

"그게 놀라운가?"

"다른 사람이라면 놀랍지 않을 거예요. 하지만 당신은 변호사잖아요. 사람들을 설득하는 게 변호사가 주로 하는 일 아닌가요?"

내 말에 니컬러스가 웃었다.

"검사랑 혼동하는 것 같군. 나는 피의자 전문 변호사요. 피의자 전문 변호사는, 적어도 좋은 변호사라면 절대로 사람들에게 어떤 걸 확신하게 만들지 않지. 그 반대 일을 하는 거요. 그 누구도 그 무엇이든 확실하게 알기는 어렵다는 걸 상기시키는 거요."

니컬러스는 책상에 있는 갈색 상자를, 담배 상자를 들었다. 상자 뚜껑을 열고 담배를 꺼냈다.

"권하지는 않겠소. 끔찍한 습관이니까. 10대였을 때부터 담배를 피웠소. 그거 말고는 별다른 할 일이 없는 곳이었으니까. 감옥에서 다시 피우기 시작했는데, 마찬가지 이유였지. 그 이후로는 끊지 못했소. 아내가 살아 있을 때는 그래도 끊어보려고 노력은 했소. 니코틴 패치도 붙여보고. 그거 본 적 있소? 규율이 있다면 도움이 되겠지만 이제 더는 그런 게 있는 척은 못하겠소. 아내를 잃은 뒤부터는…… 그런 게 다 무슨 소용이겠소. 찰리 때문에 슬프기는 하지만, 그 애가 할 수 있는 건 많지 않지. 나는 늙은이요. 담배보다 다른 게 먼저 날 낚아채겠지."

니컬러스는 담배를 입에 물고 은제 라이터를 들었다.

"해나가 내 응석을 받아줄 마음이 있다면, 한 가지 이야기를 들려주고 싶은데. 혹시 해리스 그레이라는 사람을 아나?"

"들어본 적 없는 것 같아요."

니컬러스는 담배에 불을 붙이고 한 모금 길게 빨아들였다.

"그래, 당연히 들어본 적 없겠지. 들어야 할 이유가 없는 사람이니까. 내가 전 고용주들을 만날 수밖에 없게 만든 사람이지. 처음 만났을 때, 그 사람은 스물한 살이었어. 하급 조직원이었지. 조직에서 좀 더 중요한 사람이었다면, 조직의 우두머리 신사들은 조직 내 변호사를 선임해서 해리스를 변호하게 했을 테고, 그랬다면 이렇게 우리 둘이 마주 보고 앉아 있을 일은 없었겠지. 하지만 해리스는 중요한 인물이 아니었어. 오스틴 시 법원이 나를 불러서 그 사람을 변호하게 한 건 그 때문이었지. 내가 늦게까지 일하던 날 밤에 관선 변호사 사무실에 무작위로 배정된 일이었어. 해리스는 옥시콘틴을 가지고 있다가 잡혔지. 엄청나게 많은 양은 아니었지만, 잡히기에 충분한 양이기는 했소. 옥시콘틴을 유통하려고 했다는 혐의로 기소됐어. 당연히 그럴 의도였고."

니컬러스는 또다시 담배를 길게 빨아들였다.

"내가 하고 싶은 말은, 나는 주어진 일을 했다는 거야. 아마도, 조금 지나치게 잘 해낸 거겠지. 보통 그런 일로 기소되면 해리스는 36개월 정도 감옥에 있어야 해. 가혹한 판사를 만나면 72개월을 있을 수도 있고. 하지만 난 해리스를 무죄방면되도록 했지."

"어떻게 그럴 수 있었죠?"

내가 물었다.

"일을 잘하려면 해야 하는 일을 한 거지. 나는 주의를 기울였고, 검사는 내가 관심을 갖고 주의를 기울일 거라는 걸 예상하지 못한 거지. 그 사람은 부주의했어. 검사가 무죄를 입증할 수도 있는 증거들을 법정에 내놓지 않아서 내가 그 사건을 기각하게 했지. 해리스는 풀려나고. 그 뒤에 해리스의 고용주들이 나에게 만나자고 하더군. 내 능력에 깊은 인상을 받았다고. 나에게 그 말을 해주고 싶다고. 그리고 곤란에 처해 있는 다른 조직원들에게도 같은 일을 해줬으면 한다고 말하더군."

내가 무언가 말을 해주기를 기대하는 건가 싶어 니컬러스를 보았지만, 니컬러스는 그저 나를 바라보기만 했다. 아마도 내가 잘 듣고 있는지 확인하고 싶은 것뿐인지도 몰랐다.

"해리스 조직의 우두머리 신사들은 내가 자기네…… 직원들의 복지를 위해 반드시 필요한 역량을 갖추고 있다고 결정했어. 그래서 나와 아내를 개인 전용기에 태워 플로리다 남부로 보냈지. 그때까지 개인 전용기는 물론이고, 일등석에도 타본 적이 없었어. 하지만 그들은 전용 비행기에 나를 태워서 바다가 보이는 호텔 스위트룸에 개인 집사까지 붙여주면서 함께 일해보자고 제안했어. 그건 도저히 거절하면 안 될 제안 같았지."

니컬러스는 잠시 멈추었다.

"내가 무엇 때문에 비행기니, 바다가 보이는 호텔이니, 집사니 하는 이야기를 하고 있는지 모르겠군. 아마도 내 고용주들의 결정은 내가 어떻게 할 수 있는 일이 아니라는 걸 말하고 싶었는지도 모르겠소. 물론 그 사람들을 위해 일한 게 내 선택이 아니었다고 말하는 게 아니오. 나는 사람은 늘 선택을 하는 거라고 믿으니까. 내 선택은 사람들을 변호하는 거였소. 법으로 보호받을 만한 사람들을 보호한다는 거였지. 그건 명예로운 일이었소. 그 점에 대해 나는 절대로 가족들에게 거짓말은 하지 않았소. 물론 세세하고 자세하게 말하지는 않았지만, 가족들은 내가 하는 일을 대략적으로 알고 있었고, 내가 선을 넘지 않는다는 것도 알고 있었소. 나는 내 일을 했소. 가족들을 보살폈고. 결국 가장 중요한 건, 내 일이 담배 회사를 위해 일하는 변호사들 일과 다르지 않다는 거지. 같은 윤리에 바탕을 두고 일한다는 거요."

"하지만 나라면 담배 회사를 위해서도 일하지 않을 것 같아요."

내가 말했다.

"그래, 우리가 당신처럼 아주 엄격한 윤리적 잣대를 가지고 있는 건 아니지."

니컬러스의 말투에는 날이 서 있었다. 나는 그와 논쟁을 벌일 기회를 엿보고 있었지만, 어쩌면 그것이 니컬러스가 자신의 이야기를 해주는 이유일지도, 나에게 보이기를 원하는 형태로 자신의 과거를 말해주는 이유일 수도 있다는 생각이 들었다. 그러니까 일종의 시험을 치르고 있는지도 모른다는 생각이 들었다. 내가 자신의 이야기에 반론을 제기하고 싸우려 드는지 보고 싶은 것이다. 그것이 니컬러스가 자기 이야기를 늘어놓는 이유인 것이다. 이것이 첫 번째 시험인 것이다. 자신의 환심을 사려고 내가 맹목적으로 그의 이야기를 듣고 있을지, 아니면 내가 내 자신의 의견을 택하는 진짜 사람인지 알아보려는 것이다.

"내 윤리적 잣대는 그다지 엄격하지 않아요. 하지만 당신 고용주들은 온갖 해로운 일을 하고 있었고, 당신도 그걸 잘 알았어요. 그런데도 당신은 그 사람들을 돕기로 결정한 거예요."

내가 대답했다.

"아하, 그렇게 명확하게 구분할 수 있을까? 해로운 일을 하지 않는다고? 그렇다면 엄마를 잃은 아이를 엄마의 가족에게서 떼어놓는 일은 해로운 일이요, 아니요? 그 아이와 그 아이의 엄마를 기억하고 추모할 수 있는 사람들에게서 아이를 떼어놓는 일은? 그 아이를 사랑하는 사람들에게서 아이를 떼어놓는 일은?"

온몸이 얼어붙는 것만 같았다. 이제는 이해할 수 있었다. 니컬러스가 자기 이야기를 털어놓은 이유는 자신을 좀 더 선한 사람으로 보이기 위해서도 아니었고, 내가 자기에게 반론을 제기하는지를 보려고 그런 것도 아니었다. 그는 나를 이곳으로 끌고 오려고, 이 결론을 끌어내려고, 자신의 분노를 제대로 표출하려고 이 이야기들을 한 것이다. 니컬러스는 내가 자신이 원하는 결론을 내기를 바란 것이다. 오언이 한 일이 해로운 일이었음을 인정하기를 바라는 것이다. 오언은 자기가 선택한 일에 대가를 치러야 한다는 걸 말해주기 위해 니컬러스는 그런 말을 한 것이다.

"나에게 가장 충격적인 것은 그 녀석의 위선이오. 이선은 내가 하는 일을, 내가 내 고용주들을 위해 하는 일을 정확하게 알고 있었으니까. 그 녀석은 내 아이들보다 내 일을 더 잘 알았소. 그 녀석이 내 컴퓨터를 암호화하고 관리했으니까. 난 그 녀석과는 긴밀한 관계를 맺었고, 내 일을 그 녀석에게 알려줬어. 아니, 그저 그 녀석이 내 일을 도와줬다고 말하는 게 좋겠소. 그 녀석이 그런 문제를 일으킬 수 있었던 건 모두 그 때문이었지."

그 말에 어떻게 반박해야 할지 알 수 없었다. 니컬러스가 하는 말에 어떻게 반박해야 할지 알 수가 없었다. 니컬러스는 자신을 가족을 지키려던 남자로, 부당한 취급을 받은 남자로 규정하고 있었다. 니컬러스는 오언을 자신을 부당하게 취급한 남자로, 그렇기 때문에 자신만큼 죄가 많은 남자로 규정하고 있었다. 자기 자신을 그런 식으로 규정하고 있는 사람에게는 반박할 수 없었다. 그래서 나는 반론을 제기하지 않기로 했다. 그저 다른 방식으로 접근하기로 했다.

"그 점에 대해선 니컬러스의 말이 틀렸다고 생각하지 않아요."

"그렇소?"

"내가 남편에 관해 아는 한 가지는, 그 사람은 가족을 위해서라면 무슨 일이든 할 거라는 거예요. 그 사람에게 당신은 가족이었고요. 그래서 아마 당신이 해달라고 한 모든 일을 그 사람이 했을 거라고 생각해요."

나는 잠시 멈추었다가 말했다.

"더는 할 수 없다고 결정하기 전까지는요."

"이선이 내 딸의 인생에 들어왔을 때는 이미 오랫동안 고용주들을 위해 일하고 있었소. 하지만 다른 고객들도 있었지. 당신은 내 선의에는 그다지 관심이 없을 게 분명하지만, 그때도 나는 당신이 인정할 만한 사람들을, 그 고객들을 위해서도 일하고 있었소."

나는 아무 대답도 하지 않았다. 니컬러스도 나에게 어떤 대답도 기대하지 않았다. 그는 자신의 목표를 향해 똑바로 달려가는 중이었고, 이제 그곳에 도달하고 있었다.

"이선은 케이트에게 일어난 일이 내 책임이라고 했소. 내가 돕고 있는 사람들이 그런 일을 했다고. 하지만 그 사람들은 케이트하고는 아무 관계가 없었어. 그 애는 텍사스 고등법원에서, 아주 영향력 있는 판사 밑에서 일하고 있었단 말이오. 그 사실은 알고 있소?"

나는 고개를 끄덕였다.

"알아요."

"그렇다면 이 판사가 고등법원의 분위기를 완전히 바꿔서 아주 큰 에너지 회사를 엿 먹일 준비를 하고 있었다는 것도 알고 있소? 이 나라에서 두 번째로 큰 에너지 회사를? 당신이 진짜 범죄 이야기를 하고 싶다면, 단 한 번의 방출만으로도 당신 눈을 붓게 만들어 뜨지도 못하게 할 독성 물질을 대기에 방출하고 있는 그 에너지계 신사들 이야기를 하는 게 맞지 않을까?"

니컬러스는 나를 뚫어져라 쳐다봤다.

"내가 하고 싶은 말은, 그 판사가, 케이트의 보스가 그 에너지 회사에 타격을 가할 합의를 끌어내고 있었다는 거지. 그 계획이 성공했다면, 에너지 회사는 엄청난 개혁을 단행해야 하고, 환경 보호비로 60억 달러나 되는 비용을 지불해야 했을 거요. 내 딸이 죽던 그날, 그 판사의 우체통에 총알이 날아와 박혔지. 그게 무슨 소리 같소? 우연이었을까, 아니면 경고였을까?"

"잘 모르겠어요."

"이선은 잘 안다고 생각했지. 나를 20년이나 보호해온 사람들이 내 딸을 보호할 거라는 생각은 하지 않은 거야. 난 그 사람들을 잘 알아. 그 사람들도 자기 나름대로의 명예를 지키는 사람들이지. 그 사람들은 그런 일은 하지 않아. 그 조직 사람들은 아무리 악랄한 사람들이라도 자기 동료들에게는 그런 일은 하지 않아. 하지만 이선은 믿지 않았지. 그 녀석은 그저 나를 비난하고 싶어 했어. 나를 처벌하고 싶어 했지. 내가 충분히 벌을 받지 않은 것처럼 말이야."

니컬러스는 잠시 입을 다물었다.

"이 세상에 자기 아이를 잃는 일보다 끔찍한 일은 없어. 아무것도 없지. 특히 자기 가족을 위해 인생을 헌신한 사람에게는, 그보다 끔찍한 일은 없소."

"이해해요."

"당신 남편은 아니었지. 그 녀석이 나에 관해 절대로 이해할 수 없는 게 그걸 거요. 그 녀석의 증언 때문에 나는 6년 6개월 동안 감옥에 있어야 했소. 내 고용주의 비밀을 공유해서 내 가족을 위험에 빠뜨릴 수는 없었으니까. 내 고용주들은 그런 내 행동도 자신들에 대한 충성이라고 생각했소. 그래서 지금까지도 나를 관대하게 대하는 거요. 은퇴한 지금도, 그 사람들은 나를 가족이라고 생각하지."

"당신 사위 때문에 많은 사람이 감옥에 가게 됐는데도요?"

"나와 같이 감옥에 간 사람들은 대부분 낮은 조직원들이었으니까. 높은 사람들 몫은 다 내가 책임을 지고 갔으니까. 그 사람들은 그걸 잊지 않았소. 영원히 잊지 않을 거야."

"그렇다면 당신이 이선을 놓아달라고 부탁할 수 있지 않을까요? 이론적으로라면, 혹시 당신이 원한다면?"

"지금까지 내 얘기를 어디로 들은 거요? 난 그럴 마음이 전혀 없소. 게다가 내가 그 녀석의 빚을 대신 갚을 수는 없소. 그 누구도 대신 갚을 수는 없지."

"방금 당신을 위해서라면 그 사람들이 무슨 일이든 해준다고 했잖아요."

"그거야 당신이 그렇게 듣고 싶었던 거겠지. 나는 어떤 일에 대해서는 나를 아주 관대하게 대해준다고 말한 것뿐이오. 모든 일에 그런 건 아니지. 아무리 가족이라고 해도 그냥 넘길 수 없는 일은 있기 마련이오."

"그래요. 그렇겠죠."

무언가 다른 일이 일어나고 있다는 걸 깨달은 건 바로 그때였다. 니컬러스가 인정하지 않을 일이 있음을, 적어도 지금은 인정하지 않을 일이 있음을 깨달은 것은 그때였다.

"당신은 한 번도 이선을 좋아한 적이 없어요, 안 그래요?"

내가 물었다.

"그게 무슨……?"

"이런 일이 일어나기 전에, 이선을 처음 만났을 때 이선을 받아들여야 하는 건 당신 선택이 아니었어요. 그건 딸의 선택이었죠. 텍사스 남부에서 온 가난한 녀석이 당신의 하나뿐인 딸과 결혼을 하겠다고 나타난 거예요. 이선은 당신일 수도 있었어요. 그 사람은 당신의 출신지와 거의 비슷한 곳에서 자랐던 거예요. 그 사람은 당신이 조직할 수 있었던 더 나은 삶을 살아가는 사람과 너무 비슷했던 거예요."

"당신은 치료사인가?"

"천만에요. 그저 세심하게 관찰한 것뿐이에요."

니컬러스는 재미있다는 표정으로 나를 보았다. 정말로 이 상황이 마음에 드는 것 같았다. 자기 말을 인용하고 이용하는 내가 마음에 든 것 같았다.

"그래서 나에게 뭘 물어보는 거요?"

"당신이 한 모든 일이요. 당신이 당신 아이들은 당신과는 다른 선택을 할 수 있도록 해준 모든 일이요. 케이트와 찰리에게 해준 일. 당신 아이들이 더 쉽게 선택할 수 있게 해준 일이요. 그 때문에 당신 아이들은 유망한 어린 시절을 보냈어요. 가장 좋은 학교에서 가장 좋은 기회를 누렸죠. 성공하려고 죽어라고 애쓸 필요도 없었어요. 하지만 당신 아이들 가운데 한 명은 건축 학교를 그만둬야 했고, 당신 아내의 가족이 하는 술집을 물려받기로 했죠. 이혼도 하고요."

"말을 가려서 하시오."

"그리고 다른 한 명은 당신이 절대로 원하지 않은 남자를 선택했어요."

"아내가 늘 말했던 것처럼, 아이들이 사랑하는 사람을 우리가 정할 수는 없는 법이오. 내 딸이 이선을 선택했을 때 난 받아들였소. 그 애가 행복하기만을 바랐으니까."

"하지만 마음으로는 완전히 받아들이지 못했을 거예요. 이선은 케이트에게 가장 좋은 사람이 아니었으니까. 이선은 케이트를 행복하게 만들어주지 못할 테니까."

니컬러스가 웃음기가 싹 사라진 얼굴로 몸을 앞으로 숙였다.

"알고 있소? 케이트와 이선이 데이트를 시작했을 때, 그 애가 나와 1년 동안이나 말을 하지 않았다는 거?"

"어제까지 나는 케이트의 존재를 알지 못했어요. 그래서 두 사람이 어떤 식으로 만나고 사랑했는지는 잘 알지 못해요."

"케이트는 대학교 1학년 때, 우리하고는 그 어떤 것도 함께하지 않겠다는 결정을 내렸소. 사실은 나하고 관계된 일을 하지 않겠다는 거였지. 어머니하고는 계속 말을 했으니까. 그건 이선이 그 애에게 영향을 끼쳤기 때문이오. 하지만 우리는 극복했지. 케이트는 다시 집으로 왔고, 우리는 화해했소. 그게 딸들이 하는 일이지. 아버지를 사랑하는 거. 이선과 나는……."

"당신은 이선을 믿게 됐고요."

"그랬지. 그러지 말았어야 했는데. 아무튼 나는 그 녀석을 믿었소. 당신 남편에 대해 말해줄 수 있어. 그걸 들으면 다시는 당신 남편을 그 전과는 같은 방식으로 생각할 수는 없을 거요."

나는 아무 말도 하지 않았다. 니컬러스가 진실을 말할 것을 알았으니까. 적어도 자기가 보는 진실을 말할 테니까. 니컬러스에게 오언은 나쁜 사람이었다. 니컬러스에게 오언은 나쁜 일을 했다. 오언은 니컬러스의 신의를 배신했다. 그에게서 손녀를 훔쳐 달아나버렸다.

그 점에 대해 니컬러스가 틀린 것은 없었다. 나에 대해서도 틀린 것은 없었다. 내가 니컬러스가 오언에 관해 의심하도록 만들어놓은 큰 틈새 속으로 빠져들기를 선택한다면, 나는 힘들이지 않고 빠져들 수 있었다. 어쨌거나 세부적으로는 오언은 내가 생각했던 사람이 아니었으니까. 오언에게는 나로서는 존재하지 않았으면 하는 부분이 있고, 이제부터는 내가 외면할 수 없는 부분도 있으니까.

하지만 우리는 서로 사랑할 때 서명을 하고 거래를 한다. 그 거래에 거듭 서명을 하면서, 좋을 때나 힘들 때나 사랑을 지켜나가야 한다. 우리가 보고 싶지 않은 부분이라고 해도 고개를 돌리면 안 된다. 두 사람이 거래를 하고 얼마 지나지 않아 보게 되건, 오랜 시간이 지난 뒤에야 보게 되건, 그 부분들은 어차피 볼 수밖에 없다. 그러니 우리가 충분히 강하다면 받아들여야 한다. 나쁜 부분이 전체 이야기가 되지 않도록 충분히 받아들여야 하는 거다.

왜냐하면 그 부분 말고도 이야기에는 다른 요소들이 있으니까. 그런 이야기들만이 전체 이야기를 구성하지는 않으니까. 전체 이야기에는 내가 오언을 사랑한다는 사실도 포함되어 있으니까. 나는 오언을 사랑했고, 그 점은 지금도 변함없었다. 그러니 니컬러스가 내가 흔들려서는 안 되는 부분을 흔들 수는 없을 것이다. 나를 흔들어 내가 바보가 되게 할 수는 없을 것이다. 이 모든 일에도 불구하고, 그 어떤 증거가 나온다고 해도, 나는 흔들리지 않을 것임을 믿었다. 나는 내 남편을 안다고 믿는다. 그 부분이, 그 조각이 무엇보다도 중요했다. 그래서 나는 여기 앉아 있는 것이다. 그래서 나는 다음 말을 할 수밖에 없는 것이다.

"하지만 그렇다고 해도 내 남편이 당신 손녀를 너무나도 많이 사랑하고 있다는 건 알 거예요."

"하고 싶은 말이 뭐요?"

"거래를 하고 싶어요."

내 말에 니컬러스가 큰 소리로 웃기 시작했다

"다시 돌아가는 건가? 젊은 친구, 자네는 자기가 무슨 말을 하는지도 모르는군. 당신이 거래할 수 있는 건 없어."

"아니, 있다고 생각해요."

"어째서 그렇게 생각하지?"

나는 깊이 숨을 들이마셨다. 이제는 니컬러스에게 진실을 내밀어야 하는 순간이었다. 그것만이 내 거래를 성사시킬 수 있을 것이다. 니컬러스는 내 말을 들을 수도 있고 아닐 수도 있었지만, 이 거래만이 내 가족의 미래를 결정할 것이다. 나의 신분도, 베일리의 신분도, 오언의 생명도 지킬 수 있을 것이다.

"내 남편은 당신 가까이 당신의 손녀를 두기보다는 자기가 죽는 걸 택할 거예요. 그게 내가 아는 내 남편이니까요. 자신의 모든 기반을 차버리고 딸을 데리고 이곳을 떠난 건 그 때문이니까요. 아무리 당신이 화가 났어도, 이선이 그런 아버지라는 사실은 당신도 존경해야 해요. 이선의 마음에 자기 자신은 없어요."

니컬러스는 아무 말도 하지 않았지만, 내 시선을 피하지도 않았다. 니컬러스는 내 눈을 똑바로 보았다. 그가 화가 나 있음이 느껴졌다. 조금은 강렬한 분노였지만, 나는 계속 말했다.

"당신이 손녀를 만나고 싶을 거라고 생각해요. 그저 손녀가 있다는 것을 아는 것으로는 만족하지 못할 거라고 생각해요. 그렇다면 이전 동료들을 만나서 기꺼이 합의를 해야 해요. 당신 말 대로라면 당신은 그 사람들에게 우리를 내버려두라고, 우리가 우리 인생을 살아갈 수 있게 해달라고 요구할 수 있어요. 당신이 손녀를 만나고 관계를 맺고 싶다면, 그렇게 해야 해요. 우리를 내버려두거나 아니면 손녀가 다시 사라지는 걸 내버려둬야 해요. 그 애가 사라지는 것도 우리가 택할 수 있는 선택지니까. 내가 택해야 한다고 들은 또 다른 선택지니까요. 처음부터 다시 증인 보호 프로그램을 시작하는 거예요. 당신의 손녀가 다시 당신의 손녀가 되지 않는 거죠. 또다시요."

그거였다. 그때 그 일이 일어났다. 스위치를 켜는 것처럼 니컬러스의 눈이 어두워졌고 텅 비어갔다. 니컬러스의 얼굴이 점점 더 빨갛게 달아올랐다.

"방금 뭐라고 했지?"

니컬러스가 의자에서 일어섰다. 내가 무슨 일을 하는지를 깨닫기도 전에 나는 뒤로 의자를 뺐다. 니컬러스가 나에게 돌진해 오기라도 하는 것처럼 나는 거의 바닥에 닿을 때까지 의자를 뒤로 뺐다. 니컬러스가 정말로 나에게 덤벼들 것 같았다. 내가 이 방에서 빠져나가지 않는다면, 그에게서 벗어나지 않는다면 어떤 일이든 일어날 수 있을 것만 같았다.

"나는 협박받는 걸 좋아하지 않소."

"협박하는 거 아니에요. 그럴 의도는 없어요."

나는 목소리가 떨리지 않도록 혼신을 다했다.

"그럼 당신 의도가 뭐요."

"당신 손녀를 안전하게 지킬 수 있게 도와달라는 거예요. 당신 손녀가 당신 가족을 알 수 있는 위치에 나를 놓아달라는 거예요. 당신 손녀가 당신을 알 수 있는 위치에요."

니컬러스는 다시 의자에 앉지 않았다. 그저 나를 보았다. 아주 오랫동안. 정말로 긴 시간이라고 느껴질 정도로 오랫동안 물끄러미 나를 보았다.

"그 신사들은, 내 전 고용주들은…… 그 사람들과는 무언가를 할 가능성이 있지. 꽤 많은 비용이 들겠지만. 그 사람들, 내가 늙으니 확실히 다른 사람이 됐다고 생각할 거야. 하지만…… 당신과 내 손녀를 내버려둘 수 있게 만들 수는 있겠지."

나는 고개를 끄덕였다. 그리고 다음 질문을, 내가 해야 하는 두 번째 질문을 하려고 하자 목이 멨다.

"이선은요?"

"아니, 이선은 안 돼."

니컬러스가 대답했다. 한 줌의 애매한 말투도 없었다. 니컬러스의 말투는 단호했다.

"이선이 돌아온다면 안전은 보장할 수 없어. 그 녀석은 너무나도 큰 빚을 졌으니까. 내가 말한 것처럼 나는 이선을 보호할 수 없소. 설사 그럴 마음이 있다고 해도 말이오. 물론 분명히 말했지만, 나에게는 그럴 마음도 없고."

나는 이 상황에, 이 처리하기 힘든 상황에 대해 이미 준비를 하고 왔다. 나는 내가 얻을 수 있는 최대한을 얻어내려는 준비를 하고 왔다. 내 아주 작은 부분은 절대로 할 수 없을 거라고 속삭였다. 하지만 나는 그것을 하려고 왔다. 아무리 나의 작은 부분이 불신한다고 해도 나는 해야 할 일을 하려고 왔다.

"하지만 당신 손녀는요? 손녀의 안전은 지킬 수 있는 거죠? 그렇게 말한 거죠?"

"가능할 거요. 그렇소."

나는 잠시 가만히 있었다. 말할 준비가 되었음을 스스로 믿을 수 있을 때까지 가만히 기다렸다.

"그럼 됐어요."

"그럼 됐다니, 뭐가 말이오?"

"손녀의 안전에 관해 당신의 전 고용주들과 이야기를 하면 좋겠다고요. 당신이."

니컬러스는 당혹스러운 마음을 감출 생각도 하지 않았다. 니컬러스는 자신이 내가 여기서 하고자 하는 일을 알고 있다고 생각했기 때문에 당황하고 있었다. 니컬러스는 내가 오언의 안전을 위해, 오언의 생명을 위해 자신을 찾아왔다고 생각했다. 그런데 그것이 아니라니, 내가 하고자 하는 것이 정확히 무엇인지 몰라 당황하고 있었다.

"지금 당신이 무슨 생각을 하고 있는 건지, 이해는 하고 있는 거요?"

나는 오언이 없는 삶을 생각하고 있었다. 그것이 내가 생각하는 거였다. 내가 살아가리라고 생각했던 삶과는 전혀 다른 삶이지만, 베일리가 베일리로 머물 수 있는 삶을 생각하고 있었다. 오언의 사려 깊은 눈이 지켜봐주었던, 오언이 자랑스럽게 여겼던 지금까지의 베일리로, 젊은 여자로 살아갈 수 있는 삶을 생각하고 있었다. 다른 사람이 될 필요 없이, 다른 사람인 척할 필요 없이, 계속해서 같은 삶을 살면서 2년 뒤에는 대학도 가고, 자신이 원하는 인생을 살아가는 사람으로 남을 수 있는 삶을 생각하고 있었다.

베일리와 나는 계속 살아갈 것이다. 오언 없이, 이선 없이. 오언과 이선. 이 두 사람이 내 마음속에서 뒤섞이기 시작했다. 내가 안다고 생각했던 나의 남편, 내가 알지 못하는 나의 남편. 나는 내 남편과 함께하지 않을 것이다. 이것이 내가 생각하는 나의 삶이었다.

이것이 내가 니컬러스라면 기꺼이 나와 하리라고 생각한 거래였다. 지금이 그 이유를 말해야 할 때였다.

"그게 이선이 원하는 거니까요."

내가 말했다.

"그 애 없이 자기 인생을 살아가는 게? 믿을 수 없군."

나는 어깨를 으쓱했다.

"믿지 않는다고 진실이 거짓이 되는 건 아니니까요."

니컬러스는 눈을 감았다. 갑자기 너무나도 피곤해 보였다. 부분적으로 그 이유는 자기 자신을 생각했기 때문일 것이다. 딸 없이, 그리고 손녀 없이 살아야 했던 자신의 삶을 떠올리기 때문일 것이다. 하지만 오언에게 동정을 느끼기 때문이기도 할 것이다. 원하지는 않았지만, 자신과 같은 처지가 될 오언에게 동정을 느끼기 때문일 것이다.

그때 보았다. 니컬러스에게서 볼 수 있을 것이라고 기대하지 않았던 무언가를. 그의 인간성을.

그래서 나는 이번 주 내내 생각했지만, 한 번도 입 밖으로 꺼내본 적 없는, 누구에게도 말하지 않은 진실을 털어놓기로 했다.

"나는 정말로는 어머니가 있어본 적이 단 한 번도 없어요. 내가 어렸을 때 떠났거든요. 당신이 손녀를 마지막으로 봤을 때보다 조금 더 큰 나이였어요. 그 뒤로, 어머니와는 단 한 번도 내 인생에서 의미 있는 관계를 맺어본 적이 없어요. 가끔 카드를 보내거나 전화를 했을 뿐이에요."

"왜 그런 이야기를 하지? 내 동정을 사려고?"

"아니, 동정은 필요 없어요. 나에게는 할아버지가 있었으니까요. 정말로 유쾌했고, 나에게 많은 걸 알려주신 사랑스러운 분이었어요. 나는 다른 사람들보다 더 많은 걸 누리고 자랐어요."

"그렇다면 그 얘기를 하는 이유가 뭐지?"

"내가 여기서 다른 걸 잃는 상황이 된다고 해도, 나에게 가장 중요한 건 당신의 손녀라는 걸 알아줬으면 하기 때문이에요. 그 애에게 옳은 일을 하는 거, 그게 어떤 대가를 치르더라도 가장 가치가 있는 일이라는 걸요. 당신이 나보다 그걸 더 잘 알 거예요."

"왜 그렇게 말하는 건가?"

"무엇보다도, 당신도 나와 같은 입장이니까요."

니컬러스는 아무 말도 하지 않았다. 아무 말도 할 필요가 없었다. 내가 하는 말이 무슨 뜻인지 알고 있었으니까. 어머니는 한 번도 어머니의 가족을 위해 싸운 적이 없었다. 어머니는 한 번도 나를 위해 싸우려고 노력한 적이 없었다. 그것이 어머니를 규정했다. 하지만 나는, 베일리를 위해서라면 기꺼이 모든 것을 포기할 수 있었다. 어쨌거나 그것이 나를 규정할 것이다.

니컬러스가 내 제안에 동의한다면, 니컬러스도 그렇게 규정될 것이다. 그것이 니컬러스와 나의 공통점이 될 것이다. 우리는 베일리를 위해 같은 일을 하는 것이다. 우리 둘은 베일리에게 필요한 일이라면 무엇이든지 하는 두 사람이 되는 것이다.

니컬러스는 자신이 알아야 하지만 모르는 것으로부터 자신을 방어하려는 것처럼, 마치 자신을 감싸 안듯이 팔짱을 꼈다.

"어쩌면 이런 상황이 바뀔 수도 있다고 생각하는지도 모르겠군. 언젠가는 이런 상황이 해결되고, 이선이 당신에게 돌아올 수 있다고 말이야. 그저 그들이 눈 감아 주고, 이선이 다시 돌아올 수 있다고…… 하지만 그렇지 않을 거요. 자비는 없어. 이 사람들은 절대로 잊는 법이 없지. 그런 일은 일어나지 않을 거요."

나는 내가 진정으로 믿고 있는 것을 말하기 위해 모든 용기를 다 끌어모았다.

"나도 알아요."

니컬러스가 나를 뚫어져라 쳐다보았다. 나에게서 눈을 떼지 않았다. 내 말에 설득된 거라는 생각이 들었다. 적어도 우리가 서로에게 가까이 다가갔다는 생각이 들었다. 좋거나 싫거나.

그때 문을 두드리는 소리가 들렸다. 찰리가 들어왔다. 니컬러스가 돌아가라고 했는데도 찰리는 머물렀다. 그 때문에 니컬러스는 언짢은 것처럼 보였다. 하지만 니컬러스는 아들이 아니어도 이미 행복해지지는 않는 중이었다.

"정문에 그레이디 브래드퍼드가 와 있어요. 연방 법원 직원 10여 명이랑요."

"충분히 오래 걸렸군."

니컬러스가 대답했다.

"어떻게 하죠?"

찰리가 물었다.

"들어오라고 해."

그때 니컬러스가 몸을 돌려 나를 보았다. 그 순간, 우리의 회담이 끝났음을 분명히 알 수 있었다.

"이선이 집에 오면 그들이 알 거요. 언제나 그를 주시하고 있으니까."

"이해해요."

"집에 오지 않아도 찾아낼 거요."

"하지만 아직은 찾지 못했잖아요."

니컬러스는 고개를 기울이고 나를 보았다.

"당신이 잘못 생각하고 있는 거 같군. 이선은 절대로 그걸 원하지 않을 거요. 남은 인생을 딸 없이 살아가야 한다는 거……."

"절대로는 아닐 거라고 생각해요, 나는."

"그런가?"

"오언이 절대로 원하지 않는 건, 베일리에게 무슨 일이 생기는 거예요." 나는 말하고 싶었다. "오언 때문에, 이곳과 오언의 관계 때문에 베일리가 다치게 되는 거, 베일리가 죽을 수도 있는 거, 그게 오언이 절대로 원하지 않는 일이에요."

"오언이 절대로 일어나지 않기를 원하는 건 따로 있어요."

당신이 보호해줘.

찰리가 내 어깨에 손을 얹었다.

"당신을 데리고 갈 차가 왔어요. 이제 가야 해요."

나는 떠나려고 일어났다. 니컬러스는 내 말을 들은 것처럼 보였지만, 그 무엇도 듣고 싶지 않은 것처럼 보였다. 여기서 할 일은 끝났다. 이제 여기서 할 수 있는 일은 없었다. 그래서 나는 찰리를 따라갔다. 문을 향해 걸어갔다.

그때 니컬러스가 소리쳐 물었다.

"크리스틴, 그 애가 나를 만나러 올 마음이 생길까?"

나는 몸을 돌리고 니컬러스의 눈을 똑바로 보았다.

"그럴 거예요. 아마도요."

"어떻게 만날 수 있지?"

"당신을 얼마나 자주 만날지를 결정하는 건 크리스틴의 몫이에요. 하지만 내가 도움이 되어줄게요. 지금까지 있었던 일과 당신이 크리스틴에게 느끼는 감정은 별개의 문제라는 걸 이해시킬게요. 그 애도 당신을 알아야 한다는 사실도요."

"당신 말을 들을까?"

지난주였다면 아니라고 대답해야 했을 것이다. 오늘 아침까지만 해도 아니라고 대답해야 할 것이다. 내가 자신이 아무 일도 하지 않고 가만히 있기를 원한다는 사실을 알고 호텔 방을 나간 베일리니까. 하지만 나는 베일리가 내 말을 들을 것이라는 사실을 니컬러스에게 믿게 해야 했다. 니컬러스는 그 말을 믿어야 했고, 나도 그 말을 믿어야 했다. 그래야 해낼 수 있으니까. 모든 일이 그 믿음에 달려 있음을 알고 있으니까.

나는 고개를 끄덕였다.

"들을 거예요."

니컬러스는 잠시 말이 없었다.

"집으로 가시오. 안전할 거요. 두 사람 모두. 내 약속하지."

나는 깊게 숨을 들이마셨다. 갑자기 니컬러스의 앞에서 눈물이 쏟아져 내려 재빨리 내 눈을 가렸다.

"고마워요."

내가 말했다.

니컬러스는 나에게 걸어와 티슈를 내밀었다.

"나한테 고마워할 이유는 없지. 당신 때문에 하는 일이 아니니까."

맞는 말이었다. 그래도 나는 니컬러스가 내미는 티슈를 잡았다. 그리고 가능한 한 아주 빨리 서재에서 나왔다.

악마는 세부적인 데 있다

차 안에서 그레이디가 한 말은 영원히 잊을 수 없을 것이다. 베일리가 기다리는 미국 연방 법원 건물로 돌아가면서 그레이디는 나에게 단 한 가지만을 말했다.

자동차가 달리는 동안 레이디버드 호수 위로 해가 떠올랐고, 오스틴은 이른 아침을 향해 나아갔다. 고속도로에 들어서자 그레이디는 도로에 던지고 있던 눈길을 돌려 나를 보았다. 내가 이 상황을 전혀 이해하지 못하고 있다는 표정으로, 내가 한 결정이 너무나도 마음에 들지 않는다는 표정으로 나를 보았다. 그리고 말했다.

"어쨌거나 그 사람들은 오언에게 복수를 할 겁니다. 해나는 그걸 알아야 해요."

나는 그레이디의 눈을 똑바로 보았다. 그게 내가 할 수 있는 최소한의 일이었으니까. 그 사람 때문에 내가 겁을 먹을 수는 없었으니까.

"니컬러스는 그대로 흘려보내지 않을 겁니다. 당신을 갖고 논 거예요."

"그렇다고는 생각하지 않아요."

"당신이 틀렸다면요? 도대체 계획이 뭐예요? 그저 비행기를 타고 집으로 돌아가서 무사하기를 바라는 거요? 아니, 당신들은 무사할 수 없어요. 이런 일은 그렇게 진행되지 않아요."

"그걸 어떻게 알죠?"

"15년 동안 같은 일을 봐왔으니까."

"니컬러스는 나하고는 문제없어요. 나는 이 일에 대해서는 아무것도 모른 채 연루된 거니까."

"그건 나도 알고, 당신도 알죠. 하지만 니컬러스는 몰라요. 그건 의심할 여지도 없어요. 게다가 니컬러스는 그런 거래는 하지 않는 사람입니다."

"이번이 예외가 될 거라고 생각해요."

"왜죠?"

"손녀를 만나고, 알아가고 싶으니까요. 그게 오언을 벌주는 것보다 더 원하는 일이니까."

그 말은 그레이디의 가슴에 와닿은 것이 분명했다. 그레이디가 내 말을 곰곰이 생각하는 모습을 보였다. 그리고 나와 같은 결론을 내렸음을 알았다. 그것이, 어쩌면, 진실일 수도 있다는 것을 말이다.

"당신이 옳다고 해도, 그런 선택을 한다면, 당신은 다시는 오언을 보지 못할 겁니다."

그 말은 내 귀에서, 내 마음속에서 계속 윙윙거리는 말이었다. 니컬러스도 그렇게 말했고, 그레이디도 그렇게 말했다. 내가 그 사실을 모르고 있는 것처럼. 하지만 나는 알았다. 그 사실은 묵직한 중력이 되어 내 안에서, 내 피를 타고 흘러가고 있었다.

나는 오언을 포기했다. 내가 한 것과는 정반대의 선택을 할 수 있는 기회를 포기한 것이다. 정반대의 길이 있는지는 모르겠지만, 어쨌거나 오언과 함께 돌아갈 수 있는 길은 포기한 것이다. 우리가 함께할 수 있는 길을 포기한 것이다. 오언이 다시 집으로 돌아올 수 있을지는 알지 못했다. 그 사실은 의심할 수밖에 없지만, 그럼에도 내가 갈 수 있는 길은 이 길밖에 없었다.

그레이디가 고속도로 갓길에 차를 세웠다. 지나가는 트럭 때문에 자동차가 출렁거렸다.

"아직 늦지 않았어요. 망할 니컬러스. 니컬러스가 당신과 무슨 거래를 했다고 생각했건, 그 거래를 지키지 않아도 돼요. 당신은 베일리를 생각해야 해요."

"내가 생각한 게 바로 베일리예요. 베일리에게 가장 좋은 걸 생각했어요. 오언이 내가 그 애를 위해 해줬으면 하는 걸 한 거예요."

"정말로 오언이 다시는 베일리를 보지 못하는 길을 택했을 거라고 생각해요? 다시는 그 애와 어떤 일도 함께 하지 못하는 삶을?"

"그럼 당신이 말해봐요, 그레이디. 당신이 나보다 오언을 더 오래 알았잖아요. 우리에게서 사라져버렸을 때, 그 사람은 무슨 말을 하고 싶었을 것 같아요?"

"바짝 몸을 낮추고, 내가 이 사태를 해결할 수 있게 내버려두기를 원했을 겁니다. 뉴스에 자기 얼굴이 나가지 않게 막아주기를 바랐을 겁니다. 세 사람 모두 신분을 온전하게 유지하는 방법을 찾기를 바랐을 겁니다. 필요하다면, 나와 함께, 세 사람이 모두 같이 있을 수 있는 방법을 찾고 싶었을 거란 말입니다."

"언제나 그 지점에서 나랑 어긋나네요."

내가 대답했다.

"그게 무슨 말입니까?"

"혹시 이럴 가능성은 없나요? 우리가 당신 말대로 숨었지만, 그 사람들이 우리를 찾아낼 가능성은 정말 없는 거예요?"

"아주 조금은 있겠죠."

"그게 얼마의 가능성일까요? 5퍼센트의 가능성? 10퍼센트의 가능성? 지난번에 정보가 누출됐을 때는 얼마의 가능성이 있었죠? 그때도 가능성은 크지 않았을 거예요. 하지만 그 약간의 가능성이 일어난 거잖아요. 당신이 지켜주고 있었는데도, 오언과 베일리는 큰일 날 뻔했어요. 오언은 그런 위험은 감수할 수 없는 거예요. 베일리에게 혹시라도 일어날지도 모를 위험은 감수하지 않을 거예요."

"내가 베일리에게 위험한 일이 일어나지 않게 막을 겁……."

"그 사람들이 우리를 찾아냈다면, 어떻게 하든지 오언을 잡았을 거예요. 안 그런가요? 그 과정에서 베일리가 표적이 됐다고 해도, 그 사람들은 봐주지도, 신경 쓰지도 않았을 거예요. 안 그래요?"

그레이디는 대답하지 않았다. 아니, 대답할 수 없었다.

"중요한 건, 당신은 그런 일이 일어나지 않을 거라고 장담할 수 없다는 거예요. 당신은 나에 대해서도, 오언에 대해서도 장담할 수 있는 게 없어요. 그래서 오언이 나를 베일리에게 남겨두고 떠난 거예요. 그 사람이 당신에게 오지 않고 그저 사라진 건 그 때문이에요."

"그건 당신이 틀린 것 같군요."

"내 남편은 자기가 결혼한 사람이 어떤 사람인지 알고 있어요."

내 말에 그레이디가 크게 웃었다.

"지금 일어나는 일들이, 사람들이 자신이 결혼한 사람이 누구인지를 모른다는 걸 가르쳐주는 분명한 예라고 생각하는데요."

"나는 그렇게 생각하지 않아요. 오언이 내가 가만히 앉아서 당신에게 모든 걸 맡겨야 한다고 생각했다면, 오언은 그렇게 말했을 거예요."

"그렇다면 오언이 나에게 보낸 이메일은 어떻게 설명할 거죠? 그가 간직하고 있는 그 모든 파일은요? 아베트가 지은 죄를 입증할 수 있게 도와준 그 모든 증거들은요? FBI는 이미 아베트를 20년은 수감할 수 있는 양형 거래를 진행 중이에요……. 오언이 무엇 때문에 이런 일을 했다고 생각해요? 어째서 증인 보호 프로그램을 신청할 수 있는 이런 모든 일들을 했다고 생각하는 거죠?"

"다른 이유가 있었을 거라고 생각해요."

"다른 이유라니, 그게 뭐죠? 유산으로 남기기라도 했다는 겁니까?"

"아니요. 베일리 때문에 그런 일을 한 거예요."

내 말에 그레이디는 싱긋 웃었고, 나는 그레이디가 나에게 말하고 싶지만 말할 수 없다고 느끼는 모든 말들을 들을 수 있었다. 그레이디가 오언에 관해 알고 있는 모든 일들을, 니컬러스도 알고 있지만, 두 사람에게 다른 느낌으로 다가가는 모든 일들을 들을 수 있었다. 어쩌면 그레이디는 진실에 더 가까운 이야기를 말한다면, 내가 그가 택한 쪽으로 좀 더 가까이 올 수도 있다는 생각을 하고 있는지도 몰랐다. 하지만 나는 이미 한쪽을 선택했다. 베일리가 택할 쪽을, 내가 택한 쪽을 선택했다.

"아주 간단하게만 말하죠. 니컬러스는 정말 나쁜 놈입니다. 언젠가는 당신을 벌할 거예요. 베일리는 안전할 수도 있겠죠. 하지만 오언을 처리하지 못한다면, 오언을 해치려고 당신을 벌할 겁니다. 그 사람에게 당신은 그저 소모품일 뿐이에요. 당신의 안전 따위는, 신경 쓰지 않을 거란 말입니다."

"나도 그렇게 생각해요."

"그렇다면, 그저 원래의 삶으로 돌아가려고 하는 게 얼마나 위험한 일인지 알아야 해요. 나는, 당신이 허락해줘야만 당신을 보호할 수 있어요."

나는 대답하지 않았다. 그레이디는 내가 허락하기를 바라고 있으니까. "네, 당신이 나를 보호해주세요, 당신이 우리를 보호해주세요"라고 말하기를 원하고 있으니까. 하지만 나는 그런 말을 하지 않을 것이다. 무엇이 진실인지를 분명히 알고 있기 때문에. 그레이디는 우리를 보호할 수 없으니까.

니컬러스가 원하는 일이라면, 그는 분명히 우리를 어떻게 해서든지 찾아낼 것이다. 그것이 이 일을 겪으면서 내가 깨달은 사실이다. 어쨌거나 이런 일은 또 생길 것이다. 언제든 또다시 벌어질 것이다. 그러니 지금 베일리를 위해 내가 자발적으로 선택하는 것이 낫다. 지금, 이 선택을 해야만 베일리는 베일리로 남을 수 있다.

지금까지 베일리에게 선택권을 준 사람은 없었다. 베일리는 이미 너무나도 많은 것을 잃었다. 이제 베일리에게 선택권을 주는 것이 내가 할 수 있는 최소한의 일이었다.

그레이디는 다시 시동을 걸고 고속도로로 나섰다.

"당신은 니컬러스를 믿으면 안 돼요. 믿을 수 있다고 생각한다면, 미친 짓을 하는 겁니다. 그런 악마와 거래를 하고 괜찮으리라 생각하는 건, 있을 수 없어요."

나는 그레이디에게서 고개를 돌리고 창문 밖을 보았다.

"하지만 나는 방금 하고 온걸요."

내가 말했다.

그 애에게 돌아가는 길

베일리는 회의실에 앉아 있었다. 펑펑 울면서 앉아 있었다. 내가 다가가기도 전에 베일리는 벌떡 일어나 나에게 달려왔다. 나를 꼭 끌어안고 내 가슴에 얼굴을 묻었다.

나도 베일리를 꼭 끌어안았다. 나는 그레이디를, 베일리 외에는 모든 것을 무시하고 베일리만을 꼭 끌어안았다. 베일리가 뒤로 물러나자 나는 베일리의 얼굴을 뚫어져라 보았다. 눈은 퉁퉁 부어 있었고, 머리카락은 두피에 바짝 달라붙어 있었다. 베일리는 훨씬 더 작은 베일리처럼 보였다. 베일리에게는 이제는 안전하다고 말해줄 누군가가 절실하게 필요했다.

"호텔 방에서 나가면 안 되는 거였어요."

나는 베일리의 얼굴에서 머리카락을 떼어주었다.

"어디에 갔었어?"

"아무 데도 가면 안 되는 거였는데. 미안해요. 하지만 누가 문을 두드리는 것 같았어요. 그래서 너무나도 무서웠어요. 그때 전화벨이 울린 거예요. 전화를 받았는데, 잡음만 들리는 거예요. 내가 계속 '누구세요'라고 물었는데도 잡음밖에 안 들렸어요. 혹시 복도에 나가서 받으면 들릴지도 모른다고 생각해서 복도에 나갔는데, 나도 모르게…….”

“그냥 계속 걸었다고?”

베일리는 고개를 끄덕였다.

그레이디는 베일리를 안심시키려는 내 행동이 지나치다는 듯한 표정으로 나를 흘끔 보았다. 마치 내가 너무나도 지나치게 안심시키려 한다는 듯이. 그러니까 그것이 그레이디가 이 일을 바라보는 관점이었다. 오언과 베일리를 위해 그가 세운 계획은 가운데 그은 선의 한쪽에 있었고, 내가 세운 계획은 그 반대편에 있는 것이었다. 그것이 현재 그레이디가 나를 보는 유일한 시선이었다. 그에게는 자신이 생각한 해결책을 방해하는 주요 원인이 바로 나였다.

“아빠가 전화를 걸었다고 생각했어요. 왜 그런 생각을 했는지는 모르겠어요. 아마 발신자 제한 표시 때문이거나 잡음 때문이었던 것 같아요. 그냥 아빠가 나한테 연락하려고 애쓰고 있다는 기분이 들었어요. 그래서, 몇 분만 걸으면 아빠가 다시 나한테 전화할 거라고 생각했어요. 하지만 다시 전화가 오지 않아서…… 그냥 걸었어요. 그다지 많은 생각을 하지는 않았어요.”

나는 적어도 떠나기 전에 괜찮다는 말 정도는 해줬어야 하지 않냐고는 묻지 않았다. 아마도, 베일리는 내가 자신이 원하는 일을 하게 내버려두지 않을 거라고 생각했는지도 몰랐다. 그것도 베일리가 그냥 방을 떠난 이유 가운데 하나일 수도 있었다.

하지만 베일리가 그래야 했던 데는 내가 아닌 다른 이유가 있었다는 것도 알았다. 그래서 베일리가 그런 결정을 한 이유는 나와 관계가 있다는 생각은 하지 않기로 했다. 더 나은 곳으로 가는 일이 자기 자신에게 달렸음을 깨닫는 순간이면, 다른 사람에 대한 생각은 의미가 없어지는 법이니까. 중요한 것은 오직 어떻게 하면 그곳에 갈 수 있는가를 알아내는 것뿐이니까.

"도서관으로 돌아갔어요. 대학교로 간 거예요. 쿡맨 교수가 준 명단이 있었으니까, 다시 연감을 살펴보고 싶었어요. 그…… 케이트의 사진을 보자마자 너무 빨리 도서관에서 나왔으니까요. 그래서 내 생각에는…… 내 생각에는 알아내야 할 것 같았어요. 오스틴을 떠나기 전에요."

"그래서 찾았어?"

베일리가 고개를 끄덕였다.

"이선 영이요. 명단 맨 마지막에 있던 사람."

나는 베일리가 말을 끝낼 수 있도록 아무 말도 하지 않았다.

"그때 전화가 왔어요."

그 순간 내 심장이 쿵 하고 떨어져 내렸다.

"뭐라고 했니?"

기절할 것만 같았다. 베일리가 오언과 통화를 했다. 오언과 통화를 한 것이다.

"아빠와 통화를 했다고?"

그레이디가 물었다.

베일리는 그레이디를 보면서 아주 작게 고개를 끄덕였다.

"무슨 말을 했는지는 해나한테만 말하고 싶어요."

베일리의 말에 그레이디는 회의실에서 나가는 대신 베일리 앞에 무릎을 꿇고 앉았다. 그것은 부탁을 거절하는 그의 방식임이 분명했다.

"베일리, 오언이 무슨 말을 했는지 나에게 알려줘야 해. 그래야 내가 아빠를 도울 수 있어."

베일리는 이 이야기를 그레이디 앞에서 해야 한다는 사실이 믿기지 않는다는 듯이 고개를 저었다. 어쨌거나 해야 한다는 사실을 믿을 수 없다는 듯이 고개를 저었다.

나는 베일리에게 나에게 말하라는 몸짓을 해 보였다.

"괜찮아. 해도 돼."

내가 말했다.

베일리는 고개를 끄덕이며 나를 뚫어져라 보았다. 그리고 말하기 시작했다.

"막 아빠의 사진을 찾았을 때였어요. 아빠는 몸집도 컸고, 머리도 길었어요. 앞은 짧게 자르고 옆이랑 뒤는 거의 어깨까지 오게 머리를 기른 아빠를 보고…… 막 웃음이 나왔어요. 너무 웃기게 생긴 거예요. 지금하고는 너무 다르게 생겼어요. 하지만 아빠였어요. 분명히 아빠였어요. 그래서 해나한테 전화하려고 전화기를 켰는데, 시그널에 착신 호출이 떠 있었어요."

시그널이라니? 왜 이렇게 익숙하게 들리지? 그때 시그널이 무엇인지 생각났다. 몇 달 전에 우리 세 사람은 페리빌딩에서 만두를 먹었다. 그때 오언이 베일리의 전화기를 가져가더니 앱을 하나 깔았다. 시그널이라는 암호 앱이었다. 오언은 베일리에게 인터넷에서는 그 무엇도 없앨 수가 없다고 했다. 따라서 섹시한(정말로 '섹시'라고 말했다) 메시지를 보내고 싶으면, 그 앱을 사용해야 한다고 했다. 그 말을 들은 베일리는 만두를 던져버리는 시늉을 했고.

그때 오언은 진지했다. 전화나 문자메시지를 지우고 싶다면 그 앱을 사용해야 한다고 말했다. 오언은 베일리가 그 앱을 쓰겠다고 말할 때까지 그 이야기를 두 번이나 했다. 베일리는 "좋아, 아빠가 나한테 다시는 '섹시'라는 말을 하지 않으면, 이 앱을 영원히 깔아 둘게"라고 말했고, 오언은 "좋아, 받아들이지"라고 말했다.

이제 베일리는 아주 빠른 속도로 말하고 있었다.

"내가 '여보세요'라고 말할 때, 아빠는 이미 말하고 있었어요. 어디라는 말은 하지 않았어요. 나한테 잘 있냐고도 묻지 않았어요. 그저 22초밖에 없다고 했어요. 기억해요. 22초밖에 없다는 말이요. 아빠는 미안하다고, 사실 말로 표현할 수 없을 정도로 미안하다고 했어요. 다시는 이 전화로 전화할 수 없게 자기 인생을 만들어버린 걸 미안하다고 했어요."

베일리는 다시 울지 않으려고 애쓰고 있었다. 베일리는 그레이디를 보지 않았다. 오직 나만을 보고 있었다.

"아빠가 뭐라고 했니?"

나는 부드럽게 물었다.

내 질문이 베일리를 무겁게 짓누르고 있음을 알 수 있었다. 이렇게 어린 어깨가 짊어지기에는 너무나도 힘든 무게로 베일리를 내리누르고 있음을 알 수 있었다.

"아주 오랫동안 전화할 수 없을 거라고 했어요. 그리고……."

베일리는 고개를 저었다.

"그리고 뭐라고 했니, 베일리?"

내가 물었다.

"아빠 말이…… 다시는 돌아올 수 없을 거라고 했어요."

베일리가 그 끔찍하고도 믿을 수 없는 사실을 처리하려고 애쓰는 모습이 보였다. 오언이 절대로 베일리에게는 말하고 싶지 않았을 그 끔찍하고도 믿을 수 없는 사실을 받아들이려고 애쓰는 모습이 보였다. 정말로 그런 일이 벌어질 수도 있다고 내 스스로 의심했던 그 끔찍하고도 믿을 수 없는 사실을, 실제로는 정말로 그런 일이 벌어지리라고 알고 있었던 그 끔찍하고도 믿을 수 없는 사실을 처리하려고 애쓰고 있었다.

오언은 가버렸다. 다시는 돌아오지 않을 것이다.

"그러니까 영원히 오지 못한다는 거예요?"

베일리가 물었다. 내가 미처 대답하기 전에, 베일리의 목에서는 깊은 곳에서 밀려 나오는 신음 소리가 터져 나왔다. 자기가 알고 있는 사실을 배신하는, 베일리도 알고 있는 사실을 거부하는 신음 소리가 흘러나왔다.

나는 내 손을 베일리의 손에 얹고, 베일리의 손목을 잡은 채 힘을 주었다.

"아니, 나는 그렇게 생각하지 않아."

그때 그레이디가 끼어들었다.

"나는 오언이 한 말을 네가 정말로 이해한 거라고는 생각하지 않아."

나는 그레이디를 노려보았다.

"그런 전화를 받아서 속상하겠지만, 지금 우리가 상의해야 하는 건, 이제부터 어떻게 할 것인가야."

그레이디의 말에도 베일리는 나만을 보고 있었다.

"이제부터 어떻게 하다니, 그게 무슨 말이에요?"

베일리가 물었다.

나는 우리 두 사람만이 있는 것처럼 베일리의 눈을 똑바로 보았다. 나는 앞으로 일어날 일을 결정할 사람은 베일리임을 분명히 믿게 해주려고 베일리 앞으로 좀 더 가까이 다가갔다.

"그레이디는, 우리 둘이 갈 곳을 말하려는 거야. 집으로 돌아갈 것인지……."

"우리가 새로 머물 곳을 만들어 줄 수 있어. 아까 말해줬듯이, 내가 너와 해나가 머물 장소를 구해줄 수 있어. 그곳에서 완벽하게 다시 시작하는 거야. 그럼 너희 아빠도 안전하다고 생각했을 때 다시 돌아올 수 있을 거야. 내일 당장 돌아올 수는 없겠지. 너희 아빠도 전화로 그걸 말하고 싶었을 거야. 하지만……."

"왜 안 되는데요?"

"뭐라고?"

베일리가 그레이디의 눈을 똑바로 보았다.

"왜 내일은 안 되는데요? 아니, 내일은 잊어요. 왜 오늘은 안 되는 건데요? 아빠가 정말로 당신이 우리가 선택할 수 있는 가장 좋은 선택지라고 생각했다면, 왜 여기에 우리랑 함께 있지 않은 건데요? 어째서 도망친 건데요?"

자기도 모르게 그레이디는 작은 웃음을, 화가 난 웃음을 내뱉었다. 마치 내가 베일리에게 어떻게 대답해야 하는지를 가르친 것처럼, 오언을 알고 오언을 사랑하는 사람이라면 그렇게 질문하는 것이 당연하지 않은 것처럼 너털웃음을 터뜨렸다.

오언은 지문을 남기지 않는 쪽을 택했다. 뉴스에 자신의 얼굴을 내보내지 않는 쪽을 택했다. 외부에서 불어오는 힘이 베일리의 삶을 파괴하지 않게 하려고 자신이 해야 할 일을 했다. 베일리의 진짜 정체성을 지켜주기 위해 해야 하는 일을 했다. 지금 오언은 어디에 있는가? 오언이 할 수 있는 다른 일은 없었다. 오언이 택할 수 있는 일은 더는 없었다. 오언이 돌아올 수 있다면, 우리 세 사람이 함께 모여 처음부터 다시 시작할 수 있었다면, 오언은 지금 우리와 함께 있을 것이다. 여기, 우리 옆에 있었을 것이다.

"베일리, 너를 안전하게 지켜줄 수 있는 방법을 지금 당장은 분명하게 말할 수는 없어. 내가 말할 수 있는 건, 어쨌거나 내가 도울 수 있게 해줘야 한다는 거야. 그게 너를 지킬 수 있는 가장 좋은 방법이야. 그것만이 너를 지킬 수 있는 유일한 방법이야. 너와 해나를 지킬 방법이야."

베일리는 자기 손을, 그 위에 얹고 있는 내 손을 내려다보았다.

"그렇다면…… 그건 무슨 뜻이에요? 아빠가, 아빠가 돌아오지 않는다는 건요?"

베일리는 나에게 묻고 있었다. 이미 자신이 알고 있는 사실을 나에게 확인해달라고 요청하고 있었다. 나는 주저하지 않았다.

"그래, 아빠는 돌아오지 못할 거야."

베일리의 눈을 통해 베일리의 슬픔이 분노로 바뀌고 있음을 볼 수 있었다. 하지만 그 감정은 다시 되돌아가 비통함으로 바뀔 것이다. 극심한 분노와 외로움이 빙글빙글 돌아가며 베일리를 괴롭힐 것이다. 이 감정들에 어떻게 맞서 싸워야 할까? 그저 감정이 일게 내버려두어야 한다. 그저 투항할 수밖에 없다. 그저 감정이 느껴지도록 내버려둘 수밖에 없다. 너무나도 불공평한 일이었다. 하지만 절망할 수는 없다. 그것이 내가 할 수 있는 유일한 일이라면 나는 베일리가 절망하게 내버려두지 않을 것이다.

"베일리……."

그레이디가 고개를 저었다.

"아직 정말 그럴지는 알 수 없어. 나는 너희 아빠를 알아."

베일리가 거칠게 고개를 들었다.

"뭐라고 했어요?"

"나는 너희 아빠를 안다고."

"아니요. 우리 아빠는 내가 알아요."

베일리가 말했다. 베일리의 피부는 붉게 타올랐고, 눈은 맹렬해졌고 단호해졌다. 베일리가 결심을 하고 그 결심이 단단해져서 그 누구도 빼앗을 수 없는 결의가 되는 모습을, 나는 지켜보았다.

그레이디가 계속 말하고 있었지만, 베일리는 이제 더는 그의 말을 듣지 않았다. 그저 나를 똑바로 쳐다보면서 내가 베일리가 하리라고 생각했던 말을 했다. 그 애가 결국에는 하게 될 거라고 생각했던 말을 했다. 내가 니컬러스에게 가야 했던 이유를, 내가 그 일을 해야 했던 이유를 확신시켜 주는 말을 했다. 베일리는 그 말을 나에게만 했다. 베일리는 그것 외에는 모든 것을 포기했다. 시간이 지나면, 내가 다시 만들어 줄 것이다. 베일리가 포기한 모든 것들을 다시 가질 수 있도록, 내가 할 수 있는 모든 일을 해줄 것이다.

"그냥 집에 가고 싶어요."

베일리가 말했고, 나는 그레이디를 보았다. "들었잖아요"라는 표정으로 그레이디를 보았고, 그레이디가 할 수밖에 없는 일을 하도록 기다렸다.

우리를 보내주는 일 말이다.

2년
4개월 전

"어떻게 하는 건지 알려줘요."

오언이 말했다.

우리는 작업실 전등을 켰다. 우리는 데이트가 아닌 만남에서 이제 막 연극을 보았고, 오언은 나를 따라 작업실에 가고 싶다고 부탁했다. 음흉한 의도가 있어서 그런 건 아니라고 했다. 그저 선반이 작동하는 방식이 보고 싶다고 했다. 내가 어떤 식으로 작업을 하는지 보고 싶을 뿐이라고 했다.

작업실을 둘러보던 오언은 두 손을 마주 대고 비비며 물었다.

"자, 그럼 무엇부터 해야 할까요?"

"좋은 나무부터 골라야죠. 모든 건 좋은 나무를 고르는 것부터 시작해요. 나무가 좋지 않다면, 어떻게 해도 좋은 작품은 나오지 않아요."

"선반공들은 나무를 어떻게 골라요?"

"우리 선반공들에게는 저마다 나무를 고르는 방법이 있어요. 할아버지는 주로 단풍나무를 쓰셨어요. 단풍나무가 드러내는 색과 결을 사랑하셨어요. 하지만 나는 다양한 나무를 써요. 떡갈나무, 소나무, 단풍나무 가리지 않아요."

"작업할 때 가장 선호하는 나무는 뭐죠?"

"난 편애하지 않아요."

"아, 그 사실을 알게 되어 좋네요."

나는 웃음을 참으면서 고개를 저었다.

"지금 나를 놀리는 거라면……."

내 말에 오언은 항복한다는 듯이 손을 번쩍 들어 올렸다.

"놀리는 게 아니에요. 매혹된 거지."

"아, 좋아요. 진부하지는 않네요. 각기 다른 나무들은 각기 다른 이유로 매력을 느낄 수 있어요."

작업 공간으로 걸어 들어간 오언은 허리를 숙이더니 가장 큰 선반과 눈을 맞췄다.

"이걸로 첫 수업을 하나요?"

"아니요. 첫 수업은 작업할 만큼 흥미로운 나무를 고를 때면, 좋은 나무는 한 가지로 정의된다는 사실을 알아야 한다는 거예요. 할아버지가 말씀하신 건데, 정말 진리라고 생각해요."

오언은 내가 작업하고 있는 소나무를 손으로 문질렀다. 오래되어 그윽하고 질감이 풍부해진 짙은 색 소나무였다.

"이 녀석은 어떻게 정의하죠?"

나는 색이 바래서 거의 금색처럼 보이는, 한가운데 있는 점을 가리켰다.

"여기 이 부분, 여기가 흥미롭게 될 거라고 생각해요."

오언이 내가 가리키는 곳에 손을 댔다. 내 손을 만지지도 않았고, 만지려는 시도도 하지 않았다. 그저 내가 보여주는 부분을 이해하려고 애썼을 뿐이었다.

"그거 좋네요. 그 철학이 좋아요. 무슨 말이냐면, 왠지 당신은 사람에 관해서도 같은 말을 할 것 같아서요. 결국에 '사람을 정의하는 것은 한 가지다'라고."

"뭐가 당신을 정의하죠?"

"당신을 정의하는 건 뭐죠?"

"내가 먼저 물었어요."

나는 웃으며 말했다.

오언도 웃었다. 오언은 웃고 또 웃었다.

"좋아요, 말할게요."

오언은 단 1초도 주저하지 않고 말했다.

"딸을 위해서 못할 일은 하나도 없는 아빠라고 정의할 수 있을 거예요."

다시 집으로 돌아갈 때도 있다

비행기가 이륙하기를 기다리며 좌석에 앉아 있었다. 베일리는 창문 밖을 물끄러미 보고 있었다. 침침한 눈은 부어 있었고, 피부에는 빨간 반점이 군데군데 올라와 있었다. 베일리는 피곤해 보였다. 피곤하고 무서운 것 같았다.

나는 아직 모든 것을 말하지 않았지만, 베일리는 충분히 이해했다. 자신이 무서워해도 내가 놀라지 않을 거라는 것을 충분히 이해했다. 자신이 무서워하지 않으면 내가 놀랄 거라는 것을 충분히 이해했다.

"베일리를 보러 올 거야. 니컬러스와 찰리 말이야. 네가 원하면 사촌들도 데리고 올 거야. 그건 좋은 일일 거라고 생각해. 네 사촌들은 정말로 너를 만나고 싶어 할 거야."

"우리 집에 머물거나 그런 건 아니죠?"

"그래, 그건 아니야. 식사를 한두 번 같이 할 거야. 거기서 시작해야지."

"해나도 함께 갈 거죠?"

"그래, 함께 갈 거야."

베일리는 그 말을 받아들인다는 듯이 고개를 끄덕였다.

“사촌을 만나는 건 지금 결정해야 해요?”

베일리가 물었다.

“지금 당장 결정해야 하는 건 아무것도 없어.”

베일리는 아빠가 다시는 집에 올 수 없다는 사실을 이해하고 있을 뿐 아니라, 그 사실을 받아들이고 있었다. 하지만 아무 말도 하고 싶지 않은 거였다. 아직은 말이다. 오언 없이 살아가야 하는 인생이 어떤 모습일지, 어떤 느낌일지를 나와 탐색하고 싶지는 않은 거였다. 지금 당장은 그런 대화를 해야 할 필요는 없는 거였다.

나는 깊게 숨을 들이마시고 앞으로 일어날 모든 일들을, 지금 당장이 아니라고 해도 곧 일어날 모든 일들을 생각하지 않으려고 노력했다. 이제부터 살아가면서 우리가 차례로 밟아 가야 할 과정들을 생각하지 않으려고 애썼다. 줄스와 맥스가 우리를 데리러 공항으로 올 테고, 오늘을 위해 냉장고를 음식으로 가득 채우고, 식탁에 저녁 식사를 차려 놓을 것이다. 하지만 이런 일들은 두 사람이 이제는 정상으로 돌아왔다는 느낌이 들 때까지, 여러 날 계속해서 일어날 것이다.

그리고 내가 피할 수 없는 일들도 일어날 것이다. 지금부터 몇 주 뒤에(또는 몇 달 뒤에), 베일리가 회복되고 있음을 알게 되면 나는 처음으로 전적으로 나 자신에 대해 생각해보고 무너져 내릴 것이다. 내가 잃어버린 것들을 생각하고, 내가 다시는 돌려받지 못할 것들을 생각하게 될 것이다. 오직 나 자신만을 생각하고, 오언만을 생각하고, 그가 없어서 내가 잃은 것들을, 그리고 계속 잃을 것들을 생각하게 될 것이다.

이 세상이 다시 한번 고요해진다면 내가 오언을 상실한 슬픔을 느끼지 않으려고 막아두었던 모든 것들이 나를 덮칠 것이다.

가장 이상한 일만이 그 모든 것이 나를 덮치는 것을 막아줄 것이다. 나는 이제야 고려해보기 시작한 질문에 대한 답을 가지고 있었다. 이 모든 걸 알았다면, 나는 여기에 와 있는 걸 택했을까? 만약 오언이 데이트를 시작했을 때, 자신의 모든 과거를 말해주고, 내가 어디로 들어가려고 하는지를 경고해주고, 나에게 그래도 함께할 것인지를 물었다면 어떻게 됐을까? 나는 그래도 지금의 인생을 택했을까?

이 질문은 어머니가 떠난 직후에 할아버지가 나에게 주었던 은혜로운 순간을, 내가 정확히 어디에 속해 있는지를 알게 해준 순간을 짧게나마 떠오르게 했다. 그러자 그 질문에 대한 답이, 눈을 멀게 하는 뜨거운 열기가 되어 내 몸을 관통하고 지나갔다. 그럴 것이다. 나는 주저 없이 대답했다. 오언이 그 이야기를 해주었다고 해도, 오언의 과거를 남김없이 모두 알았다고 해도 나는 이 삶을 선택했을 것이다. 나는 계속 오언과 함께 했을 것이다.

"왜 이렇게 오래 걸려요? 왜 아직 이륙하지 않는 거죠?"

베일리가 물었다.

"모르겠어. 승무원이 활주로에서 후진하는 걸 두고 뭔가를 말하는 거 같던데?"

베일리는 고개를 끄덕이고는 불행하고 추운 사람처럼 두 팔로 몸통을 감쌌다. 베일리가 입고 있는 티셔츠는 차가운 비행기의 공기에 맞설 수 없었다. 베일리의 팔에 소름이 돋았다. 또다시.

하지만 이번에는 나도 준비가 되어 있었다. 이제는 2년 전이, 이틀 전이 아니었다. 이제는 완전히 다른 이야기가 펼쳐질 것이다. 나는 가방을 들어 베일리가 가장 좋아하는 모직 후드 티를 꺼냈다. 이 순간을 위해 내가 기내로 들고 올 가방에 미리 넣어 둔 옷이었다.

처음으로 나는 베일리에게 필요한 것을 건네는 방법을 알았다. 물론 이것으로 모든 것이 해결된 것은 아니었다. 아직 턱도 없이 모자랐다. 하지만 베일리는 옷을 받아 들고 입더니 손바닥으로 팔꿈치를 문질렀다.

"고마워요."

"그래."

비행기가 빠르게 앞으로 조금 나갔다가 뒤로 움직였다. 그리고 천천히 활주로를 달려 나가기 시작했다.

"가네요, 마침내."

베일리는 안심이 된 것처럼 좌석에 몸을 기댔다. 두 눈을 감고 우리 가운데 놓인 팔걸이에 팔꿈치를 괬다.

베일리의 팔꿈치가 팔걸이에 놓여 있었고, 비행기는 속도를 높였다. 나도 팔걸이에 팔꿈치를 괬다. 나는 팔꿈치를 대고 있는 베일리를 느꼈다. 같은 곳에 팔꿈치를 대고 있는 우리 두 사람을 느꼈다. 반대 방향에서 같은 자세를 취하면서 우리는 조금씩 더 가까워져 갔다.

정말로 그렇게 느껴졌다. 이제 시작이었다.

5년 뒤, 8년 뒤, 아니면 10년 뒤

나는 21명의 장인과 제작자들과 함께 로스앤젤레스 퍼시픽디자인센터에서 퍼스트룩 전시회를 열고 있었다. 나는 전시회에서 배정해 준 쇼룸에서 흰색 떡갈나무로 만든 새로운 작품들을 선보였다. 대부분은 가구였지만, 그릇도 있었고 대형 작품도 있었다.

이런 전시회는 새로운 고객을 만날 수 있는 기회이기도 하지만, 어느 정도는 재결합과도 같았다. 재결합이 거의 대부분 그렇듯이 따분하고 지루한 일이기도 했다. 건축가와 동료들이 지나가다가 멈춰 서서 안부를 물었다. 그런 소소한 대화에 최선을 다하려고 했지만, 점점 더 지쳐갔다. 시계가 오후 6시에 가까워질수록 나는 사람들과 함께 하는 것이 아니라 그저 지나가는 사람들을 지켜보고만 있다는 기분이 들었다.

저녁은 베일리와 함께 먹기로 했기 때문에 그 약속이 어긋나지 않도록 하루 종일 제대로 전시를 마무리할 수 있는 핑계를 대느라 바빴다. 베일리는 얼마 전부터 만나기 시작한 남자를 데리고 온다고 했다. 셉이라는 이름의 헤지펀드 매니저였는데(그것만으로도 2점 감점이었다), 베일리는 내가 셉을 분명히 좋아하게 될 거라고 했다. "정말 그렇지 않다니까." 베일리는 그렇게 말했다.

그렇지 않다는 건 금융계에서 일하고 있는 걸 말하는 건지, 이름이 셉이라는 걸 말하는 건지는 알 수 없었다. 어쨌거나 새로운 남자 친구는 이름은 덜 거슬리고(존이었다) 직업은 없었던 전 남자 친구에 대한 반대 심리로 만나는 것 같았다. 하지만 베일리가 20대에 연애를 한다는 사실은, 연애가 베일리의 관심사라는 사실은 기쁜 일이었다.

지금 베일리는 로스앤젤레스에서 살았다. 나도 마찬가지고. 나는 바다에서 너무 멀지는 않은 곳에서 살았다. 베일리하고 너무나도 멀지는 않은 곳에서 살았다.

베일리가 고등학교를 졸업하자마자 수상 가옥은 팔았다. 그것이 우리에 대한 감시를 피하는 방법이라는 환상은 품지 않았다. 지금도 그림자처럼 우리를 지켜보면서 오언을 발견하면 언제라도 튀어나올 준비를 하고 있는 그 사람들을 피하는 방법이라는 망상은 품지 않았다. 그 사람들은 오언이 혹시라도 우리를 보러 돌아올 수도 있다는 생각에 우리를 감시하고 있음을 알았다. 나는 오언이 오건, 오지 않건, 언제나 그들이 지켜보고 있다는 상정을 하고 행동했다.

가끔은 공항 라운지에서, 식당 밖에서 그들을 보았다는 기분이 들 때가 있었다. 물론 나는 그들이 누구인지 모른다. 나는 나를 조금이라도 오래 바라보는 사람이 있으면 기억해 두었다. 그 때문에 아주 많은 사람이 나에게 다가오는 걸 막을 수 있었는데, 나쁘지는 않았다. 나에게 필요한 사람은 내가 알았다.

내 삶에서 빠진 그 한 사람을 알고 있었다.

그 남자는 어깨에 배낭을 메고 무심한 태도로 내 쇼룸으로 들어왔다. 덥수룩한 짙은 검은색 머리카락은 짧게 깎았고, 코는 부러진 적이 있는 것처럼 구부러져 있었다. 버튼다운 셔츠를 소매까지 걷어붙여, 팔부터 손을 지나 손가락에 이르기까지 거미처럼 뻗어 있는 문신을 밖으로 드러내고 있었다.

그가 여전히 손가락에서 빼지 않고 끼고 있는 결혼반지를 발견한 것은 그때였다. 내가 그를 위해 만들어준 반지였다. 반지 끝부분에 댄 얇은 참나무는 쉽게 발견할 수 있는 부분이 아니었다. 하지만 나는 쉽게 찾을 수 있었다. 오언은 전혀 오언처럼 보이지 않았다. 절대로 오언일 수 없었다. 하지만 감시자의 눈을 피하려면 그래야 하는지도 몰랐다. 문득 궁금해졌다. 어쨌거나 '이 사람은 그일 수 없는 게 아닐까' 하는 생각이 들었다.

그를 봤다고 생각한 건 이번이 처음이 아니었다. 나는 어디에서나 그를 봤다고 생각했다.

당황한 나는 들고 있던 종이를 놓쳤고, 모든 것이 바닥에 떨어졌다.

그는 나를 도우려고 몸을 구부렸다. 그는 웃지 않았다. 웃었다면 그가 누구인지 드러났을 것이다. 그는 내 손을 만지지도 않았다. 그건, 우리 두 사람 모두에게 너무나도 지나친 일이었을 것이다.

그는 나에게 종이를 건네주었다.

나는 고맙다고 말하고 싶었다. 고맙다는 말이 입 밖으로 나왔을까? 알 수 없었다. 어쩌면 정말로 말했는지도 몰랐다. 어쨌거나 그가 고개를 끄덕였으니까.

그는 일어섰고, 가던 길을 계속 가려고 걷기 시작했다. 그가 그만이 나에게 할 수 있는 말을 한 건 그때였다.

"당신의 남자가 될 수 있었던 녀석들은 여전히 당신을 사랑해."

오언이 말했다. 나를 보지 않은 채 낮은 목소리로 말했다.

그것은 나에게 하는 인사였다.

나에게 하는 만나는 인사이자 작별 인사였다.

내 피부가 달아오르기 시작하고, 내 뺨이 발개졌다. 하지만 나는 아무 말도 하지 않았다. 어떤 말도 할 시간이 없었다. 그는 어깨를 으쓱하고 배낭을 더 높이 올렸다. 그리고 인파 속으로 사라졌다. 그것으로 전부였다. 그는 그저 다른 부스를 찾아가는 전시회 관람객일 뿐이었다.

나는 그의 뒷모습을 쳐다보지 않았다. 그가 걸어간 쪽으로 고개를 돌리지도 않았다.

그저 종이를 정리하는 것처럼 계속 밑을 내려다보고 있었다. 하지만 밖에서도 느낄 수 있는 열기가 내 몸에서 발산되고 있었다. 내 피부는, 내 얼굴은 타오르듯이 달아올라 혹시라도 그 순간 나를 자세히 쳐다보고 있던 사람이라면 그 사실을 분명히 알 수 있었을 것이다. 나는 그런 사람이 없기만을 바랐다.

속으로 100까지 세고, 또다시 150까지 셌다.

마침내 마음을 다잡고 고개를 든 순간, 베일리가 보였다. 베일리의 모습은 그 즉시 내 몸을 식혀주고 중심을 잡게 해주었다. 베일리는 오언이 사라진 쪽에서 오고 있었다. 등까지 흘러내리는 긴 갈색 머리의 베일리는 회색 스웨터 드레스를 입고 발목까지 오는 캔버스화를 신고 있었다. 오언이 베일리 옆을 지나쳐 갔을까? 베일리가 얼마나 아름답게 자랐는지 직접 확인했을까? 베일리를 알아보았을까? 그렇기를 바랐다. 하지만 동시에 그렇지 않기를 바랐다. 어느 쪽이 오언에게는 더 잔인한 일일까?

나는 깊이 숨을 들이마시고 베일리를 쳐다보았다. 베일리는 새로운 남자 친구인 셉과 손을 잡고 걸어오고 있었다. 셉은 나에게 경례를 했다. 그게 귀엽다고 생각하는 것 같았다. 전혀 아니었지만.

하지만 나는 걸어오는 두 사람을 보며 웃었다. 웃지 않을 수가 없었다. 베일리도 웃었다. 나를 보며 웃었다.

"엄마!"

베일리가 나를 불렀다.

감사의 글

2012년에 이 책을 쓰기 시작했습니다. 글이 써지지 않아 제쳐 놓을 때도 많았지만, 이 글을 그대로 놓칠 수는 없었습니다. 내가 힘들어할 때마다 현명하게 이끌어주면서, 내가 하고 싶은 이야기를 찾아 나갈 수 있게 도와준 수전 글룩에게 정말 감사합니다.

사려 깊은 편집과 이 소설이 향상될 수 있도록 다방면으로 현명한 조언을 아끼지 않은 메리수 루치, 작가가 꿈꿀 수 있는 최상의 파트너였고, 편집자였고, 좋은 친구가 되어 주어 감사합니다.

사이먼 & 슈스터의 놀라운 직원들, 다나 카네디, 조너선 카프, 해나 팍, 나번 존슨, 리처드 로러, 엘리자베스 브리든, 재커리 놀, 재키 서우, 웬디 시아닌, 매기 사우사드, 줄리아 프로서, WME의 앤드리아 블라트, 로라 보너, 애나 딕슨, 개비 페터스에게 고맙다는 인사를 전합니다.

첫 책을, 처음부터 함께 해준 실비 라비뉴. 지구에서 내가 가장 사랑하는 사람 가운데 한 명이자 가장 신뢰할 수 있는 조언자가 되어 주어 감사합니다. 사랑해요.

법률을 조언해 준 캐서린 에스코비치, 그렉 안드레스, 오스틴을 멋지게 소개해 준 시몬 푸리아, 내 책상에 선반으로 만든 멋진 그릇을 선물해준 니코, 카너, 위엔 티우 감사합니다. 당신들 두 사람의 모습은 해나에 많이 반영되어 있답니다.

지난 8년 동안 많은 초안을 읽어 주고, 너무나도 소중한 도움과 영감을 준 앨리슨 윈 스코치, 웬디 메리, 톰 맥카시, 에밀리 어서, 스티븐 어서, 조한나 샤겔, 조너선 트로퍼, 스테파니 아브람, 올리비아 해밀턴, 다미엔 차젤, 사우나 셀리, 더스티 토마슨, 헤더 토마슨, 아만다 브라운, 에린 피시, 린지 루빈, 리즈 스쿼드론, 로렌드 오도네 주니어, 키리 골드버그, 에리카 타베라, 렉시 에스코비치, 사샤 포맨, 케이트 캡쇼, 제임스 펠드먼, 주드 허버트, 크리스티 마코스코 크리저, 마리사 예레스 길, 다나 포먼, 엘레그라 칼데라 모두 감사합니다. 헬로우 선샤인의 놀라운 팀 로렌 레비네우스타드터, 리즈 위더스푼, 세라 하든에게는 특별한 감사의 말을 전합니다. 당신들의 믿음 덕분에 이 책은 태어날 수 있었습니다.

변함없이 나를 사랑해주고 지지해준 데이브와 싱어 가족과 멋진 친구들에게 온 마음을 다해 고마움을 전합니다. 그리고 언제나 나와 함께 해준 독자들, 독서 모임 회원들, 책 판매자들, 책을 사랑하는 사람들, 모두 감사합니다.

그리고 내 남자들!

조시! 도대체 무엇부터 먼저 감사해야 할지 모르겠어. 아마 당신과 나에 대한 믿음이 없었다면 이 소설은 존재하지 않았을지도 몰라(정말 존재하지 않았을 거야). 13년이나 함께 했는데도 여전히 미칠 듯이 사랑하는 파트너가 있다는 사실이 정말 믿기지가 않아. 하지만 제일 먼저 언급해야 하는 건 커피라고 생각해. 괜찮지? 나는 정말 그 커피를 사랑해. 정말 나는 당신을 더할 수 없이 사랑해!

제이컵! 그 누구와도 비교할 수 없는 관대하고 현명하고 재미있는 내 작은 아이. 네가 이 세상에 들어오던 날, 나는 새로 태어났단다. 네가 가르쳐 준 모든 것 때문에 이제 나는 이 세상을 감사하면서 겸손하게 살아갈 수 있게 됐단다. 엄마가 늘 말하는 거 있지? 내 인생의 가장 큰 축복은 너의 엄마가 된 거라는 거 말이야.

The last thing he told me

The Last Thing He Told Me
그가 나에게 말하지 않은 것

제1판 1쇄 발행 | 2022년 6월 24일
제1판 6쇄 발행 | 2022년 11월 14일

지은이 | 로라 데이브
옮긴이 | 김소정
펴낸이 | 오형규
펴낸곳 | 한국경제신문 한경BP
책임편집 | 이혜영
저작권 | 백상아
홍보 | 이여진 · 박도현 · 하승예
마케팅 | 김규형 · 정우연
디자인 | 지소영
본문디자인 | 디자인 현

주소 | 서울특별시 중구 청파로 463
기획출판팀 | 02-3604-590, 584
영업마케팅팀 | 02-3604-595, 562 FAX | 02-3604-599
H | http://bp.hankyung.com E | bp@hankyung.com
F | www.facebook.com/hankyungbp
등록 | 제 2-315(1967. 5. 15)

ISBN 978-89-475-4833-5 03840

마시멜로는 한국경제신문 출판사의 문학 브랜드입니다.
책값은 뒤표지에 있습니다.
잘못 만들어진 책은 구입처에서 바꿔드립니다.